Ki-Ela
Nellys Lächeln

TINTE
&
FEDER

Das Buch

Victoria kämpft sich tapfer durchs Leben – und dieses hat es ihr bisher nicht leicht gemacht. Nach einem Verkehrsunfall blieb ein körperliches Handicap zurück. Der Job in einem Café sichert der alleinerziehenden Mutter und ihrer kleinen Tochter Nelly gerade so den Lebensunterhalt.

Doch dann taucht der unfreundliche Schriftsteller Samuel Winter auf. Zu Victorias Überraschung bietet ausgerechnet er ihr einen gut bezahlten Job als Haushälterin auf seinem Gutshof an.

Ein Vorfall im Kindergarten zwingt Vic, ihre Tochter eine Zeit lang mit zur neuen Arbeitsstelle zu nehmen. Langsam, aber sicher gelingt es Nelly, das Herz von Samuel Winter zu erweichen, und Victoria bemerkt, dass viel mehr hinter seiner harten Schale steckt als gedacht …

Die Autorin

Ki-Ela schreibt seit einigen Jahren Geschichten, die sie zuerst in kleinen Internetforen veröffentlicht hat. Angeregt durch die positive Resonanz, entschloss sie sich, die Geschichten als E-Book anzubieten.

2014 erschien bereits »Mias Schatten« in einer überarbeiteten Ausgabe bei Amazon Publishing, gefolgt von der Neuerscheinung »Körpertreffer« im Mai 2015.

Hier erfahren Sie mehr über die Autorin: www.facebook.com/Ki.Ela.Stories oder ki-ela-stories.de.

KI-ELA

Nellys Lächeln

ROMAN

Veröffentlicht bei
Tinte & Feder, Amazon Media EU Sárl
5 Rue Plaetis, 2338 Luxembourg
Oktober 2015

Umschlaggestaltung: bürosüd⁰ München, www.buerosued.de
Lektorat: Sandra Schmidt, www.text-theke.com,
Media-Agentur Gaby Hoffmann, www.profi-lektorat.com
Satz: Satzbüro Peters, www. satzbuero-peters.de
Printed in Germany
by Amazon Distribution GmbH
Amazonstraße 1
04347 Leipzig, Deutschland

ISBN: 9781503952133

www.amazon.de/tinteundfeder

I

»Vic? Kommst du mal? Ich habe die Abrechnung fertig.«

Josef Weber, ein älterer Herr, der stets ein freundliches Lächeln im Gesicht hatte, winkte Vic zu sich.

»Du kannst dich freuen, Mädchen. Du hast heute einiges an Trinkgeld zusammenbekommen. Sehr schön.« Er reichte ihr einen Umschlag.

»Danke schön!«, strahlte Vic ihn an. Das waren doch mal positive Neuigkeiten an diesem Tag, der bisher durchwachsen verlaufen war.

Am Vormittag sah es so aus, als würden überhaupt keine Gäste in das kleine Restaurant kommen, dann füllte es sich aber zusehends und eine Reisegruppe strömte hinein. Es war eine fröhliche Truppe Herren im besten Alter gewesen, die Vic schnell mit ihrem Charme eingewickelt und so von den meisten ein großzügiges Trinkgeld erhalten hatte.

»Ich wünschte, Gabi würde sich ein bisschen von deiner freundlichen Art abschauen«, seufzte Herr Weber, als Vics Kollegin sich die Schürze umband und das Restaurant betrat. »Sie ist zwar tüchtig, aber sie schaut immer so böse drein. Das mögen die Gäste nicht. Aber ich würde ungern auf sie verzichten müssen.«

»Oh nein …!« Vic erschrak. Er würde doch nicht darüber nachdenken, Gabi zu entlassen. Sie war eben etwas ernster, das war einfach ihre Art, aber Gabi war schnell und fleißig. »Sie ist wirklich tüchtig, Herr Weber. Bitte tun Sie nichts Unüberlegtes!«

»Keine Sorge, Victoria.« Jetzt lächelte Josef Weber ihr zu. »Gutes Personal ist schwer zu bekommen, ich weiß. Aber es würde ihr nicht schaden, mal ein bisschen zu lächeln. Das gehört im Service nun einmal dazu.«

»Ich rede mal mit Gabi darüber. Ihr ist das bestimmt gar nicht bewusst«, versuchte Vic, ihn milde zu stimmen.

»Wahrscheinlich hast du recht, Mädchen. Aber jetzt mach Feierabend! Sieh zu, dass du nicht jemanden warten lässt!«, zwinkerte er ihr zu.

Vic sah auf ihre Uhr. Es stimmte, sie musste sich sputen. Das Gespräch mit Gabi würde sie verschieben müssen. »Bis morgen, Josef«, verabschiedete sie sich von ihrem Chef, dann griff sie nach ihrer Jacke.

»Bis morgen, Vic!«, rief er ihr fröhlich nach.

Victoria verließ das Restaurant durch den Hintereingang. Sie winkte der Küchencrew noch einmal zu, bevor sie sich in ihr kleines Auto setzte.

Pünktlich kam sie am Hort an, die ersten Mütter verließen schon mit ihren Kindern das Gebäude.

Vic löste den Gurt und lief eilig auf den Eingang zu.

Sie entdeckte ihre kleine Tochter schon von Weitem. Nelly spielte in der Puppenecke und schien ganz vertieft zu sein.

»Hallo, Frau Gessner.« Eine Erzieherin steuerte auf sie zu.

»Hallo. Wie war es heute?«, erkundigte sich Vic. Sie war ein bisschen nervös, denn Nelly war erst seit zwei Monaten in dem Hort. Victoria hatte immer etwas Angst, dass die anderen Kinder sie vielleicht ablehnen könnten.

»Sehr gut. Nelly hat fast die ganze Zeit mit der kleinen Tina gespielt. Die beiden verstehen sich ganz gut. Nelly hat aber auch ein offenes Wesen, es fällt ihr leicht, Kontakt zu knüpfen«, erklärte die Erzieherin.

Vic atmete erleichtert auf. »Sie glauben gar nicht, wie froh ich bin, das zu hören.«

»In diesem Alter gehen die Kinder noch unbefangen miteinander um. Klar schauen die meisten erst mal interessiert, wenn sie ein Mädchen wie Nelly sehen. So häufig begegnet man farbigen Kindern in diesem Stadtteil ja nicht. Aber die Neugier siegt meist und sie merken schnell, dass Nelly genauso ist wie sie«, fuhr die Erzieherin fort.

»Ich wünschte, alle Menschen würden das so sehen.« Vic sagte es mehr zu sich selbst.

Sie erinnerte sich nicht gerne an die Zeit, als sie das erste Mal nach der Geburt mit Nelly bei ihren Eltern zu Besuch gewesen war. Nellys Großeltern waren natürlich ganz begeistert von ihrer kleinen Enkelin gewesen, sie wussten ja, dass die Kleine eine dunkle Hautfarbe haben würde, aber manche Nachbarn hatten doch sehr die Nase gerümpft über das *Negerkind*.

Gott sei Dank ließen sich Vics Eltern davon nicht beeindrucken, sie liebten Nelly über alles und hüteten sie wie ihren Augapfel.

Vic konnte den beiden gar nicht dankbar genug dafür sein, denn so war sie in der Lage gewesen, bald wieder arbeiten zu gehen, um für den Lebensunterhalt für Nelly und sich aufzukommen.

Von Jared hatte sie nichts zu erwarten, er hatte sich nicht einmal mehr gemeldet und keine von Vics Mails oder ihren Briefen beantwortet. Und ob er überhaupt Unterhalt zahlen konnte, stand sowieso auf einem ganz anderen Blatt. Wenn sich seine Lebenssituation nicht gebessert hatte, dann würde sein Geld gerade so für ihn selbst reichen.

»Mami!«

Nelly hatte Vic entdeckt. Hastig lief sie auf ihren kurzen Beinchen zu ihr.

Vic war in die Hocke gegangen und fing ihre Tochter in ihren Armen auf.

»Hallo, Engelchen. Wie war dein Tag?« Vic gab ihr ein Küsschen auf die Nase.

»Toll, Mami. Mit Tina spielt«, berichtete Nelly eifrig. Sie nickte wild; ihre vielen kleinen Zöpfchen wippten dabei mit.

Vic konnte sich kaum sattsehen an ihrer Kleinen, und obwohl der Arbeitstag anstrengend gewesen war, freute sie sich jetzt darauf, sich endlich um Nelly kümmern zu können.

»Mami muss noch einkaufen fahren«, erklärte sie Nelly, die daraufhin ein Schnütchen zog, sich aber bereitwillig anziehen ließ.

Vic setzte Nelly in den Einkaufswagen und schob sie in den Laden. Einige Leute kannten sie schon, sie lächelten Nelly lieb zu und diese winkte ihnen daraufhin immer begeistert zurück.

Die meisten Menschen reagierten freundlich auf Nelly, trotzdem blieben die Reaktionen derer, die Vics kleine Tochter eher missmutig musterten, am meisten in Victorias Gedächtnis haften. Sie hatte ständig das Gefühl, Nelly vor Anfeindungen verteidigen zu müssen. Mal ganz davon abgesehen, dass sie selbst gar nicht wissen wollte, was die Menschen von einer alleinerziehenden, hellhäutigen Frau mit einem farbigen Kind hielten. Ein bisschen von dem Gerede der Nachbarn ihrer Eltern hatte sie ja doch mitbekommen; manche Wörter hatten sich in ihrem Kopf eingebrannt.

»Da ist ja meine kleine Nelly! Wie hübsch du doch wieder bist!« Frau Mertens, eine nette rundliche Dame, die hinter der Wursttheke arbeitete, lächelte Nelly zu. »Möchtest du ein Stück Wurst?«

»Wurst ja. Bitte!«, freute sich Nelly.

»Was für niedliche Zöpfchen!«, lachte Frau Mertens. »Wie lange haben Sie dafür gebraucht? Meiner Enkelin wird es schon zu viel, wenn man ihr einen Zopf macht.«

»Ich habe das mit meiner Freundin zusammen am Wochenende gemacht«, erklärte Vic ihr. »Sie ist Friseurin. Nelly ist auch schon ein bisschen eitel, deswegen lässt sie das über sich ergehen.«

Verliebt betrachtete Vic ihr kleines Töchterchen. Die dunklen, widerspenstigen Locken zu kleinen Zöpfchen zu formen, war schon eine Geduldsprobe gewesen, aber es hatte sich gelohnt. Nelly sah zum Stehlen süß aus.

»Und bald hast du Geburtstag?« Frau Mertens reichte Nelly noch ein Stück Wurst, was die Kleine mit einem Strahlen quittierte.

»Ja. Nelly bald drei«, erklärte sie der Verkäuferin stolz.

»Uh – schon drei Jahre!«, gluckste Frau Mertens. »Die Zeit rast, was?«

»Ja«, erwiderte Vic ein wenig wehmütig. »Das stimmt leider …«

Vic hatte stets viel gearbeitet, weil sie nicht auf ihre Eltern angewiesen sein wollte. Die beiden hatten nicht viel Geld, doch sie halfen Nelly und ihr, wo sie konnten. Nur so war es auch möglich, dass Vic ein kleines Auto fuhr – ihr Vater füllte ihr ab und zu den Tank.

Doch viel hatte Vic nicht von Nellys Entwicklung mitbekommen. In den paar Stunden, die ihr blieben, bevor sie Nelly ins Bett brachte, versuchte sie, ihrer Tochter eine gute Mutter zu sein. Aber natürlich war es etwas anderes, wenn man sich den ganzen Tag um sein Kind kümmern konnte.

Zu Hause angekommen, spielte Vic ausgiebig mit ihrer Tochter. Die Hausarbeit verschob sie meist auf die Abendstunden, wenn Nelly schon schlief.

Heute würde sie allerdings nicht mehr viel zustande bringen, denn ihre Hüfte machte ihr wieder Probleme. Sie war den Tag über viel gelaufen, die Reisegruppe hatte sie auf Trab gehalten.

»Mama aua?«, wollte Nelly wissen, als Vic sich vom Boden erhob und dabei leicht das Gesicht verzog.

»Ein bisschen. Aber ist nicht schlimm«, beruhigte sie Nelly.

»Mami Lette nehmen«, riet die Kleine bestimmt.

»Ich nehme gleich eine Tablette, mein Schatz. Aber jetzt essen wir noch ein Butterbrot, ja?«

»Ja!« Nelly sprang auf und tippelte voraus in die Küche.

Vic folgte ihr etwas schwerfällig, ganz ohne Medikamente würde sie heute tatsächlich nicht auskommen können.

Sie konnte froh sein, dass Herr Weber sie trotz ihres Handicaps überhaupt eingestellt hatte. Eine Kellnerin, die ab und an humpelte, wollte nicht jeder haben.

Aber Vic bemühte sich, das mit Freundlichkeit und Witz auszugleichen, und mit ihrer Art kam sie ganz gut bei den Gästen an.

Sie hoffte, dass sie diesen Job noch lange machen konnte und die Schmerzen sie nicht zwingen würden, sich eine andere Tätigkeit zu suchen.

Sie verfluchte den Tag, an dem der Unfall passiert war. Damals war sie noch mit Jared zusammen gewesen. Sie hatten einen Ausflug mit dem Motorrad seines Freundes unternommen.

Eigentlich wollte Vic gar nicht mitfahren, doch Jared hatte sie überredet. Und Vics Befürchtungen hatten sich bewahrheitet. Jared verlor die Kontrolle über das Motorrad, sodass sie stürzten.

Vic hatte sich den rechten Arm gebrochen und die Hüfte. Jared hatte mehr Glück gehabt, er war mit ein paar Schrammen davongekommen.

Im Krankenhaus konnte man zwar alles wieder richten, doch da sie sich, wie viele in den USA, keine Krankenversicherung leisten konnten, verzichtete Vic aus Kostengründen auf eine Reha.

Sie bereute es zutiefst, vielleicht wären ihr dann diese Folgen erspart geblieben. Sehr oft hatte sie sich die Vorwürfe ihrer Eltern anhören müssen, dass sie nach dem Unfall nicht sofort nach Deutschland zurückgekehrt war. Doch sie hatte sich zu sehr geschämt, und sie war doch so verliebt in Jared gewesen. Sie wollte es unbedingt mit ihm in den USA schaffen. Leider war dieser Traum wie eine Seifenblase zerplatzt.

Als er von ihrer Schwangerschaft erfahren hatte, war Jared sehr wütend geworden. Es kam zur Trennung. Er wollte, dass Vic die Schwangerschaft abbrach; für Vic war das aber nicht infrage gekommen.

Traurig und mit dem Herz voller Liebeskummer, war sie schließlich nach Deutschland zurückgekehrt.

Lange Zeit hatte sie gehofft, dass Jared sie zurückholen würde, doch dazu war es nicht gekommen.

»Mama – hab doch Hunger!«, unterbrach Nelly ihre Grübeleien.

2

»War dein Tag schön, Schatz?«, fragte Vic ihre Tochter beim Abendessen.

»Schön, ja«, nickte Nelly eifrig. »Tina ist nett. Wir haben Puppen spielt.«

»Das hat mir deine Kindergärtnerin schon erzählt.« Vic streichelte Nelly sanft übers Gesicht.

Nellys Augen wurden langsam immer kleiner. Seit sie in den Kindergarten ging, war sie abends früher müder.

Vic hatte sich schon gefragt, ob es richtig war, sie jetzt bereits in den Hort zu geben, aber sie wollte, dass die Kleine Kontakt zu anderen Kindern bekam. Ihre Eltern kümmerten sich zwar hingebungsvoll um Nelly, gleichaltrige Spielgefährten konnten sie jedoch eben nicht ersetzen. Als der Platz frei geworden war, hatte Vic zugegriffen.

Da Nelly drohte, auf ihrem Stühlchen einzuschlafen, hob Vic sie auf ihre Arme und ging mit ihr ins Bad. Nelly protestierte wie jeden Abend beim Zähneputzen und Waschen, doch als Vic ihr schließlich den Schlafanzug überzog und sie in ihr Bett legte, war sie schon bald eingeschlafen. Noch nicht einmal die Gute-Nacht-Geschichte konnte Vic ihr vorlesen.

Sie betrachtete noch eine Weile ihre schlafende Tochter.

Du verpasst so viel, Jared, sprach sie in Gedanken. *Du hast ein kleines Zauberwesen in die Welt gesetzt und kennst es noch nicht einmal.*

Vic seufzte leise auf. Es brachte nichts, damit zu hadern. Jared wollte Nelly und sie nicht und damit hatte sie sich auch eigentlich abgefunden. Doch in solchen Momenten kam sie sich sehr einsam vor. Sie sehnte sich nach einem Partner, mit dem sie ihre Freude und Sorgen teilen konnte. Aber bisher war ihr niemand mehr begegnet, der ihr wirklich gefiel. Außerdem hatte sie weder Zeit noch sonderlich viel Lust, um wieder Energie in eine Beziehung zu investieren. Ihr Leben war auch so schon anstrengend genug.

Leise verließ Vic das Kinderzimmer. Sie versuchte, noch etwas Ordnung zu machen, doch ihre Hüfte protestierte jetzt stärker. Die Hausarbeit würde warten müssen. Vic nahm noch eine Tablette und legte sich aufs Sofa.

»Hallo, Vic«, empfing sie ihr Chef am nächsten Morgen gut gelaunt. »Alles klar bei dir?«

»Ja, danke«, versicherte sie ihm und band sich die Schürze um.

Sie hinkte noch ein bisschen, ganz hatte sie sich nicht von dem anstrengenden Tag gestern erholt.

Herr Weber musterte sie besorgt. »Vic – was ist los? Macht dir dein Bein wieder Probleme?«

»Ja, aber das ist nicht schlimm. Morgen ist es wieder okay.« Vic wollte auf keinen Fall den Eindruck erwecken, es ginge ihr nicht gut; sie hatte den drohenden Jobverlust stets im Hinterkopf.

»Willst du nicht doch noch einmal zu einem Spezialisten gehen?«, erkundigte er sich. »Du bist doch noch so jung.«

»Ich hätte direkt nach dem Unfall eine Reha machen müssen. Jetzt ist es dafür zu spät«, erklärte sie ihm geduldig. Sie wusste seine Anteilnahme zu schätzen, aber dieses Gespräch führten sie fast jede Woche. Vic war es unangenehm, darüber zu reden.

»Aber mit vierundzwanzig Jahren schon solche Probleme zu haben …« Er runzelte missmutig die Stirn. »Damit ist nicht zu scherzen.«

»Ich weiß. Aber ich komme klar, wirklich.«

»Du musst es ja wissen. Aber wenn es gar nicht mehr geht, sag mir Bescheid!«, brummte er.

»Mache ich«, versprach Vic ihm.

Gott sei Dank hab ich übermorgen frei, dachte Vic, als sie die erste Bestellung aufnahm. Auch wenn sie sich vorgenommen hatte, etwas im Haushalt zu erledigen, würde sie sich eher um sich selbst kümmern müssen.

Es war nicht so viel zu tun wie am gestrigen Tage. Das schlug sich zwar auf das Trinkgeld nieder, doch so konnte sich Vic etwas schonen.

Als Gabi kam, um sie abzulösen, fasste sich Vic ein Herz und sprach ihre Kollegin auf die Befürchtungen von Josef Weber an.

»Er findet, du könntest etwas freundlicher zu den Gästen sein«, begann Vic zaghaft.

Gabi schaute Vic erschrocken an. »Ich weiß, ich gebe mir doch schon Mühe. Aber ich habe nun mal nicht so eine fröhliche Art wie du«, sagte sie zerknirscht.

»Aber du müsstest dich darum wirklich mehr bemühen. Bitte sei mir nicht böse, dass ich dir das gesagt habe, aber ich dachte, es wäre nur fair.« Vic streichelte Gabi über die Schulter.

Ihre Kollegin ließ den Kopf hängen. Jetzt tat es Vic leid, sie angesprochen zu haben.

»Danke, Vic. Ich werde mir Mühe geben.« Gabi versuchte ein Lächeln.

»Hey, siehst du: Es geht doch!«, lachte Vic ihr aufmunternd zu.

»Ich wollte dich auch etwas fragen«, druckste Gabi herum. »Könntest du mich am Sonntag vertreten? Meine Mutter hat Geburtstag, und ich wollte ihr bei den Vorbereitungen helfen.«

»Sonntag?« Vic schaute Gabi bedauernd an. Normalerweise war sie dankbar, wenn sie aushelfen konnte, schon allein wegen des Geldes. Aber Sonntag war nun mal ihr freier Tag, der einzige, an dem sie sich ausschließlich um Nelly kümmern konnte.

»Ich weiß, du hast eine kleine Tochter. Nur ausnahmsweise …«, bat Gabi sie eindringlich.

»Okay. Das geht schon. Nelly kann zu meinen Eltern gehen«, stimmte Vic schweren Herzens zu.

»Danke, Vicci. Du bist ein Schatz!« Gabi drückte sie kurz.

»Victoria, findest du, dass das eine gute Idee ist?«

Aus Helene Gessners Stimme war deutlich herauszuhören, dass sie nicht viel von Vics Bitte hielt.

»Nein, Mama, finde ich ja auch nicht. Aber Gabi hat mich nun einmal darum gebeten«, erklärte Vic ihrer Mutter am Telefon. »Mir tut es auch leid wegen Nelly, das weißt du doch.«

»Es geht mir nicht um Nelly, sondern um dich, Schatz«, seufzte ihre Mutter. »Du sollst dich schonen, du läufst zu viel.«

»Das wird schon gehen. Ich habe ja die Tabletten«, beruhigte Vic sie.

»Tabletten sind keine Dauerlösung. Du solltest dir einen anderen Job suchen!«

»Ich weiß, ich schaue ja schon ständig in die Zeitung. Aber einen Bürojob zu bekommen, wenn man keine Lehre vorzuweisen hat, ist nicht einfach.«

»Du könntest deine Lehre fortsetzen. Wir schaffen das schon mit dem Geld«, versuchte es ihre Mutter erneut.

Vic stöhnte leise auf. Sie wusste ja selbst, dass es wohl besser wäre, wenn sie sich einen anderen Job suchen würde. Aber sie verdiente hier so viel, dass sie mit Nelly über die Runden kam.

Eine Lehre würde bedeuten, dass sie wieder auf ihre Eltern angewiesen wäre. »Ich überlege es mir«, wich Vic ihr aus.

»Tu das!«, sagte Helene Gessner nachdrücklich.

»Dann kann also Nelly am Samstag bei euch schlafen?«, lenkte Vic vom Thema ab.

»Natürlich kann sie das, das weißt du doch.«

Vic atmete auf, so brauchte sie die Kleine am Sonntagmorgen nicht noch zu ihren Eltern zu bringen und hatte mehr Zeit.

Nelly freute sich jedes Mal, wenn sie ihre Großeltern sah. Helene und Karl Gessner hatten für den Sonntag einen Ausflug in den Zoo geplant und Nelly war schon ganz aufgeregt deswegen.

»Hoffentlich kann sie überhaupt schlafen«, lachte Vic, als sie sich am Samstag von ihrer Tochter verabschiedete.

»Ganz bestimmt.« Ihr Vater nahm Vic in den Arm und guckte sie streng an. »Übernimm dich nicht, Kleine!«

»Mach ich schon nicht, Papa.« Vic zwickte ihren Vater in die Nase. Danach drückte sie Nelly noch einmal an sich. »Ich komme dich morgen Abend abholen, Schatz.«

»Ja, Mami.« Nelly erwiderte die Umarmung heftig und bedeckte Vics Gesicht mit feuchten Küsschen. Im nächsten Augenblick wandte sich Nelly wieder ihrem Opa zu.

»Nelly reiten, ja, Opa?«

»Na gut.« Karl Gessner hockte sich auf alle Viere. Nelly kletterte auf seinen Rücken.

Mit seiner Enkelin an Bord krabbelte Vics Vater durch die Wohnung.

Nelly quietschte vor Freude auf.

Vic guckte ihr verträumt nach.

Die Kleine hatte es wirklich gut bei ihren Eltern, doch trotzdem war sie immer etwas wehmütig, wenn sie Nelly bei ihnen abgab, weil sie arbeiten musste. Jeden Samstag war das so. Morgen auch noch auf Nelly verzichten zu müssen, fiel ihr nicht leicht. Schließlich riss sie sich von dem Anblick los und fuhr zurück zu ihrer Wohnung.

»Danke, dass du für Gabi einspringst«, empfing Josef Weber Vic am nächsten Morgen.

»Kein Problem«, versicherte sie ihm und machte sich an die Arbeit.

Sie wusste, dass es sonntags schon früh voll werden würde. Das Restaurant war für seinen Sonntagsbrunch berühmt; rasch füllte sich der Laden mit Gästen.

Vic steuerte einen Tisch in der Ecke an, an dem ein Mann saß. Er schrieb etwas auf seinem Laptop.

Sie räusperte sich, um auf sich aufmerksam zu machen. »Guten Morgen. Haben Sie schon einen Wunsch?«

»Wäre ich sonst hier?«, kam es brummig zurück. Der Mann sah noch nicht einmal auf.

Vic runzelte unwillig die Stirn. »Und was genau ist Ihr Wunsch?«

»Kaffee«, knurrte der Typ.

»Kein Frühstück?«, hakte Vic nach.

»Hab ich was davon gesagt? Ich nehme das Brunch, wie JEDEN Sonntag!«, fauchte er weiter. »Ist es so schwierig, sich das endlich mal zu merken?«

»Ich bin sonntags normalerweise nicht hier, entschuldigen Sie«, antwortete Vic und notierte die Bestellung.

Jetzt schaute er das erste Mal auf. Er hatte ganz dunkle Augen, überhaupt war dieser Typ eine düstere Erscheinung: schwarze Haare, schwarze Kleidung – und der Ausdruck in seinem Blick war fast schon feindselig. »Hm«, knurrte er nur.

Vic sah zu, dass sie wegkam.

»Oh, du hast schon Bekanntschaft mit Mister Charming gemacht«, kicherte Susi, als Vic die Bestellung buchte.

»Ja, allerdings. Ist der immer so gut gelaunt?«

»Kann man sagen. Tut mir leid, ich hätte dich vorwarnen sollen, aber als ich ihn entdeckt habe, warst du schon bei ihm«, erklärte ihre Kollegin entschuldigend.

»Wie kommt Gabi mit ihm zurecht?«, erkundigte Vic sich.

»Du kennst doch Gabi!«, lachte Susi. »Die guckt genauso böse zurück.«

»Hätte ich mir ja denken können.« Jetzt musste auch Vic lachen.

»So, hier ist der Kaffee«, flötete Vic freundlich, als sie die Tasse abstellte.

»Das seh ich«, brummte der Kerl.

»Wirklich? Wie denn? Sie gucken doch nur auf Ihren Bildschirm.«

Ein wütender Blick traf Vic, doch sie beschloss, ihn einfach weiter anzulächeln.

»Tun Sie Ihren Job, und nerven Sie mich nicht!«, fuhr er sie an.

»Oh, das möchte ich natürlich auf keinen Fall. Tut mir sehr leid«, strahlte sie, danach ging sie zum Nebentisch.

Vic hoffte, dass sie nicht mehr oft zu ihm musste. Obwohl sie gut mit mürrischen Gästen umgehen konnte, so war ihr seine Gegenwart nicht geheuer. Diese Feindseligkeit fand sie suspekt. Warum war er wohl so? Sie hatte ihm ja nichts getan, und er hatte sie noch nie zuvor gesehen, also konnte er es nicht persönlich meinen. Zumal Susi auch bestätigt hatte, dass er wohl immer so mürrisch war.

Doch für Grübeleien über die Gäste hatte sie keine Zeit, also machte sie sich wieder an die Arbeit.

Der Kerl winkte sie nach kurzer Zeit mit einer hochmütigen Geste erneut zu sich.

Vic überlegte einen Moment lang, ihn dafür warten zu lassen, aber schließlich musste sie ihren Job tun. »Ja? Kann ich Ihnen noch etwas bringen?«

»Ob Sie können, weiß ich nicht. Sie sollten es aber tun – und das ziemlich bald«, zischte er ihr zu.

»Ist das eigentlich sehr anstrengend?«, fragte Vic ihn zuckersüß.

»Was?« Jetzt guckte er verblüfft zu ihr auf.

»Na, auf den Bildschirm zu starren, etwas einzutippen und dabei auch noch so unfreundlich zu sein?«, säuselte Vic.

3

Der Mann riss die Augen auf. »Was erlauben Sie sich eigentlich?« Seine Stimme wurde deutlich lauter.

Jetzt tat Vic ihre Bemerkung sofort wieder leid, aber einfach so klein beigeben wollte sie auch nicht. Sie hatte ja nichts Schlimmes verbrochen.

»Ich mache hier lediglich meinen Job und ich habe Ihnen ja wohl keinen Grund gegeben, dass Sie hier so herumpampen!«, legte sie nach.

Hör auf, spinnst du!, tobte es in ihr los.

»Was tue ich?«, hakte er nach, seine Augen verengten sich zu kleinen Schlitzen.

»Herumpampen – das tun Sie!« Vic blieb freundlich und schenkte ihm ein strahlendes Lächeln.

»Und selbst wenn ich hier herumbrüllen sollte: Das geht Sie gar nichts an. Holen Sie mir gefälligst noch einen Kaffee, bevor ich mich an Ihren Chef wende!«, antwortete er eisig.

»Und über was wollen Sie sich beschweren?« In Vic brodelte es langsam, trotzdem behielt sie ihre lächelnde Fassade.

»Darüber, dass mir eine Kellnerin auf die Nerven geht. Wieso sind Sie überhaupt da? Ich hab' Sie hier noch nie gesehen!«

»Ich bin die Vertretung für meine Kollegin. Normalerweise arbeite ich sonntags nicht, Sie haben also Glück«, lächelte sie ihm noch einmal zu, dann griff sie nach der leeren Kaffeetasse. »Ich bringe Ihnen sofort noch einen Kaffee.« Rasch drehte sie sich um.

»Alles klar?«, erkundigte sich ihr Chef. »Ich hab' gesehen, dass du dich mit Herrn Winter unterhalten hast. Er ist bei den Kellnerinnen nicht so …, äh, beliebt.«

»Echt? Das hätte ich jetzt nicht vermutet«, prustete Vic los. »*Unterhalten* kann man das nicht nennen. Ich habe ihn gefragt, warum er so unfreundlich ist.«

»Oh …« Das Gesicht von Josef Weber wurde eine Spur blasser. »Und?«

»Er wollte sich an dich wenden«, gestand Vic ihm zerknirscht. »Ich war nicht böse oder so.«

»Das weiß ich doch, Vic«, beruhigte ihr Chef sie. »Aber ich möchte den Gast auch nicht vergraulen. Er kommt jeden Sonntag, und es ist schön, so jemanden hier zu haben.«

Vic schaute ihn verblüfft an. »Wie *so jemanden*? Ist er was Besonderes?«

»Er ist ein Schriftsteller. Samuel Winter. Noch nie von ihm gehört?«

»Nein.« Vic errötete leicht. Sie war nicht gerade belesen. »Sollte ich?«

»Er schreibt Bestseller. Krimis und historische Romane. Manche Gäste haben ihn schon um eine Widmung gebeten.«

»Und? Hat er ihnen die Bücher um die Ohren gehauen?«, forschte Vic bissig.

»Zu seinen Fans ist er netter.« Jetzt grinste ihr Chef breit. »Versuche, dich nicht über ihn zu ärgern, okay?«

»Okay. Und ich bin ja auch sonntags sonst nicht da«, beruhigte Vic ihn.

Sie stellte Herrn Winter den Kaffee nur mit einem freundlichen „*Bitte sehr*" vor die Nase, dann wandte sie sich zum Gehen.

Er stand auf und folgte ihr, Vic war irritiert. Wollte er sich doch beschweren? Jetzt wurde sie wirklich nervös, aber da merkte sie, dass er zum Buffet ging und sich etwas zu essen holte.

Zwei Stunden waren inzwischen verstrichen, aber ihr neuer Lieblingsgast machte keine Anstalten, zu gehen.

»Der hat ja eine Ausdauer!«, stöhnte Vic, als sie gerade noch einen Kaffee für Herrn Winter zubereitete.

»Der ist jedes Mal ein paar Stunden hier«, erklärte Susi ihr. »Wenn der nicht so böse gucken würde … Er ist schon ein Sahneschnittchen.«

»Findest du?« Vic zuckte mit den Schultern. Das war ihr noch nicht aufgefallen, sie war viel zu sehr damit beschäftigt gewesen, sich über ihn zu ärgern.

Von dem sicheren Platz hinter der Theke musterte sie den unfreundlichen Mann.

Doch, man konnte ihn schon als gut aussehend bezeichnen. Er war groß, schlank, hatte feine Gesichtszüge – wenn er mal lächeln würde, wäre er bestimmt ein attraktiver Mann. Aber so?

Nein, so ein Stoffel gefiel Vic nicht. Wenn jemand ein Kotzbrocken war, konnte er so gut aussehen, wie er wollte. Sympathischer wurde er dadurch bestimmt nicht.

»Ist er nicht dein Typ? Ach ja, du stehst ja auf noch dunklere Männer«, kicherte Susi jetzt.

Vic streckte ihr die Zunge heraus. »Ich stehe auf überhaupt niemanden. Ich bleibe Single«, verkündete Vic hochmütig.

»Ach komm! Als ob du das jetzt schon sagen könntest. Du bist jung, knackig und hast eine Traumfigur. Hoffentlich sehe ich auch mal so aus, wenn ich ein Kind bekommen habe.«

»Das wirst du«, zwinkerte Vic ihr zu.

»Na hoffentlich«, stöhnte Susi, schnappte sich ihre Bestellung und ging zu ihren Gästen.

Vic registrierte im Vorbeigehen, dass Herr Winter seinen Teller leer gegessen hatte. Sie ging zu seinem Tisch, um abzuräumen. »Kann ich den Teller mitnehmen?«

»Was sollen denn diese Kann-Fragen dauernd? Nehmen Sie den Teller, und verschwinden Sie!«, kam es zurück.

»Natürlich, Sir«, säuselte Vic. »Ich möchte ja bloß höflich sein, Sir.«

»Dann seien Sie es und verziehen sich! Aber schnell! Das heißt …« Er sah auf und grinste sie abschätzend an. »So schnell Sie mit Ihrem Hinkebein können …«

Vic schluckte heftig, sie spürte, wie ihr die Gesichtszüge entgleisten, doch jetzt konnte sie nicht mehr lächeln.

Seine Spitze hatte gesessen, hastig nahm sie den Teller und verschwand.

In ihr brodelte es, sie fühlte sich getroffen und verletzt. Normalerweise konnte sie mit unfreundlichen Leuten umgehen, doch dieser Gast hier war ganz besonders gemein, nein, er war ja fast schon bösartig.

Im ersten Moment war Vic geneigt, Susi oder ihren Chef zu bitten, diesen ungehobelten Menschen weiter zu bedienen, aber letztlich siegte Vics Trotz.

Na und? Sie hinkte eben. An manchen Tagen zumindest. Aber musste man da wirklich drauf rumreiten?

Sie beschloss, ihn erst mal zu ignorieren, und ließ ihn dreimal mit der Hand in der Luft herumfuchteln, bevor sie wieder an seinem Tisch erschien.

»Na endlich!«, knurrte er. »Bringen Sie mir eine Flasche Mineralwasser.«

Vic erwiderte nichts, stellte auch das Gewünschte später nur noch wortlos hin und goss ihm etwas ins Glas ein.

Jetzt schaute er auf und zog fragend die Augenbrauen hoch, doch nach wie vor schwieg Vic eisern, sie hielt seinem Blick aber stand.

»Danke«, sagte er übertrieben höflich.

Sie drehte sich wortlos auf dem Absatz um und eilte zum Nebentisch.

Als er sie erneut zu sich beorderte, guckte Vic ihn lediglich fragend an.

»Was ist? Hab' ich Sie beleidigt? Oder warum bleibt mir jetzt Ihre Schleimerei erspart?«, stänkerte er.

»Sie denken wohl, Sie können sich alles herausnehmen, was?« Vic versuchte, möglichst ruhig zu bleiben. »Und die Antwort ist: Ja! Sie haben mich beleidigt. Nur weil ich eine körperliche Beeinträchtigung habe, brauchen Sie sich darüber nicht lustig zu machen.«

»Als ob Sie deswegen noch nie jemand aufgezogen hätte!« Er rollte genervt mit den Augen.

»Nein, das hat tatsächlich noch nie jemand getan!« Vic blickte ihn fest an. »Was möchten Sie haben?«

»Die Rechnung.«

An seiner Miene konnte Vic nichts ablesen. Offenbar schien ihre Bemerkung total an ihm abgeprallt zu sein.

Nun gut, auch das konnte ihr egal sein. Er wollte zahlen, also hatte er vor, zu gehen. Ihr war es nur recht.

Vic erwartete nicht, dass er ihr Trinkgeld geben würde, und genau das tat er auch nicht. Jetzt rang sie sich ein Lächeln ab.

»Ich wünsche Ihnen noch einen wunderschönen Tag«, flötete sie übertrieben höflich und machte einen angedeuteten Diener.

»Das glaube ich Ihnen nicht.« In seinen Augen blitzte es auf, anscheinend amüsierte er sich gerade gut.

»Das bleibt natürlich Ihnen überlassen«, lächelte Vic ihm zu, dabei hätte sie ihm am liebsten das Gesicht zerkratzt.

Das gut aussehende Gesicht, wie Susi anmerken würde.

Erleichtert nahm sie zur Kenntnis, dass er fünf Minuten später das Lokal verließ.

Als sie endlich Feierabend hatte, spürte Vic allzu schmerzlich ihre Hüfte. Sie musste unbedingt zu einem Arzt, die Tablettenpackung war bald leer, und ihr nächster freier Tag war erst in einer Woche.

Sie registrierte, dass Josef Weber ihr mit sorgenvollem Blick nachsah, als sie hinkend das Lokal verließ.

Als sie bei ihren Eltern ankam, um Nelly abzuholen, waren sie und die Kleine noch nicht zurück.

Vic nutzte die Zeit und streckte sich auf dem Sofa aus. Die Ruhe war eine Wohltat; sie versuchte, sich zu entspannen.

Natürlich blieb das Donnerwetter ihrer Eltern nicht aus, als sie mitbekamen, dass Vic dermaßen stark humpelte. Wieder und wieder redeten sie auf sie ein, dass sie den Job aufgeben und ihre Lehre fortsetzen möge.

Vic war diese Debatten langsam leid, auch wenn sie wusste, dass sie es bloß gut meinten.

An diesem Abend ging Vic fast zeitgleich mit Nelly ins Bett, um für den nächsten Tag fit zu sein.

Als sie sich die Schürze umband, um die ersten Gäste des Tages zu begrüßen, glaubte sie, ihren Augen nicht zu trauen.

Er war wieder da – das durfte doch nicht wahr sein!

Er saß in der gleichen Ecke wie gestern, starrte stur auf seinen Bildschirm und tippte etwas ein.

»Ich dachte, er kommt nur sonntags?«, fragte sie mit gequältem Gesichtsausdruck ihren Chef.

»Normalerweise schon.« Josef Weber zuckte mit den Schultern. »Offenbar arbeitet er an einem neuen Buch, so intensiv wie er schreibt«, fügte er mit leiser Stimme ehrfurchtsvoll hinzu.

»Na toll!«, schnaubte Vic. Und sie konnte noch nicht einmal eine Kollegin bitten, den Gast zu übernehmen, denn an Wochentagen war allein sie vormittags da. Erst am Abend und an den Wochenenden war mehr Servicepersonal eingeteilt.

»Das schaffst du schon!«, munterte ihr Chef sie auf.

Vic ging zu ihrem neuen Lieblingsgast.

Wie sie es sich gedacht hatte, sah er nicht von seinem Laptop auf.

»Möchten Sie einen Kaffee? Oder haben Sie noch einen anderen Wunsch?«, fragte sie ihn freundlich.

»Kaffee!«, knurrte er.

»Kommt sofort, kommt sehr gerne, es gibt nichts, was ich jetzt lieber täte«, säuselte sie giftig.

»Sie lügen ja schon wieder!«

Jetzt gluckste Vic. »Sie haben mich durchschaut!«

Er guckte sie irritiert an. »Kann Ihnen eigentlich nichts und niemand die Laune verderben?«

»Doch. Aber kein Gast«, grinste sie breit.

»Wieso kein Gast?«, wollte er zu ihrer Überraschung wissen, als sie mit dem Kaffee an seinen Tisch kam.

»Dafür sind Sie mir nicht wichtig genug.«

»Ach nein? Ich bin nicht wichtig? Jetzt müsste ich ja fast gekränkt sein.« Herr Winter musterte sie so durchdringend, dass Vic für einen Moment verwirrt war.

»Man kann Sie kränken?« Sie hatte sich gefasst und zog eine Augenbraue hoch. »Erstaunlich.«

»Finden Sie? Trauen Sie mir keine empfindsame Seele zu?« Jetzt blitzte es wieder in diesen dunklen Augen auf.

Vic konnte erkennen, dass er amüsiert war. »Nein, eigentlich nicht«, antwortete sie entschlossen.

»Sie haben sogar recht damit.« Er deutete mit dem Kopf auf den Kaffee. »Danke.« Übertrieben höflich nickte er.

Vic atmete tief durch. Dieser Mann war sehr komisch. Was sollte das alles? Hatte er Spaß daran, ihre Kolleginnen und sie aufzuziehen? Fand er es irgendwie befriedigend, seine schlechte Laune an ihnen auszulassen?

Sie schüttelte den Kopf und beschloss, nicht weiter darüber nachzugrübeln. Das war er nun wirklich nicht wert.

4

Als sie nachmittags mit Nelly nach Hause kam, hörte sie zu ihrer Überraschung, dass der Staubsauger lief. Verblüfft betrat sie die Wohnung.

»Mama! Was soll das?«, rief Vic.

»Oma!« Nelly hüpfte munter auf und ab. Eilig trippelte sie auf Vics Mutter zu, die gerade den Staubsauger ausstellte.

»Hallo, meine Süßen«, lachte Helene Gessner. »Ich dachte, ich helfe deiner Mama, weil sie doch solche Probleme mit der Hüfte hat.« Sie stupste ihrer Enkelin auf die Nase.

»Mama, das ist ja lieb gemeint, aber das möchte ich nicht!«, protestierte Vic.

»Es macht mir nichts aus, dir ein bisschen zur Hand zu gehen.«

»Aber … aber das ist mir unangenehm. Ich möchte nicht, dass du in meine Wohnung kommst«, versuchte Vic, ihr zu erklären. Sie hoffte, dass sie ihre Mutter damit nicht kränkte, aber dieser Eingriff in ihr Privatleben wurde ihr doch ein bisschen zu viel.

»Ich will dir doch nur helfen!«

»Ihr helft mir schon genug, indem ihr euch um Nelly kümmert. Mama, das geht wirklich zu weit. Verstehst du nicht, dass du mich damit beschämst?«

»Aber du bist verletzt! Immer noch!«

»Und das ist mein Problem – nicht deines.« Vic nahm die Hände ihrer Mutter in ihre. »Wenn ich wirklich nicht mehr weiterkann, werde ich meine Konsequenzen ziehen. Aber bitte tu das hier nicht wieder, ja?«

»Warum bist du nur so stur?« Helene schüttelte den Kopf.

»Ich möchte meine Entscheidungen selbst treffen. Dazu gehört auch, wen ich wann um Hilfe bitte.«

»Deine Entscheidungen sind aber oft nicht die richtigen!«, sagte ihre Mutter ernst. »Na, danke. Toll, dass das jetzt wieder hochkommt!« Vic wich vor ihr zurück und ließ sich genervt aufs Sofa plumpsen. Das hatte ihr gerade noch gefehlt, eine Grundsatzdiskussion mit ihrer Mutter.

»Ja, ich weiß: Es war ein Fehler, sich mit Jared einzulassen. Und es war falsch, die Lehre beim Fotografen hinzuschmeißen, und genauso falsch war es, mit Jared in die USA zu gehen. Es war natürlich auch falsch, auf dieses Motorrad zu steigen, und ein noch größerer Fehler war es, nicht direkt in Deutschland einen Arzt aufzusuchen. Ich mache ständig große Fehler, ich weiß. Und vielleicht ist es auch jetzt einer, dich zu bitten, hier nicht sauber zu machen. Aber ich möchte trotzdem, dass meine Entscheidungen respektiert werden. Ist das so schwierig, Mama?«

Helene sah ein wenig trotzig auf den Boden. »Du ruinierst deine Gesundheit!«

»Vielleicht tu ich das. Aber es ist *meine* Gesundheit.« Vic wurde wieder versöhnlicher. »Bitte, Mama …«

»Ist ja schon gut. Ich kann ja wieder gehen«, reagierte Helene beleidigt.

»Es wäre schön, wenn du mit uns etwas essen würdest.« Vic stand auf und ging auf ihre Mutter zu. »Bitte …«

»Bitte, Omi, ja?«, bettelte jetzt auch Nelly und schaute ihre Oma aus großen runden Kulleraugen an.

»Na gut.« Vics Mutter sah Nelly verzückt an, dann zuckte sie mit den Schultern.

Vic grübelte noch lange darüber nach, ob es richtig war, ihre Mutter vor den Kopf zu stoßen. Aber wenn sie ihr das hätte durchgehen lassen, würde sie womöglich ständig unangemeldet auftauchen, und das wollte Vic auf jeden Fall vermeiden.

Dabei wollte sie ihre Eltern nicht kränken. Welche Eltern hätten schon ihre schwangere Tochter wieder mit offenen Armen empfangen, nachdem diese eine Dummheit nach der anderen gemacht hatte?

Du hast aber trotzdem dein eigenes Leben, machte Vic sich selbst Mut. *Und du kannst nicht ständig aus Dankbarkeit nachgeben.*

»Nein, ich glaub's nicht!«

Ungläubig sah Vic am nächsten Morgen Samuel Winter an seinem angestammten Platz sitzen.

»Der hat wohl einen Narren an dir gefressen«, neckte Josef Weber sie.

»Das glaube ich kaum. Vielleicht hat er in anderen Lokalen schon Hausverbot«, schnaubte sie und nahm den Block in die Hand. Sie wappnete sich für eine neue *Charmeoffensive* und steuerte den Tisch an.

»Guten Morgen«, brummte er, noch bevor sie etwas äußern konnte.

»Guten Morgen. Das Gleiche wie immer?«, fragte sie freundlich.

»Blöde Frage. Natürlich!«

Und das sollte wirklich so sein. In dieser Woche war er tatsächlich jeden Tag im Lokal. Seine Art ihr gegenüber änderte er dabei nicht. Er war missmutig, zog sie ab und zu auf, doch so langsam gewöhnte sich Vic an ihn. Und jetzt gab er ihr sogar das erste Mal ein wenig Trinkgeld.

Vic sah dies als entscheidenden Schritt in ihrer *Beziehung* an.

»Das kann ich unmöglich annehmen«, protestierte sie theatralisch.

»Sie haben es sich verdient«, nickte er ihr hoheitsvoll zu.

Vic biss sich auf die Unterlippe, um nicht laut loszuprusten.

»Das sind 20 Cent! Ist Ihnen das klar? Damit heben Sie meinen Wochenschnitt dramatisch an!« Jetzt konnte sie sich das Lachen doch nicht mehr verkneifen.

»Besser als nichts, oder?«, frotzelte er bissig.

»Natürlich. Aber ich möchte das nicht. Nein, das geht nicht«, entschieden schob sie die Münze wieder zurück. »Sie machen mich damit nur verlegen.«

»Nein, nehmen Sie es. Ich wollte Sie damit bestechen«, entgegnete er zu ihrer Überraschung.

»Mich?« Vic blieb fast der Mund offen stehen. »Soll ich Ihnen noch einen Keks extra zum Kaffee servieren?«, kicherte sie schließlich.

»Nein, ich will Ihnen ein Angebot machen.«

Jetzt war Vic neugierig geworden. »Ich höre ...«

Er deutete auf einen Stuhl. »Setzen Sie sich!«

Vic war viel zu perplex, um sich dagegen aufzulehnen. Mit gespanntem Gesichtsausdruck stierte sie ihn an.

»Sie wissen, wer ich bin?« Seine Stimme klang eisig.

»Samuel Winter?«, fragte sie vorsichtig. »Der Schriftsteller?«

»Ja. Ich habe mir einen alten Bauernhof vor den Toren der Stadt gekauft. Das ganze Anwesen ist groß, ich brauche Leute, die sich darum kümmern«, fuhr er fort.

»Und?«, hakte Vic nach.

»Ich suche noch jemandem, der das Haupthaus in Schuss hält. Putzen, kochen, Wäsche waschen. Ich habe weder Zeit noch Lust, mich selbst zu kümmern.«

Vic guckte ihn immer noch erwartungsvoll an. »Und?«

»Meine Güte – sind Sie so schwer von Begriff? Ich dachte dabei an Sie!«, blaffte er sie an.

»An mich?« Vic war so überrascht, dass sie fast hysterisch losgelacht hätte. »Warum denn an mich? Ich nerve Sie doch nur!«

»Aber Sie nerven weniger als andere. Und Sie scheinen nicht so empfindlich zu sein. Hören Sie: Ich habe keine Lust, mich mit Personal genauer zu befassen. Sie sollen Ihre Arbeit machen und mir dabei nicht auf den Geist gehen! Meinen Sie, das schaffen Sie?«

»Warum sollte ich bei Ihnen arbeiten wollen?« Vic hielt das Ganze weiterhin für einen Scherz.

»Weil ich Ihnen mehr zahlen würde als Ihr Chef hier«, kam es patzig.

»Und das hier ist die Anzahlung?« Vic hielt ihm das Zwanzig-Cent-Stück unter die Nase. »Danke für das Angebot, aber ich möchte nicht für Sie arbeiten«, lächelte sie ihm zuckersüß zu.

»Sie müssten nicht so viel laufen wie hier. Denken Sie mal an Ihre Behinderung!« Er deutete mit dem Kopf auf ihr Bein.

»Wenn ich den Haushalt mache, muss ich laufen«, erwiderte sie.

»Aber ich würde Ihnen zugestehen, dass Sie größere Pausen einlegen.«

»Warum ausgerechnet ich? Sie finden doch mit Sicherheit an jeder Ecke Personal.« Vic kapierte das Ganze immer noch nicht.

»Nicht jeder kommt mit meiner Art klar. Und Sie kenne ich jetzt immerhin so weit, dass ich Sie so einschätze, nicht wegen jedem Kommentar eingeschnappt zu sein. Also?« Er schaute sie fragend an.

Vic schüttelte den Kopf. »Die Antwort ist Nein!«

»Sie sind dümmer, als ich dachte«, sagte er verächtlich.

»Natürlich bin ich das«, lachte Vic und ging fort.

Sie konnte das nicht glauben. Er wollte sie einstellen? Damit er jemanden hatte, den er schikanieren konnte, ohne dass derjenige es ihm übel nahm?

Vielleicht sollte er es einfach mal mit besserem Benehmen versuchen. Dann klappt es auch mit den Angestellten, ätzte es in ihr.

5

Zu ihrem eigenen Ärgernis dachte sie aber dennoch den ganzen Tag lang über sein Angebot nach.

Nein, sie wollte nicht bei ihm arbeiten, wollte nicht jeden Tag diesen schrecklichen Mann sehen müssen.

Aber die Aussicht auf einen anderen Job war dennoch verlockend. Und wenn er wirklich Wort halten sollte und sie nicht so lange laufen und stehen müsste, wäre das ein entscheidender Vorteil für sie. Mal von der besseren Bezahlung abgesehen.

Doch da stutzte Vic. Er hatte gesagt, sie würde bei ihm mehr verdienen als bei Josef Weber. Aber woher wollte er denn wissen, was sie dort für Einkünfte hatte?

Hatte er ihren Chef gefragt oder würde er so gut bezahlen, dass er davon ausgehen musste, dass es über ihrem Verdienst lag?

Vic schlug mit der Hand wütend in ihr Badewasser. Das gab es doch nicht, dass sie über ihn nachgrübelte!

Morgen würde sie ihm wieder gegenübertreten müssen – falls er erneut in das Lokal kommen würde. Aber sie konnte sich auch nicht vorstellen, dass er sich wegen ihr von seinen Gewohnheiten würde abbringen lassen. Also musste sich Vic schon mal innerlich gegen ihn wappnen.

Sie seufzte und stand aus der Wanne auf. Anschließend schlüpfte sie in ihr Schlafshirt und schaute noch einmal nach Nelly.

Ihre kleine Tochter lag quer im Bett auf dem Bauch, den Po nach oben gestreckt.

Vic lachte leise, legte Nelly wieder richtig hin und kümmerte sich danach um die Bügelwäsche.

»Vic, ich würde dich gerne mal sprechen.« Josef Weber empfing sie mit einem strahlenden Lächeln.

»Hallo, Josef. Schon so gute Laune am frühen Morgen?«

»Hatte ich schon jemals schlechte Laune?«, fragte er gespielt entrüstet.

»Nein, natürlich nicht.« Vic setzte sich mit ihm an einen Tisch und fixierte ihn aufmerksam.

»Gestern Abend war Samuel Winter noch einmal hier im Lokal«, begann ihr Chef.

»Oh, schön ...« Vic schluckte. Würde das hier ein Gespräch über den Schriftsteller werden? Das hatte ihr ja gerade noch gefehlt.

»Er hat mir erzählt, dass er dir ein Angebot gemacht hat«, fuhr Josef Weber fort.

Vic versteifte sich augenblicklich. Das durfte ja wohl alles nicht wahr sein!

»Ähm, ja. Er sucht eine Hausangestellte ...«

Josef lächelte sie lieb an. »Und du hast abgelehnt. Darf ich fragen, warum?«

»Darfst du. Natürlich.« Vic seufzte auf. »Ist das so schwer nachzuvollziehen? Der Typ ist ein mürrischer Kotzbrocken. Ich möchte nicht für so jemanden arbeiten.«

»Ich kann verstehen, dass dich das abschreckt. Aber er war jetzt so oft hier, und ich hatte nicht den Eindruck, dass dich das belasten würde. Vic, du weißt, ich schätze dich sehr und ich mag dich wirklich sehr gerne. Aber wenn ich mit ansehen muss, wie du dich hier quälst, habe ich kein gutes Gefühl, dich weiter zu beschäftigen. Samuel Winter hat mir versichert, dass er dir Ruhepausen einräumen würde, und er bezahlt gut. Willst du es dir nicht noch einmal überlegen? Du bist jung, denk an deinen Körper, Vic!«

Langsam brodelte es in ihr. »Was bildet dieser Kerl sich eigentlich ein? Wie kommt er dazu, mit dir über mich zu reden? Was will er damit bezwecken?«, schnaubte sie wütend.

»Ich glaube, er sucht einfach eine nette junge Frau, die seine Art nicht abschreckt. Ich weiß ja auch nur die Dinge, die über ihn in der Zeitung stehen. Demnach war er wohl ein halbes Jahr verheiratet, als seine Frau tödlich verunglückt ist. Vielleicht ist er deswegen so schroff.« Ihr Chef zuckte mit den Schultern.

Vics Wut kochte langsam ein bisschen hinunter. »Seine Frau ist tot?«, fragte sie betroffen. »Das tut mir leid.«

Sie überlegte, wie alt Samuel Winter wohl war. Sie schätzte ihn auf höchstens Anfang dreißig.

»Ich möchte dich bitten, es dir nochmals zu überlegen, Vic. Rede doch einfach erneut mit ihm. Vielleicht hast du ja Glück, und es ist ein guter Job«, schlug ihr Chef vor. »Ich meine es wirklich bloß gut mit dir.«

»Ich weiß ja.« Vic geriet jetzt doch ins Grübeln. Auch wenn sie die Art von Samuel Winter nicht mochte, so konnte Vic sich den Argumenten nicht ganz verschließen.

Sie spürte ja selbst, dass es in letzter Zeit ein bisschen viel für sie war, die ganze Zeit herumzulaufen. Vielleicht war es ja doch eine gute Alternative, für den Schriftsteller zu arbeiten?

Er kam zur gewohnten Zeit.

Josef Weber deutete mit dem Kopf auf ihn und nickte Vic aufmunternd zu.

Sie rang immer noch mit sich. Sollte sie – oder doch lieber nicht?

Meist hatte sie bisher auf ihr Bauchgefühl gehört, doch das ließ sie in diesem Fall im Stich. Ihr Verstand gab ihrem Chef recht.

Nur noch mal mit ihm reden, machte sie sich selbst Mut und steuerte den Tisch an.

»Guten Morgen«, begann sie zaghaft.

»Morgen«, brummte es ihr vertraut entgegen.

»Herr Winter, … also … ich wollte noch mal auf Ihr Angebot zurückkommen.« Vic knetete nervös ihre Hände ineinander. Auf einmal verspürte sie den starken Impuls, doch lieber wegzurennen.

»Aha!« Er klappte seinen Laptop zu und schaute sie jetzt direkt an. Mit dem Kopf deutete er auf einen freien Stuhl. »Wie komme ich zu der Ehre? Hat Ihr Chef mit Ihnen gesprochen?«

»Hat er. Ich … ich muss zugeben, dass ich es befremdlich finde, dass Sie es ebenso getan haben«, sagte sie mit weitaus mehr Mut, als sie eigentlich besaß.

»Ach? Finden Sie das?« Das vertraute Blitzen erschien wieder in seinen Augen. »Ich suche Leute, die mir helfen, und ich hasse es, Bewerbungsgespräche führen zu müssen. Und ich hasse es, mich zu wiederholen, aber Sie scheinen mir robust genug, um mit meiner Art klarzukommen. Im Übrigen werden wir uns sowieso nicht oft begegnen, da ich an einem neuen Roman schreibe und die meiste Zeit arbeiten werde.«

»Und Sie sind ja auch oft hier«, ergänzte Vic.

»Hm …«, grinste er jetzt. »In erster Linie bin ich hier, weil auf dem Bauernhof noch renoviert wird. Wenn die Arbeiten abgeschlossen sind, werde ich also tatsächlich öfter dort sein.«

»Verstehe«, nickte Vic. Sie schluckte, endlich fasste sie sich ein Herz. Sie kannte ja noch gar nicht die Konditionen. »Wie … wie sähen denn die Arbeitszeiten aus?«

»Ich lege Wert darauf, dass ich ein Frühstück bekomme. Meist gegen halb neun. Danach sollten Sie sich um den Haushalt kümmern, zu Mittag esse ich meist nichts, aber gegen Abend müsste etwas zubereitet werden«, erklärte er ihr knapp.

Vic senkte den Blick. »Ich kann nicht bis abends arbeiten, ich habe eine kleine Tochter. Tut mir leid, in dem Fall bin ich wohl nicht die Richtige.«

»Sie haben ein Kind?« Jetzt sah Samuel Winter richtig verblüfft aus. »Nun, das ändert die ganze Sache natürlich. Ich kann niemanden gebrauchen, der wegen jedem Schnupfen des Anhängsels zu Hause bleibt. Dann hat sich das wohl tatsächlich erledigt.« Er zuckte mit den Schultern und klappte seinen Laptop wieder auf. »Kaffee bitte«, fügte er noch kurz hinzu.

Doch Vic sah nicht ein, das Gespräch hier zu beenden. Wütend drückte sie den Laptop wieder zu, was ihr einen zornigen Blick einbrachte.

»Anhängsel? Niemand bezeichnet meine Tochter als *Anhängsel*. Was fällt Ihnen eigentlich ein, Sie dämlicher Mistkerl?«, zischte sie ihm zu. »Und auch wenn ich ein Kind habe, weiß ich durchaus, was meine Pflichten als Arbeitnehmerin sind! Mein erstes Gefühl hatte mich also nicht getäuscht, es war gut, Ihnen abzusagen.«

Sie stand so hastig auf, dass der Stuhl nach hinten umkippte. »Ich wünsche Ihnen, dass Sie jemanden finden, der es mit so einem Ekelpaket aushält. Aber wirklich vorstellen kann ich mir das beim besten Willen nicht!«, setzte sie noch einen drauf, dann stapfte sie wütend hinter die Theke.

»Ähm – ist wohl eher nicht so gut gelaufen, was?«, fragte Josef Weber vorsichtig nach.

»Er sucht jemanden, der bis abends bleibt«, schnaubte Vic. »Und eine Mutter kommt nicht infrage, weil die sich ja um ihr Anhängsel kümmern muss!«

»Oh …«, meinte ihr Chef betroffen. »Er hat das bestimmt nicht böse gemeint.«

»Ist mir egal, wie er das gemeint hat!«, tobte Vic weiter. »Der Job kommt für mich auch nicht infrage!«

Sie bat ihren Chef, Samuel Winter weiter zu bedienen. Solange sie sich nicht beruhigt hatte, wollte sie nicht Gefahr laufen, ihm den Kaffee übers Hemd zu kippen.

Sie ärgerte sich noch eine ganze Weile. Und zu ihrem Ärger ärgerte sie sich darüber, dass sie sich ärgerte – und auch darüber, dass sie schon fast enttäuscht war, dass der Job nichts für sie war. Denn es war ja nicht gerade so, als ob die potenziellen Arbeitgeber bei ihr Schlange standen. Und wer bekam schon mal einen Job angeboten?

Als sie sich halbwegs im Griff hatte, übernahm sie den speziellen Gast wieder.

»Es gäbe noch die Möglichkeit, dass Sie Essen vorkochen und ich es mir abends warm mache«, murmelte er, als sie mit einem frischen Kaffee an seinen Tisch kam. Er sah nicht von seinem Laptop auf.

»Wie bitte?«, staunte Vic verblüfft. Dass er noch mal auf den Job zu sprechen kam, damit hatte sie nun wirklich nicht gerechnet.

»Sie haben mich schon verstanden«, blaffte er, ein eisiger Blick traf sie.

»Wenn das in Ordnung für Sie wäre …«

Vic strich eine Strähne ihres Haares hinter ihr Ohr.

»Es gibt eine Probezeit, das ist wohl klar. Sollten Sie zu oft wegen des Kindes ausfallen, suche ich mir eine Neue!«

»Das ist verständlich«, hörte Vic sich sagen. Sie konnte kaum fassen, dass sie auf einmal wieder in Jobverhandlungen waren.

»Sie können morgen vorbeikommen und sich den Bauernhof anschauen. Haben Sie ein Auto? Falls nicht, wäre das wiederum ein Problem, denn die Busse fahren sehr unregelmäßig.« Er nahm einen Schluck aus der Kaffeetasse und musterte sie streng.

»Ich habe ein Auto, ja«, nickte Vic. »Ich müsste aber gegen 15.30 Uhr Feierabend machen, weil ich meine Tochter aus dem Hort abholen muss«, erklärte sie ihm mit leicht zitternder Stimme.

»Bis dahin sollten Sie die Arbeit ja geschafft haben«, knurrte er.

»Morgen gegen siebzehn Uhr dreißig. Können Sie es einrichten, dann dort zu sein?«

»Ja, in Ordnung«, stimmte Vic ihm zu. Dann müssten ihre Eltern eben Nelly aus dem Hort abholen, aber das dürfte kein Problem sein.

6

»Und du hast eine neue Stelle in Aussicht? Aber das ist ja großartig!« Ihre Mutter klatschte vor Freude in die Hände.

Nelly, die ihr staunend zugeschaut hatte, machte direkt begeistert mit.

»Ja, bei einem Schriftsteller. Samuel Winter«, erklärte Vic ihr.

»Samuel Winter? DER Samuel Winter?« Ihr Vater trat zu ihnen und sah Vic neugierig an.

»Ja, genau der.«

Vic hatte sich schlau über ihren potenziellen Arbeitgeber gemacht und abends an ihrem alten PC nach ihm gegoogelt.

Samuel Winter hatte mit Anfang zwanzig seinen ersten Roman veröffentlicht, der direkt ein Bestseller wurde. In Literaturkreisen wurde er in den höchsten Tönen gelobt, mittlerweile hatte er sechs Bücher geschrieben, die alle erfolgreich waren. Und er war verheiratet gewesen, seine Frau war vor drei Jahren bei einem Verkehrsunfall gestorben. Seitdem hatte man ihn kaum noch in der Öffentlichkeit gesehen, er hatte sich zunächst ins Ausland zurückgezogen, aber seit einem halben Jahr war er wohl wieder in Deutschland. Und er war dreißig Vic hatte also richtig geschätzt.

»Wow, das ist ja ein richtiger Promi!«, staunte ihr Vater.

»Na ja, mal sehen, ob der Job was für mich ist«, wiegelte Vic ab. Sie wollte ihren Eltern nicht schon Hoffnungen machen, vielleicht würde sie ja doch noch ablehnen.

»Wir wünschen dir viel Glück, Victoria.« Ihre Mutter nahm sie fest in den Arm.

»Danke. Das kann ich bestimmt gebrauchen.«

Vic hatte sich das Navigationsgerät von ihrem Vater ausgeliehen, weil sie Angst hatte, den Weg zu dem Bauernhof nicht zu finden. Und sie wollte sich auf keinen Fall verfahren und unpünktlich sein.

Ob das hier wirklich das Richtige war? Noch immer war sie unsicher, aber Vic wusste, dass sie sich ärgern würde, wenn sie es nicht zumindest mal versuchen würde.

Das Navi führte sie aus der Stadt raus, damit hatte sie ja schon gerechnet. Als es stetig ländlicher wurde, wuchs ihre Anspannung stärker an.

Vor einem breiten, mit Bäumen bepflanzten Weg verlangte die Stimme des Navis, dass sie abbiegen müsse.

Vic stutzte jetzt doch. Der Weg führte zu einem alten Gutshof. Aber Herr Winter hatte doch etwas von einem Bauernhof gesagt?

Vielleicht liegt der Bauernhof ja auch auf dem Gelände …

Die Auffahrt war sehr idyllisch. Wäre Vic nicht so nervös gewesen, dann hätte sie das hier jetzt genossen.

Die Frühlingssonne schien durch den Blätterkranz der Bäume hindurch und warf tanzende Schatten auf die Straße. Vic fragte sich gerade, wann wohl endlich mal ein Haus käme, da tauchte ein Gutshaus vor ihr auf.

»Sie sind am Ziel!«, verkündete das Navigationsgerät hoheitsvoll.

»Im Ernst?«, rief Vic unsinnigerweise.

Sie fuhr auf den Hof, auf dem ein schicker BMW und mehrere Wagen von Handwerksfirmen standen.

Vic schaute noch einmal auf den Zettel mit der Adresse, aber das musste wohl stimmen.

Sie erhaschte einen Blick auf das Nummernschild der Nobel-karosse, die letzten Buchstaben lauteten SW: Samuel Winter.

Sie läutete, ein Blick auf die Uhr gab ihr die Gewissheit, dass sie pünktlich war.

Es waren Schritte zu hören, kurz darauf öffnete Samuel Winter ihr.

»Ah, genau siebzehn Uhr dreißig«, nickte er ihr zu.

Wie immer war er völlig in Schwarz gekleidet. Vic fragte sich, ob das einfach sein Stil war oder seine Art der Trauerbewältigung.

»Kommen Sie, ich zeige Ihnen das Haus.« Er trat zur Seite und ließ sie an sich vorbeigehen.

Dabei entging ihr nicht, dass er sie ausgiebig musterte.

Vic ärgerte sich, dass sie statt einer einfachen Jeans ein leichtes Kleid gewählt hatte, aber sie wollte besonders nett aussehen für diesen wichtigen Termin.

Sie kamen in eine riesige Halle, von der eine breite Treppe nach oben führte. Staunend schaute Vic sich um. Schon allein dieser Raum war riesig.

Viel zu putzen!

Samuel Winter führte sie in eine große Küche. Sie war im Landhausstil gehalten und passte perfekt in dieses alte Gutshaus. Die technischen Geräte waren ganz offensichtlich nagelneu. Der Monteur war gerade dabei, den Herd anzuschließen.

»Das wäre hier Ihr Reich, wie gesagt, ich lege Wert darauf, dass ich ein Frühstück bekomme und dass für ein warmes Abendessen gesorgt wird«, sagte er mit strenger Stimme.

»Ja.« Vic fragte sich, ob ihm ihre Kochkünste überhaupt genügen würden, aber Josef Weber war auch kein Sternekoch, und was es im Restaurant zu essen gab, bekam Vic auch noch hin.

»Sie müssen nicht jeden Tag alles auf Hochglanz wienern. Einmal die Woche kommt sowieso eine Putzfirma. Aber es sollte ordentlich sein. Ich erwarte, dass das Telefon bedient wird und die

Betten gemacht werden. Ach ja, sollte ich Damenbesuch haben, müssen Sie sich auch um meine Gäste kümmern.«

Vic schluckte. *Damenbesuch? Aha!*

Aber natürlich, warum auch nicht? Er war ein attraktiver Mann, jedenfalls fand das ihre Kollegin Susi, und er war noch jung. Außerdem ging sie das nichts an.

»Klar«, nickte sie.

Die Führung ging weiter. Das Wohnzimmer zierte ein gemütlicher Kamin und schöne alte Holzmöbel. Ein Teil war noch abgedeckt, denn auch hier wuselten Maler herum.

»Oben sind die Schlafzimmer und die Bäder«, erklärte Samuel Winter. Er bat sie, an der Treppe vorzugehen, doch Vic lehnte das mit einem entrüsteten Blick ab. Sie wollte nicht, dass er unter ihren Rock sehen konnte, und schüttelte den Kopf.

Samuel Winter verdrehte die Augen und ging voraus.

Vic fühlte sich etwas ertappt, doch ihr war eben wohler so.

Es gab drei große Schlafzimmer und zwei Bäder, von dem eines noch renoviert werden musste.

»Sie sehen, es gibt einiges zu tun. Aber ich werde sowieso nur dieses Bad hier benutzen, von daher haben Sie sich auch bloß um eines zu kümmern.«

Wieder unten angekommen, zeigte er ihr noch sein Arbeitszimmer.

»Das hier ist absolutes Sperrgebiet. Hier drin will ich niemanden sehen, verstanden?«

»Natürlich«, nickte Vic.

Sie war fast schon eingeschüchtert von der Größe und Schönheit des Hauses.

»Wenn hier sauber gemacht werden muss, werde ich Sie darum bitten und anwesend sein. Hier liegen Manuskripte, die keinen was angehen. Klar?«, hakte er barsch nach.

»Klar«, wiederholte Vic.

»Gut, dann wäre hier noch der Garten …« Er bat sie auf eine große Terrasse. Vic schaute sich verzückt um. Die ersten Frühlingsblumen blühten schon in voller Pracht; man brauchte nicht viel Fantasie, um sich auszumalen, wie schön dieser Bauerngarten im Sommer aussehen würde.

»Es kümmert sich eine Gartenbaufirma um die Instandhaltung der Außenanlagen. Damit werden Sie keine Arbeit haben. Es gibt ein paar Gemüsebeete. Wenn Sie wollen, können Sie sich daran bedienen. Außerdem würde ich Sie bitten, ausschließlich Lebensmittel in Feinkost- oder Bioläden einzukaufen.«

Vic nickte. Natürlich war er nur das Beste gewohnt. Für Nelly versuchte sie auch immer, möglichst viele Biolebensmittel zu kaufen, doch manches überstieg einfach ihr Budget.

Auf der anderen Seite des Gartens fiel ihr ein kleines Haus auf, es war mit Efeu zugewuchert und wirkte fast schon winzig gegen das Gutshaus.

»Wer wohnt da?«, erkundigte Vic sich.

»Niemand. Früher haben dort die Verwalter gewohnt«, erklärte Samuel Winter ihr gelangweilt. »Es steht schon lange leer. Vielleicht renoviere ich es mal, aber ich habe eigentlich keine Verwendung dafür.«

»Ach so!« Vic ging ein paar Schritte auf das Häuschen zu. Sie fand es ganz bezaubernd, wie eine kleine verwunschene Oase.

Ein blauer Zaun, der schon arg verwittert war, umgab es. Die Sprossenfenster hatten auch schon bessere Zeiten gesehen. Aber es hatte einen Charme, der Vic sofort faszinierte.

Sie stellte sich vor, wie es sein müsste, mit Nelly hier zu leben. Vic hatte von jeher davon geträumt, ein kleines Häuschen mit Garten für ihre Tochter und sich zu haben, aber die Miete würde sie wohl nie bezahlen können.

In ihrem Geiste lief Nelly über die Wiese, hier musste Vic keine Angst haben, dass sie auf die Straße geraten könnte.

»Die Koppeln gehören auch mit zum Gut, aber darum kümmere ich mich nicht. Die Ställe sind verpachtet«, riss die knurrige Stimme von Samuel Winter sie aus ihren Träumereien.

»Aha«, räusperte sich Vic.

Wahrscheinlich hatte er geglaubt, dass sie die Weiden betrachtet hatte.

»Was meinen Sie? Schaffen Sie es?«

»Ich denke schon. Ich würde es gerne versuchen«, erklärte sie mutig.

Würdest du?, fragte sie sich selbst unsicher. *Doch, will ich!*

»Gut. Die Küche wird in einer Woche vollständig funktionsfähig sein. Reden Sie mit Ihrem Chef, wann Sie aufhören können. Wir sehen uns morgen im Lokal«, nickte er ihr noch einmal zu, dann wandte er sich auf dem Absatz um und schritt wieder in Richtung Haus.

Vic stutzte. Sollte sie ihm jetzt folgen? Wohl nicht, oder? Das klang ja eben eher danach, als ob das Gespräch beendet sei.

Sie seufzte. Nein, ein höflicher Mann war er nicht gerade. Sie musste direkt an den angesprochenen Damenbesuch denken. War er zu seinen Frauen auch so schroff? Wohl kaum, oder? Wer ließ sich schon so etwas freiwillig gefallen?

Andererseits war er berühmt und reich, da übersahen einige womöglich die fehlenden Manieren.

»Ach ja …«

Sie zuckte zusammen. Er war noch einmal zurückgekehrt, vor lauter Grübeleien hatte sie es nicht bemerkt.

»Sie heißen Victoria, richtig?« Er sah sie mit undefinierbarem Blick an.

»Ja, richtig. Aber alle nennen mich Vic«, antwortete sie schüchtern.

»Ich bräuchte noch Ihre Daten. Kommen Sie mit!«, wies er sie an.

Sie folgte ihm zurück ins Haus. In der Küche deutete er auf ein Formular. »Ausfüllen!«

Vic sah, dass das Gehalt eingetragen war. Sie staunte, denn dies war wirklich ein sehr nobles Entgelt, das würde sie für einiges entschädigen. Sie trug ihre Anschrift und ihre Daten ein, danach reichte sie ihm das Blatt zurück.

»Wir reden morgen darüber, wann Sie anfangen«, sagte er knapp.

»In Ordnung. Danke«, lächelte sie ihm zu.

Er schenkte ihr keine Beachtung mehr und verließ den Raum.

Nein, Geld und Berühmtheit würden für Vic niemals ausreichen, um diesen Typen länger als nötig zu ertragen.

Aber sie hatte einen neuen Job, das war doch schon mal was.

Und es gab bestimmt Schlimmeres, als in diesem Haus zu arbeiten und gut zu verdienen.

7

»Echt? Du hast angenommen? Ich dachte, der Typ sei so ein Kotzbrocken.« Betty sah Vic überrascht an. Sie unterbrach jetzt sogar das Haareschneiden.

»Ist er ja auch. Aber das Angebot war einfach zu verlockend. Er zahlt gut, und er bietet mir an, dass ich mich zwischendurch immer wieder ausruhen kann, wenn es mit der Hüfte nicht mehr geht. Ich kann das nicht abschlagen, nicht in meiner Situation.« Vic seufzte.

Nelly kam zu den beiden und krabbelte auf Vics Schoß. »Mami kriegt Haare schön«, stellte sie sachlich fest.

»Genau, Süße«, lachte Betty sie an. »Und was ist mit deinen Zöpfchen? Sind die alle noch fest?«, fragte sie Nelly.

»Ja, fest«, nickte die Kleine eifrig.

Vic gluckste auf. Nelly war zwar stolz auf die vielen kleinen Zöpfchen, aber so schnell wollte sie sich der Prozedur von Betty sicher nicht mehr unterziehen.

Dabei hatte Vics Freundin eine Engelsgeduld mit Kindern, und auch Nelly ließ fast alles mit sich machen.

»So, gleich ist Mami fertig.« Betty schnitt noch eine Strähne, danach hielt sie Vic einen Spiegel vor. »So? Oder soll noch etwas ab?«

»Nein, das reicht.« Vic betrachtete sich zufrieden. Sie würde sich nie von ihren langen braunen Haaren trennen wollen.

»Du musst ja schön sein für deinen neuen Chef«, zwinkerte Betty ihr zu.

»Spinnerin!«, schimpfte Vic mit ihr. »Das Nachschneiden war bitter nötig.«

»Hast ja recht«, lachte Betty und tippte Vic auf die Nase. »Sag mal: Kannst du mir nicht eine Widmung von Samuel Winter besorgen? Robert hat eines seiner Bücher, der findet das richtig gut.«

»Vielleicht …« Vic biss sich auf die Unterlippe. »Aber noch nicht sofort, ja? Ich will nicht direkt am Anfang schon mit einem Autogrammwunsch ankommen.«

»Das kann ich verstehen. Aber es wäre lieb, wenn du mal gelegentlich daran denkst.«

»Mach ich!«, versprach Vic ihr.

»Und wann genau fängst du an?«

»Am Montag. Josef hat schon eine Vertretung für mich gefunden.« Vic knetete nervös ihre Hände.

»War er nicht sauer?«

»Josef? Ach was! Er war froh, er hat mir ja sogar ausdrücklich zu der Stelle geraten. Er hat sich doch dauernd Sorgen wegen meiner Hüfte gemacht.«

»Da hat er auch recht. Mensch, Vicci, ich bin echt gespannt, wie dein neuer Job wird …«

»Frag mich mal!« Vic konnte ihre Aufregung nicht verbergen.

Wie oft hatte sie sich in den letzten drei Tagen schon gefragt, ob die Entscheidung die Richtige war? Sie hatte schließlich einen Hang dazu, stets das Falsche zu tun.

Doch egal, wie lange sie grübelte, bei einem war sie sich sicher: Wenn sie es nicht versuchen würde, würde sie sich ärgern.

Auch wenn Samuel Winter nicht gerade jemand war, den man sich sehnlichst als Chef wünschen würde – das Haus war wunderschön; schon allein deswegen wollte Vic es probieren. Und natürlich war auch das Geld nicht zu verachten – gut bezahlte Jobs lagen für alleinerziehende Mütter nicht auf der Straße.

Es musste einfach klappen!

Vic stellte ihren Wagen neben dem von Samuel Winter ab. Es kam ihr fast schon wie ein Sakrileg vor, ihre kleine Nuckelkiste neben der Nobelkarosse zu parken. Doch er hatte ihr nichts davon gesagt, ob es hier einen Parkplatz für Angestellte gab. Also ließ sie ihren kleinen roten Wagen jetzt einfach mal da stehen.

Sie lugte auf die Uhr, es war acht, sie hatte vom Kindergarten bis hier raus eine halbe Stunde gebraucht. Auch Nelly hatte gespürt, dass sie aufgeregt war. Sie hatte sich immer wieder erklären lassen, dass Mami einen neuen Job hatte und was sie dort tun musste.

Vic war sich sicher, dass Nelly das sofort groß im Kindergarten verkünden würde.

Ihre Hände zitterten leicht, als sie den Schlüssel ins Türschloss steckte. Noch einmal atmete sie tief durch, ehe sie auf wackligen Knien das Gutshaus betrat.

Vic ging direkt in die Küche. Samuel Winter wollte um halb neun sein Frühstück serviert haben, also musste sie damit als Erstes anfangen.

Er hatte ihr gestern im Restaurant eine Liste und den Hausschlüssel überreicht, auf der Liste war vermerkt, was sie heute zu tun hatte.

Vic guckte sich in der Küche um. Im Kühlschrank fand sie alle Zutaten für das Frühstück. Später würde sie einkaufen fahren müssen, das Geld dafür wollte er ihr noch geben.

Sie wusste von seinen Besuchen im Restaurant, was er morgens bevorzugte. Sie hatte für ihn frische Brötchen mitgebracht, vielleicht stimmte das ja seine Laune gnädiger.

Vic deckte den Tisch im Esszimmer und war gespannt, ob ihr neuer Chef sich auch pünktlich um halb neun zeigen würde.

Ihre Nerven waren zum Zerreißen gespannt, als sie Schritte auf der Treppe vernahm. Er war noch nicht rasiert, dunkle Bartstoppeln warfen Schatten auf seine Wange. Er schaute ein bisschen verwegen aus, wie Vic fand.

»Guten Morgen, Herr Winter«, grüßte sie fröhlich. Sie hoffte, dass er ihre Nervosität nicht heraushören konnte.

»Morgen«, grummelte er und setzte sich an den Esstisch.

Vic goss ihm eine Tasse Kaffee ein und holte die Pfanne mit den Rühreiern.

»Ich habe Ihnen frische Brötchen mitgebracht.«

»Sehe ich. Können Sie jetzt immer machen«, nuschelte er und griff nach der Tageszeitung.

Vic beschloss, ihn lieber in Ruhe zu lassen. Sie marschierte zurück in die Küche.

Auf dem Zettel hatte er notiert, dass sie die Wäsche zu erledigen hatte, also lief sie in den Keller, wo der Waschraum war.

Hier schienen die Handwerker ebenfalls gewesen zu sein, alles war frisch gestrichen und wirkte hell und freundlich. Vic hatte insgeheim ein bisschen Angst vor dunklen Kellerräumen, aber hier wirkte nichts bedrohlich. *Nur der Hausherr …*

Als sie wieder nach oben kam, schielte sie kurz ins Esszimmer. Er war nach wie vor über die Zeitung gebeugt und schien ganz vertieft darin zu sein.

Vic entschied, in sein Schlafzimmer zu gehen und dort Ordnung zu machen. Als Erstes fielen ihr Fotos auf, die eingerahmt auf einer Kommode standen.

Fotos von ihm und einer wunderschönen Frau. Eines davon zeigte sie bei ihrer Hochzeit, die Frau trug ein atemberaubendes langes weißes Kleid.

Vic konnte sich von dem Anblick gar nicht mehr lösen. Diese Frau gehörte wohl zu den attraktivsten Geschöpfen, die sie je gesehen hatte. Sie hatte lange blonde Haare und strahlend blaue Augen.

Auch Samuel Winter lächelte auf dem Hochzeitsfoto in die Kamera. Er wirkte richtig glücklich, das Lächeln stand ihm gut zu Gesicht.

»Was gibt's da zu gucken?«, donnerte es auf einmal hinter ihr los.

Vic zuckte erschrocken zusammen und schrie leise auf. »Mein Gott, was brüllen Sie denn so?«, maulte sie.

Er stand im Türrahmen und funkelte sie so zornig an, dass sie eigentlich hätte tot umfallen müssen. »Sie haben nicht das Recht, sich die Bilder anzuschauen!«, tobte er weiter.

»Aber ich soll doch hier Ordnung machen, oder nicht?«, verteidigte Vic sich. Immer noch saß ihr der Schreck in den Gliedern.

»Ich sehe aber nicht, dass Sie Ordnung machen. Sie schnüffeln bloß herum«, motzte er. Samuel Winter kam ein paar Schritte auf sie zu,

Vic wich vor ihm zurück. »Wenn Sie nicht wollen, dass ich die Fotos anschaue, hätten Sie mir nicht auftragen dürfen, Ihr Bett zu machen!« Vic straffte die Schultern und schaute ihm fest in die Augen. Woher sie den Mut nahm, wusste sie selbst nicht, aber sie wollte sich auf keinen Fall von ihm einschüchtern lassen.

»Sie sind es nicht würdig, die Bilder zu betrachten«, spie er ihr verächtlich entgegen.

»Wie bitte?« Vic stemmte ihre Hände in die Hüften. Sie war ein ganzes Stück kleiner als ihr Gegenüber, aber jetzt wurde sie langsam so wütend, dass sie direkt um ein paar Zentimeter wuchs. Jedenfalls bildete sie es sich ein.

»Was soll das denn heißen? Das ist ja wohl das Unverschämteste, was ich je gehört habe«, schimpfte sie los. »Und im Übrigen: Jeder, der will, kann sich Bilder von Ihnen im Internet anschauen!«

»Aber nicht diese Privaten!«

»Ich kann aber schlecht mit einer Augenbinde Betten machen, oder?«, fauchte Vic weiter. »Wenn Sie sich so dermaßen wegen ein paar Fotos anstellen, dann bringen Sie doch selbst Ordnung in das Schlafzimmer!« Sie warf ihm noch einen wütenden Blick zu und stapfte mit hoch erhobenem Haupt an ihm vorbei.

Schnell hastete sie die Treppe hinunter ins Esszimmer, um dort abzuräumen.

Sie hörte, dass er ihr gefolgt war.

»Ich bin noch nicht fertig mit frühstücken!«, blaffte er weiter.

Vic stellte lautstark den Teller zurück.

»Ich möchte noch etwas Kaffee und habe Sie gerufen. Aber Sie waren ja so dermaßen damit beschäftigt, die Bilder anzugaffen, dass Sie es nicht gehört haben!« Er setzte sich wieder hin und bedachte sie mit einem weiteren feindseligen Blick.

Vic fühlte sich ertappt. So, wie Samuel Winter immer herumbrüllte, war es kaum möglich, ihn nicht zu hören. Aber sie musste sich eingestehen, dass er recht hatte. Sie war sehr vertieft in die Fotos gewesen.

»Die … die Fotos sind sehr schön. Ihre … Ihre Frau war sehr schön«, bemerkte sie freundlich, um ihren Fehler wiedergutzumachen.

»Natürlich war sie das«, stimmte er mürrisch zu, aber sein Zorn schien verpufft zu sein. »Niemand kann es mit ihr aufnehmen.«

»Sicher!«, nickte Vic ihm zu. »Was … also warum hatten Sie mich gerufen?«

»Kaffee – sagte ich doch!«

»Kommt sofort.«

»Wenn ich frühstücke, halten Sie sich in Rufnähe«, wies er sie barsch an, als sie aus der Küche zurückgekehrt war. »Wenn ich selbst aufstehen muss, brauche ich keine Haushaltshilfe.«

»Ja, natürlich.« Vic verzog sich wieder in die Küche.

Sie atmete erst mal tief durch. Die Auseinandersetzung mit ihm war nicht ohne gewesen. Doch eines musste man ihm lassen: Nachtragend war er offenbar nicht.

Vic reckte den Kopf nach oben.

Nein, sie würde sich das nicht gefallen lassen und ihm weiter Kontra geben. Sie wollte ihm eine gute Arbeitskraft sein, aber deswegen ließ sie sich noch lange nicht anschreien. Sie hatte schließlich auch ihren Stolz.

8

Vic räumte die Küche auf und wischte kurz über den Boden, als er sie wieder rief.

»Bin fertig. Setzen Sie sich, wir müssen besprechen, was eingekauft werden soll.«

Samuel Winter zog einen Block hervor. »Dies hier sind die Dinge, die Sie besorgen müssen. Und dann natürlich die Lebensmittel, die Sie für das Abendessen benötigen. Ich habe ein paar Geschäfte notiert, die hier im Umkreis liegen.«

»Gut, dass Sie das ansprechen: Haben Sie besondere Wünsche, was ich kochen soll? Oder mögen Sie etwas absolut nicht?«

»Fisch. Ich hasse Fisch.«

»Okay. Sonst noch etwas?«, fragte sie freundlich weiter. Mittlerweile hatte sie sich so weit gefangen, dass der Streit ihr nicht mehr in den Knochen steckte.

»Leber und Nieren. Also eigentlich alle Innereien.« Er verzog angewidert das Gesicht.

»Gut«, lachte Vic. Die Schnute, die er gerade zog, war schon fast spektakulär.

»Sonst gibt es nichts, was ich nicht mag. Jedenfalls fällt mir nichts Gravierendes ein. Ach ja, ich brauche kein Drei-Gänge-Menü. Hauptspeise reicht. Und es muss auch nicht immer das Teuerste sein«, fuhr er fort.

»In Ordnung.« Vic war erleichtert. Dabei hatte sie sicherheitshalber ein paar ihrer Kochbücher mitgebracht, aber vielleicht würde sie die doch nicht so oft brauchen, wie befürchtet.

»Das Problem ist, dass ich solche Sachen wie Steaks nicht gut vorbereiten kann. Wenn Sie das zum Beispiel wünschen, würde das nicht gehen.«

»Ach was? Wäre ich ja nie drauf gekommen!«, erwiderte Samuel Winter bissig. »Machen Sie einfach mal was, dann werde ich sehen, ob unser Arrangement funktionieren kann.«

Er stand auf und legte ihr eine Geldbörse hin. »Dort sind zweihundert Euro drin. Nehmen Sie sie für den Einkauf. Wenn das Geld aufgebraucht ist, bekommen Sie mehr. Selbstverständlich werde ich die Kassenzettel kontrollieren.«

»Ach was? Wäre ich ja nie drauf gekommen«, wiederholte Vic seine Worte nicht weniger scharf. »Soll ich direkt einkaufen fahren oder erst den Haushalt erledigen?«

»Ich bin jetzt im Arbeitszimmer und wünsche, nicht gestört zu werden. Wie Sie das machen, ist Ihre Sache! Ach ja: Für den Einkauf können Sie den BMW nehmen, ist wohl komfortabler als die Zigarettenschachtel da draußen.«

»Nein danke.« Vic erhob sich ebenso und blickte ihn hochmütig an. »Nicht, dass ich Ihre Nobelkarosse noch kaputt fahre!«

»Die Gefahr sehe ich allerdings auch.«

Vic beschloss, zuerst die Einkäufe zu erledigen. Sie fuhr in den Nachbarort und fand einen Supermarkt. Doch da fiel ihr ein, dass er ja Feinkostläden und Biosachen bevorzugte, also steuerte sie doch wieder die Großstadt an und klapperte die Läden ab, die er ihr notiert hatte.

Als sie nach anderthalb Stunden zurückkam, war es ganz still im Haus. Vic räumte die Einkäufe ein und machte sich so leise, wie es ihr möglich war, an die Hausarbeit.

Auch das Schlafzimmer betrat sie erneut, diesmal sah sie aber zu, dass sie den Raum so schnell wie möglich wieder verlassen konnte.

Gegen 14 Uhr bereitete sie einen Auflauf vor, den er sich abends nur warm machen musste.

Anschließend ging Vic hinaus auf die Terrasse. Er hatte ihr ja Ruhezeiten eingeräumt, also setzte sich sich auf einen Gartenstuhl und genoss die Sonnenstrahlen.

Verträumt schaute sie hinaus in den Garten. Es war hier wirklich wunderschön, insgeheim fragte sie sich aber, was er allein mit so einem großen Haus anfangen wollte. Aber vielleicht wollte er ja auch gar nicht allein bleiben. Vielleicht hatte er ja vor, wieder zu heiraten?

Ob es da schon jemanden gab? Er hatte ja davon gesprochen, dass sie sich um Damenbesuche ebenfalls zu kümmern hatte. Das hörte sich nach verschiedenen Anwärterinnen an. Aber vielleicht hatte er mit *Damenbesuch* eine ganz bestimmte gemeint ...

Über was grübelst du denn da nach?, schimpfte sie mit sich. *Deine Neugier wird schon noch befriedigt werden!*

Nach einer Viertelstunde ging sie wieder hinein. Sie putzte das Bad, das er für sich benutzte, und fegte durch die große Halle. Inzwischen war es schon bald 15.30 Uhr, und sie wollte Feierabend machen.

Vic kämpfte mit sich, ob sie sich von ihm verabschieden sollte, aber er bestand ja auf seiner Ruhe. Doch sie wollte nicht unhöflich sein, also fasste sie sich ein Herz und klopfte an die Tür des Arbeitszimmers.

»Was ist denn?«, hörte sie seine wütende Stimme.

Vic öffnete und lugte durch den Türspalt. »Ich wollte mich nur verabschieden, ich bin dann jetzt weg. Das Essen ...«

»Werde ich schon finden. Auf Wiedersehen«, unterbrach er sie genervt. »Sie müssen sich nicht abmelden. Wenn Ihre Klapperkiste nicht mehr auf dem Hof steht, weiß ich Bescheid.«

»Gut, dann Tschüss«, zischte sie ihm zu und schloss lauter, als sie es eigentlich wollte, die Tür.

Blödmann!

Vic freute sich unbändig auf ihre kleine Tochter. Endlich mal ein fröhliches Gesicht zu sehen, konnte sie nach diesem Arbeitstag mehr als gebrauchen. Sie fragte sich, ob das wirklich ständig mit Samuel Winter weitergehen würde und ob sie dies auf Dauer ertragen konnte. Aber noch wollte sie sich darüber keine Gedanken machen. Sie musste ihn und seine Eigenarten eben besser kennenlernen, später würde es auch weniger Reibungspunkte geben.

»Mami!« Nellys Stimmchen ließ sie direkt strahlen. Ihre kleine Tochter warf sich in ihre Arme.

Vic wirbelte sie herum. »Wie war dein Tag?«

»Schön. Hab' wieder mit Tina spielt«, berichtete Nelly.

»Sind Sie die Mutter von Nelly?« Eine Frau sprach Vic an und musterte sie erstaunt.

»Ja, die bin ich. Victoria Gessner«, stellte sich Vic vor.

»Mara Weinert. Ich bin die Mutter von Tina«, lächelte die Frau. »Sie müssen entschuldigen, ich habe irgendwie gedacht, Sie wären … Also ich dachte, Sie wären auch dunkelhäutig.«

»Nun ja, bin ich nicht«, lachte Vic.

»Das ist offensichtlich«, grinste Mara Weinert. »Ich wollte mit Tina noch ein Eis essen gehen, vielleicht haben Sie und Nelly ja Lust, uns zu begleiten?«

Über Vics Gesicht huschte ein Strahlen. »Das ist eine schöne Idee. Gerne.«

»Kennen Sie das Eiscafé in der Königsstraße? Sollen wir uns gleich dort treffen?«

»Ich werde mit Nelly dorthin kommen.« Vic freute sich für ihre kleine Tochter. Nelly würde Augen machen.

Die Überraschung für die Mädchen war riesengroß, als sie sich im Café trafen. Vor der Eisdiele gab es einen Platz mit einem Brunnen; und die beiden Kleinen liefen, nachdem sie alles aufgegessen hatten, dorthin.

Mara Weinert war eine angenehme, nette Frau. Sie lächelte viel und konnte gut erzählen. Sie war schwanger und Vic erkundigte sich nach ihrem Befinden.

»Mir geht's super. Besser als mit Tina. Der Kleine kommt in drei Monaten«, erklärte Mara ihr. »Mein Mann freut sich schon, er wollte immer einen Jungen und ein Mädchen. Wie war das bei Ihnen und Ihrem Mann?«

»Ein bisschen anders«, antwortete Vic traurig. »Nellys Vater lebt in den USA. Wir haben keinen Kontakt mehr, er …, er hat nicht so das Interesse an dem Kind.«

»Oh, das tut mir leid.« Tinas Mutter sah sie betroffen an. »Ich wollte nicht so neugierig sein.«

»Nein, schon gut«, winkte Vic ab. »Das konnten Sie ja nicht wissen.«

Mara Weinert lenkte das Gespräch auf andere Themen. Die beiden Frauen verstanden sich ausgezeichnet und beschlossen rasch, sich zu duzen.

Nelly und Tina waren unglücklich, als es hieß, dass es nach Hause ging.

»Ihr seht euch doch morgen im Kindergarten«, tröstete Vic Nelly. Im nächsten Moment wandte sie sich an Mara. »Das war eine tolle Idee. Vielleicht können wir das ja mal wiederholen?«

»Gerne. Ich würde mich freuen«, lachte Tinas Mutter.

Auch ihr Töchterchen zog eine Schmollschnute und weinte.

Mara zog sie schnell mit sich und winkte Nelly und Vic noch einmal zum Abschied zu.

Vic nahm ihre Tochter an die Hand und dirigierte sie in die andere Richtung zu ihrem Auto.

Als sie an einem der Tische vorbeikamen, hörte sie, wie zwei ältere Damen sich unterhielten.

»… da sollte man doch meinen, dass es genügend hellhäutige Männer gibt«, sagte die eine.

»… sich mit einem Neger einzulassen …, so was gehört sich doch nicht …«, fügte ihre Gesprächspartnerin hinzu.

Sie warfen Vic einen bösen Blick zu.

Vic nahm ihre kleine Tochter schnell auf den Arm und machte, dass sie wegkam.

Es war nicht das erste Mal, dass sie solche Bemerkungen aufschnappte, doch es traf sie immer wieder aufs Neue. Es fiel ihr schwer, dies zu verdrängen, sie zwang sich dazu, sich die Erinnerungen an den schönen Nachmittag mit Mara und Tina nicht dadurch kaputtmachen zu lassen. Als sie das Auto erreichten, hatte sie die Bemerkungen schon erfolgreich verdrängt.

Als sie am nächsten Morgen das Gutshaus betrat, hörte sie aus der oberen Etage ein helles Frauenlachen. Vic stutzte kurz und betrat rasch die Küche.

Offenbar hatte Samuel Winter den angekündigten Damenbesuch. Jetzt war Vic gespannt, wie die Dame wohl aussehen würde.

Seine verstorbene Frau war ja eine wahnsinnig schöne Frau gewesen. Ob sein Gast heute auch so hübsch war?

Vic bereitete das Frühstück vor und deckte den Esszimmertisch für zwei Personen. Pünktlich um halb neun hörte sie Schritte auf der Treppe, dann rief Samuel Winter nach ihr.

Vic eilte in das Esszimmer. »Guten Morgen«, lächelte sie ihn und die Frau an.

Sie war blond, wie seine Ehefrau, aber diese Dame hier hatte so ein ätzendes Wasserstoffblond. Vics Freundin Betty lästerte immer über die Frauen, die sich in ihrem Friseursalon die Haare so färben ließen. Vic musste sich ein Glucksen verkneifen.

Die Frau nickte Vic hoheitsvoll zu. »Morgen.«

»Kaffee!«, brummte Samuel Winter sie an.

Vic nahm die Tassen und bereitete in der Küche den Kaffee zu.

»Hören Sie mal, ähm, Victoria. Richtig?«, sprach die Blondine Vic an.

»Ja, richtig«, nickte sie freundlich.

»Hier fehlt die Light-Marmelade. Holen Sie sie bitte.«

»Oh, Entschuldigung.« Vic hastete in die Küche und durchforstete den Vorratsschrank, aber die Marmelade entdeckte sie nicht.

»Tut mir leid, ich kann sie nicht finden«, gestand Vic der Frau.

»Schatz, kannst du mal gucken gehen?« Samuel Winters Geliebte bedachte ihn mit einem verführerischen Augenaufschlag.

Er stöhnte laut auf, schenkte Vic einen bösen Blick und erhob sich.

Vic folgte ihm in die Küche. »Hier ist nichts«, rechtfertigte sie sich.

»Hm.« Er öffnete ein paar andere Schränke und den Kühlschrank, aber auch er fand das Gewünschte nicht. »Hat sie eben Pech gehabt«, knurrte er.

»Ist nichts mehr da«, berichtete er seiner Freundin.

»Oh nein! Daran müssen Sie aber doch denken. So was darf nicht noch einmal passieren«, herrschte die Frau Vic an, die ihm ins Esszimmer gefolgt war.

»Ich wusste nicht, dass die Marmelade benötigt wird, sonst hätte ich sie vom Einkaufen mitgebracht«, verteidigte Vic sich.

»So was muss man aber wissen!«, zischte ihr die Blondine zu.

So langsam, aber sicher begann sie Vic auf die Nerven zu gehen.

»Ich hab's nicht auf die Liste geschrieben, krieg dich ein«, fuhr Samuel Winter sein Blondchen an.

»Welche Sorte denn?«, hakte Vic nach.

»Mango«, antwortete die Blondine.

»Haben Sie sonst noch Wünsche?«

»Ich hätte gerne frisch gepressten Orangensaft, nicht diesen hier.«

»Der Orangensaft ist frisch gepresst«, muckte Vic lächelnd auf.

»Oh, wirklich. Schmeckt aber gar nicht so.« Die Blondine rümpfte die Nase. »Dann sind die Orangen wohl nichts.«

»Das sind Bio-Orangen vom Feinkosthändler Stendler. Ich werde morgen hinfahren und ihn darauf hinweisen, dass die Orangen nicht schmecken«, wandte Vic lächelnd ein.

»Meine Güte!«, herrschte Samuel Winter seine Freundin an.

»Herr Winter legt Wert darauf, dass ich dort einkaufe.« Ein kleines Teufelchen in Vics Kopf verlangte lauthals, dass sie das noch hinzufügte.

»JA! Ist jetzt mal gut!« Ihr Chef funkelte Vic böse an. »Wenn dir der Saft nicht schmeckt, kipp ihn weg!«, wandte er sich an seine Begleiterin.

»Und Sie hören gefälligst auf, zu grinsen!«, motzte er wieder in Vics Richtung.

Vic wurde sofort ernst.

»Bringen Sie mir ein stilles Wasser. Das werden Sie doch wohl können, das kann ja nicht so schwierig sein«, seufzte die Blondine leidend auf.

Victoria musste sich auf die Zunge beißen, um nicht noch eine giftige Bemerkung loszulassen, aber das stand ihr natürlich nicht zu. »Natürlich, kommt sofort«, presste sie stattdessen freundlich hervor und verließ das Esszimmer.

Als sie mit dem Wasser erneut den Raum betrat, hatte die Blondine ihre Hand auf Samuel Winters Schulter gelegt und flüsterte ihm etwas ins Ohr.

»Bitte sehr.« Vic stellte das Wasserglas vor ihr ab.

Blondchen sagte nichts dazu.

»Ich dachte eigentlich, als du erzählt hast, du hättest eine Haushälterin eingestellt, dass du eine ältere Frau für diesen Posten genommen hättest.« Die Frau musterte Vic mit einem scharfen Blick.

In Vic schrillten die Alarmglocken. Wollte Blondie sie jetzt vor Samuel Winter schlechtmachen? Wenn sie nicht aufpasste, konnte Vic diesen Job schneller wieder loswerden, als ihr lieb war.

»Du sollst nicht denken«, brummte ihr Chef.

Vic verließ schnell das Zimmer, um nicht gehässig loszukichern.

Als Vic abräumte, sprach Samuel Winter sie direkt an. »Victoria, Sie bringen Frau Wiesner jetzt zum Bahnhof.«

Vic riss entsetzt die Augen auf. »Wie bitte?«

»Was?«, schrie auch seine Begleiterin los. »Ich dachte, du machst das!«

»Ich werde jetzt arbeiten. Ich ruf dich an.« Er gab der besagten Frau Wiesner einen Kuss auf die Wange und stand auf.

»Warte mal, Schatz. Aber das geht doch so nicht«, protestierte die Blondine und tippelte hinter ihm her.

Vic guckte den beiden neugierig nach. Vielleicht hatte sie ja Glück und die Wiesner konnte ihn davon überzeugen, dass er sie doch fuhr. Victoria hatte nämlich weder Lust dazu noch wollte sie Zeit dafür opfern. Eigentlich hatte sie vor, zu bügeln und die Küche zu putzen.

»Doch, genau so geht das, Jasmin. Und jetzt entschuldige mich.« Er drückte dem Blondchen noch einen Kuss auf den Mund und ließ sie stehen. »Vic, Sie nehmen den BMW!«, kommandierte er.

Victoria stierte ihn fassungslos an.

»Keine Diskussion!«

Vic räumte betont beiläufig den Tisch ab. »Lassen Sie es mich wissen, wenn Sie abreisen möchten«, lächelte sie Samuel Winters Freundin zu.

»Werd' ich schon!«, zischte diese böse zurück.

Zum Glück entpuppte sich Jasmin Wiesner nicht als Plaudertasche, sie ließ sich kommentarlos in den Fond des Wagens plumpsen.

Vic hatte sowieso genug damit zu tun, sich mit dem Auto vertraut zu machen. Sie kam richtig ins Schwitzen, als sie die vielen Knöpfe und Tasten sah. Brauchte man so was wirklich, um ein Auto zu fahren?

Zu allem Überfluss war das auch noch ein Automatikwagen, mit so etwas hatte Vic überhaupt keine Erfahrung. Es dauerte eine kleine Ewigkeit, bis sie den Fahrersitz so eingestellt hatte, dass sie mit ihren Beinen an die Pedale kam, und bis sie meinte, dass sie jetzt auch alles bedienen konnte.

Tatsächlich bekam sie dieses Gefährt ins Rollen, um direkt feststellen zu müssen, dass das Geschoss doch ein paar mehr PS als ihre kleine Nuckelpinne hatte.

»Fahren Sie gefälligst ein bisschen vorsichtiger!«, maulte Jasmin Wiesner von hinten, als Vic an einer Ampel unabsichtlich einen Kavalierstart hinlegte.

Jetzt wusste Vic zumindest, warum diese BMW-Fahrer gar nicht anders fahren konnten, mit den Autos war das schlicht unmöglich.

Irgendwie brachte sie die Fahrt hinter sich. Als sie wieder auf dem Gut ankam, waren zu ihrem Ärger aber schon fast anderthalb Stunden vergangen. Ihre Zeitplanung hatte das ganz schön durcheinandergewirbelt, wie sie missmutig feststellen musste.

Vic begann direkt, die Küche zu putzen, von Samuel Winter war nichts zu sehen.

Hastig huschte sie hinauf ins Schlafzimmer, um die Betten zu machen. Zu ihrer Verwunderung war sein Schlafzimmer unbenutzt, er hatte mit Jasmin in einem der anderen Zimmer übernachtet.

Ob es ihm unangenehm wegen der Fotos seiner Frau war? Die Gedanken wirbelten durch Vics Kopf. Dann zwang sie sich aber zur Konzentration, ihr Pensum wollte sie heute unbedingt schaffen.

Das Bett war doch arg zerwühlt, es schien eine sehr leidenschaftliche Nacht gewesen zu sein.

Victoria versuchte, das jetzt unvermeidlich beginnende Kopfkino abzuschalten, was aber nicht so leicht war.

Er hat wenigstens Sex – im Gegensatz zu dir! Seid Jared hast du keinen Mann mehr gehabt.

Unter einem Laken fand sie einen schwarzen String, mit spitzen Fingern zog Vic ihn hervor. Dieses kleine Teilchen war von einer noblen Marke; in Vics Geist erschien Jasmin Wiesner mit riesigen Engelsflügeln auf einem Laufsteg …

»Haben Sie den Fahrersitz wieder zurückgestellt?«

»Waaah!« Vic wirbelte herum und funkelte Samuel Winter wütend an. Müssen Sie sich so heranpirschen?«

Ihr Herz klopfte bis zum Hals, der Schreck war ihr in alle Glieder gefahren. Sie war völlig in Gedanken gewesen und hatte ihn nicht kommen hören.

»Ich wohne hier! Kann ich wissen, dass Sie so ängstlich wie ein Feldhase sind?«

»Sie hätten klopfen können!« Ihre Atmung normalisierte sich so langsam wieder.

»In meinem eigenen Haus? Sie ticken wohl nicht mehr richtig. Also: Haben Sie den Fahrersitz zurückgestellt?«

»NEIN!«

»Ist eine Beule im Auto?«

»NEIN!« Vic stemmte die Hände in die Hüften. »Zufrieden?«

»Wenn der Fahrersitz zurückgestellt ist: JA!« Mit einem leichten Grinsen verließ er das Zimmer.

Vic war versucht, ihm ein Kissen hinterherzuwerfen, nur die Tatsache, dass sie es dann noch mal neu beziehen müsste, hielt sie davon ab.

»Warten Sie!«, rief sie ihm nach. Sie hob den String an einem Kleiderbügel hoch und präsentierte das Fundstück dem Hausherrn.

»Was soll ich hiermit machen?«

»Waschen Sie ihn; ich schicke ihn Jasmin.« Er zuckte mit den Schultern.

Waschen – na toll! Vic rümpfte die Nase. Es machte ihr zwar nichts aus, die Wäsche von ihm zu waschen, aber als Garderobiere von seinen Gespielinnen sah sie sich eigentlich nicht.

Sie registrierte das Blitzen in seinen Augen, anscheinend schien er sich gut über ihren Gesichtsausdruck zu amüsieren.

Vic beschloss, so zu tun, als wäre das nichts Besonderes. Mit erhobenem Näschen stolzierte sie zurück ins Gästeschlafzimmer.

Als sie wieder unten war, beobachtete sie durch das Küchenfenster, dass er seinen Wagen gründlich inspizierte.

Sie verdrehte die Augen und holte sich den Korb mit der Bügelwäsche aus dem Keller.

Der Tag war wieder so frühlingshaft schön, dass Vic entschied, das Bügelbrett auf der Terrasse aufzubauen und die Arbeit draußen zu erledigen.

Sie huschte nach unten, suchte sich ein Verlängerungskabel und schleppte alles nach draußen.

»Victoria? VIC?«, hörte sie ihn kurz darauf wieder brüllen.

Sie ging hastig nach drinnen. »Was ist?«

»Wo stecken Sie denn?«, bellte er.

»Ich stehe vor Ihnen.« Sie schenkte ihm ihr liebstes Lächeln.

»Bringen Sie mir einen Kaffee ins Arbeitszimmer!« Das drohende Funkeln in seinen Augen verriet ihr, dass sie ihn jetzt besser nicht weiter provozieren sollte.

Sein Arbeitszimmer war ein dunkler Raum, die Vorhänge waren vor die Fenster gezogen und überall lagen Papiere herum.

»Warum arbeiten Sie nicht draußen? Es ist so ein schöner Tag«, fragte sie ihn prompt.

»Weil ich gerade jemanden in einer kalten Winternacht umbringe«, knurrte er. »Und das kann ich besser hier.«

»Wen bringen Sie denn um?«, hakte sie neugierig nach und bemühte sich, einen Blick auf den Monitor des Laptops zu erhaschen.

»Sie! Wenn Sie noch weiter dämliche Fragen stellen … Haben Sie nichts zu tun?«

»Bin schon weg …« Vic machte, dass sie den düsteren Ort verließ. Sie lief wieder nach draußen auf die Terrasse.

Es war schön, in der Sonne zu arbeiten, auch wenn das Stehen sich so langsam bemerkbar machte und ihre Hüfte schmerzte.

Doch die paar Teile wollte sie noch wegbekommen. Samuel Winter besaß sehr edle Markenkleidung. Vic fand es nur schade, dass fast alles in Schwarz war.

Ob er seine Frau immer noch so schmerzlich vermisste? Er tat ihr deswegen leid. Vielleicht war er deswegen so mürrisch, vielleicht war das eine Art Selbstschutz?

Vic bereitete eine Nudelsauce vor. Die Spaghetti würde er sich wohl selbst kochen können.

Und wenn nicht? Manche Männer sind ja sehr unbeholfen.

Vic holte einen passenden Topf aus dem Schrank, befüllte ihn schon mit Wasser und nahm einen Zettel.

Warten, bis das Wasser kocht, das erkennt man daran, dass dicke Blubberblasen aufsteigen. Danach salzen – wichtig, nicht vergessen! Anschließend die Nudeln rein und zehn Minuten kochen lassen, schrieb sie darauf.

Soll ich noch draufschreiben, dass man die Nudeln durch ein Sieb …, überlegte sie.

»Dafür sollte man Ihnen eigentlich den Hintern versohlen«, hörte sie seine Stimme – wie aus dem Nichts.

Vic zuckte heftig zusammen und fuhr herum.

Samuel Winter stand genau hinter ihr und musterte sie böse.

»Wie?«, japste sie erschrocken.

»Ich weiß, wie man Nudeln kocht.«

»Okay.« Sie zerknüllte den Zettel in ihrer Hand. »Ich … ich geh dann mal. Bis morgen.« Hastig huschte sie an ihm vorbei in die Halle. »Tschüss!«

Auf der Fahrt zum Kinderhort grübelte sie lange über ihren Chef nach. Er war ein komischer Mann. Von seiner unfreundlichen Art mal abgesehen, war er ihr ein Rätsel.

Zu seinen Freundinnen – oder seiner Freundin – musste er ja netter sein, oder? Oder fuhren die Frauen auch so auf ihn ab?

Vics Kollegin Susi fand ihn ja ganz attraktiv – okay, das war er auch, das musste Vic sich eingestehen. Aber es musste doch sehr anstrengend sein, mit so jemandem auszukommen.

Vielleicht holte er sich die Frauen ja auch nur für eine Nacht ins Haus?

Zumindest hatte es nicht den Anschein, als sei Jasmin Wiesner seine große Liebe.

Vic musste unwillkürlich grinsen, als sie an die künstliche Blondine dachte.

Die Oberweite dieser Dame ist mit Sicherheit auch nicht echt, dachte Vic böse. Zumindest würde es zu ihr passen, wenn sie da nachgeholfen hätte.

Vic warf einen kritischen Blick in den Rückspiegel ihres Autos.

Sie schien nicht ins Beuteschema von Samuel Winter zu gehören, offenbar bevorzugte er blauäugige Blondinen und keine grünäugigen Brünetten.

Und schon gar keine, die ein Kind haben!

Aber das war ihr ganz recht. Samuel Winter würde für sie auch gar nicht als Partner infrage kommen, das würde wahrscheinlich in einem Blutbad enden.

Und Nelly wollte sie ihn als Stiefvater auch nicht zumuten.

Vics Laune besserte sich schlagartig, als ihre kleine Tochter auf sie zugestürmt kam. *Nein, dann doch lieber allein mit Kind als ein Leben mit einem ollen Griesgram!*

9

Als Vic am nächsten Tag in das Gutshaus kam, war Samuel Winter bereits unten. Sie war richtig erschrocken, als sie ihn in der Küche hantieren sah.

»Guten Morgen, ich mach das schon«, sagte sie hastig.

Er nickte stumm und verschwand ins Esszimmer.

Vic lugte auf ihre Uhr. War sie später als sonst dran?

Doch sie atmete auf. Sie war zur selben Zeit wie die anderen Tage hier gewesen.

»Sie fahren gleich in die Reinigung und holen zwei Anzüge ab. Heute Abend ist im Verlag ein wichtiger Termin, da werde ich auch essen«, erklärte er ihr gewohnt mürrisch.

»In Ordnung.«

Als er fertig gefrühstückt hatte, sah sie, dass er seinen Laptop nahm und sich auf die Terrasse setzte.

Sie musste lächeln, offenbar hatte er fertig gemordet.

Vic fuhr wie gewünscht in die Reinigung, kaufte noch ein paar Lebensmittel ein und kehrte dann zurück.

Samuel Winter saß immer noch draußen in der Sonne.

Vic wollte ihn fragen, ob er einen Wunsch hätte, doch sie wagte es nicht, ihn zu stören, also blieb sie im Haus.

In der Eingangshalle gab es noch einiges sauberzumachen. An den getäfelten Wänden hingen überall kleine Lampen, die sie abstauben wollte.

Vic war allerdings zu klein, um sie zu erreichen, also holte sie sich aus dem Keller eine Leiter und begab sich damit ans Werk.

Es lohnte sich, die Lampen waren ganz schön eingestaubt; die Arbeit war anstrengender, als sie vermutet hatte. Das ewige Auf und Ab auf der Leiter war nicht ohne und bald schon spürte sie deutlich ihre Hüfte.

Doch Vic wollte jetzt nicht mittendrin aufhören. Erst als sie fertig war, gestattete sie sich eine Pause. Als Nächstes machte sie sich daran, das Schlafzimmer aufzuräumen, und nahm sich anschließend das Wohnzimmer vor.

»Kommen Sie nach draußen!«

Seine herrische Stimme riss sie aus ihrer Konzentration. Sie zuckte zusammen und folgte seiner Anweisung.

»Sie hinken. Warum machen Sie nicht mehr Pausen?« Sein Blick durchbohrte sie förmlich. Er glitt an ihrem Körper hinab und blieb an ihrem rechten Bein haften. »Und was ist mit Ihrem Bein?«

Vic stutzte. Eigentlich hatte sie nun wirklich nicht vor, mit ihm darüber zu reden.

»Ich höre …!«

Vic haderte mit sich. Was ging ihn das eigentlich an?

»Das ist wohl meine Angelegenheit«, gab sie sich kämpferisch.

»Nicht ganz. Wenn Sie hier gesundheitliche Schäden davontragen, geht mich das sehr wohl etwas an. Ist die Arbeit zu schwer für Sie?« Er deutete auf einen Stuhl.

Vic setzte sich zögernd hin. »Nein, natürlich nicht«, widersprach sie sofort. Sie schluckte heftig. Hoffentlich musste sie sich nicht die gleichen Sorgen machen wie bei Josef Weber.

»Dann reden Sie endlich!«, fuhr er sie an. »Wo ist das Problem, verdammt noch mal!« Er trommelte mit den Fingern auf den Tisch. Weiterhin ließ er sie nicht aus den Augen.

»Es ist nicht das Bein, es ist die Hüfte. Ich hatte mal einen Unfall, seitdem … Also … es ist nicht richtig verheilt«, stammelte sie. Sein Blick irritierte sie, schnell sah sie auf den Boden.

»Und das heißt jetzt was genau?«, bohrte er genervt weiter.

»Dass ich ab und zu Probleme habe, wenn ich längere Zeit stehe oder laufe. Oder auf Leitern steige«, gestand sie ihm.

»Dann tun Sie das nicht! Eine kranke Hausangestellte kann ich mir nicht erlauben. Machen Sie gefälligst mehr Pausen …«, plötzlich stutzte er. »Wieso steigen Sie denn auf Leitern?«

»Ich … also, ich habe die kleinen Lampen in der Halle abgestaubt«, erklärte sie ihm. »Die konnte ich nicht anders erreichen.«

»Ich habe Ihnen doch schon mal gesagt, dass freitags eine Reinigungsfirma kommt. So etwas können Sie an die delegieren. Es reicht, wenn Sie aufräumen und das Gröbste putzen. Ist das jetzt bei Ihnen angekommen?«

»Ist gut.« Vic stand rasch auf und wollte gehen, doch da sprach er zu ihrer Überraschung weiter. »Wie ist das passiert?«

»Es war ein Unfall.«

»Was für ein Unfall? Mit dem Auto?« Samuel Winter guckte sie direkt an.

»Nein. Ein Motorradunfall.« Vic wurde wieder unruhiger.

Er zog überrascht die Augenbrauen hoch »Sie fahren Motorrad?«

»Nein, nicht ich. Mein … mein damaliger Lebensgefährte. Er hatte die Kontrolle über die Maschine verloren.«

»Wie verletzt waren Sie?«, hakte er nach.

Vic fragte sich, ob ihn das wirklich interessierte; sein Tonfall war unfreundlich, wie immer eigentlich. Warum wollte er das jetzt unbedingt wissen?

»Mein Arm war gebrochen – und die Hüfte eben«, antwortete sie wahrheitsgemäß.

»Und Ihr Lebensgefährte?«

»Er hatte etwas mehr Glück.«

»Das mit Ihrer Hüfte tut mir leid.« Er wandte sich wieder seinem Laptop zu.

Vic atmete auf, weil das Verhör jetzt endlich vorbei war.

Sie ging wieder hinein ins Haus und holte sich ein Glas Wasser. Eigentlich war es ja sehr großzügig von ihm, dass er sie trotz ihres Handicaps eingestellt hatte. Und dass er sie angewiesen hatte, sich mehr zu schonen, war ja auch ganz … nett. Ja, das war es wohl. Wenn nur die Art und Weise nicht wäre, wie er mit ihr redete.

Vic seufzte. *Man kann halt nicht alles haben …*

Als sie am nächsten Tag den Frühstückstisch abräumte, fiel ihr die Zeitung in die Hände, die er morgens immer las.

Im Gesellschaftsteil war ein Foto von Samuel Winter, es war auf dem gestrigen Empfang geschossen worden. Er sah gut aus in dem Anzug; er lächelte sogar in die Kamera.

Wahrscheinlich hat man ihn gezwungen, dachte Vic böse. Aber dann schimpfte sie mit sich, denn das war jetzt unfair.

Sie lief hinauf in sein Schlafzimmer, holte sich die schmutzige Wäsche und stellte die Waschmaschine im Keller an. Sie wollte den Raum gerade wieder verlassen, da fuhr ihr der Schreck in alle Glieder.

Genau über dem Türrahmen hockte sie: eine Riesenspinne. Ein Monstervieh!

Vic stieß einen gellenden Schrei aus. Das Vieh schien sich ebenso zu erschrecken, denn es krabbelte ein bisschen weiter. Vic schrie sich erneut die Seele aus dem Leib.

Immer noch hockte diese hässliche Spinne über dem Türrahmen, sodass ihr dieser Fluchtweg abgeschnitten war.

Vics Herz klopfte ihr bis zum Hals. Was sollte sie denn jetzt bloß tun? Es gab ein Fenster hier im Waschkeller, von dort führte ein Lichtschacht nach draußen. Nur war dieser mit einem Gitter verschlossen, und wenn hier drinnen schon so eine fette Spinne hockte, was mochte sich dann erst in dem Lichtschacht tummeln?

Der Schweiß rann ihr mittlerweile aus allen Poren; das Blut rauschte so laut in ihrem Kopf, dass sie ihn gar nicht kommen hörte.

Mit erschrockenem Gesichtsausdruck erschien Samuel Winter im Waschkeller – und blieb genau unter dem Türrahmen stehen.

»Kommen Sie da weg!«, schrie Vic ihn panisch an.

Er machte einen Schritt nach vorne und guckte sich hastig im Keller um.

»Was ist los? Warum haben Sie so geschrien?«

»D…Da!«

Sie deutete mit zitterndem Finger auf die Spinne an der Tür.

Ihr Chef drehte sich mit einer raschen Bewegung herum, danach sah er sie verständnislos an. »Ich seh' nichts«, kam es verblüfft.

»Die Sp…Spinne …, diese Riesenspinne …, da … da über dem Türrahmen«, stammelte Vic mit weit aufgerissenen Augen.

Samuel Winter trat einen Schritt auf die Tür zu, dann bedachte er Vic mit einem Blick, als ob sie den Verstand verloren hätte. »Sie wollen mir jetzt aber nicht zu verstehen geben, dass Sie wegen der Spinne da so einen Aufstand geprobt haben, oder?«

Vic nickte. »Sie … sie ist so groß … Haben … haben Sie nicht die Beine gesehen? Das … das ist bestimmt eine Vogelspinne!«, stotterte sie, einer Ohnmacht nahe.

»Natürlich ist dies keine Vogelspinne!«, motzte er sie an. »Ich glaub's ja nicht, ich dachte, es wäre ein Einbrecher hier, der Sie gerade wegmeuchelt! Jetzt machen Sie sich wieder an die Arbeit!«

»Ich …, ich kann hier nicht weg, solange die Spinne da hockt!« Vic schüttelte so heftig den Kopf, dass ihre Haare wild um ihren Kopf flogen.

»Oh – mein – Gott!«, stöhnte Samuel Winter auf. Er sah sich suchend um. Er griff sich ein kleines Holzbrett, das wohl mal als Regal gedient hatte, und ging damit auf die Spinne zu.

»Was tun Sie da?«, kreischte Vic.

»Na was wohl? Spinne beseitigen!«

»Aber Sie bringen das Tier doch nicht um, oder?« Sie schaute ihn entsetzt an.

»Doch – genau das habe ich vor!«

»Das geht nicht! Das können Sie doch nicht tun!« Es kam wieder Leben in Victoria. Sie nahm sich zwei kleine Becher, mit denen sie das Waschpulver abmaß, und streckte sie ihm mit zitternden Händen entgegen. »Tun Sie sie da rein, dann können Sie sie wieder freilassen.«

Er sie fassungslos an, nahm aber tatsächlich die beiden Gefäße und verfrachtete die Spinne hinein. »Wollen Sie mal schauen?«, fragte er sie mit fiesem Grinsen und kam einen Schritt auf sie zu.

»NEIN!«, kreischte Vic, der Hysterie nahe, und kletterte schnell auf den Wäschetrockner. »Weg! Gehen Sie weg mit dem Ding!«

Samuel Winter schüttelte den Kopf, trat mit seiner Beute aber den Rückzug an.

Vic versuchte, ihre Atmung wieder unter Kontrolle zu bekommen, doch das war gar nicht so einfach. Immer noch zitterte sie stark und stand unter dem Einfluss des gerade Erlebten.

Sie wusste nicht, wie viel Zeit vergangen war, aber schließlich stand ihr Chef wieder vor ihr. Sein Gesicht drückte nach wie vor völlige Fassungslosigkeit aus.

»Was ist?«, herrschte er sie an. »Die Spinne ist wohlbehalten im Garten angekommen, könnten Sie sich jetzt wieder Ihrer Arbeit widmen?«

»Ist … ist sie wirklich weg?«, erkundigte sich Vic mit bebender Stimme.

»JA! Herrgott noch mal! Wie kann man nur so hysterisch sein?«

»Spinnen …, ich … ich … kann … ich kann die gar nicht leiden«, flüsterte Vic.

»Hätte ich überhaupt nicht vermutet. Und jetzt los!« Er deutete mit dem Kopf auf die Tür.

Vic ließ sich langsam vom Trockner heruntergleiten, ängstlich starrte sie auf den Türrahmen, doch das Zittern bekam sie nicht unter Kontrolle.

»Wenn Sie jetzt nicht bald wieder normal sind, fühle ich mich bemüßigt, Ihnen eine Ohrfeige zu geben«, erklärte er barsch.

Vic drehte sich empört zu ihm um. »Wie bitte? Das würden Sie nicht wagen!«

»Wollen Sie es drauf ankommen lassen?«, grinste er bösartig.

»Wenn Sie das tun, dann …, dann zeige ich Sie an!« Wut kochte in ihr hoch.

»Hysterische Weiber kriegt man nur so zur Räson«, antwortete er gelangweilt.

»Ich bin kein Weib!«, fauchte sie. »Und mich hat noch nie jemand geschlagen!«

»Wieso wundert mich das jetzt nicht?« Er verdrehte die Augen, dann schob er sie mit einer schnellen Bewegung nach draußen in den Kellerflur.

Victoria wollte gerade protestieren, da ging er schon an ihr vorbei die Treppe hinauf.

Sie starrte ihm empört nach, doch da besann sie sich endlich und folgte ihm.

»Trinken Sie das!«, forderte er sie auf, als sie die Kellertreppe hinaufgestapft war.

»Was ist das?« Misstrauisch schnupperte sie an der bernstein-farbenen Flüssigkeit. »Das ist ja Alkohol!«

»Whiskey. Beruhigt die Nerven«, brummte er.

»Ich … ich hab' mich schon beruhigt. Und ich muss noch fahren«, protestierte Vic weiter.

»Ja, heute Nachmittag. Bis dahin ist der wieder abgebaut. Los jetzt!«, forderte er sie ungeduldig auf.

Vic wusste nicht, wieso, aber irgendwie hatte sie das Gefühl, dass sie den Whiskey gebrauchen konnte. Mit einem Zug kippte sie ihn hinunter und begann augenblicklich zu husten.

»Der brennt«, japste sie und griff sich theatralisch an den Hals.

»Tut er nicht.« Samuel Winter betrachtete sie spöttisch. »Ich hätte gar nicht gedacht, dass Sie so ein Weibchen sind.«

»Wie meinen Sie das?« Vics Stimme kratzte noch ein biss-chen, aber ihre Sinne waren schon wieder auf Angriff gebürstet.

»Angst vor Spinnen«, lachte er auf. Es klang sehr gehässig in Vics Ohren. »Aber nun gut. Rufen Sie diese Nummer an, und bitten Sie darum, dass jemand schnellstmöglich herkommt! Die Firma soll Insektengitter an den Kellerfenstern anbringen.«

Vic riss die Augen auf. »Danke …, also ich meine, das ist ja nett.«

»Das ist keine Gefälligkeit für Sie – sondern für meine Ner-ven!« Er schaute sie wieder gewohnt grimmig an. »Sie haben mich aus meiner Konzentration gerissen, das kann ich nicht ausstehen. Also machen Sie!«

Mit diesen Worten ließ er sie stehen.

Vic erfüllte diesen Auftrag liebend gern. Als sie Handwerker bestellt hatte, ließ sie die Situation noch mal Revue passieren. Hätte er sie wirklich geschlagen? Was für ein Ungeheuer dieser Kerl doch war!

Vic griff nach den Zwiebeln und bereitete das Abendessen vor. Er hatte bislang noch nicht gesagt, ob ihm ihr Essen schmeckte.

Du hättest es bestimmt schon erfahren, wenn dem nicht so wäre, rügte die Stimme in ihrem Kopf.

Es gab ein kleines Küchenradio, das Vic nun sehr leise anstellte, damit sie den Herrn ja nicht störte.

»That boy is a monster...«, trällerte Lady GaGa. Vic sang den Text mit.

Immerhin: Ihre Laune besserte sich wieder.

10

Vic freute sich schon auf das Wochenende. Endlich kam sie in den Genuss, zwei freie Tage mit Nelly zu verbringen. Was für ein Luxus!

Da das Wetter schön war, ging Vic mit ihr am Samstag auf einen Spielplatz, anschließend besuchten sie ihre Eltern.

Sie wollten natürlich alles über ihre neue Stelle wissen. Vic berichtete lebhaft darüber, auch dass Herr Winter nicht gerade pflegeleicht war.

Doch ihre Eltern zeigten sich zufrieden. Vic humpelte nicht mehr so stark und das war vorerst das Wichtigste für sie.

Als sie am Montag das Gutshaus betrat, war sie schon gespannt darauf, was ihr Chef wohl für eine Laune hatte. Sie hatte für Samstag ein Essen vorgekocht und nach einem Blick in den Kühlschrank stellte sie fest, dass er es auch gegessen hatte.

Er war gewohnt brummig beim Frühstück, deswegen fragte Vic ihn nicht nach seinem Wochenende, obwohl es sie interessiert hätte.

Doch die Antwort bekam sie, als sie hinauf in die oberen Räume ging. Nicht nur sein Bett war zerwühlt, sondern auch das Bett im Gästeschlafzimmer. Zudem roch es nach einem süßlichen Parfüm.

Vic verzog angewidert die Nase und riss die Fenster weit auf.

Im Bett fand sie diesmal einen Spitzen-BH und fragte sich, ob dieser Jasmin gehörte oder ob er für dieses Wochenende eine andere Favoritin am Start gehabt hatte. Die Marke des sündigen Stück Stoffs war jedenfalls eine andere.

Waren die Damen so vergesslich oder wollten sie ihr Revier markieren, indem sie ihre Unterwäsche zurückließen?

Diese Frage beschäftigte Vic gerade, als sie ein Räuspern hörte.

Natürlich wusste sie, dass es nur Samuel Winter sein konnte, der jetzt im Raum stand, aber trotzdem – oder gerade deswegen? – zuckte sie erschrocken zusammen.

»Sie haben es schon entdeckt, gut, ich wollte Sie bereits darauf hinweisen, dass das Zimmer hier auch gemacht werden muss.«

»Ja. Und ich habe noch etwas entdeckt!« Sie wedelte mit dem BH herum. »Wieder waschen?« Sie versuchte, seinen gelangweilten Tonfall zu imitieren.

»Genauso ist es.« In Samuel Winters Augen blitzte es belustigt auf. »Sie können ihn in die oberste Schublade legen.«

Vic öffnete diese. Dort lagen noch mehr Dessous. Jetzt konnte sie nicht mehr an sich halten und prustete laut los. »Ich denke, Sie verschicken die Dinger?«, kicherte sie.

»Noch keine Zeit gehabt.« Er zuckte mit den Schultern und ging wieder hinaus.

***

Vic entwickelte langsam eine Routine in der täglichen Hausarbeit. Und je länger sie bereits hier arbeitete, desto besser gefiel ihr die Stelle.

Nicht wegen Samuel Winter, der war immer noch ein schrecklicher Griesgram, aber nach und nach lernte sie die anderen Bediensteten kennen. Mit dem alten Gärtner verstand sie sich sofort. Er erklärte ihr viel über den Garten. Vic legte mit ihm einige neue Kräuter- und Gemüsebeete an.

Dann kam noch jemand, der nur den Rasen schnitt; auch dieser junge Mann war sehr nett.

Mit den Angestellten der Reinigungsfirma, die jeden Freitag die grobe Putzarbeit machten, kam sie ebenfalls gut klar. Beim ersten Zusammentreffen hatte Vic ein wenig Hemmungen, den Leuten Anweisungen zu erteilen. Aber bald hatte sie sich ein Herz gefasst, und jetzt, nach vier Wochen, genoss sie es richtig, die Arbeit delegieren zu können.

Aber der größte Luxus für Vic war die Zeit, die sie mit Nelly verbringen konnte, und die Tatsache, dass sie die Entlastung für ihre Hüfte stetig deutlicher spürte. Zwar waren die Beschwerden nicht ganz weg, aber Vic schonte sich mehr als im Restaurant.

Von ihrem ersten Gehalt als seine Hausangestellte leistete sie sich ein Paar Schuhe, an dem sie einfach nicht vorbeilaufen konnte, und einige neue Sachen für Nelly. Vic musste richtig an sich halten, dass sie nicht zu viel ausgab. Es war ein tolles Gefühl, nicht auf jeden Euro schauen zu müssen.

Die Damenbesuche, die Samuel Winter empfing, waren ihr allerdings ein Dorn im Auge. Zwar kam es lediglich einmal in der Woche vor, dass er jemanden zum Frühstück hier hatte, einige verschwanden ganz offensichtlich schon in der Nacht, aber die Frauen waren Vic nicht sonderlich sympathisch. Es waren immer andere, was Vic ja eigentlich egal sein konnte; sie führten sich jedoch stets so auf, als wären sie die Hausherrinnen – eine Tatsache, die Vic nicht leiden konnte.

Und außerdem durfte Vic sie auch jedes Mal nach Hause oder zum Bahnhof kutschieren, was ihren strukturierten Tagesablauf gehörig durcheinanderwirbelte.

Vic hatte schon überlegt, ob sie die Schublade mit den *vergessenen* Dessous rein zufällig beim Frühstück mit Damenbesuch erwähnen sollte, aber das stand ihr nicht zu. So gehässig war sie ja nun auch nicht. Vic machte gute Miene dazu, was blieb ihr auch anderes übrig? Sie hoffte, dass man ihr ihre wahren Gedanken nicht im Gesicht ablesen konnte.

»Engagieren Sie für Samstag einen Cateringservice!«, wies Samuel Winter sie nach dem Frühstück an.

»Sie erwarten Gäste?«, fragte Vic freundlich nach.

»Nein, Ihr Essen ist so ungenießbar, dass ich mich wenigstens am Wochenende richtig satt essen will«, kam es knurrend.

»Wie bitte?« Vic riss entsetzt die Augen auf. »Was stimmt denn nicht mit meinem Essen? Warum sagen Sie nichts?«

»Vic …«

»Seit vier Wochen bin ich nun hier, und bis jetzt haben Sie noch nie ein Wort übers Essen verloren!«

»Vic!«

Vor Wut schossen ihr Tränen in die Augen und sie stampfte energisch mit dem Fuß auf. »Das ist jetzt ja wohl nicht fair!«

»Victoria!«, brüllte er laut dazwischen. »Die Antwort ist: Ja, ich bekomme Gäste. Etwa um die 20 Personen werden erscheinen!«

Vic stutzte, dann seufzte sie genervt. Er hatte sie also wieder einmal veräppelt.

»Ach so!«, grummelte sie.

»Und Ihr Essen ist in Ordnung.« Nach diesen Worten schob er ihr die Visitenkarte einer Firma hin. »Engagieren Sie diese hier.«

»Was ist mit Deko? Soll ich etwas vorbereiten?«, hakte sie nach. »Soll ich am Samstag vorbeikommen und helfen?«

Er sah zu ihr auf. »Das wäre hilfreich«, nickte er ihr zu. »Die Zeit können Sie dann ein anderes Mal freinehmen.«

»In Ordnung.« Vic räumte das Geschirr ab und machte Anstalten, das Esszimmer zu verlassen.

»Danke«, hörte sie ihn sagen.

Sie drehte sich noch einmal zu ihm um und lächelte. »Ist schon in Ordnung.«

Vic war bemüht, für den Samstag alles auf Hochglanz zu bringen. Zum Glück kam freitags die Reinigungsfirma und mit vereinten Kräften strahlte das alte Gutshaus förmlich, als die Gäste eintrafen.

Vic musste sich eingestehen, sehr neugierig auf die Leute zu sein. Sie wusste, dass es Verlagsleute und Schriftsteller waren, die er eingeladen hatte.

Das Buffet hatte Vic im großen Wohnzimmer aufbauen lassen; da es draußen immer noch mild war, waren auch Stühle auf der Terrasse aufgestellt worden. Im Garten brannten Fackeln. Paul, der alte Gärtner, hatte die Blumenkübel bepflanzt und zusammen mit Vic platziert.

Sie fand, dass alles sehr schön aussah, und bekam mit, dass die Gäste sich lobend darüber äußerten.

Nachdem alle satt waren, kam Samuel Winter zu ihr in die Küche.

»Ich brauche Sie jetzt nicht mehr.«

»War denn alles okay?«

»Ja, war es.« Sogar ein Lächeln gelang ihm, woraufhin Vic ihn fasziniert anstarrte.

»Dann ... dann fahre ich mal«, stotterte sie und griff hastig nach ihrer Jacke.

Die Feier schien ganz ausgelassen gewesen zu sein, denn am Montag hatte Vic viel Arbeit, um die Spuren zu beseitigen. Und ein Übernachtungsgast war auch noch übrig geblieben. Vic war die Frau bereits am Samstagabend aufgefallen, und sie war jetzt immer noch hier. Sofort fragte sie sich, ob das was zu bedeuten hatte.

Du wirst es schon noch merken, wenn dies die neue Hausherrin wird!

Doch eine Woche später war schon wieder eine andere *Favoritin der Woche*, wie Vic die Frauen insgeheim nannte, aufgetaucht, was Victoria zufrieden zur Kenntnis nahm.

***

»Mami, guck!« Nellys aufgeregtes Stimmchen ließ Vic aufsehen.

Sie ging mit ihrer Tochter auf den Kindergarten zu, überall davor standen Polizeifahrzeuge mit blinkenden Blaulichtern.

Neugierig geworden, trat Vic näher. Es gab eine Absperrung; die Leiterin des Hortes sprach vor einigen Müttern.

»Es tut uns leid, Sie sehen ja alle selbst, was geschehen ist. Man hat bei uns eingebrochen; fast alle Gruppenräume sind verwüstet. Wir können die Kinder die nächsten Tage nicht betreuen«, erklärte Frau Klein, die Leiterin des Hortes.

»Was?« Vic schaute sie entsetzt an, dann fielen ihr die beschädigten Fenster auf.

»Frau Gessner, gibt es eine Möglichkeit, dass Nelly betreut wird? Wir können auf die Schnelle keine Ersatzräume ausfindig machen«, sagte die Erzieherin zu ihr.

»Ich muss meine Mutter anrufen.« Vic kramte nach ihrem Handy. Sie fluchte innerlich, denn wenn sie Nelly noch zu ihren Eltern bringen musste, kam sie zu spät zur Arbeit.

Ihre Mutter war nicht zu Hause, also versuchte sie es auf deren Handy.

»Victoria, mein Schatz. Was gibt es?«, fragte sie freundlich.

»Mama, im Kindergarten wurde eingebrochen«, erklärte Vic hastig. »Kann ich Nelly zu dir bringen?«

»Oh, wie schrecklich!«, rief Helene Gessner aus. »Aber das tut mir leid, Schatz. Ich bin mit Tante Margret auf Kaffeefahrt.«

Vic fluchte leise. »Danke trotzdem, Mama. Dann kauf nicht so viel Müll, du weißt, dass das alles nichts taugt«, verabschiedete sie sich.

Ihr Vater war schon bei seiner Arbeitsstelle. Vic kam Tinas Mutter Mara Weinert in den Sinn, aber ihre Telefonnummer hatte sie nicht, und sie erschien mit Tina auch immer später im Kindergarten. Also blieb ihr wohl nichts anderes übrig, als ihrem Chef abzusagen.

Samuel Winter ging nicht ans Telefon, das hätte Vic sich eigentlich auch denken können. Wahrscheinlich war er noch im Schlafzimmer, und selbst, wenn er bereits auf war, würde er nicht rangehen, das machte er eigentlich nie. Dies überließ er immer Vic. Wohl oder übel musste sie also mit Nelly bei ihm vorbeifahren und sich für heute entschuldigen.

»Warum sind die Scheiben kaputt?«, fragte Nelly Vic ängstlich.

»Das waren Einbrecher, die haben sie kaputt gemacht«, erklärte Vic ihrer kleinen Tochter, als sie sie im Kindersitz anschnallte.

»Was sind Einbecher?«

»Einbrrrrrecher, mein Schatz. Das sind böse Männer. Aber jetzt sind sie weg und sie kommen auch bestimmt nicht mehr wieder.« Sie gab Nelly einen Kuss auf die Stirn.

»Fahren wir nach Hause?«

»Mami fährt jetzt erst mal dahin, wo sie immer arbeitet. Und dann fahren wir nach Hause.« Sie lächelte Nelly noch einmal zu, setzte sich ans Steuer und bereitete sich innerlich auf das Gespräch mit Samuel Winter vor.

»Kommen die Becher nicht wieder?«, wollte Nelly nach wie vor ängstlich wissen.

»Nein, Schatz, die Einbrecher kommen nicht mehr«, bestätigte Victoria ihr jetzt zum gefühlten 386. Mal.

Nelly schien das alles sehr zu beeindrucken; ihr kleines Mäulchen stand nicht still.

»Pass auf, mein Engel: Mami geht jetzt in das Haus da und redet mit dem Mann, für den sie arbeitet. Du bleibst hier schön brav im Auto sitzen. Ich bin gleich wieder da, ja?«

Nelly nickte tapfer und betrachtete mit großen Augen das alte Gutshaus.

Vic gab ihr ein Küsschen und lief zur Haustür.

Samuel Winter war noch nicht hinuntergekommen. Vic lief zur Treppe und lauschte. Sie hörte, dass Wasser lief, also war er noch unter der Dusche.

Sie bereitete das Frühstück vor. Vom Küchenfenster aus konnte sie Nelly im Auto sitzen sehen. Sie winkte ihrer Tochter und warf ihr eine Kusshand zu, die Nelly sofort erwiderte.

Als Vic hörte, dass er aus dem Bad kam, fasste sie sich ein Herz und ging schnell die Treppe hinauf.

Sie klopfte an seine Schlafzimmertür, woraufhin ihr ein unwirsches »Ja« entgegenschallte.

»Herr Winter, ich müsste dringend mit Ihnen sprechen«, bat sie ihn durch die verschlossene Tür.

»Kommen Sie rein!«, knurrte er. Es klang schon arg bedrohlich.

Vic lugte durch den Türspalt. Sie riss die Augen auf: Ihr Chef stand nur in Shorts bekleidet vor seinem Schrank.

Donnerwetter!, schoss es ihr durch den Kopf. Samuel Winter hatte eine richtig gute Figur. Dass er schlank war, hatte sie ja schon zur Genüge bemerkt, aber er schien auch sportlich zu sein. Dabei hatte sie noch nie mitbekommen, dass er sich in dieser Hinsicht betätigte.

Seine Haare waren noch nass und verstrubbelt, was ihn jungenhaft wirken ließ.

Vic musste sich zwingen, ihn nicht so anzustarren.

»Was gibt es?«, meckerte er sie an.

»Ich ... ich habe ein Problem ...«

»Erzählen Sie mir mal was Neues!« Genervt verdrehte er die Augen. Als ob es das Normalste der Welt wäre, dass er sich vor ihr anzog, schnappte er sich ein T-Shirt und streifte es sich über.

Vic beschloss, seine Gemeinheit geflissentlich zu überhören, schließlich wollte sie seine Laune nicht noch mehr verderben.

»In den Kindergarten meiner Tochter wurde eingebrochen. Und ich habe keine andere Betreuungsmöglichkeit gefunden. Ich ... ich kann also heute nicht arbeiten, es sei denn, Nelly bleibt hier«, gestand sie zerknirscht.

»Na klasse!« Samuel Winter funkelte sie böse an. »Was ist denn mit dem Vater? Kann der sich nicht mal kümmern?«

»Ich ... ich bin doch alleinerziehend«, erklärte Vic leise. Wusste er das nicht?

Gut, sie hatte das nie erwähnt, aber irgendwie hatte sie gedacht, dass das klar wäre.

»Super!«, fluchte er. »Wo soll ich jetzt so schnell eine Vertretung herbekommen?« Er schaute zornig in ihre Richtung. »Wenn Ihre Tochter sich ruhig verhält, nicht rumrennt, schreit oder herumkreischt, kann sie heute hierbleiben.«

»Sie wird ganz brav sein«, versicherte Vic ihm und atmete erleichtert auf. »Sie werden sie gar nicht bemerken.«

»Das hoffe ich sehr!«

Vic lief die Treppen hinab und rannte zum Auto.

Nelly strahlte sie an, als sie die hintere Tür öffnete.

»Pass auf, Herr Winter, das ist der Mann, für den ich arbeite, hat gesagt, dass du heute mit mir hierbleiben darfst. Aber du musst ganz lieb sein und vor allem: Leise!«, beschwor Vic ihre kleine Tochter.

Nelly riss die Augen auf. »Bei Mami bleiben?«

»Ja, aber nur, wenn du ruhig bist«, lächelte Vic ihr zu.

»Bin ganz ruhig«, nickte sie heftig.

»Gut, dann komm!« Vic half ihr aus dem Kindersitz. Sie nahm Nelly an die Hand und führte sie in die Küche.

»Ich mache jetzt das Frühstück für Herrn Winter fertig. Danach zeige ich dir ein bisschen das Haus, ja?«

»Ja.« Nelly sah sich mit großen Augen in der Küche um.

Vic setzte sie auf einen Stuhl und wies sie an, dort zu bleiben.

Vic deckte den Tisch im Esszimmer; kurz darauf erschien Samuel Winter.

Sie schenkte ihm Kaffee ein. »Danke, dass Nelly hierbleiben darf!«

»Nur, wenn sie ruhig ist«, knurrte ihr Chef.

»Natürlich«, nickte Vic.

Sie ging zurück in die Küche, wo Nelly immer noch ganz brav auf dem Stuhl saß. Vic stellte das Radio an, dann suchte sie Stifte und einen Block und drückte Nelly einen Kuss auf die Stirn. »Du kannst hier malen, mein Engel.«

»Vic!«, schrie Samuel Winter.

Nelly zuckte erschrocken zusammen. »Ist das?«, fragte sie mit weit aufgerissenen Kulleraugen.

»Das ist Herr Winter. Er ist ganz nett«, log sie ihr Töchterchen an.

Vic beeilte sich, zu ihm zu kommen.

Er verlangte nach einem Kaffee. Sie war es schon gewohnt, dass er sie so barsch zu sich rief, aber Nelly ängstigte sein Tonfall. Doch Vic konnte ihn ja schlecht bitten, etwas freundlicher zu sein.

Als er sein Frühstück beendet hatte, reichte er ihr die Liste mit den zu tätigenden Einkäufen. Vic war insgeheim froh, dass sie mit Nelly hier rauskam, denn so lief die Kleine nicht Gefahr, ihn zu stören.

Nachdem sie wieder im Gutshaus waren, bemerkte Vic, dass er auf der Terrasse saß und arbeitete.

»Komm, wir machen die Betten und ich zeige dir das Haus.« Sie nahm Nelly an die Hand und führte sie nach oben.

Nelly entdeckte als Erstes die Fotos und deutete mit dem Finger darauf. »Wer ist das?«

»Das sind Herr Winter und seine Frau«, erklärte sie ihrer Tochter.

»Barbie«, stellte Nelly mit Kennerblick auf die verstorbene Frau von Vics Chef fest.

Vic unterdrückte ein Kichern, musste aber zugeben, dass Nelly nicht so ganz unrecht hatte. Nellys großer Traum war eine Prinzessinnenbarbie, die der Frau in dem Hochzeitskleid ähnelte.

Sie zeigte ihrer kleinen Tochter das ganze Haus. Es tat ihr leid, dass sie nicht nach draußen gehen konnte, aber sie wollte auf keinen Fall, dass Nelly Samuel Winter störte. Sie war ihm ja schon dankbar, dass er zugestimmt hatte, dass Nelly mit hier sein durfte.

»Hab Hunger.«

Gegen Mittag wurde Nelly quengelig.

Vic hatte für Nelly separat eingekauft und setzte Nudelwasser auf. Sehnsüchtig schaute Nelly immer wieder aus dem Küchenfenster in den Garten.

»Pass auf, mein Schatz. Wenn du hier vor dem Fenster bleibst, darfst du in den Garten gehen, ja? Aber nicht ums Haus laufen, okay?«, impfte sie Nelly ein. »Und schön leise sein.«

»Ja, bin ganz still«, versprach Nelly.

»Okay.« Vic öffnete die Tür zur Vorratskammer, durch die man in den Garten gelangte, der vor dem Haus angelegt war.

Verträumt beobachtete Vic, wie Nelly über den Rasen lief und sich die Blumenbeete anschaute.

Ein eigener Garten, das wäre schon was ...

Während sie die Nudelsauce vorbereitete, spähte Vic immer mal wieder durchs Fenster nach draußen zu Nelly.

Die Kleine hatte ein paar Blumen gepflückt und brabbelte vor sich hin.

Vic öffnete das Fenster. »Nelly, nicht die Blümchen ausreißen, das darfst du nicht.«

Nelly nickte nur.

Vic ließ das Fenster gekippt, sie hörte, wie Nelly mit sich selbst sprach.

»Die Bümchen dem Mann bingen«, plapperte ihre kleine Tochter.

Blümchen – es heißt Blümchen, verbesserte Vic Nelly in Gedanken. *Und bringen – mit R.* Plötzlich stutzte sie. Welche Blumen wollte Nelly welchem Mann bringen?

Sie ließ vor Schreck das Küchenmesser fallen und starrte nach draußen: Von Nelly war nichts mehr zu sehen.

Vic stürmte hinaus und rief laut Nellys Namen. Sie würde doch nicht …

Oh Gott! Vic schluckte heftig. Vorsichtig ging sie um das Gutshaus herum, dort, wo der große Garten und die Veranda waren.

Die Veranda, auf der Samuel Winter bis eben gesessen und gearbeitet hatte.

Vielleicht ist er ja ins Haus gegangen, versuchte sie, sich zu beruhigen. *Und wieso sollte Nelly ihn gesehen haben?*

»Nelly!«, rief sie panisch. »Wo bist du denn?«

Zu ihrem Entsetzen beobachtete sie, wie Samuel Winter mit ihrer kleinen Tochter zusammen aus dem Haus trat. Er hatte ein paar ausgezupfte Blumen in der Hand und schaute Vic mit einem nicht zu definierenden Blick an. »Suchen Sie die junge Dame hier?«

»Ja, genau die. Tut mir leid«, stammelte Vic. Rasch ging sie vor Nelly in die Hocke. »Schatz, du solltest doch vor dem Haus bleiben«, flüsterte sie verzweifelt.

»Sie sagte, Sie seien ihre Mama«, fuhr Samuel Winter fort.

Vic hob Nelly auf ihre Arme und drückte sie fest an sich. »Natürlich bin ich das.«

»Jetzt sollte wohl der Teil kommen, an dem ich behaupte, sie sei Ihnen wie aus dem Gesicht geschnitten. Aber das wäre eine glatte Lüge«, frotzelte er. Sein Blick schien Vic durchbohren zu wollen.

»Sie … sie ähnelt mehr ihrem Vater«, meinte Vic überflüssigerweise.

»Nein – das hätte ich jetzt gar nicht gedacht. Ihre Tochter hat jedenfalls den gesünderen Teint. Vor allem gerade im Moment.«

Es blitzte in seinen Augen auf.

»Ja, das hat sie wohl.« Vic lächelte Samuel Winter scheu an.

»Würden Sie die bitte in eine Vase stellen?« Er reichte ihr die gepflückten Blumen.

»Das … das mache ich.« Vic nahm Nellys Geschenk entgegen und wollte die Kleine wieder mit sich ins Haus ziehen, doch Nelly protestierte.

»Bei Sam bleiben«, bat sie mit herzerweichender Stimme.

»Das geht nicht!« Vic guckte sie erschrocken an. »Herr Winter muss doch arbeiten, und wir wollen ihn nicht stören.«

»Störe nicht«, beharrte ihre Tochter.

»Und du wolltest doch auch was essen. Wir müssen nachschauen gehen, ob die Nudeln fertig sind«, versuchte Vic, Nelly abzulenken.

Sie merkte, dass Nelly mit den Tränen kämpfte, ein Schmollanfall von ihr würde Vic jetzt gerade noch fehlen.

»Kommst du auch mit essen?«, fragte Nelly Samuel Winter und sah ihn mit ihren großen Augen bittend an.

»Wenn etwas für mich da ist.« Er lächelte Nelly an – und Vic verstand die Welt nicht mehr.

11

»K… klar … also, ja, natürlich«, beeilte Vic sich, zu sagen.

»Komm!« Nelly griff nach Samuel Winters Hand und zog ihn mit sich ins Haus.

Vic wäre am liebsten vor Scham in den Boden versunken, doch das war einfach Nellys Art, sie hatte überhaupt keine Probleme, mit Leuten Kontakt aufzunehmen.

Vic folgte den beiden rasch. Gott sei Dank war das Essen fertig, und sie konnte sich für einen Moment beschäftigen.

Nelly kletterte auf einen Küchenstuhl, den Teller hatte Vic bereits für sie hingestellt.

»Also, ähm, soll ich für Sie drüben eindecken?«, fragte sie ihren Chef nervös.

»Nein, das geht schon hier.«

Seine Stimme klang nicht mehr so barsch wie sonst. Vic fragte sich, ob das Nellys Verdienst war.

»Ich habe aber nur Nudeln mit Tomatensauce gekocht, ich wusste ja nicht, dass Sie mitessen.«

»Schon okay«, murmelte Samuel Winter.

»Oh – und die Lebensmittel habe ich natürlich selbst gekauft, also getrennt bezahlt meine ich. Ich habe Ihr Geld dafür nicht genommen«, schob sie schnell hinterher.

»Das hätten Sie nicht machen müssen. Die paar Nudeln machen mich nicht arm.« Er grinste.

»Böse Männer haben Scheiben kaputt macht«, mischte Nelly sich in das Gespräch ein. Sie machte ein wichtiges Gesicht. »Becher waren das.«

»Becher?«, fragte Samuel Winter sie staunend.

»Das waren Einbrecher«, verbesserte Vic ihre Tochter schnell.

»Hab' ich doch sagt.«

»Oh, klar hast du das.« Vics Chef lachte jetzt ein wenig.

Vic musste sich zwingen, ihn nicht anzustarren, denn sie hatte ihn noch nie lachen gehört. Und gesehen hatte sie dies nur auf Fotos.

Vic bemühte sich, sich auf das Essen zu konzentrieren. Sie füllte die Nudeln und die Sauce in Schüsseln und stellte sie auf den Tisch.

»Nelly macht selbst«, erklärte ihre Tochter entschieden und griff nach dem Nudellöffel.

»Aber aufpassen, Schatz«, ermahnte Vic sie.

Nelly balancierte die Spaghetti vorsichtig auf ihren Teller, ein paar landeten dennoch daneben. Bei der Sauce half Vic ihrer Tochter.

»Und Sie? Essen Sie nichts?«, fragte Samuel Winter Vic.

»Nein, ich hab keinen Hunger.« Sie schüttelte den Kopf und bediente ihn.

»Kannst du nicht selbst machen?«, erkundigte Nelly sich.

Vic räusperte sich verlegen.

»Doch, das kann ich auch«, zwinkerte er ihr zu. »Aber deine Mama kann das so gut.«

»Stimmt.« Nelly schien mit dieser Antwort zufrieden.

Samuel Winter beobachtete lächelnd, wie konzentriert Nelly aß.

Vic dagegen konnte immer noch nicht so recht glauben, wie verändert ihr Chef auf einmal war. Er war zwar weiterhin recht ernst, aber seine Gesichtszüge wirkten viel weicher, und er schaute nicht mehr so böse.

»Ups, hab' schlabbert«, stellte Nelly fest. Sie deutete auf einen roten Fleck, der auf ihrem gelben Shirt prangte.

»Wie überraschend!«, gluckste Vic. »Ist nicht schlimm, mein Schatz.«

»Sam hat auch schlabbert.« Nelly zeigte mit dem Finger auf das schwarze T-Shirt von Samuel Winter.

Vic schaute verdutzt zu ihm, sie konnte auf dem dunklen Shirt nichts erkennen.

»Mist, ich habe gedacht, dass das niemand sieht.« Er sah Nelly leidend an. »Und mein Fleck ist noch viel größer ...«

»Mama wascht das wieder«, erklärte Nelly ihm. »Is' nicht schlimm.«

»Da bin ich ja froh, dass deine Mama das kann«, lächelte er ihr zu.

Dank Nelly unterhielten sich die beiden eine ganze Zeit lang. Vic kam sich beinahe überflüssig vor. Aber sie freute sich auch, dass Nelly so unbedarft auf die Leute zugehen konnte. Und natürlich war sie erleichtert, dass Samuel Winter mal nicht den bösen Mann spielte. Er konnte also auch anders sein. Das erklärte wohl, warum er bei den Frauen landen konnte.

»Es war sehr lecker. Vielen Dank.« Er schaute jetzt zu Vic, es wunderte sie, dass er sie überhaupt noch wahrnahm.

»Ich habe zu danken. Wegen Nelly.«

»Sie ist niedlich.« Er zwinkerte Vics Töchterchen noch einmal zu. »Gehen Sie ruhig mit ihr in den Garten; ich ziehe mich ins Arbeitszimmer zurück.«

»Das ... das geht doch nicht. Wir wollen Sie nicht vertreiben!« Vic war das Ganze jetzt unangenehm.

»Nein, das ist schon okay. Ich habe einige problematische Passagen vor mir, im Arbeitszimmer hab' ich mehr Ruhe.«

Vic nahm sein Angebot nur zu gerne an. Nachdem sie abgeräumt hatte, ging sie mit Nelly hinaus. Sie zeigte ihr die

Gemüsebeete und schlenderte mit ihr zu dem kleinen verwunschenen Verwalterhaus hinüber.

»Wohnt da eine Hexe?«, wollte Nelly wissen.

»Nein, da wohnt gar keiner, mein Schatz.« Vic hob Nelly auf ihre Arme und gab ihr einen dicken Kuss. »Warum hast du dem Herrn Winter die Blümchen gepflückt?«

»Der hat so böse guckt«, meinte Nelly. »Und Bümchen sind doch so schön.«

»Da hast du recht«, lachte Vic. »Und dann hat er nicht mehr böse geguckt?«

»Nein.« Ihre kleine Tochter schüttelte so heftig den Kopf, dass die vielen Zöpfchen lustig wippten. »Sam hat fragt, wer Nelly ist. Und ich hab's dann sagt.«

»Das hast du gut gemacht.«

»Und ich hab dann fragt, wie Sam heißt. Er hat sagt, Sam.«

»Das ist ja mal interessant«, staunte Vic wahrheitsgemäß.

»Der ist nett.«

»Äh, ja.« Vic beschloss, ein bisschen zu lügen. Obwohl ihr Chef heute ja wirklich annehmbar war, zumindest zu Nelly.

Sein Glück!, gab sie sich kämpferisch.

»Da sind Ponys, Mami, guck!«, rief Nelly plötzlich aufgeregt. Nelly hatte die Koppeln entdeckt und strampelte wild, sodass Vic sie hinunterlassen musste.

Auf ihren kurzen Beinchen rannte sie voran.

Vic hatte Mühe, ihr zu folgen, schnell laufen konnte sie wegen ihrer Hüfte nicht.

»Nelly, warte auf mich!«, rief Vic ihr nach.

Nelly betrachtete ganz fasziniert die Pferde auf der Koppel. Zwei Ponys kamen näher, anscheinend vermuteten sie etwas zu fressen.

»Wir hätten Äpfel oder Möhren mitnehmen sollen.« Vic riss ein paar Grasbüschel aus und zeigte Nelly, wie sie sie am besten damit füttern konnte.

»Machen wir dann morgen, ja?«

»Ich weiß nicht, ob du morgen noch mal mitkommen kannst, Schatz. Vielleicht bringe ich dich auch zur Omi.« Vic streichelte Nelly über die Zöpfchen.

»Ich frage Sam«, beschloss ihre kleine Tochter.

»Nein, lass mal lieber! Sam hat immer viel zu tun, vielleicht möchte er lieber seine Ruhe haben.«

»Aber bin doch lieb.« In Nellys Augen glitzerten schon die ersten Tränchen.

»Nelly – ich arbeite hier. Du musst das verstehen«, belehrte Vic sie.

»Wir können Sam fragen, ja?«, bettelte sie weiter.

»Nelly. Nein!«, lehnte Vic entschlossen ab.

»Bitte, Mami!« Jetzt kullerten die Tränen über Nellys Wange.

Vic schaute sie bedauernd an, es tat ihr in der Seele weh, ihre kleine Tochter so zu sehen. Wie gerne würde sie ihr jeden Wunsch erfüllen und dass das hier ein kleines Paradies für Kinder war, sah sie ja selbst ein.

Ihre Eltern und sie hatten lediglich Etagenwohnungen ohne Garten. Aber wie sollte sie Nelly das bloß begreiflich machen?

Ein Pony beugte sich zu Nelly hinunter und lenkte sie zum Glück ab.

Vic atmete etwas auf.

Nach einer Viertelstunde drängte Vic ihre Tochter, wieder zurück zum Gutshaus zu gehen. Sie hatte noch ein paar Dinge zu erledigen. Zwar konnte sie heute länger bleiben, weil die Fahrt zum Kinderhort ja ausfiel, doch sie wollte ihr Tagespensum unbedingt schaffen.

Sie gab Nelly etwas zu malen und setzte ihre Tochter auf die Terrasse. Gründlich impfte sie ihr ein, dass sie dort ja bleiben solle.

Vic erledigte die Wäsche, zwischendurch schaute sie immer mal nach Nelly, die brav auf ihrem Platz saß.

Anschließend kümmerte sie sich um das Abendessen für Samuel Winter. Gegen siebzehn Uhr war sie fertig mit ihrer Arbeit und rief Nelly zu sich.

»Wir können nach Hause fahren«, lächelte sie ihrer Tochter zu.

»Wir sagen Sam Tschüss, ja?«

»Nein, Schatz. Sam arbeitet, da dürfen wir nicht stören.«

»Aber Nelly möchte Tschüss sagen.«

Vic seufzte auf. Nelly hatte ja eigentlich recht, aber wie würde ihr Chef darauf bloß reagieren?

»Dann komm mal mit!« Sie nahm Nelly an die Hand und betete innerlich, dass Samuel Winter nicht allzu genervt reagieren würde.

»Wir müssen anklopfen«, erklärte sie Nelly, als sie vor dem Arbeitszimmer standen.

Nelly trommelte mit ihren Fäustchen laut an die Tür. »Sam, Nelly ist hier«, rief sie laut.

»Komm rein!«, hörte man die Stimme ihres Chefs.

Vic war fassungslos, aber für zu viel Erstaunen hatte sie keine Zeit, denn Nelly stürmte schon hinein.

»Tschüss«, strahlte sie ihn an.

»Oh, ihr seid ja noch da«, lächelte er zurück. »Tschüss, Nelly.«

In der nächsten Sekunde sah er Vic an. »Bis morgen.«

»Bis morgen.« Sie griff nach der Hand ihrer Tochter. »Komm, Schatz.«

»Gehst du morgen wieder in den Kindergarten?«, erkundigte er sich.

»Wahrscheinlich geht das nicht. Es ist viel zerstört worden. Ich werde sie zu meinen Eltern bringen«, erwiderte Vic an Nellys Stelle.

»Kann ich wieder mit hier kommen?« Nelly setzte ihren gefürchtetsten Blick auf und sah zwischen Vic und Samuel Winter hin und her.

»Nelly!« Vic spürte, wie sie errötete.

»Wenn du das möchtest, kannst du mitkommen«, lächelte er ihr zu.

»W… was?« Vic glaubte, sich verhört zu haben.

»Das ist schön«, freute sich Nelly.

»Dann bis morgen, kleine Lady.« Er zwinkerte ihr zu, was Nelly ein lautes Lachen entlockte.

»Sind Sie sicher?«, hakte Vic nach.

»Das geht schon – für ein paar Tage.« Er zuckte mit den Schultern. »Solange ich arbeiten kann.«

12

»Und es stört Herrn Winter wirklich nicht, wenn Nelly dabei ist?« Helene Gessner hörte sich durchs Telefon sehr skeptisch an.

»Zumindest hat er das zu Nelly gesagt. Und du kennst doch deine Enkelin, ich kann sie jetzt schlecht zu euch bringen; sie würde dann sehr enttäuscht sein«, seufzte Vic.

So ganz glauben konnte sie immer noch nicht, dass Nelly wirklich mit ihr zum Gutshaus rausfahren durfte.

»Nimm genug Spielsachen für die kleine Maus mit, damit ihr nicht langweilig wird«, empfahl ihre Mutter überflüssigerweise.

»Natürlich, Mama«, antwortete Vic brav.

»Wenn etwas sein sollte, ich bin morgen den ganzen Tag zu Hause. Ich könnte Nelly auch holen, wenn sie keine Lust mehr hat.«

»Danke, Mama, das ist lieb. Eventuell werde ich darauf zurückkommen.«

Allerdings konnte Vic sich das nicht vorstellen. Nelly würde es dort so schnell nicht langweilig werden.

Nelly strahlte übers ganze Gesichtchen, als sie am nächsten Tag vor dem Haus angekommen waren. Sie hielt die Tüte mit den Brötchen für Samuel Winter fest umklammert und steuerte auf die Haustür zu.

»Nicht so schnell, Nelly!«, protestierte Vic, die immer mehr Mühe hatte, ihrer Tochter zu folgen, wenn diese losflitzte.

Als sie aufgeschlossen hatte, stürmte Nelly in die große Halle. »Nelly ist da!«, brüllte sie sofort los.

»Nelly! Bist du wohl still!« Vic war vor Schreck fast das Herz in die Hose gerutscht. »Herr Winter schläft vielleicht noch.«

»Nein, tut er nicht«, hörte sie seine Stimme. Er stand grinsend im Durchgang zur Küche.

»Sam, hab' Bötchen mitbacht.«

»Oh, danke, Nelly. Das ist ja nett.« Er lächelte und ging in die Hocke.

Nelly lief auf ihn zu und reichte ihm die Tüte vom Bäcker.

Vic fragte sich, ob das noch der gleiche Mann war, den sie unter dem Namen *Samuel Winter* in ihrem Kopf abgespeichert hatte, oder ob es einen netten Zwillingsbruder gab, den er jetzt ins Rennen geschickt hatte.

»Das sind aber viele Brötchen«, konstatierte er.

»Für Nelly auch eins«, erklärte Nelly ihm ernst.

»Ich …, also …, ich bezahle das natürlich«, ging Vic dazwischen.

»Ich habe Ihnen gestern schon gesagt, dass das nicht nötig ist. Daran hat sich bis heute nichts geändert.« Samuel Winter schaute Vic ernst an.

»Danke, aber ich kann für meine Tochter schon selbst bezahlen«, entgegnete sie.

»Dass Sie das können, ist mir klar. Mir macht es aber mit Sicherheit weniger aus.« Jetzt klang er wieder so mürrisch wie eh und je.

Vic beschloss, nichts mehr dazu zu sagen, um seine Laune nicht noch mehr zu verschlechtern.

Sie ging in die Küche und griff sich das Tablett, um im Esszimmer einzudecken.

Sie rief Nelly zu sich und wies sie an, sich auf einen Stuhl zu setzen.

»Ich hole dir gleich deine Spielsachen aus dem Auto, ja? Ich möchte nur schnell das Frühstück für Herrn Winter machen.«

»Ich kann helfen.«

»Nein, Schatz, ich erledige das schnell alleine.« Vic hauchte ihr einen Kuss auf die Stirn und brachte alles hinüber.

Er saß bereits auf seinem Platz, die Zeitung vor sich liegend. Seine Haare waren noch ein bisschen nass, offenbar hatte er gerade geduscht, aber sie nicht geföhnt, wie sonst jeden Morgen.

»Ich gebe Ihnen gleich die Liste, was einzukaufen ist«, brummte er, als sie ihm den Kaffee brachte.

Vic holte Nellys Spielsachen aus dem Auto.

»Schatz, Mami muss mal in den Keller und eine Waschmaschine anmachen. Schön brav hier sitzen bleiben und still sein, ja?«

»Ja, bin ganz still«, versicherte ihr Töchterchen ihr.

Vic versuchte, sich zu beeilen, damit Nelly nicht doch auf den Gedanken kam, ihren Freund Sam aufzusuchen, morgens war dieser nämlich ganz besonders brummig.

Als sie die Treppen wieder hinaufstieg, hörte sie ihre Tochter schon plappern.

Vics Herzschlag beschleunigte sich und sie eilte in die Küche.

Samuel Winter stand neben Nelly und begutachtete ihr Kunstwerk aus Duplo-Steinen.

»Das sieht sehr schön aus«, lächelte ihr Chef Nelly zu.

»Ja, ich kann gut bauen«, antwortete die Kleine selbstbewusst.

Er lachte auf, dann entdeckte er Vic. »Ich habe mir die Tomaten geholt.«

Vic errötete prompt. »Tut mir leid, die hatte ich vergessen.«

Sie schimpfte innerlich mit sich. Nelly brachte sie doch mehr aus dem Konzept, als ihr lieb war.

»Ja, ganz offensichtlich hatten sie das.« Seine Miene war unergründlich.

Vic wäre am liebsten in den Boden versunken.

»Willst du mitbauen?«, mischte sich Nelly wieder ein.

»Nein, kleine Lady. Ich muss gleich arbeiten.«

Nelly zog eine Schnute. »Schade.«

»Ich kann Oma bitten, dich zu holen, wenn dir langweilig ist, Schatz«, sagte Vic hastig.

»Nein, will hierbleiben. Bin auch brav.«

»Sie stört nicht.« Samuel Winter warf Nelly noch einen Blick zu und ging zurück ins Esszimmer.

Vic nahm sich eine Viertelstunde für Nelly Zeit und machte sich danach wieder an die Arbeit. Als ihr Chef fertig gefrühstückt hatte, fuhr sie mit ihrer Tochter in die Stadt, um einzukaufen.

Den ganzen Vormittag über sah sie ihren Chef nicht mehr; auch Nelly hielt sich an ihr Versprechen, ruhig zu sein. Vic war froh, dass sie sich schon so gut alleine beschäftigen konnte.

Gegen Mittag kochte Vic für Nelly, offenbar durch den Duft angelockt, erschien auch Samuel Winter in der Küche.

»Sam«, freute Nelly sich und rannte auf ihn zu. »Hast du Hunger?«

»Eigentlich nicht, aber das riecht lecker, was deine Mama da zubereitet.«

»Es ist genug da.« Vic lächelte scheu, sie hatte vorsichtshalber ein bisschen mehr gekocht.

»Eine Kleinigkeit vielleicht.« Er erwiderte kurz ihr Lächeln, danach wandte er sich wieder Nelly zu. »Was gibt es denn zu essen?«

»Katuffeln, Möhrchen und Dellen.«

»Klingt perfekt«, lachte Samuel Winter leise. »Was auch immer Dellen sein mögen ...«

»Ich mach' sauber, dann kannst du da sitzen«, erklärte Nelly ihm wichtig und begann, die Duplo-Steine wegzuräumen.

Vic staunte, denn zu Hause war sie nicht so geschäftig, wenn es darum ging, Ordnung zu halten.

Vic stellte das Essen hin und verzichtete wieder, in seiner Gegenwart hielt sich ihr Hungergefühl in Grenzen.

»Mami, kannst du …?« Nelly sah sie bittend an.

Vic vermanschte ihr die Kartoffeln mit den Möhren und half ihr, die Frikadelle klein zu schneiden. Aus den Augenwinkeln registrierte sie, dass Samuel Winter sie dabei beobachtete, was nicht gerade zu Vics Beruhigung beitrug.

»Können wir gleich zu den Ponys gehen?«, bat Nelly sie.

»Ja, das machen wir.« Vic streichelte ihr über die Wange.

Nelly wandte sich an ihren neuen Freund. »Kommst du mit?«

Vic wollte gerade etwas entgegnen, doch er lächelte Nelly lieb an. »Okay, für eine halbe Stunde komm' ich mit.«

Nelly strahlte. »Mami hat Äpfel kauft und Möhrchen – für die Ponys.«

»Da werden die sich aber freuen, das mögen die sehr gerne«, erwiderte er.

Vic wusste nicht, ob sie so froh darüber sein sollte, dass er sie begleitete. Aber da Nelly sich freute, zwang sie sich, das Ganze positiv zu sehen. Und sobald der Kindergarten wieder geöffnet hatte, hörten die Besuche ja sowieso auf.

Vic fragte sich, ob Samuel Winter dann zu seiner mürrischen Art zurückkehren würde, wenn Nelly nicht mehr hier war. Sie war schon gespannt darauf.

Er hielt sein Versprechen. Nach dem Essen packte Vic die Äpfel und Möhren in einen Korb, und zu dritt gingen sie durch den Garten auf die Koppeln zu. Diesmal waren auch größere Pferde auf den Weiden, was Nelly begeistert kommentierte.

Sie ließ sich eine Möhre geben; im nächsten Moment rannte sie plötzlich los.

»Nelly warte!«, rief Vic ihr hinterher, doch die Begeisterung über die Ponys war wohl zu groß, Nelly hörte nicht und flitzte immer weiter.

»Nelly – bleib stehen!« Vic stöhnte auf, dann sah sie zu ihrem Entsetzen, dass Nelly unter dem Weidezaun hindurchkrabbelte und auf ein Pony zustürmte.

»Nelly! Nicht!« Vic wurde panisch. Sie hatte Angst, dass die Pferde sich erschrecken könnten und die Kleine umstießen oder – was noch schlimmer war – sie traten.

Vic ließ den Korb fallen und rannte los, doch schon nach wenigen Metern meldete sich ihre Hüfte schmerzhaft zu Wort; sie musste abrupt stoppen.

Sie ließ Nelly nicht aus den Augen, die jetzt von einem Pony zum anderen ging. Die Angst schnürte Vic die Kehle zu, denn immer mehr Pferde kamen zu Nelly, auch die großen Tiere waren dabei.

Da registrierte sie zu ihrer Erleichterung, wie Samuel Winter ebenfalls auf die Koppel ging und Nelly auf den Arm hob.

Vic atmete tief durch, ihr Herz schlug immer noch laut in ihrer Brust. In diesem Moment hätte sie ihn umarmen können.

Vic hinkte auf den Zaun zu.

Samuel Winter kam mit Nelly zurück und setzte sie wieder auf der sicheren Seite ab.

»Danke«, flüsterte Vic und schluckte heftig. Danach wandte sie sich an Nelly. »Das darfst du nicht machen, Schatz. Die Pferde können sich erschrecken, bleib immer schön vor dem Zaun stehen!«

»Und höre, wenn deine Mama dich ruft.« Vics Chef hatte sich vor Nelly gehockt. »Du darfst nicht weglaufen!«

Nelly nickte betroffen und schaute zwischen den beiden hin und her. »Wollte nur Möhrchen geben.«

»Das kannst du ja auch. Aber immer von hier aus, okay?« Er stupste Nelly auf die Nase.

Vic versuchte, sich wieder zu beruhigen, dann humpelte sie zurück, um den Korb zu holen. Ihre Hüfte hatte ihr den plötzlichen Sprint übel genommen, schon lange hatte sie nicht mehr so geschmerzt wie heute.

Sie biss die Zähne zusammen, denn sie wollte unbedingt vermeiden, dass es auffiel.

»Hey, was ist los?«

Verwundert drehte sich Vic um, ihr Chef war auf einmal an ihrer Seite.

»Ich …, also das Laufen …«, gestand sie ihm zerknirscht.

»Soll ich Ihnen helfen?« Plötzlich legte er einen Arm um ihre Taille und stützte sie leicht ab.

Vic blieb das Herz stehen bei dieser spontanen Berührung. Er war ihr so nahe, sie konnte den Duft seines Aftershaves riechen. Sie kannte den Geruch zwar schon, aber am lebenden Objekt hatte sie ihn noch nie so intensiv wahrgenommen.

Sie spürte alles sehr genau, jeden Zentimeter ihres Körpers, den er berührte.

Vic löste sich von ihm. »Das geht schon. Danke«, stammelte sie; sie brauchte nicht viel Fantasie, um zu erahnen, dass sie wahrscheinlich einen knallroten Kopf hatte.

»Das sieht aber nicht so aus, als würde es gehen«, meckerte Samuel Winter. »Sie haben Schmerzen, nicht wahr?«

Vic schaute ihn ängstlich an. Das ungute Gefühl, dass sie ihren Job verlieren könnte, wenn sie nicht fit genug war, krabbelte wieder in ihr hoch. »Das wird gleich wieder besser«, versprach sie hastig.

»Soll ich Sie zum Haus zurückbringen? Ich kann mit Nelly noch mal hierhin kommen.«

»Nein, das geht schon, wirklich«, versicherte sie ihm.

Ihr Chef seufzte; er hob er den Korb hoch und trug ihn zurück zur Koppel.

Vic folgte ihm hinkend. Ihr Herzschlag hatte sich nach wie vor nicht beruhigt, dieser Mann verwirrte sie mit seiner undurchschaubaren Art.

Es war nett, dass er ihr helfen wollte, erzeugte aber auch ein komisches Gefühl. Bislang hatte Vic nicht den Eindruck gehabt, dass er sie wirklich wahrnahm oder sie – ganz abwegig – mögen könnte.

War das Nellys Verdienst? Es schien fast so.

»Mami, guck!«, strahlte Nelly, als Vic endlich wieder am Weidezaun angekommen war. Sie fütterte gerade ein Pony.

Samuel Winter stand neben ihr und schaute lächelnd dabei zu.

»Toll, Schatz!« Vic war etwas außer Atem, das Laufen war doch ganz schön anstrengend gewesen.

Sie überlegte, sich ins Gras zu setzen. Ob sie dann allerdings einigermaßen elegant wieder hochkam, war die Frage. Und vor ihrem Chef wollte sie nicht noch mehr Schwäche zeigen, das verbat sich von selbst.

Also biss sie weiter die Zähne zusammen und blieb stehen.

Nelly hatte einen Riesenspaß; sie quietschte vergnügt auf, wenn die Ponys ihr aus der Hand fraßen.

»Sollen wir die Pferde auch füttern?«, fragte Samuel sie.

»Sind so groß«, flüsterte Nelly beeindruckt.

»Soll ich dich auf den Arm nehmen?«, bot er ihr an. Die Kleine nickte. Er hob sie hoch und für einen Moment schaute Nelly ihn ehrfürchtig an, das schien sie doch sehr zu beeindrucken.

Vic fuhr bei diesem Anblick ein Stich ins Herz. Wie sehr wünschte sie ihrem Engel, dass sie auch einen Papa hätte wie andere Kinder. Ausgerechnet Samuel Winter schien Nelly ja sehr zu imponieren, aber vielleicht würde Nelly auf alle Männer so reagieren, wenn sie ihr Interesse entgegenbrachten.

Vic versuchte, sich für sie zu freuen, denn ihr Chef ging wirklich sehr liebevoll mit Nelly um. Doch das würde bald wieder vorbei sein. Würde Nelly ihn dann vermissen?

Dies alles war die reinste Idylle, für ihre Kleine ein Paradies.

Vic spürte einen Kloß im Hals, sie drehte sich weg, damit die beiden nicht sahen, dass sie mit den Tränen kämpfte.

Sie atmete tief durch, doch es war zu spät, die ersten Tränen kullerten über ihre Wange. Vic kramte hastig nach einem Taschentuch und wischte sich übers Gesicht.

»Haben Sie so starke Schmerzen?« Seine Stimme klang sehr sanft, so redete er eigentlich nur mit Nelly – und mit seinen Freundinnen wahrscheinlich.

»Ich hatte was im Auge«, nuschelte Vic und versuchte, zu lächeln.

»Ich glaube Ihnen kein Wort«, sagte er streng. »Meinen Sie, Sie können wirklich zurücklaufen?«

»Ja, klar. Ich bin … ich bin das gewohnt.«

»Schlimm genug.« Samuel Winter schüttelte den Kopf. »Ich kann das nicht mit ansehen, ich werde Ihnen helfen, okay?«

»Das ist wirklich nicht nötig«, wiegelte Vic ab.

»Was hat Mami?« Nelly war jetzt auch auf sie aufmerksam geworden und griff nach Vics Hand.

»Nichts Schlimmes, Schatz.« Vic beugte sich zu Nelly hinunter und gab ihr einen Kuss auf die Stirn. »Bist du fertig mit Pferdefüttern?«

»Ja, haben alles aufgesst!« Über Nellys Gesichtchen huschte ein Strahlen. »Können wir morgen kommen?«

»Vielleicht hat der Kindergarten ja wieder auf …«

»Sie können mit Nelly herkommen, solange er geschlossen hat.« Samuel Winter lächelte Nelly zu. »Wenn du Lust hast, natürlich.«

»Ja!« Nelly hüpfte begeistert auf und ab.

Vic gab es auf, jetzt noch was dagegen zu sagen.

Nelly lief voraus zum Gutshaus, Vic folgte ihr schwerfällig. Sie musste sich wirklich zusammenreißen, das Hinken nicht so schlimm aussah.

Heute Abend würde sie sich direkt hinlegen müssen, damit es bis morgen wieder einigermaßen gehen würde.

»Jetzt reicht es mir, ich kann mir das nicht länger mit ansehen!«, hörte sie Samuel Winter schimpfen.

Bevor Vic reagieren konnte, hatte er schon wieder seinen Arm um ihre Taille gelegt.

»Legen Sie Ihren Arm um meine Schultern, dann können wir Ihre rechte Seite entlasten«, wies er sie mit barscher Stimme an.

»Sie müssen mir nicht helfen«, beharrte Vic.

»Was ich muss und was ich nicht muss, entscheide ich alleine! Also los jetzt. Oder soll ich das Auto holen?«

»Was? Nein!« Vic schüttelte den Kopf. Sie wollte ihn wieder von sich schieben, doch diesmal hielt er sie so fest, dass das nicht möglich war. »Lassen Sie mich los, ich habe Ihnen doch schon gesagt, dass ...«

»Das ist mir ganz egal, was Sie sagen! Ich habe doch Augen im Kopf!«, zischte er ihr leise zu. Immerhin nahm er Rücksicht auf Nelly, die schon ein Stückchen Vorsprung hatte und sie so nicht hören konnte.

»Ich kann alleine gehen«, versuchte es Vic noch einmal.

»Wie kann man nur so stur und kratzbürstig sein!« Ihr Chef funkelte sie aus seinen dunklen Augen wütend an.

»SIE müssen mir ja wohl keine Verhaltensregeln erklären. SIE NICHT!«, brach es aus Vic heraus.

»Halten Sie einfach die Klappe und sich an mir fest!«, knurrte er.

Vic gab auf. Er wirkte so entschlossen, dass ein erneutes Aufmucken wohl zwecklos war.

Zögernd legte sie den Arm um seine Schultern. Wieder nahm sie seinen Geruch überdeutlich wahr – und seinen Körper an ihrem zu spüren, verursachte ein leichtes Kribbeln auf ihrer Haut.

Deine Nerven sind überreizt, erklärte sie sich dieses merkwürdige Phänomen.

Vic zwang sich, sich auf den Weg zu konzentrieren, die Schmerzen waren jetzt weniger stark, als wenn sie alleine vor sich hin humpelte.

Nelly schaute sich um und lief zu ihnen zurück.

»Was ist?«, fragte sie mit weit aufgerissenen Augen. »Mami aua?«

»Ja, Schatz.«

»Mami muss Lette nehmen, dann ist wieder gut, ja?« Sie griff mit ihrem Händchen nach Vics Fingern.

»Klar, mein Engelchen. Das mache ich gleich«, beruhigte Vic sie.

Als sie die Terrasse des Gutshauses erreichten, drückte Samuel Winter Vic direkt auf einen Liegestuhl.

»Haben Sie die Tabletten mit?«, fragte er sie.

»Ja. In meiner Tasche, in der Küche. Nelly kann sie holen.«

»Ich geh' schon«, antwortete ihr Chef.

Nelly kam auf Vics Schoss gekrabbelt und legte ihre Hände auf Vics Gesicht. »Gleich geht besser, ja?«

»Ganz bestimmt.« Vic drückte sie fest an sich.

»Hier.« Samuel Winter kam mit einem Glas Wasser und Vics Tasche zurück.

»Danke, das ist nett«, lächelte Vic ihm zu.

Er erwiderte es nicht, sondern sah sie nur an. »Wie oft müssen Sie die Tabletten nehmen?«

»Nach Bedarf«, wich Vic ihm aus.

»Und wie oft haben Sie Bedarf?«

»Das kommt eben darauf an, wie sehr ich die Seite belaste. Aber es geht wirklich gleich besser«, versicherte sie ihm.

»Hm.« Er schüttelte den Kopf, dann lenkte Nelly ihn wieder ab.

»Sollen wir Ball spielen?«

»Nelly, Herr Winter muss doch arbeiten«, versuchte Vic, ihm Freiraum zu verschaffen.

»Hast du denn einen Ball dabei? Ich habe bloß einen Fußball hier irgendwo im Keller, aber der ist zu hart und zu groß für dich«, sagte er freundlich.

»Nelly hat mit«, nickte die Kleine und flitzte ins Haus.

»Da«, stolz präsentierte Nelly ihm ihren Ball.

»Dann los!«, lachte Samuel und ging mit Nelly auf den Rasen vor den Blumenbeeten.

Vic sah den beiden lächelnd zu. Sie versuchte, auszublenden, was dies für eine komische Situation war, sondern genoss einfach das fröhliche Bild, das die zwei boten.

Nelly rannte auf ihren kurzen Beinchen hinter dem Ball her, sie schien unermüdlich zu sein.

Vic fragte sich, wie lange sie das wohl durchhalten würde. Bis vor Kurzem hatte sie nach dem Mittagessen immer noch ein bisschen geschlafen.

Nach einer halben Stunde war dann aber doch Schluss. Nelly kam zu Vic auf die Liege gekrabbelt.

Sie legte sich auf Vics Bauch, ein sicheres Zeichen dafür, dass sie erschöpft war.

»Sie ist müde, oder?«, erkundigte sich Samuel Winter.

»Ja, das war ein aufregender Tag für sie.«

»Wir können Sie hinlegen, wenn Ihnen das recht ist«, schlug er ihr vor. »Oben ins Gästezimmer.«

»Ich weiß nicht. Wenn sie aufwacht und die Umgebung nicht kennt, bekommt sie vielleicht Angst. Wenn Sie nichts dagegen haben, könnte ich sie im Wohnzimmer aufs Sofa legen. Dann kann ich sie hören, während ich das Essen vorbereite.«

»Okay. Es ist aber auch in Ordnung, wenn Sie nach Hause fahren und sich schonen«, schlug er ihr vor.

Vic war sprachlos, sie wusste gar nicht, was sie sagen sollte. Doch sie wollte seine Freundlichkeit auch nicht ausnutzen.

»Die Tablette wirkt, ich kann bleiben«, sagte sie entschieden.

Samuel hob Nelly vorsichtig hoch auf seine Arme. »Möchtest du ein bisschen schlafen, kleine Lady?«

»Nein, Nelly nicht müde«, kam es ganz leise, doch sie rieb sich ihre Augen und strafte ihre Worte damit Lügen.

»Wenn du wach wirst, kannst du deine Mama rufen«, er ging mit Nelly ins Haus. Kurze Zeit später kam er wieder.

»Sie ist sofort eingeschlafen. Ich habe zwei Stühle vors Sofa gestellt, damit sie nicht runterfällt.«

»Danke, das ist wirklich sehr nett von Ihnen«, scheu lächelte Vic ihm zu.

Zu ihrer Überraschung setzte er sich neben sie auf einen Stuhl. Vic hatte eigentlich erwartet, dass er sich zum Arbeiten zurückziehen würde.

Eine Zeit lang sagte er gar nichts, schien ganz in Gedanken zu sein.

»Meine Frau wollte auch unbedingt Kinder.« Seine Stimme war ganz rau und leise.

13

»Sie können gut mit Kindern umgehen. Sie würden einen perfekten Vater abgeben«, entgegnete Vic schüchtern. Sie hoffte, dass sie jetzt nicht zu persönlich wurde.

Er lachte bitter auf. »Nein, kein Bedarf! Ich habe keine Lust, das alles noch mal mitzumachen.«

Vic runzelte die Stirn. »Was … was genau meinen Sie?«, hakte sie vorsichtig nach.

»Noch mal alles zu verlieren, was einem lieb und teuer ist«, erläuterte er nachdenklich.

Vic nickte. »Das kann ich verstehen. Aber es muss sich ja nicht zwangsläufig wiederholen. Es war ein Unglück, was mit Ihrer Frau geschehen ist. So was passiert bestimmt kein zweites Mal mehr …«

»Garantieren Sie mir das?« Er sah ihr fest in die Augen. »Davon abgesehen finde ich mit Sicherheit nicht mehr so eine Frau wie Silvia. So etwas erlebt man lediglich einmal im Leben.«

»Vielleicht.« Vic senkte den Blick. »Vielleicht haben Sie recht.«

Es entstand eine kurze Pause, doch das Schweigen war nicht unangenehm. Jeder hing seinen Gedanken nach.

Vic war froh, dass sie sich mit ihm ganz normal unterhalten konnte.

»Hat Nelly viel Kontakt zu ihrem Vater?«, fragte er plötzlich.

Vic überlegte, ob sie wirklich mit ihm darüber sprechen sollte. Aber andererseits war er eben auch ehrlich zu ihr gewesen.

»Nein. Nelly kennt ihn gar nicht. Als … als er von der Schwangerschaft erfahren hat, hat er die Beziehung beendet«, erklärte sie ihm nüchtern.

»Das tut mir leid.« Samuel Winter guckte ihr direkt in die Augen. »Das war bestimmt nicht leicht für Sie.«

»Nein, das war es nicht. Aber ich betrachte Nelly als großes Geschenk. Sie ist gesund und munter, das ist die Hauptsache.«

»Das stimmt wohl, sie ist wirklich ein kleiner Wirbelwind. Ein kleiner schokobrauner Wirbelwind«, fügte er leise lachend hinzu.

Vic sah ihn ernst an. Sie war immer wachsam, wenn die Sprache auf Nellys Hautfarbe kam, doch er hatte es nett gemeint, und sie beruhigte sich wieder.

»Ja, ein Wirbelwind, das trifft es ganz gut«, lächelte Vic. »Ich habe Angst, dass sie mir einmal wegläuft und ich ihr nicht folgen kann«, gestand sie ihm. »Wenn sie auf die Straße laufen würde, und ich wäre nicht schnell genug, das … das wäre für mich der schlimmste Albtraum.«

»An so etwas dürfen Sie nicht denken. Sie machen sich nur selbst verrückt damit. Und davon abgesehen kann das jeder anderen gesunden Frau auch passieren.« Er schaute ihr lange in die Augen. »Kann man denn gar nichts an Ihrem Zustand verbessern?«

»Dazu ist es leider wohl zu spät«, antwortete Vic zerknirscht. Am liebsten würde sie wieder von diesem Thema ablenken. Sie ärgerte sich, dass sie selbst ihre Hüfte angesprochen hatte, indem sie ihm von ihren Befürchtungen in Bezug auf Nelly erzählt hatte.

»Was heißt das? Hätte es einen Zeitpunkt gegeben, an dem es möglich gewesen wäre?«, bohrte er nach.

»Ja, direkt nach dem Unfall. Wenn ich eine Reha gemacht hätte, dann hätte es wohl Chancen gegeben, dass alles ausheilt.« Vics Stimme wurde immer leiser.

»Und warum haben Sie keine Reha gemacht?« Er klang wieder barscher.

»Ich habe damals in den USA gelebt, und wir konnten uns keine Krankenversicherung leisten. Es hätte unsere finanziellen Möglichkeiten gesprengt, denn es wäre sehr teuer gewesen.«

»Verstehe. Aber Sie hätten doch nach Deutschland zurückkehren können«, wandte er ein.

»Ja, es war ein Fehler, es nicht zu tun. Das weiß ich jetzt auch.« In Vic kam Trotz auf. Sie brauchte sich von ihm ja wohl keine Vorhaltungen machen zu lassen. »Aber ich wollte damals halt drüben bleiben bei meinem Lebensgefährten …«

»Dem Vater von Nelly?«

»Genau«, nickte Vic.

»Dumm gelaufen«, stellte er trocken fest.

»Ja, das kann man sagen.« Sie lachte bitter auf.

»Wie leben Sie mit Nelly?«, fragte er weiter. Vic war über sein Interesse an ihrer Person überrascht, aber es war auch nicht unangenehm, mit ihm zu reden, im Gegenteil. Er schien wirklich mehr über Nelly und sie erfahren zu wollen; vielleicht würde sich ihr Arbeitsverhältnis dadurch bessern.

»Ich habe eine kleine Wohnung, in der wir beide leben.«

»Möchten Sie dort bleiben?«

»Nein. Aber … also …, ich verdiene ja jetzt besser, vielleicht kann ich mir bald eine Wohnung mit einem kleinen Garten leisten. Für Nelly wäre das viel schöner.«

»Hm, das stimmt wohl«, antwortete er nachdenklich. Abrupt stand er auf. »Ich bin in meinem Arbeitszimmer. Wenn es Ihrer Hüfte nicht besser gehen sollte, dann fahren Sie nach Hause.«

»Danke, aber das wird schon gehen«, schüttelte Vic den Kopf.

Er murmelte so etwas wie *stures Weib*, und Vic wollte schon empört protestieren, aber jetzt einen Streit vom Zaun zu brechen, wollte sie unbedingt vermeiden.

Schwerfällig erhob sie sich vom Stuhl. Die Tablette wirkte zwar, aber bis sie ganz schmerzfrei war, würde es noch etwas dauern.

Vic humpelte ins Wohnzimmer, wo Nelly weiterhin tief schlummerte. Samuel Winter hatte eine leichte Decke über sie gebreitet. Vic war gerührt von seiner Fürsorge für ihre kleine Tochter.

Ihr tat es leid, dass er so verbittert und desillusioniert war, was sein Privatleben anging. Sie hoffte für ihn, dass er sich doch noch einmal binden konnte und sein Glück fand.

Heute hatte sie seine andere Seite kennengelernt. Er war ein sehr sensibler Mann, es war schade, dass er das so verbarg.

Andererseits konnte sie ihn auch gut verstehen. Er hatte einen schrecklichen Verlust erlitten und ganz offenbar Angst, so etwas wieder durchleben zu müssen.

Vic dachte an Nelly und ihre Eltern – wenn ihnen etwas passieren würde, sie würde mit Sicherheit durchdrehen.

Sie seufzte leise. Das Leben war manchmal einfach nicht fair.

Leise bereitete Vic das Abendessen für ihren Chef vor. Nach einer halben Stunde hörte sie Nellys leises Stimmchen.

»Mami?«

»Ja, Schatz.« Vic ging, so schnell sie konnte, zu Nelly ins Wohnzimmer.

Sie sah noch ganz verschlafen aus und rieb sich die Augen. »Wo hab' ich schlaft?«

»Wir sind bei Herrn Winter in seinem Haus. Du warst nach dem Ballspielen so müde«, lächelte Vic ihr zu und hob sie vom Sofa auf ihren Arm.

»Wo ist Sam?«, erkundigte sich Nelly direkt. Offenbar war ihr alles wieder eingefallen.

»Er arbeitet, deswegen müssen wir leise sein, ja?«

»Ja, bin leise«, nickte Nelly.

Vic nahm sie mit in die Küche.

Nelly spielte wieder mit den Legosteinen.

Vic genoss es, nicht auf die Uhr sehen zu müssen, und kümmerte sich in aller Ruhe um den Haushalt. Gegen achtzehn Uhr brach sie dann mit Nelly auf, die es sich nicht nehmen ließ, sich von ihrem Freund zu verabschieden.

»Tschüss, Nelly«, antwortete er freundlich. »Kommst du mich morgen wieder besuchen?«

»Ja«, strahlte sie ihn an.

»Wenn der Kindergarten nicht schon wieder aufhat«, wandte Vic ein.

»Bis morgen«, zwinkerte Samuel Winter Nelly zu.

»Ja, komme wieder«, versicherte ihre kleine Tochter ihm.

»Leider können wir den Kindergarten erst am Montag wieder öffnen. Die Handwerker sind noch nicht fertig.« Die Hortleiterin hatte auf dem Anrufbeantworter eine Nachricht hinterlassen.

Nun gut, dann würde Nelly also wirklich wieder zu ihrem großen Freund können. Vic hoffte allerdings, dass sie sich nicht zu sehr an ihn gewöhnen würde und es ihr dann nicht zu schwerfiel, wenn sie wieder in den Kindergarten ging.

***

»Donnerwetter, ich hätte nicht gedacht, dass du es so lange bei dem Typen aushältst«, grinste Betty Vic an.

»Der Anfang war schwierig, aber jetzt ist es wirklich angenehmer geworden. Es scheint fast so, als hätte Nelly ihn um den Finger gewickelt und seine nette Seite herausgekitzelt.« Vic nuckelte an ihrem Cocktail.

Seit Wochen war sie mal wieder mit ihrer Freundin ausgegangen und genoss es in vollen Zügen. Als sie noch in ihrem alten Job gearbeitet hatte, war meist nicht das Geld da gewesen, um mit Betty loszuziehen. Vic freute sich, dass sie sich das jetzt ab und an leisten konnte.

Nelly würde heute bei ihren Großeltern schlafen, deswegen nutzten die beiden Frauen diese kleine Freiheit ausgiebig aus.

Vic wurde sogar des Öfteren angeflirtet, doch so wirklich wollte der Funke nicht überspringen. Und sie war ja auch nicht auf der Suche nach einer Beziehung.

Am Montag war Nelly ein bisschen enttäuscht, als Vic sie in den Hort brachte. Doch als sie ihre Freundin Tina wiedersah, war die Traurigkeit schnell vergessen.

»Oh, Nelly ist also tatsächlich wieder im Kindergarten?« Mit diesen Worten wurde Vic von ihrem Chef empfangen, als sie ihm das Frühstück brachte.

»Ja, der Hort hat wieder geöffnet.«

»Wenn sie mal Lust hat, Pferde zu füttern, dann kommen Sie doch mit ihr hier vorbei«, bot Samuel Winter ihr an.

Vic riss erstaunt die Augen auf. »Danke, das ist nett. Nelly würde sich darüber sicherlich sehr freuen. Sie hat viel von den Ponys gesprochen.«

Und von Ihnen, fügte sie in Gedanken hinzu, aber das behielt Vic lieber für sich.

Er hatte wirklich einen großen Eindruck bei ihrer Tochter hinterlassen. Sie erzählte oft von ihm und dem Anwesen hier, auch Vics Eltern waren schon bestens über Nellys großen neuen Freund unterrichtet.

Er lachte kurz, dann widmete er sich wieder seiner Zeitung.

Vic zog sich leise zurück.

***

In den nächsten Tagen war es fast wieder so wie am Anfang ihres Arbeitsverhältnisses. Vic bekam ihn kaum zu Gesicht, allerdings war er nicht mehr ganz so mürrisch und unfreundlich.

Ihr tat das sehr leid. Nelly hatte wohl etwas in ihm aufgebrochen, was jetzt wieder zu verschütten drohte.

Am Freitagmittag kam er zu Vics Überraschung aus seinem Arbeitszimmer heraus und gesellte sich zu ihr auf die Terrasse.

Vic hatte sich die Bügelwäsche mit nach draußen genommen, denn nach den vergangenen Tagen voller Regen wollte sie die Sonnenstrahlen ausnutzen.

»Ich würde Ihnen gerne etwas zeigen«, begann er.

Vic sah interessiert auf. »Und was?«

»Schalten Sie das Ding ab, und folgen Sie mir!« Er deutete auf das Bügeleisen, dann ging er voraus in den Garten.

Vic folgte ihm neugierig.

Er steuerte geradewegs auf das kleine alte Verwalterhaus zu, das ihr so gefiel.

Zu ihrer Verblüffung zog er einen Schlüssel heraus und schloss die Haustür auf. »Kommen Sie!«

Zögernd trat Vic nach ihm ein. Sie standen in einem kleinen Flur, an der Wand blätterte der Putz bereits ab, aber sofort nahm der Charme des Hauses Vic gefangen.

Sie fragte sich, was sie hier wohl sollte, aber wagte nicht, dieses laut auszusprechen.

»Dies hier war das Wohnzimmer«, erklärte er ihr. »Die Heizungsanlage müsste erneuert werden, aber es gibt ja auch noch den hier.« Er wies auf einen alten Ofen.

»Ist bestimmt gemütlich«, lächelte Vic ihm zu.

»Mit Sicherheit.« Er erwiderte ihr Lächeln, was Vic heimlich freute.

Zur Küche hin gab es keine Wand, die Zeile war recht klein, man sah noch, wo die Anschlüsse gewesen waren.

»Man müsste den Esszimmertisch mit in den Wohnbereich integrieren«, merkte Samuel Winter an.

»Das ist doch schön …, also ich finde das jedenfalls«, meinte Vic.

»So, so …« Samuel Winter schmunzelte, was sie immer mehr verwunderte.

Er zeigte ihr noch zwei kleine Schlafräume und ein Bad, das dringend überholt werden musste. Außerdem besichtigten sie einen Raum, der als Vorratskammer diente und Stauraum für Haushaltsgeräte bot.

»Es gibt kein Obergeschoss und keinen Keller«, fuhr ihr Chef mit seinen Erläuterungen fort. »Es ist also wirklich sehr klein.«

»Ja, aber auch gemütlich. Wollen Sie es herrichten lassen? Für Gäste?«, erkundigte sich Vic neugierig.

Dabei hatte er doch so viele Räume im Gutshaus, wunderte sie sich. Aber der Charme dieses Hauses war einfach unwiderstehlich.

»Herrichten lassen? Ja. Für Gäste? Nein.« Jetzt sah er ihr direkt in die Augen. »Ich dachte, ich biete es einer alleinerziehenden Mutter an, die sich einen Garten für ihre Tochter wünscht. Garten gibt es hier jedenfalls mehr als genug, nur das Haus ist vielleicht etwas zu klein. Oder?«

Vic starrte ihn mit offenem Mund an. Sie konnte erst gar nichts sagen, dann brachte sie nur ein Stammeln zustande. »Sie … also … Sie meinen mich?«

»Wie scharfsinnig Sie doch manchmal sein können!«, grinste er breit.

»Aber … also … Ich meine …, die Miete … und so.« Einen gescheiten Satz brachte sie nicht zustande.

»Ich denke, über die Miete werden wir uns schon einig. Wenn Sie hier wohnen würden, hätte das auch für mich Vorteile, denn ich möchte eine Bedingung daran knüpfen«, fuhr er fort.

Aha – jetzt kommt der Haken. War doch klar!

»Und welche?«, fragte Vic atemlos.

»Dass ich mir das Essen aufwärmen muss, passt mir nicht so richtig, jedenfalls nicht auf Dauer. Ich würde Sie bitten, abends für mich das Essen frisch zuzubereiten. Und eventuell auch am Wochenende zur Verfügung zu stehen, natürlich nicht dauernd, aber ab und zu werde ich Ihre Dienste vielleicht benötigen. Dafür werde ich Ihnen mit der Miete entgegenkommen.« Er sah ihr fest in die Augen. »Wäre das möglich?«

Vic brauchte nicht lange zu überlegen. Sie hatte sich schon vom ersten Augenblick an in das kleine Haus verliebt. Ihr Traum, Nelly einen Garten bieten zu können, war zum Greifen nah, es wäre dumm, das Angebot auszuschlagen.

»Ich denke … ich denke, das würde gehen. Wenn ich Nelly dann mit ins Gutshaus nehmen könnte, denn ich kann sie nicht alleine lassen«, wandte Vic ein.

»Natürlich, das ist ja klar. Wenn Sie noch Stauraum brauchen, können Sie auch einen Kellerraum im Gutshaus belegen. Aber nur einen!« Er zwinkerte ihr zu, prompt kam Vics Herzschlag ins Stolpern.

»Danke.« Sie lächelte schüchtern. »Ich … ich freue mich über Ihr Angebot. Das Haus ist sehr schön.«

»Dann ist es also abgemacht?« Er zog fragend die Augenbrauen hoch.

»Ja, ich würde sehr gerne hier wohnen. Und ich bin sicher, dass es Nelly auch gefallen wird.« Ein Strahlen huschte über ihr Gesicht.

»Gut, ich werde einige Handwerksfirmen anrufen. Sie können die Maler anweisen, welchen Raum Sie sich in welcher Farbe wünschen. Die Küche müssen wir wohl anfertigen lassen.«

Vic stockte der Atem, irgendwie konnte sie das alles noch gar nicht richtig glauben. Am liebsten wäre sie ihrem Chef um den Hals gefallen, aber das verbat sich natürlich von selbst.

Nachdem sie zurück ins Gutshaus gegangen waren, verschwand Samuel Winter direkt in seinem Arbeitszimmer.

Vic rechnete nicht damit, ihn so rasch wiederzusehen, doch plötzlich stand er hinter ihr.

»Morgen kommen drei verschiedene Firmen. Bitte kümmern Sie sich darum, und erklären Sie den Handwerkern, wie was zu erledigen ist!«

»Danke«, presste Vic nur hervor. Irgendwie erwartete sie immer noch, jeden Moment aufzuwachen.

»Er bietet dir ein Haus an?« Helene Gessner blieb der Mund offen stehen; auch Vics Vater schaute mehr als erstaunt.

»Ja. Es ist ein traumhaftes kleines Häuschen. Und er lässt es so streichen, wie ich es mir wünsche«, berichtete Vic begeistert.

Natürlich musste sie ihren Eltern sofort von ihrem Glück erzählen. Doch die sahen etwas skeptisch aus.

»Was ist? Freut ihr euch denn gar nicht für Nelly und mich?«, fragte sie enttäuscht.

»Doch, Schatz, natürlich.« Vics Vater schaute hinüber zu seiner kleinen Enkelin, die eine Kindersendung im Fernsehen ansah. »Ich frage mich nur, was er damit bezweckt. Hat er vielleicht andere Absichten?«

»Andere Absichten?« Vic war verblüfft, dann realisierte sie erst, was ihr Vater da gerade andeutete, und kicherte los. »Nein, Papa, ich glaube nicht, dass er an mir interessiert ist, es geht ihm bloß um meine Arbeitskraft. So kann ich ihm länger zur Verfügung stehen, und ich bin doch nicht ständig um ihn herum, sondern lebe mit Nelly separiert.«

»Hm …«« Er schien nicht wirklich überzeugt von ihren Worten. Nach einer Weile lächelte er aber doch. »Hört sich wirklich gut an.«

»Das ist es auch. Ihr wisst doch, wie sehr ich mir immer einen kleinen Garten gewünscht habe. Und jetzt werde ich auf dem Land leben, das ist doch toll. Und ihr könnt mich ganz oft besuchen kommen, dann können wir im Garten sitzen und grillen«, freute sich Vic.

»Okay, du hast mich überzeugt«, lachte ihr Vater.

Vic verschwieg die Sache mit dem neuen Haus vorerst vor Nelly. Ihre Kleine hatte noch kein richtiges Zeitgefühl und würde mit Sicherheit jeden Tag mehrmals nachfragen, das wollte sich Vic lieber ersparen.

Am nächsten Tag kamen die Handwerker.

Vic hatte eigentlich nicht damit gerechnet, dass sie so pünktlich eintreffen würden, aber offenbar war Samuel Winter ein guter Kunde.

Zusammen mit den Malern beriet sie über die Wandfarbe und den Außenputz. Eine Fensterbaufirma war auch dabei.

Vic entschied sich für blaue Sprossenfenster und hoffte, dass Samuel Winter damit einverstanden wäre. Den Gartenzaun wollte sie im gleichen Blauton streichen lassen.

»Alles klar hier?«

Vic drehte sich hastig herum.

Ihr Chef stand hinter ihr und lächelte ihr zu.

»Ja. Es trifft sich gut, dass Sie hier sind«, sagte sie eifrig und holte den Fensterbaufachmann hinzu. Sie berichtete ihm über die Idee mit den blauen Fenstern.

Samuel Winter hörte sich alles mit nicht zu ergründender Miene an.

»Was meinen Sie?«, fragte Vic ihn zaghaft.

»Machen Sie das, was die Dame wünscht!«, wandte er sich an den Handwerker. »Ich bin gespannt auf das Ergebnis«, lächelte er und verließ das Haus wieder.

»Die Handwerker meinen, sie wären in vier Wochen fertig mit allem«, erzählte Vic ihm, als sie sich am Nachmittag von ihm verabschiedete.

»Das ist gut. Dann können Sie ja bald einziehen.«

»Nein, das geht wohl nicht. Ich habe drei Monate Kündigungsfrist in meinem Mietvertrag. Und doppelte Mieten zu zahlen, das werde ich mir nicht erlauben können«, widersprach sie verlegen.

»Verstehe. Nun, die ersten beiden Mieten können Sie von mir aus später in Raten abstottern.« Er zuckte mit den Schultern.

Vic riss die Augen auf. »Wirklich? Das wäre toll, also, das ist gut, meine ich!« Sie jubilierte innerlich, schon wieder verspürte sie den Drang, ihm um den Hals zu fallen.

»Okay, das wäre geklärt. Dies ist übrigens der Mietvertrag.« Er schmunzelte und reichte ihr ein Blatt Papier.

Vic trat neugierig näher. Ihr Herz klopfte jetzt wie verrückt, denn da war noch ein bisschen Angst, dass die Miete doch zu hoch sein könnte. Aber ihr Chef kannte ja schließlich ihr Gehalt und würde wohl wissen, wie viel sie ausgeben konnte.

Fassungslos schaute sie auf die Summe, die dort eingetragen war. Sie war überraschend niedrig.

»Ich denke, das dürfte in Ordnung gehen, oder?« Samuel Winter grinste sie an.

»Das … das ist aber … Also, das ist günstig«, stammelte Vic.

Du bist so clever, giftete es in ihr. *Was willst du? Dass er sich es noch anders überlegt?*

»Es ist schon in Ordnung so. Früher oder später hätte ich das Haus sowieso renovieren müssen, warum also nicht jetzt?

Und mit Mieteinnahmen nutzt es mir sogar etwas«, antwortete Samuel Winter nur.

»Ja, klar.« Vic schluckte, dann nahm sie den Stift, den er ihr hinhielt, und unterzeichnete.

»Weiß Nelly schon davon?«

»Nein. Ich sage es ihr, wenn der Umzug kurz bevorsteht. Sie wird sonst zu ungeduldig.«

»Okay«, lachte er auf. Sie hatte ihn – außer mit Nelly – noch nie so gut gelaunt erlebt. »Herr Winter, ich möchte Ihnen noch einmal danken, natürlich auch im Namen von Nelly.«

»Keine Ursache. Ich …« Jetzt fuhr er sich mit den Fingern durch die Haare. »Ich habe es Ihnen anfangs hier nicht gerade leicht gemacht, das war mir zwar immer bewusst, aber ich konnte nicht aus meiner Haut. Seit dem Tod meiner Frau suche ich den Kontakt zu anderen Menschen nicht gerade und bin sehr schnell genervt. Aber Sie haben Ihre Sache wirklich gut gemacht und sich nicht durch mich verunsichern lassen. Viele hätten sicher längst das Handtuch geworfen. Deswegen bin ich froh, dass ich Ihnen das Haus anbieten kann, und jetzt verschwinden Sie schon, ich muss weiterarbeiten.« Es blitzte in seinen Augen auf.

Vic strahlte. »Bis morgen«, sagte sie und ging zu ihrem Auto.

14

»Haben wir alles?« Karl Gessner sah sich noch einmal in Vics Wohnung um.

»Ja, Papa. Es ist alles verstaut.« Sie hauchte ihm einen Kuss auf die Wange.

»Mama, komm. Zum Haus fahren!« Nelly zupfte ungeduldig an Vics T-Shirt.

»Du hörst es. Wir müssen los.« Vic knuffte ihren Vater in die Rippen.

Vic war ihren Eltern sehr dankbar über die Hilfe, die sie ihr bei den Umzugsvorbereitungen zukommen ließen. Und jetzt war es endlich soweit: Sie konnte mit Nelly in das kleine Häuschen einziehen.

Und dieses war wirklich ein Traum geworden. Der weiße Außenanstrich, die blauen Sprossenfenster und der blaue Zaun bildeten einen schönen Kontrast.

Paul, der Gärtner, hatte Vic geholfen, den zugewucherten Garten ein bisschen freizulegen, und versprochen, ihr beim Bepflanzen zu helfen.

Die Küche, die neu eingebaut worden war, wirkte wie eine Miniaturausgabe derer, die im Gutshaus stand. Sie war sehr klein, aber für Vic vollkommen ausreichend.

Nelly war schon ganz verliebt in ihr neues Zimmer. Aus dem Fenster konnte sie auf die benachbarten Weiden schauen. So hatte sie die Ponys und Pferde immer im Blick.

Vic hatte für sich das kleinere Schlafzimmer gewählt, viel passte wirklich nicht hinein, doch sie war glücklich damit. Hauptsache, Nelly hatte mehr Platz.

Auch ihre Eltern waren sofort verzaubert von dem kleinen Häuschen – und sehr beeindruckt von dem großen Gutshaus, in dem Samuel Winter wohnte. Ihn hatten sie noch nicht zu Gesicht bekommen. Vic konnte sich auch nicht vorstellen, dass er sich heute würde blicken lassen.

Er hatte sein Versprechen gehalten und ihr einen Kellerraum zur Verfügung gestellt, in dem sie einiges lagern konnte.

»Da! Wir sind da!«, rief Nelly aufgeregt, als sie auf den Weg zum neuen Haus einbogen.

»In so einem schönen Haus wohnst du jetzt?«, fragte Helene Gessner ihre Enkelin lächelnd.

»Ja«, ertönte es stolz.

Vic grinste in sich hinein.

Sie parkten neben dem Transporter, den ihr Vater sich für den Umzug geliehen hatte.

Ein Arbeitskollege von ihm und auch der Freund von Betty hatten ihre Hilfe angeboten.

Sie hatten gerade begonnen, die ersten Sachen auszuladen, als Nelly auf einmal losschrie.

»Da ist Sam!«, quietschte sie vergnügt auf und lief auf ihn zu.

Vic drehte sich um.

Nelly war schon bei ihm angelangt und plapperte auf ihn ein.

Samuel Winter hob Nelly auf seine Arme und kam auf Vic und ihre Umzugshelfer zu.

»Kann ich Ihnen helfen?«, fragte er freundlich in die Runde.

»Ich denke, wir kommen schon klar«, sagte Vic verlegen.

»Hilfe kann man immer gebrauchen.« Ihr Vater hielt ihm die Hand hin. »Karl Gessner, ich bin der Opa von Nelly.«

»Sehr erfreut.« Samuel Winter schüttelte ihm die Hand. »Gut, dann sagen Sie mir, was zu tun ist …«

Vic staunte nicht schlecht, denn ihr Chef packte tatkräftig mit an. Und insgeheim war sie froh, dass sie so viel Hilfe beim Umzug hatte, denn ihre Hüfte vertrug das schwere Tragen und Laufen nicht so gut.

Sie bemühte sich, dies so gut es ging vor den anderen zu verbergen, doch ihre Mutter wurde schnell darauf aufmerksam. »Victoria, du humpelst ja wieder!«, rügte sie.

»Das geht schon.« Vic schaute sich peinlich berührt um.

Natürlich hatten es alle Helfer mitbekommen.

»Ruh dich aus, mein Kind!« Helene zog sie auf die kleine Terrasse und drückte sie in einen Gartenstuhl.

»Alles klar?« Samuel Winter war nach draußen gekommen und musterte sie ebenso besorgt.

»Ja, alles bestens. Meine Mutter übertreibt ein bisschen«, lächelte sie ihm zerknirscht zu.

»Kann ich mir irgendwie nicht vorstellen«, brummte er. »Schonen Sie sich, es ist ja nicht mehr viel zu tun.«

»Herr Winter, Sie … also … Sie müssen hier nicht helfen, ich meine, das ist mir unangenehm«, stammelte sie und spürte, wie sie errötete.

Samuel Winter hockte sich vor Vic hin und guckte ihr in die Augen. »Ich weiß, dass ich das nicht muss. Aber es hilft mir, den Kopf freizubekommen.«

Jetzt war sich Vic sicher, dass sie knallrot angelaufen war.

»Na dann«, nuschelte sie nur und war froh, dass er wieder hineinging.

Nach einer kurzen Pause stand Vic auf, um eine Tablette zu nehmen. Im Wohnzimmer redete Bettys Freund auf Samuel Winter ein. Es ging um ein Buch, das ihr Chef ihm signiert hatte. Vic hatte ihn darum gebeten.

Samuel Winter unterhielt sich lebhaft mit ihm, offenbar hatte er keine Berührungsängste, wenn es sich um seine Fans handelte.

Vic hinkte in die Küche, schluckte die Tablette und räumte die Schränke ein.

Nelly wuselte geschäftig zwischen den Umzugshelfern hin und her. Eigentlich stand sie mehr im Weg, als dass sie helfen konnte, aber ihre Großeltern bezogen sie auf liebevolle Weise mit ein.

»Sollten Sie nicht draußen sitzen?«, hörte Vic auf einmal die strenge Stimme ihres Chefs.

»Ich kann doch nicht herumsitzen, wenn hier alle was tun«, rechtfertigte sich Vic.

»Wieso können Sie das nicht? Was ist daran so schwierig?« Es blitzte warnend in seinen Augen auf.

»Sie wissen ganz genau, wie ich das meine«, schmollte Vic.

»Soll ich bei Ihren Eltern petzen, dass Sie wieder auf den Beinen sind?«

»Wehe!«, protestierte sie leise.

Samuel Winter lachte auf.

In dem Moment entdeckte Nelly ihn, nahm seine Hand und zog ihn mit in ihr Zimmer. »Komm, Nellys Zimmer gucken!«, bestimmte sie resolut.

»Ich habe es schon gesehen, kleine Lady«, lächelte er sie an.

»Aber jetzt ist fertig.« Nelly blickte mit ihren großen dunklen Kulleraugen zu ihm auf.

Vic konnte förmlich dabei zuschauen, wie sein Widerstand dahinschmolz.

»Ah, es ist fertig. Na, dann muss ich wohl wirklich mal gucken.« Er wandte sich noch einmal zu Vic. »Hinsetzen!«

Vic atmete tief durch, als alles fertig war und ihre Eltern und die anderen Helfer das Haus verlassen hatten.

Es gab zwar noch einiges einzuräumen, aber das wollte Vic auf jeden Fall alleine machen. Der Tag hatte sie sehr angestrengt; sie war frustriert darüber, dass sie nicht so viel hatte mit anpacken können.

Sie machte für Nelly Abendbrot, danach verfrachtete sie ihre Kleine ins Bett, natürlich unter lautem Protest.

Vic huschte unter die Dusche. Sie überlegte, ob sie noch weiter einräumen sollte, doch die Antwort gab ihr leider ihre Hüfte.

Sie machte sich einen Tee, holte sich eine Decke und legte sich aufs Sofa, um etwas fernzusehen.

Vic war fast eingeschlafen, da riss sie ein Klopfen wieder hoch.

Etwas träge tapste sie zur Tür. Sie rechnete damit, dass ihre Eltern hier etwas vergessen hatten, doch zu ihrer Überraschung entdeckte sie zuerst einen kleinen Oleanderstrauch und dahinter das Gesicht von Samuel Winter.

»Tut mir leid, ich hoffe, Sie haben noch nicht geschlafen«, sagte er leise.

»Nein, ich hab ferngesehen«, antwortete Vic verblüfft.

»Ich wollte auch nur schnell etwas zum Einzug vorbeibringen.« Er lächelte sie auf eine Weise an, dass sich Vics Herzschlag beschleunigte.

»Oh, das ... das ist ja nett. Bitte kommen Sie doch herein!« Sie trat zur Seite, und ein schwer bepackter Schriftsteller ging an ihr vorbei.

»Auf gute Nachbarschaft!« Er überreichte ihr den Strauch, danach zauberte er aus einer Tasche noch Brot und einen kleinen

Salzstreuer heraus. »Ähm, ich weiß jetzt nicht genau, ob da noch ein Ritual zugehört …«, murmelte er verlegen.

Vic schaute ihn fasziniert an. »Da…danke. Das … das ist sehr nett!«, stotterte Vic, was sie selbst ärgerte. »Möchten Sie etwas trinken?«

»Ich will nicht stören und Sie sollen meinetwegen nicht extra laufen müssen«, schüttelte er den Kopf.

»Die paar Schritte schaffe ich noch.«

Sie bat ihn, sich zu setzen. »Ich hab' nur eine Flasche Rotwein im Angebot«, stellte sie zerknirscht fest.

Er reckte den Daumen nach oben. »Rotwein ist perfekt.«

Vic kehrte mit zwei Gläsern zurück. Er saß auf einem Sessel; sie nahm wieder auf dem Sofa Platz.

»Noch mal: Auf gute Nachbarschaft«, prostete er ihr zu.

»Danke.« Vic stieß mit ihrem Glas an seines an.

»Und – äh …, ich hätte da gleich ein Attentat auf Sie vor …« Samuel Winter fuhr sich mit der Hand durch die Haare.

Vic nickte ihm zu. Sie bekämpfte einen Anflug von Enttäuschung, da sie gehofft hatte, dass er sie wirklich nur begrüßen wollte. Eilig schob sie die Empfindung aber ärgerlich zur Seite. Er war schließlich ihr Chef, sonst nichts.

»Ich habe heute Vormittag einen Anruf bekommen, dass ich von Montag bis Mittwoch nach München muss. Ich wollte Sie fragen, ob Sie mir morgen beim Packen helfen könnten. Ich weiß, dass Sonntag ist, aber …«

»Klar, das mache ich, Herr Winter«, nickte sie. »Kein Problem.«

Er lächelte sie an. »Danke. Ich bin nicht so gut im Falten und so …«

Weiß ich, antwortete sie in Gedanken. Sie konnte sich noch gut an sein Chaos in den Kleiderschränken erinnern, als sie ihre Stelle angetreten hatte.

»Und noch etwas – bitte sagen Sie nicht mehr Herr Winter, ich nenne Sie doch auch beim Vornamen …«

»Okay, dann also Samuel?« Vic sah ihn gespannt an.

»Oder Sam, wie Nelly mich nennt.«

»Okay, dann Sam-wie-Nelly-mich-nennt«, kicherte Vic.

»Schläft die Kleine schon?«, erkundigte er sich.

»Ja, schon längst. Sie hatte mir zwar versichert, sie sei überhaupt nicht müde, aber sobald das Köpfchen das Kissen berührt hatte, war es schon um sie geschehen.«

»Sie ist auch heute viel herumgeflitzt und hat schwer gearbeitet«, lächelte Samuel.

»Und morgen möchte sie zu den Ponys, meine Mutter hat heute extra Möhren gekauft«, lachte Vic.

»Die Tiere werden sicher ganz schön zunehmen in der nächsten Zeit.« Er grinste Vic frech an, schon wieder geriet ihr Herzschlag ins Stolpern.

»Die Besitzer werden sich wundern«, nickte sie und senkte schnell den Blick.

Samuel guckte sich im Wohnzimmer um, wo etliche Kartons standen. »Haben Sie noch viel zu tun?«

»Es geht. Fotoalben und solcher Kleinkram.«

»Ich sehe schon.« Er schaute auf einen Karton, aus dem ein rosafarbenes Album herauslugte. »Kinderfotos von Nelly?«

»Genau.«

»Darf ich mal sehen?« Er schaute Vic lange in die Augen.

Sie war verwirrt, aber dann besann sie sich auf seine Frage. »Ja, natürlich.« Sie stand auf und wollte es holen, doch er drückte sie mit einer sanften Bewegung zurück aufs Sofa.

»Bleiben Sie sitzen, Vic! Ich mache das schon.«

Als er wiederkam, setzte er sich neben sie. Vic versuchte, die Tatsache zu ignorieren, dass sie seinen Körper jetzt dicht an ihrem spürte, aber so ganz konnte sie das nicht ausblenden.

Samuel reichte ihr das Album.

Vic war froh über die Abwechslung. Sie schlug es auf, die ersten Bilder zeigten Nelly als Neugeborenes.

»Das war direkt nach der Geburt«, erklärte sie ihm.

»Mein Gott, was ist das für ein kleiner süßer Käfer!«

»Ja, das ist sie«, antwortete Vic voller Stolz.

Auf einem anderen Foto war Nelly im Säuglingszimmer. Neben ihr standen Bettchen mit hellhäutigen Babys.

»Man kann nicht behaupten, dass sie nicht auffiele«, bemerkte Samuel trocken.

»Nein. Die Hebamme und der Arzt haben auch sehr überrascht geguckt, als sie auf die Welt kam.« Jetzt musste Vic glucksen. Bei allen Schmerzen, die sie in diesem Moment gehabt hatte, die Gesichter des Klinikpersonals hatten sie doch grinsen lassen.

»Das glaube ich sofort«, lachte Samuel.

Vic blätterte langsam weiter, ihr Chef schien wirklich interessiert zu sein. Als Fotos kamen, auf denen sie Nelly stillte, blätterte sie aber schnell weiter. Das war jetzt ganz entschieden zu intim.

Sie hörte, dass er sich leise räusperte, es folgten wieder unverfänglichere Bilder. Vic entspannte sich etwas.

»Sie müssen sehr stolz auf Ihre kleine Tochter sein«, meinte er schließlich, als sie das Album durchgeschaut hatten.

»Ja. Ja, das bin ich. Sie ist das Beste, was mir im Leben passiert ist.« Vic schaute ihm in die Augen, und für einen Moment lang sagte keiner mehr etwas.

Ihr war das nicht geheuer, er verwirrte sie mehr, als ihr lieb war. Sie guckte schnell weg.

»Das glaube ich Ihnen sofort. Kinder sind etwas Besonderes«, murmelte er nachdenklich.

»Sie sind noch jung, Sam.« Jetzt riskierte sie wieder einen Blick.

»Nein, Sie kennen meine Einstellung. Ich möchte mich nicht mehr binden, in keinerlei Hinsicht.«

Vic lenkte das Gespräch auf seine Reise, die er übermorgen antreten musste, diese komische Stimmung lockerte sich wieder auf.

Er war ein guter Erzähler; der Abend wurde tatsächlich sehr entspannt. Ein paar Mal lachten sie beide herzhaft, nie hätte sie geglaubt, dass er so viel Humor hatte.

»Es ist schon nach zwölf, ich sollte mal gehen«, verabschiedete er sich schließlich.

Vic stand auf, um ihn zur Tür zu begleiten. »Soll ich Ihnen morgen Frühstück machen?«

»Nein, das ist nicht nötig, das mache ich selbst. Könnten Sie nur gegen elf rüberkommen wegen des Koffers?«

»Okay.«

Er fixierte sie noch einen Augenblick lang, dann hob er die Hand, so, als ob er sie berühren wolle, doch er drehte sich um und schlug den Weg zum Gutshaus ein.

15

»Wir gehen rüber zu Samuel, ich muss ihm helfen, einen Koffer zu packen«, erklärte Vic Nelly am nächsten Morgen.

Wie erwartet, strahlte Nelly übers ganze Gesicht. »Ich pflücke Bümchen.«

»In Ordnung.« Vic streichelte ihr über die Zöpfchen, dann half sie Nelly, ihre Jacke anzuziehen.

Ihre Tochter war ganz vertieft darin, die schönsten Wiesenblumen herauszusuchen. An manchen hing noch die Wurzel, aber das machte gerade den Charme dieses besonderen kleinen Blumenstraußes aus.

Die Terrassentüre des Gutshauses stand offen, Samuel schien sie schon zu erwarten.

Bevor Vic sich auf die Suche nach dem Hausherrn machen konnte, brüllte Nelly auch schon los. »Sam – Nelly ist da!«, schrie sie aus Leibeskräften.

Die Tür zum Arbeitszimmer öffnete sich: Samuel trat heraus und grinste übers ganze Gesicht. »Hallo, Nelly. Schön, dich zu sehen!«

»Hab' Bümchen mitbacht.« Sie lief auf ihn zu und überreichte ihm ihr Geschenk.

»Oh, die sind ja wieder ganz besonders schön. Wo findest du die bloß immer?« Er ging in die Hocke und stupste sie auf die Nase.

Nelly griff nach seiner Hand. »Komm, ich zeig dir«, sagte sie eifrig, doch Samuel stand auf und hob sie auf seinen Arm.

»Später, okay? Deine Mama soll mir helfen, einen Koffer zu packen. Ich kann das nämlich nicht so gut.«

»Ich auch nicht«, tröstete Nelly ihn.

»Na, da bin ich ja froh, dass es dir genauso geht«, zwinkerte er ihr zu und setzte sie wieder auf den Boden ab. Dann wandte er sich an Vic. »Guten Morgen, entschuldigen Sie, dass ich Sie jetzt erst begrüße.«

»Kein Problem«, lächelte Vic.

Sie gingen hinauf in sein Schlafzimmer. Er hatte schon einen Koffer auf dem Bett liegen. »Was brauchen Sie denn?«, erkundigte sich Vic, als sie den Kleiderschrank öffnete.

»Zwei Anzüge, Hemden. Und noch eine Jeans und zwei T-Shirts. Es gibt zwei Empfänge bei der Buchmesse und ein Abendessen mit Vertretern meines Verlages.«

»Okay. Fahren Sie mit dem Auto?«

»Ja, die Anzüge kann ich also so mitnehmen.«

Vic räumte zügig den Koffer ein, während Nelly ununterbrochen auf Sam einplapperte.

»Wer ist das?«, ihr Fingerchen deutete auf die Fotos auf Samuels Kommode.

Vic hielt den Atem an. Sie hoffte inständig, dass sie Samuels verstorbene Frau nicht wieder als Barbie titulierte.

»Das ist meine Frau. Aber die ist leider tot«, antwortete er ihr ehrlich.

»Tot?« Nellys Augen weiteten sich entsetzt.

Sam schaute Hilfe suchend zu Vic, offenbar wusste er jetzt nicht weiter.

Vic hockte sich vor Nelly hin. »Du weißt doch, wenn man tot ist, kommt man in den Himmel. Samuels Frau ist jetzt dort; sie ist ein Engel und passt auf ihn auf.«

»Ja, ist Engel«, nickte Nelly.

Vic stand auf und ging zurück zum Koffer. Sie sah zu Sam, der traurig auf die Fotos schaute. Es versetzte Vic einen Stich ins Herz, ihn so zu sehen. Sie fragte sich, ob er jemals diese Traurigkeit verlieren würde. Sie wünschte ihm, wieder richtig glücklich werden zu können.

»Kommst du mit zu den Ponys?«, fragte Nelly ihn.

Vic wollte gerade etwas sagen, denn es war ihr unangenehm, dass Nelly ihn so für sich beanspruchte, doch Samuel kam ihr zuvor.

»Gerne, Nelly. Ich hab' schon gehört, dass du wieder Möhren hast.« Er schaute kurz zu Vic hinüber und lächelte.

»Ja, hat Oma kauft«, strahlte Nelly ihn an.

Als Vic fertig war, machten sich alle auf den Weg zu den Koppeln. Nelly alberte wild mit Sam herum, der nahm sie auf einmal hoch und klemmte sie sich unter den Arm, so raste er mit ihr los.

Nelly quietschte vergnügt auf, ihr Lachen klang hell hinüber zu Vic.

Sie konnte den beiden nicht so schnell folgen; etwas wehmütig betrachtete sie die zwei. Sie wünschte sich, Nelly hätte auch einen Vater, der sie lieben und mit ihr herumtollen würde, aber wo sollte der herkommen?

Samuel und Nelly waren schon bei den Koppeln angekommen. Jetzt sahen sie zurück zu Vic, die mit den Möhren im Korb folgte.

Nelly blieb diesmal brav hinter dem Weidezaun und war ganz vertieft darin, die Ponys zu füttern.

Samuel trat zu Vic und zog sie ein bisschen zur Seite. »Soll ich den Pächter fragen, ob Nelly mal reiten darf?«, raunte er ihr zu. Sein warmer Atem kitzelte Vics Wange, prompt bekam sie eine Gänsehaut.

»Reiten?« Sie riss die Augen auf. »Aber Nelly ist noch viel zu klein!«

»Natürlich soll sie nicht auf einem Vollbluthengst einen Springparcours absolvieren. Ich dachte eher an ein kleines gemütliches Pony, das man führen kann.«

»Ich weiß nicht.« Vic biss sich auf die Unterlippe. Sie hatte ständig Angst, Nelly könnte etwas passieren. Vielleicht war sie ja einfach eine zu große Glucke.

Sie sah hinüber zu ihrer Tochter, die lebhaft auf die Ponys einredete.

Vic atmete tief durch. »Na gut.«

»Sie müssen keine Angst haben, ich möchte doch auch nicht, dass der kleinen Maus was passiert.« Er sah ihr tief in die Augen; spätestens jetzt hätte Vic sowieso allem zugestimmt, was er vorschlug. Für einen Moment schauten sie sich nur an, dann räusperte er sich und ging wieder hinüber zu Nelly.

»Sind ganz brav«, rief sie aufgeregt.

»Ja, das sind sie. Nelly, ich geh hinüber zu den Ställen, bleibst du mit der Mami mal kurz hier?«

Nelly nickte ihm zu, sie war sowieso zu beschäftigt damit, die Ponys zu streicheln.

Samuel kam kurze Zeit später zurück. Sein Grinsen verriet Vic, dass er wohl Erfolg gehabt hatte. »Sollen wir alle mal zu den Ställen gehen?«, fragte er Nelly dann. »Da sind noch mehr Ponys.«

»Oh ja!«, rief Vics kleine Tochter begeistert aus.

Sie griff vertrauensvoll nach Sams Hand, was Vic mit einer Mischung aus Freude für Nelly und Skepsis registrierte. Vielleicht war es besser, eine gewisse Distanz zu Samuel zu wahren, aber beide schienen die Gesellschaft des anderen zu genießen. Durfte sie dazwischenfunken oder bremsen?

Bei den Ställen wartete ein älterer Herr. Als er seinen Namen nannte, wusste Vic, dass dies der Pächter war.

»Und du möchtest mal reiten?« Der Mann musterte Nelly einen Augenblick lang intensiv.

»Warum guckst du so?«, fragte Nelly ihn dann auch prompt. Der Herr wirkte ertappt. »Nichts, meine Kleine, nichts.« Etwas verlegen lächelte er Vic an. »Sie haben eine süße kleine Tochter.«

»Danke«, lächelte Vic zurück, doch sie hatte schon den Atem angehalten. Sie konnte sich denken, warum er so verwirrt war, sie kannte diese Reaktion auf Nellys Hautfarbe.

»Also: Möchtest du reiten? Ich habe ein ganz liebes Pony.« Nelly schaute ihn ehrfürchtig an und nickte nur, es hatte ihr wohl die Sprache verschlagen.

»Dann komm mal mit.« Er ging voraus in einen der Ställe. Ein kleines Pony war dort schon gesattelt; und der Mann hatte einen Helm in der Hand.

»Probieren Sie mal, ob Sie ihn ihr anziehen können. Ich weiß nicht, ob das mit der Frisur klappt.« Er deutete lachend auf Nellys Zöpfchen.

Vic bekam den Helm schließlich auf. Ihre kleine Tochter war richtig beeindruckt von alldem.

Der Mann reichte Sam einen Strick, mit dem er das Pony führen konnte.

»Sie müssen keine Angst haben: Elfie ist fromm wie ein Lämmchen«, beruhigte er Vic, die sich jetzt fragte, ob ihr die Sorge so offensichtlich ins Gesicht geschrieben stand.

Samuel führte Elfie und Nelly hinaus aus dem Stall auf eine Weide. Nelly saß kerzengerade auf dem Pony und machte ein angestrengtes Gesicht.

»Gefällt es dir, Schatz? Wenn nicht, kannst du jederzeit absteigen«, startete Vic einen Versuch, ihre Tochter vom drohenden Reitfieber zu bewahren.

»Ist schön«, strahlte Nelly sie an. »Elfie ganz brav.«

»Ja, das ist sie«, lächelte Vic ihr zu.

Vic ging auf der einen, Samuel auf der anderen Seite von Elfie, doch Vic war so damit beschäftigt, ein Auge auf Nelly zu haben, dass sie stolperte und fast gefallen wäre. Sie konnte den drohenden Sturz noch abfangen, aber ihre Hüfte verzieh ihr diese Unachtsamkeit nicht. Vic fluchte innerlich und hinkte weiter.

»Setzen Sie sich hin! Sie sehen doch, dass wir hier klarkommen«, sagte Samuel. Er schaute besorgt zu ihr hinüber.

Vic wollte erst einwenden, dass es schon gehen würde, aber sie wusste, dass er ihr das sowieso nicht glauben würde, also ging sie zurück zu den Ställen und wartete dort auf einer Bank.

Von Weitem konnte sie Sam und Nelly sehen. Wehmut erfasste sie. Schon wieder etwas, das sie mit ihrer Tochter nicht unternehmen konnte. Nicht allein, dass Nelly keinen Vater hatte, sie hatte auch noch eine gehandicapte Mutter.

Doch bevor Vic in Selbstmitleid zerfließen konnte, gesellte sich der Pächter zu ihr.

»Sie haben eine entzückende kleine Tochter.« Er reichte ihr eine Tasse Kaffee.

»Danke.« Vic lächelte ihm zu.

»Wenn sie noch mal reiten möchte, kommen Sie doch einfach vorbei. Ich bin den ganzen Tag hier«, bot er ihr an.

»Vielen Dank. Ich nehme stark an, dass Nelly das möchte. Sie ist hin und weg von Elfie.«

»Kleine Mädchen eben!«, zwinkerte er ihr zu.

Nach einer halben Stunde kehrten Sam, Nelly und Elfie zurück. Nelly winkte Vic zu, der schon wieder das Herz stehen blieb, weil ihre Kleine sich nur mit einer Hand festhielt.

»Wie war es?«, fragte Vic sie überflüssigerweise.

»Toll, Mami, ganz toll. Elfie ist lieb«, strahlte sie.

»Und? Können Sie noch?«, neckte Vic Sam.

»Klaro.« Lachend half er Nelly, abzusteigen, und der ältere Herr nahm das Pony wieder in Empfang.

»Wenn du größer bist, zeige ich dir, wie man ein Pferd striegelt. Aber jetzt bist du dafür noch ein bisschen zu klein«, sagte er zu Nelly.

»Ja.« Mit großen Kulleraugen schaute Nelly ihn bewundernd an. »Das machen wir so.«

Auf dem Rückweg trug Samuel Nelly auf seinen Schultern. Die Kleine war erschöpft, die ganze Aufregung forderte ihren Tribut. Am kleinen Verwalterhaus angekommen, setzte er sie vorsichtig ab.

»Ich verabschiede mich jetzt. Ich muss noch einiges vorbereiten«, erklärte er Vic. »Wir sehen uns am Donnerstagmorgen.«

»Okay. Viel Erfolg bei Ihrer Reise«, lächelte Vic.

»Danke.« Er erwiderte ihr Lächeln, was Vic prompt erröten ließ.

»Bis dann.« Noch einmal winkte er ihr zu, danach schritt er aufs Gutshaus zu.

Vic musste sich eingestehen, dass sie Samuel in den nächsten Tagen fast schon vermisste. Es war zwar schön, sich in Ruhe um die beiden Häuser kümmern zu können, aber sie hatte sich doch sehr an ihn gewöhnt.

Und hin und wieder ertappte sie sich bei dem Gedanken, was er wohl gerade machte und ob er Frauen kennenlernen würde.

Sehr wahrscheinlich sogar!, giftete es in ihr. *Und geht es dich was an, mit wem er Sex hat? Nein, geht es nicht!*

***

Es war den ganzen Tag schon sehr warm, die Maisonne hatte bereits viel Kraft entwickelt, sodass Vic in kurzen Shorts und Top herumlief. Nachdem sie in Sams Haus fertig war, kümmerte sie sich um ihren kleinen Garten. Paul, der Gärtner, hatte ihr Blumen vorbeigebracht, die sie unbedingt noch einpflanzen wollte.

Nelly war im Haus und sah sich ihre Lieblingskindersendung an, bevor sie ins Bett musste. Vic war ganz vertieft in ihre Arbeit, als sie auf einmal ein Räuspern hörte.

Erschrocken zuckte sie zusammen und guckte auf.

Samuel stand vor ihr und grinste sie an.

»Hallo ...« Überrascht strich sie sich eine Strähne aus dem Gesicht, die sich immer wieder aus ihrem Zopf löste. »Sie sind schon da?«, fragte sie unsinnigerweise.

»Kann man sagen.« Sein Blick wanderte ihren Hals hinab und blieb an ihrem Dekolleté haften.

Vic lugte verstohlen an sich hinunter. Erst jetzt bemerkte sie, dass ihr Top durch das ständige Bücken ein ganzes Stück nach unten gerutscht war und sie quasi nur im Spitzen-BH vor ihm kniete.

Sie zupfte es schnell zurecht und stand auf. Vic spürte, dass sie knallrot angelaufen war, ihr war das alles mehr als peinlich.

»Wie ... wie war die Reise?«, presste sie krächzend hervor.

»Erfolgreich. Ich habe einen sehr guten Rotwein mitgebracht und wollte Sie fragen, ob Sie sich zu mir auf die Terrasse setzen möchten. Es ist so ein schöner, milder Abend.«

»Nelly geht gleich ins Bett, ich kann hier nicht weg. Aber Sie können gerne auch hierherkommen. Ich müsste allerdings zuerst duschen«, lächelte sie schüchtern.

»Gerne. In einer Stunde?«

»Bis dahin bin ich fertig«, nickte sie ihm zu.

Als Nelly im Bett war, huschte Vic unter die Dusche. Sie nahm sich ausgiebig Zeit und ärgerte sich selbst darüber, dass sie lange vor ihrem Kleiderschrank stand und überlegte, was sie wohl anziehen sollte. Das war schließlich kein Date, wahrscheinlich wollte Samuel nur wieder etwas mit ihr besprechen.

Aber trotzdem wählte Vic diesmal keine Jeans, sondern ein Sommerkleid. Falls es kühler werden sollte, konnte sie sich ja immer noch ein Jäckchen holen.

Sie schminkte sich sogar dezent, auch darauf verzichtete sie bis auf Wimperntusche und Lipgloss sonst weitestgehend.

Als sie sich anschließend im Spiegel betrachtete, fand sie diese Aufmachung schon wieder total übertrieben und griff nach ihrer Jeans, doch es klopfte bereits leise an ihrer Tür. Sie seufzte.

Dann eben so! Sie zog sich selbst eine Grimasse und öffnete Sam.

»Gehen Sie schon einmal raus, ich komme gleich«, lächelte sie ihm zu.

Mit zwei Weingläsern kehrte sie zurück.

»Schläft Nelly?«, erkundigte er sich, als Vic neben ihm Platz genommen hatte.

»Ja, um diese Zeit ist meistens Ruhe.«

»Sie sehen hübsch aus.« Sam betrachtete sie lange.

»Danke«, räusperte sie sich verlegen.

»Ich wollte etwas mit Ihnen besprechen. Ich habe in zwei Wochen Geburtstag und möchte Gäste einladen. Ich wollte Sie bitten, mich abends zu unterstützen. Würde das gehen?«

Vic senkte den Blick. Natürlich, er wollte etwas von ihr. Deshalb war er gekommen.

Das war doch klar, schimpfte sie mit sich.

»Ja, das müsste gehen. Ich rede direkt morgen mit meinen Eltern, ob Nelly an diesem Abend bei ihnen übernachten kann.«

»Danke, das wäre mir sehr wichtig. Ich könnte natürlich auch bei der Catering-Firma nach Personal fragen, aber ich habe nicht so gerne Fremde im Haus, die überall herumwuseln.«

»Klar, verstehe ich, wie gesagt, das müsste klappen. Ich sage Ihnen morgen Bescheid.«

Vic nippte an ihrem Glas.

»Schmeckt Ihnen der Wein?«, erkundigte Samuel sich.

»Hm, ja. Der ist lecker«, bestätigte Vic.

»Freut mich. Die Flasche kostet nämlich um die dreihundert Euro.«

»Was?« Vic sah ihn entsetzt an. »Wirklich? Aber ..., oh Gott!« Sie starrte auf das Weinglas.

Sam lachte leise. »Ich habe die Flasche geschenkt bekommen ...«

»Ach ... ach so.« Vic war jetzt etwas beruhigt. »Ich bin kein Weinkenner, ich weiß so etwas nicht zu schätzen. Für mich gibt es nur *Schmeckt* oder *Schmeckt nicht*«, erläuterte sie verlegen.

»Das ist auch das einzig richtige Kriterium.« Er zwinkerte ihr zu.

Vics Herz stolperte kurz.

»Sam!« Nellys piepsiges Stimmchen unterbrach das Gespräch.

»Nelly, Schatz. Du sollst doch schlafen.« Vic stand auf und hockte sich vor sie hin. »Morgen musst du in den Kindergarten.«

»Nur Sam Nacht sagen.« Nelly lief zu ihm.

»Gute Nacht, Nelly. Es ist schon sehr spät für ein kleines Mädchen wie dich.«

»Komm jetzt ...« Vic reichte ihr die Hand.

»Kann Sam Schichte vorlesen?« Nellys Kullerblick wanderte von einem zum anderen.

Vic schaute Samuel zerknirscht an. Eigentlich war es ihr unangenehm, dass Nelly ihn so in Beschlag nahm. Und sie wusste auch nicht, ob es ihr selbst recht war, dass sie ihn so nah an ihre Tochter heranließ. Immerhin war er ihr Chef; ein bisschen Distanz wäre sicherlich nicht verkehrt.

»Ich weiß nicht«, antwortete Vic zaghaft.

»Bitte, Sam.« Nelly hatte diesen furchterregenden Bettelblick aufgesetzt, Sam lächelte ihr zu.

»Wenn das für die Mami okay ist, mache ich das natürlich. Aber nur, wenn du versprichst, dass du dann sofort einschläfst«, fügte er streng hinzu.

»Ja, schlafe dann bestimmt«, nickte die Kleine eifrig.

»Ja, klar«, schluckte Vic.

Nelly streckte ihre Ärmchen nach Sam aus; er hob sie hoch und trug sie ins Haus.

Vic folgte ihnen ins Kinderzimmer und gab Samuel Nellys Lieblingsbuch.

»Das kränkt jetzt aber meine Schriftsteller-Ehre«, sagte er empört. »Ich denke, ich kriege noch selbst eine Geschichte zustande.«

»Na gut.« Vic musste kichern, weil er so entrüstet guckte.

Sie beugte sich noch einmal hinunter zu Nelly und gab ihr einen Kuss. »Denk dran, was du Sam versprochen hast, süße Maus. Gleich wird geschlafen.«

Vic zog sich etwas zurück, da die Tür aufstand, konnte sie aber hören, dass Sam ihrem Töchterchen etwas von einer kleinen Prinzessin namens Nelly erzählte.

Nach zehn Minuten kam er heraus und schloss leise die Kinderzimmertür. »Sie schläft.«

»Danke. Nelly mag Sie sehr«, bemerkte Vic zaghaft.

»Oh, ich mag Nelly auch. Man kann sie eigentlich bloß gern haben.« Er deutete mit der Hand auf die Tür, und sie setzten sich wieder nach draußen.

»Wie reagieren die Menschen im Allgemeinen auf Nelly und Sie? Ich hoffe doch positiv?«, erkundigte er sich weiter.

»Weitestgehend. Aber blöde Sprüche gibt es immer.« Vic zuckte mit den Schultern. Er sollte ihr nicht anmerken, dass sie das mehr beschäftigte, als sie ihm eingestehen wollte.

Er sah sie betroffen an. »Was? Das gibt's doch nicht. Heutzutage auch noch?«

»Nelly bekommt davon ja Gott sei Dank nichts mit«, antwortete Vic heiser. »Noch nicht.«

»Aber SIE bekommen es mit. Lassen Sie sich deswegen nicht verunsichern! Aber das ist wahrscheinlich leichter gesagt als getan.« Seine Stimme klang richtig mitfühlend.

»Na ja, es gibt doch immer dumme Menschen«, wiegelte Vic ab.

»Ja, allerdings.« Man konnte die Fassungslosigkeit aus seinen Worten heraushören.

Zum Glück schaffte Vic kurz darauf einen Themenwechsel; er erzählte ihr von seiner Reise und dem neuen Buch, das er bald anfangen wollte zu schreiben.

Sie hörte ihm aufmerksam zu und nahm sich zum wiederholten Male vor, endlich etwas von ihm zu lesen. Da arbeitete sie schon für einen bekannten Schriftsteller und kannte keines seiner Werke.

16

»Hm …« Vic drehte sich ein paar Mal vor dem Spiegel, ratlos sah sie ihre Freundin Betty an. »Meinst du wirklich, das soll ich anziehen?«

»Na klar, das ist ein Cocktailkleid. Für so eine vornehme Gesellschaft genau das Richtige«, bestätigte diese ihr.

Vic betrachtete sich noch einmal von allen Seiten. Das Kleid gefiel ihr ausnehmend gut, es war schwarz, hatte dünne Träger und der Rock ging bis zum Knie. Es war dezent und wirkte trotzdem edel. Vic hatte noch nie so ein Kleid besessen und war ein wenig unsicher.

Doch dann entschied sie sich dafür. Morgen sollte die Feier bei Samuel Winter stattfinden, und er hatte sie gebeten, sich dementsprechend zu kleiden. Nicht nur seine Freunde sollten kommen, sondern auch sein Verleger und einige Kollegen, deswegen war es nicht ganz so zwanglos.

Ich habe keine Lust, zweimal zu feiern, deswegen lade ich alle ein, hatte er ihr erklärt.

Vic überwachte den Aufbau des Buffets; sogar ein DJ war engagiert worden, der in der Halle sein Pult aufstellte. Vic fragte sich, ob hier viele tanzen würden, und war gespannt, wer alles kam. Vor allem die weiblichen Gäste interessierten sie. Ob sie wohl viele davon erkennen würde?

Sie hatte mitbekommen, dass Samuel in der Zwischenzeit erneut Damenbesuch empfangen hatte – eine Tatsache, die ihr die dringend notwendige Distanz zu ihm wiedergebracht hatte.

»Sie sehen sehr schön aus.« Wie aus dem Nichts stand er wieder einmal hinter ihr. Sie drehte sich zu ihm um.

Er trug einen Anzug, aber keine Krawatte und sah ausgesprochen gut aus.

»Danke«, antwortete sie verlegen.

»Es geht mir in erster Linie darum, dass Sie auf das Buffet achten und gegebenenfalls auffüllen. Anfangs würde ich Sie darum bitten, mit Champagner herumzugehen, später reicht es, wenn Sie jeweils darauf achten, dass genug davon am Buffet steht.«

»Ja, klar.« Diese Einweisung hatte er ihr schon mehrere Male erteilt, offenbar war er nervös.

Er schien ihre Gedanken lesen zu können. »Das ist das erste Mal, dass ich Leute zu meinem Geburtstag einlade, seit Silvia tot ist«, sagte er leise.

»Es wird ein toller Abend«, wollte Vic ihn aufmuntern.

»Versprechen Sie mir, dass Sie sich ausruhen, wenn Sie nicht mehr laufen können«, fügte er streng hinzu.

»Versprochen.«

Vic staunte, wie viele Leute gekommen waren. Er hatte zwar etwas von sechzig Gästen erzählt, aber sie schätzte, dass es fast achtzig waren.

Hoffentlich reicht das Essen, dachte sie besorgt.

Neugierig betrachtete sie die anwesenden Damen. Tatsächlich kannte sie drei Gesichter, diese Frauen hatte sie morgens schon einmal nach Hause gefahren. Und auch sie schienen sich an Vic zu erinnern, denn sie wurde mit skeptischen Blicken gemustert.

Seine Eltern waren ebenfalls erschienen. Sam ähnelte seiner Mutter, die genauso dunkle Haare und Augen hatte wie er.

Sie machten einen netten Eindruck und wechselten ein paar Worte mit ihr.

Vic wusste gar nicht mehr, die wievielte Runde sie schon mit den Champagnertabletts in der Hand gedreht hatte. Jetzt war sie froh, Erfahrung als Kellnerin zu haben, und balancierte sicher durch die Menge.

»Hey Sam, du hast mir ja noch gar nicht deine reizende Hilfe vorgestellt …«

Ein schleimiger Typ, der Vic bereits öfter aufgefallen war, weil er sie mit Blicken ausgezogen hatte, zog Sam am Arm zu ihr.

»Das ist Victoria, meine Haushälterin«, antwortete Samuel ihm.

»So eine sexy Angestellte hast du?« Der Typ pfiff anerkennend durch die Zähne.

»Natürlich.« Sam zwinkerte Vic zu.

»Wann hast du denn Feierabend, Herzchen?«, grinste sein Freund.

In Vic brodelte es. Sie wollte dem Kerl jetzt so gerne eine passende Antwort geben, doch Sam zuliebe verkniff sie sich das.

»Lass sie in Ruhe!«, wies Samuel ihn zurecht. In seiner Stimme klang eine offene Warnung mit, was Vic sehr recht war.

»Schon gut, schon gut.« Sein Freund hob abwehrend die Hände hoch. »Bin schon weg.«

Vic guckte ihm böse hinterher.

»Tut mir leid, er verträgt keinen Alkohol«, entschuldigte Sam ihn.

»Dann sollte er ihn auch nicht trinken«, knurrte Vic und setzte ihre Runde fort.

So langsam, aber sicher wurde sie müde und spürte ihre Hüfte. Die Gäste hatten alle gegessen, viel war nicht mehr übrig geblieben, aber es hatte Gott sei Dank gereicht. Vic verzichtete inzwischen darauf, mit dem Champagner umherzugehen. Immer mehr Leute tanzten mittlerweile, das war ihr nun zu heikel.

Sie achtete darauf, dass immer genügend zu essen und zu trinken bereitstand, und setzte sich ab und zu für einen Moment in die Küche, um sich auszuruhen.

Plötzlich hörte sie, wie der DJ »Happy Birthday« auflegte und die Gäste zu singen begannen. Vic ging neugierig in die Halle und stellte sich abseits in eine Ecke.

Sam wurde von seinen Freunden und Bekannten umarmt, gedrückt und geherzt, und viele Geschenke wurden überreicht.

Vic hatte auch eine Kleinigkeit für ihn. Es war nichts Besonderes. Er hatte mal angedeutet, dass er sich immer ein Buch über Weine zulegen wollte, deswegen hatte sie sich erkundigt und eines gekauft. Und Nelly hatte ihm zwei Bilder gemalt; mit viel Fantasie konnte man Ponys darauf erkennen. Morgen wollte sie ihm noch Blumen pflücken und vorbeibringen, sie freute sich schon sehr darauf.

Vic bekam mit, wie er seine Geschenke öffnete. Eines war ein edler Füller, der mit Sicherheit ein Vermögen gekostet hatte. Dann war noch eine Uhr dabei, die ebenfalls nicht gerade billig aussah. Jemand schenkte ihm seltene alte Bücher, darüber freute Sam sich am meisten.

Vic kam sich langsam etwas lächerlich vor, wenn sie an Nellys und ihr Geschenk dachte.

Eine Frau, die Vic auch kannte, küsste ihn sehr lange.

Vic blickte schnell weg; ihr war es unangenehm, ihn in einer solchen Situation zu sehen.

Sie bekam mit, dass sich die anderen Damen, die bereits schon mal etwas mit ihm gehabt hatten, darüber echauffierten und kurz nacheinander die Feier verließen.

Vic fragte sich, wie lange sie wohl noch bleiben müsste. Es war mittlerweile fast fünf Uhr morgens; ihre Hüfte schmerzte, sie konnte kaum noch laufen, und die hochhackigen Schuhe gaben ihr den Rest.

Es waren nicht mehr viele Gäste da. Die Frau, die ihn so intensiv geküsst hatte, wich ihm nicht von der Seite und es brauchte nicht viel Fantasie, um sich auszumalen, dass sie wohl über Nacht bleiben würde.

Vic fasste sich ein Herz. Sie störte ihn nicht gerne, aber sie war einfach zu müde. Langsam ging sie auf ihn zu.

»Samuel, brauchen Sie mich noch?«

Er drehte sich überrascht zu ihr um. »Vic! Sie sind ja noch da, ich habe Sie ganz vergessen. Sie hätten schon längst gehen können, ich komme hier alleine klar«, zwinkerte er ihr zu. »Die anderen schicke ich auch gleich weg.«

»Gute Idee!«, kicherte die Blondine an seiner Seite. »Wir können ja alleine weiterfeiern.«

Vic reichte es. Sie räumte noch ein bisschen auf, danach zog sie die hochhackigen Schuhe aus und ging barfuß zurück zu ihrem Häuschen.

So, so, er hat mich vergessen, grummelte es in Vic. Sie spürte, wie Wut in ihr hochkroch. Am liebsten hätte sie ihm ein paar Takte zu diesem Spruch erzählt, aber sie wollte ihm keine Szene machen, zumal das Blondchen ja an ihm festgewachsen zu sein schien.

Und es steht dir auch nicht zu, ihn zu maßregeln!, rügte sie sich selbst. Trotzdem konnte sie ihre Enttäuschung nicht ablegen.

Sie hätte sich darüber gefreut, wenn er wenigstens ein paar Worte mit ihr gewechselt hätte. Auch wenn sie seine Angestellte war, sonst redete er doch auch länger mit ihr. Doch der eigentliche Grund lag woanders, wie sie sich selbst eingestehen musste.

Sie wusste ganz genau, was heute Nacht noch in seinem Haus geschehen würde – und das passte ihr nicht.

War es Eifersucht? Oder der Gedanke, dass sich bald eine andere um Sam kümmern könnte? Um ihn und um das Haus, in dem sich Vic insgeheim ja schon als Hausherrin fühlte?

Und würde eine andere Frau Vic akzeptieren?

Vic stöhnte auf. Sie war eigentlich hundemüde, doch die Gedanken in ihrem Kopf überschlugen sich.

Nein, es war nicht schön, wenn Samuel Winter andere Frauen küsste – und noch ganz andere Sachen mit ihnen tat.

Wenn Vic ehrlich zu sich war, wollte sie, dass er Zeit für Nelly und sie hatte.

Du spinnst ganz schön, das weißt du hoffentlich!, schimpfte sie mit sich.

Wenn es doch aber so ist!

Das Handy klingelte. Irgendwoher hörte sie ihr verdammtes Handy klingeln.

Müde rieb sie sich über die Augen. Es war zehn Uhr morgens, sie hatte vielleicht zwei Stunden geschlafen.

Vic tapste zu ihrem Handy, sie sah, dass es Sam war. *Er ist schon auf?*, dachte sie böse. *Vielleicht will er Frühstück?*

Sofort fiel Vic die Frau von gestern wieder ein. Sie ließ das Handy klingeln und sank zurück in ihr Bett.

Gegen 13 Uhr erwachte sie das nächste Mal, erneut läutete ihr Handy. Grummelnd ging sie diesmal ran, es war wieder ihr Chef.

»Guten Morgen, Vic. Haben Sie ausgeschlafen?« Seine Stimme klang freundlich.

»Ja«, aber das war eine Lüge. Sie fühlte sich immer noch hundemüde.

»Ich hatte es heute Morgen schon mal versucht, weil ich gehofft hatte, dass Sie rüberkommen könnten, um ein Frühstück zu machen, aber da haben Sie wohl noch geschlafen.«

»Kann sein, ich war ja bis fünf Uhr da«, erwiderte sie zickiger, als sie eigentlich wollte.

»Können Sie denn gleich herüberkommen, um aufzuräumen?«

»Ich muss Nelly abholen«, verschaffte sich Vic noch etwas Aufschub. »Ich komme später.«

»Okay, bis dann.« Er klang ungewohnt fröhlich, offenbar hatte er eine bessere Nacht gehabt als sie. Sofort kroch die schlechte Laune wieder in ihr hoch.

Vic duschte ausgiebig; anschließend machte sie sich auf den Weg zu ihren Eltern, um Nelly zu holen.

Ihre kleine Tochter war schon ganz aufgeregt, weil sie Sam doch ihr Geschenk geben wollte.

Vic rüstete sich für die Begegnung mit ihm und machte sich auf den Weg zum Gutshaus.

»Sam! Bin da!«, rief Nelly gewohnt lauthals.

Samuel kam aus dem Wohnzimmer und strahlte, als er Nellys Blumenstrauß und die beiden Bilder entdeckte.

»Herlichen Gückwunsch«, gratulierte Nelly brav.

»Danke, Nelly. Das sind ja wieder schöne Blumen«, lachte er ihr zu. Im nächsten Augenblick betrachtete er ausgiebig die Bilder, auf denen man nicht wirklich etwas erkennen konnte.

»Das sind die Ponys«, erklärte Nelly ihm.

»Ja, klar, die hast du ja toll gemalt.« Er stupste ihr auf die Nasenspitze, danach stand er auf und sah Vic an. »Hallo«, lächelte er.

Sie fasste sich ein Herz und ging auf ihn zu. »Herzlichen Glückwunsch, Samuel.« Sie streckte ihm die Hand hin und überreichte ihm ihr Geschenk.

»Da ist Buch din«, nickte Nelly ihm zu.

»Nelly, das darfst du doch nicht verraten!«, schmunzelte Vic.

»Ich weiß ja noch nicht, welches Buch«, half Sam Nelly.

Vic dachte an die Geschenke, die er diese Nacht bekommen hatte, und fand das jetzt einfach nur doof, aber mit leeren Händen wollte sie ihm auch nicht gegenübertreten.

»Hey, Sie haben es sich gemerkt!«, bedankte er sich fröhlich. »Super, Vic, jetzt kann ich mich mal schlaumachen, was mir ständig so vorgesetzt wird.«

Er beugte sich zu ihr herüber und gab ihr einen Kuss auf die Wange.

Vic erstarrte förmlich, die Stelle brannte wie Feuer.

»Nichts zu danken«, murmelte sie. Ihr wurde ganz heiß, was natürlich lächerlich war, denn es war lediglich ein winzig kleines Küsschen gewesen.

Das kommt davon, weil du schon so lange keinen Mann mehr an dich rangelassen hast, da bringt dich selbst das in Aufruhr.

»Ich mache mich mal an die Arbeit. Kommst du mit, Nelly?«

»Nein, bleib bei Sam«, bestimmte ihre kleine Tochter.

»Wir helfen der Mama, ja?«, schlug Samuel vor.

»Ja«, nickte Nelly eifrig.

»Soll ich Ihnen nachher noch etwas von dem Essen warm machen?«

»Es ist noch genug da, bleiben Sie und Nelly hier? Was wir heute nicht aufessen, können wir ja wegschmeißen«, schlug Samuel vor.

»Wegschmeißen?« Vic runzelte unwillig die Stirn. Sie konnte sich noch gut an die Zeit erinnern, als sie jeden Cent umdrehen musste. Nie im Traum wäre sie auf die Idee gekommen, Essen wegzuwerfen, das noch in Ordnung war.

»Okay, warten wir ab, was übrig bleibt. Also bleibt ihr hier?«, hakte er nach.

»Oh ja!« Nelly war erwartungsgemäß begeistert.

»In Ordnung.« Vic rang sich ein Lächeln ab. Sie marschierte nach oben. Das Gästeschlafzimmer musste ja noch in Ordnung gebracht werden. Ihre Stimmung verfinsterte sich wieder.

Wie nicht anders zu erwarten war, schien es hier ganz schön wild zugegangen zu sein. Auf dem Kopfkissen entdeckte sie Spuren von Make-up. Vic konnte nicht verhindern, dass ihr das einen Stich versetzte. Hastig zwang sie sich zur Routine. Sie bezog das Bett frisch, brachte die Wäsche nach unten in den Keller und kümmerte sich um das Essen.

Nelly und Sam waren unterdessen im Garten und alberten herum. Nellys fröhliches Lachen drang bis ins Haus.

Sie rief die beiden herein. Nelly kletterte auf ihren Stammplatz in der Küche und plauderte eifrig auf Sam ein.

Doch so sehr sich Vic auch Mühe gab, sie wurde die Gedanken an den gestrigen Abend nicht los. Sie war nach wie vor gekränkt, dass er sie vergessen hatte – mal von ihren Schmollereien wegen der anderen Frau abgesehen.

Du benimmst dich wie eine eifersüchtige Ehefrau!, rügte sie sich. *Na und? Dann bin ich eben eifersüchtig!*

»Können wir zu den Ponys?«, bettelte Nelly Vic an.

»Eine gute Idee!«, lächelte Samuel.

»Ich kann nicht, ich muss aufräumen«, schüttelte Vic den Kopf.

»Oh bitte, Mami.« Nelly rutschte von ihrem Stuhl hinunter, kletterte auf Vics Schoß und legte ihre Händchen auf ihr Gesicht. »Bitte, Mami …«

»Schatz, ich hab' hier noch eine Menge zu tun.«

»Ich kann mit Nelly kurz rübergehen«, bot Sam ihr an.

»Oh ja, dann geht Sam«, strahlte Nelly.

»Okay.« Vic bemühte sich um ein Lächeln. Insgeheim war sie froh, dass sie heute nicht mehr Zeit als nötig in Sams Gegenwart verbringen musste.

Sie gab ihnen Äpfel mit; als die beiden aus der Terrassentür nach draußen gingen, griff Nelly nach Sams Hand.

Der Anblick war für Vic wie ein Schlag in die Magengrube. Sie wollte am liebsten laut nach ihrer Tochter rufen, ihr erklären, dass sie das nicht tun sollte, dass es nicht gut wäre, sich so an ihn zu gewöhnen. Doch wie sollte sie das bloß rechtfertigen?

Vic fluchte leise. Sie konnte sich selbst gerade nicht leiden. Sie hasste das Chaos, das in ihrem Kopf tobte. Immer mehr verlor sie die Kontrolle über sich und ihre Gefühle. Dabei hatte sie geglaubt, das in den letzten Jahren in den Griff bekommen zu haben.

Jetzt kam sie sich vor wie ein unsicherer Teenager, der nicht wusste, wie er seinem großen Schwarm gegenübertreten sollte. *Du hast einen Megaknall!*

Als Sam und Nelly wiederkamen, hatte Vic die gröbsten Spuren schon beseitigt. Nelly bettelte darum, ihre Lieblingskindersendung in Samuels Wohnzimmer sehen zu dürfen, er hatte so einen angeberischen Riesenflachbilddingsbumsfernseher, der Nelly sehr beeindruckte.

Vic bekam mit, dass Sam es ihr erlaubte, danach erschien er bei Vic in der Küche.

»Hi«, hörte sie ihn sagen.

Vic drehte sich nicht zu ihm um und schrubbte mit eisernem Blick die Rechauds.

»Hier blitzt ja schon alles wieder«, fügte er hinzu.

Aus den Augenwinkeln registrierte sie, dass er sich neben sie stellte, mit dem Rücken an die Arbeitsplatte gelehnt.

»Hm.«

»Sie waren mir gestern eine große Hilfe«, begann er wieder. Offenbar suchte er das Gespräch, aber Vic hatte darauf einfach keine Lust.

»Hm. Ja.«

»Ich wüsste ja gar nicht mehr, was ich ohne Sie tun würde. Sie haben das hier toll im Griff.«

»Ach ja?« Vic guckte kurz zu ihm hinüber. *Deswegen hast du mich auch gestern vergessen!*

»Ja ...« Sie konnte die unausgesprochene Frage in seinen Augen deutlich erkennen. »Haben Sie etwas dagegen, wenn ich Sie lobe?«, hakte er amüsiert nach.

So – jetzt reichte es! Das war genug, eindeutig!

Sie schmiss das Handtuch auf die Arbeitsplatte und funkelte ihn angriffslustig an.

»Nein, ich habe ÜBERHAUPT nichts dagegen, wenn Sie mich loben! Aber ich habe etwas dagegen, wenn ich einen ganzen Abend – und die halbe Nacht lang auch noch – hier mache und tue – und mein Chef vergisst mir einfach Bescheid zu geben, wann ich Feierabend machen kann!«, tobte sie los.

Und dass Sie ständig andere Frauen abschleppen und mit denen durch die Betten tollen – dagegen habe ich auch was! Und wie!, schimpfte sie innerlich weiter.

Sie stemmte die Hände in die Hüften und versuchte, sich möglichst groß zu machen.

»Autsch, stimmt ja. Das tut mir sehr leid.« Er schaute sie treuherzig an.

»Ach ja, natürlich. Es tut Ihnen leid«, fauchte Vic. »Ich bin ja auch nur die Angestellte! Und hören Sie auf, mir Honig ums Maul zu schmieren, ich kann das nicht leiden.«

»Soll ich Sie lieber wieder anmotzen?«, fragte er provokant zurück.

»Wenn es ehrlich gemeint ist, ist mir das lieber!«

Vic reckte ihre Nase nach oben und wollte an ihm vorbeigehen, um Nelly zu holen, doch er hielt sie am Arm fest.

»Vic«, sagte er mit einer so sanften Stimme, wie sie es bisher nur gehört hatte, wenn er mit Nelly sprach. »Entschuldigen Sie, dass ich Sie gestern vergessen habe. Das war nicht richtig; es tut mir leid. Ganz ehrlich.«

Vic drehte ihren Kopf zu ihm und blickte ihm in die Augen. Schlagartig war ihre Wut verpufft. »Schon gut, ist ja okay jetzt.«

Vic riss sich hastig von ihm los. Wenn er sie berührte, wurde alles noch schlimmer.

»Sie haben das wirklich klasse gemeistert.« Erneut lächelte er sie an.

Nicht einlullen lassen, warnte ihre innere Stimme.

»Das … das ist mein Job«, krächzte Vic heiser. »Ich … ich hole mal Nelly, wir gehen rüber.«

Nelly war unleidlich, weil ihre Sendung noch nicht zu Ende war, aber Vic wollte einfach bloß weg. Der Schlafmangel und die viele Rennerei vom gestrigen Abend steckten ihr in den Knochen, sie war froh, wenn sie sich hinlegen konnte. Und morgen würde sie Samuel auch wieder unbefangener gegenübertreten können, da war sie sich sicher.

»Die ist aber schön.« Nelly betrachtete verzückt die Barbie-Puppe. Sie war ihr lang gehegter Wunsch, aber Vic hatte sich bisher geweigert, ihrer Tochter diese Puppe zu schenken. Doch gegen ein Geburtstagsgeschenk von der Oma konnte sie ja schlecht etwas sagen, also gab sich Vic geschlagen.

»Wir haben noch eine Überraschung für dich«, lachte Helene ihre Enkelin an. »Opa und ich wollen mit dir am Wochenende in den Freizeitpark fahren. Hast du Lust?«

»Oh ja!« Nelly strahlte übers ganze Gesichtchen und drückte ihre Oma fest an sich.

»Sollen wir Kuchen essen?«, fragte Vic sie.

»Ja, Nelly muss doch pusten!« Schnell flitzte sie zum Gartentisch. Es war jetzt Anfang Juni und die Temperaturen bereits hochsommerlich.

Lächelnd betrachteten ihre Großeltern und Vic, wie Nelly die drei Geburtstagskerzen ausblies.

»Und morgen kommen deine Freundinnen?«, fragte ihr Opa sie.

»Ja, morgen. Tina und Jenny«, nickte Nelly. »Wir gehen zu Elfie.«

»Ponyreiten«, ergänzte Vic.

»Ist das nicht zu gefährlich?« Helene Gessner machte ein besorgtes Gesicht.

»Nein, Elfie ist ganz lieb. Nelly war jetzt schon öfter dort im Stall. Und der Pächter hat uns angeboten, dass Nelly mal ihre Freundinnen mitbringen kann.«

»Und Sam kommt auch«, plapperte Nelly weiter.

»Sam? Dein Chef?« Ihr Vater riss die Augen auf und starrte Vic fragend an.

»Ja, heute Abend. Nelly hat ihn auch eingeladen.« Sie seufzte innerlich auf.

Seit der Geburtstagsparty waren jetzt zwei Wochen vergangen. Vic hatte einen ganz normalen Umgangston mit ihm wiedergefunden. Doch wenn sie mitbekam, dass er abends ausging oder jemand bei ihm übernachtete, konnte sie schlecht damit umgehen. Eine Frau war bereits zum dritten Mal da gewesen. Vic hatte sich schon mehrfach gefragt, ob das etwas Festeres werden würde.

»Das ist aber nett, dass er zu deinem Geburtstag kommt«, lächelte Helene ihrer Enkelin zu.

»Ja, Sam ist so nett«, bestätigte Nelly ihr.

Es kam Vic fast so vor, als hätte Samuel nur darauf gelauert, dass ihre Eltern sich verabschiedeten, vom Gutshaus konnte er ja sehen, ob das Auto von ihnen noch vor Vics Haus stand. Jedenfalls kam er zehn Minuten später hinüber.

Nelly war erwartungsgemäß völlig aus dem Häuschen, als er vor der Tür stand.

Er hatte ihr drei rosafarbene Rosen mitgebracht, eine Geste, die Vic sehr rührte, und aus einer großen Tüte holte er drei Geburtstagsgeschenke hervor.

Vic war mehr als überrascht, dass er für Nelly so viel dabeihatte.

»Oh, so viele Schenke!«, freute sich ihre kleine Tochter.

Sie schnappte sich das Größte zuerst. Zum Vorschein kam ein neuer Reithelm.

»Toll!«, strahlte Nelly ihn an. »Danke schön.« Ungeduldig öffnete sie die beiden anderen Pakete. In einem war ein Reitstall von Playmobil und in dem anderen ein Buch über Pferde.

»Das kann die Mami dir ja vorlesen«, zwinkerte er ihr zu.

»Danke schön.« Nelly war richtig ergriffen. Sie ging zögernd auf Sam zu und legte die Ärmchen um seinen Hals.

Vic schluckte bei dieser Geste, versuchte jedoch, sich nichts anmerken zu lassen.

»Hilfst du mir?«, bat sie Sam und deutete auf den Playmobil-Karton.

»Na klar.«

Nelly griff nach seiner Hand und wollte ihn mit sich ziehen.

»Nelly, vielleicht möchte Sam ja zuerst etwas essen oder trinken?« Sie schaute ihre Tochter streng an.

»Später vielleicht«, lächelte er Vic zu.

Sie versuchte zu verdrängen, wie attraktiv sie ihn fand.

In den letzten vierzehn Tagen hatten sie nur dienstlich oder kurz über Nelly miteinander gesprochen, und es war ihr weitestgehend gelungen, irgendwelche Gefühle für ihn im Keim zu ersticken. Dies hier war ihr fast schon wieder zu privat.

Sie ließ die beiden beim Aufbauen alleine und machte sich daran, aufzuräumen. Immer wieder hörte sie Nellys und Samuels Lachen aus dem Kinderzimmer.

Vic schluckte heftig, denn erneut wurde ihr bewusst, wie schön es für ihre Kleine wäre, doch einen Vater zu haben. Männer gingen einfach anders mit Kindern um. Vic war schlicht zu übervorsichtig.

Es dauerte eine Stunde, bis die beiden aus dem Kinderzimmer herauskamen.

»Ich hätte nie gedacht, dass das so ein Gefummel ist«, lachte Sam. »Aber mit Nellys Hilfe hat es doch noch geklappt.«

»Hat klappt«, nickte Nelly eifrig.

»Okay.« Vic hockte sich vor sie hin. »Und du musst jetzt so langsam ins Bett.«

»Aber Nelly hat doch Burtstag …« Die ersten Tränchen glitzerten in den dunklen Augen.

»Morgen gehst du in den Kindergarten, danach kommen doch deine Freundinnen zum Reiten. Da musst du ausgeschlafen sein.« Vic drückte Nelly an sich.

»Genau. Nicht, dass du auf Elfie einschläfst«, half Sam ihr.

»Nein, schlafe doch nicht«, kicherte Nelly los. Sie erbettelte sich noch eine Gute-Nacht-Geschichte von Sam. Er erzählte ihr wieder von der kleinen Prinzessin Nelly, dann schlief sie rasch ein.

Sam setzte sich zu Vic auf die Terrasse. Sie war gespannt, ob er noch bleiben würde, und wusste nicht, ob sie darüber froh sein sollte oder nicht.

Doch Vic gelang es, locker zu bleiben.

Er erzählte ihr von einer neuen Buchidee, und sie hörte ihm gespannt zu.

»Aber niemandem etwas sagen – sonst muss ich Sie töten«, zwinkerte er ihr zu.

»Nein, ich bin ganz verschwiegen.«

Zur ihrer Erleichterung kam ein nettes Gespräch zustande; sie entspannte sich immer mehr in seiner Gegenwart.

»Ich wünsche Ihnen viel Spaß morgen – oder muss ich eher gute Nerven wünschen?«, grinste er sie zum Abschied an.

»Die anderen Mütter werden dabei sein, ich denke, das wird schon gehen«, lachte Vic.

»Wir sehen uns übermorgen. Tschüss Vic.«

Sein Lächeln bescherte ihr weiche Knie, jetzt war sie froh, dass er ging.

Nellys Geburtstagsfeier wurde ein voller Erfolg. Elfie präsentierte sich von ihrer besten Seite; der nette Pächter bekam als Dankeschön einen Kuchen und eine Flasche Wein. Mit Mara Weinert und Sandra Täscher, der Mutter von Jenny, konnte sich Vic bestens unterhalten.

Mara kannte Vic ja schon etwas länger, sie war auch schon einmal mit Tina hier gewesen. Mittlerweile war sie hochschwanger und stand kurz vor der Entbindung. Ihr Mann holte sie abends ab, er wollte nicht, dass sie Auto fuhr.

Vic war ganz gerührt davon, wie zärtlich er sie umsorgte und wie er sie ansah.

Nelly schlief an diesem Abend sofort ein, die Aufregung der letzten beiden Tage forderte ihren Tribut. Aber ein Geschenk, der Besuch des Freizeitparks am Samstag, stand ja noch bevor.

Vic wollte an diesem Tag bei Samuel arbeiten, weil sie sich für heute freigenommen hatte, um den Kindergeburtstag vorzubereiten. Er hatte ihr zwar zugesichert, dass sie das nicht müsste, aber sie wollte seine Großzügigkeit nicht unnötig strapazieren. Es konnte ja immer mal sein, dass Nelly krank wurde, dafür brauchte sie ebenfalls freie Tage.

Vic starrte dauernd auf ihre Uhr. So langsam müssten Nelly und ihre Eltern vom Freizeitpark zurückkehren, sie hatten Vic etwas von siebzehn Uhr erzählt; jetzt war es bereits halb sechs.

Sie war immer noch bei Samuel im Haus und wartete, bis sie die Handtücher aus dem Trockner holen konnte, doch sie wurde spürbar unruhiger.

»Ist Nelly zurück?«

Vic drehte sich ruckartig herum.

Samuel stand direkt hinter ihr in der Küche, wieder einmal hatte Vic ihn nicht kommen hören.

»Nein, noch nicht. Sie wollten eigentlich vor einer halben Stunde zurück sein.«

»Haben Sie sie mal auf dem Handy angerufen?«

»Ja, aber es geht niemand ran.« Vic strich sich nervös eine Haarsträhne hinters Ohr. Wie auf Kommando meldete sich plötzlich ihr Telefon.

»Ah, das war wohl Gedankenübertragung«, lächelte sie ihn erleichtert an.

»Wo seid ihr denn?«, meldete sie sich direkt.

»Frau Gessner? Spreche ich mit Victoria Gessner?«

Die Stimme war Vic völlig unbekannt, sie stutzte. »Ja, ich bin dran. Und wer sind Sie?«

»Mein Name ist Sabine Schmidt, ich arbeite in der Notaufnahme des Marienkrankenhauses. Frau Gessner, Ihre Eltern hatten einen Autounfall. Können Sie bitte sofort herkommen?«

Vic erstarrte. Ihr Herz begann zu rasen, kalter Schweiß überzog ihren ganzen Körper. »W… was?«, presste sie heiser hervor.

»Es gab einen Autounfall. Leider sind alle Insassen verletzt worden. Bitte kommen Sie, ja?«

»Was ist mit Nelly? Was ist mit meiner Tochter?«, schrie Vic los.

Sie schaute in Samuels Gesicht, konnte es aber nur wie durch einen Schleier erkennen.

»Sie ist auch verletzt worden. Alle werden zurzeit noch untersucht«, erklärte die Frau ihr.

»Ich ... ich komme sofort.« Vic ließ ihr Handy fallen und rannte so schnell es nur ging auf die Verandatür zu.

»Hey, Vic, warten Sie doch mal!« Eine Hand hielt sie an der Schulter zurück. »Was ist denn passiert?«

Sie riss sich los. »Nelly, meine Eltern, sie hatten einen Autounfall! Ich muss zu ihnen, oh Gott, Nelly!«, stammelte Vic.

»Warte, Vic. Ich fahre Sie natürlich. In Ihrem Zustand bauen Sie sonst selbst einen Unfall. Kommen Sie ...« Er redete ganz sanft mit ihr.

Vic wollte protestieren, weil sie ihm keine Umstände machen wollte.

»Sie haben doch eine Verabredung«, kam es ihr in den Sinn, als er sie an der Hand zu seinem Auto zog.

»Das ist jetzt nicht wichtig.« Seine Stimme klang ganz rau.

Sie kamen an seinem Auto an; er öffnete die Beifahrertür und schob Vic behutsam hinein.

Vic fror ganz entsetzlich, die Angst um Nelly und ihre Eltern schnürte ihr die Kehle zu.

Sam startete den Wagen, sanft griff er wieder nach ihrer Hand.

»Hey, alles wird gut werden«, versprach er heiser.

17

Vic wusste nicht, wie sie die Fahrt zum Krankenhaus überstehen sollte. Alles kam ihr wie in Zeitlupe vor. Sie war kurz davor, Samuel anzuschreien, er solle sich gefälligst beeilen.

Ihre Gedanken kreisten allein um Nelly. Sie wollte sich gar nicht vorstellen, dass ihre Kleine schwerer verletzt sein könnte oder gar ...

Nein, nein, nein! Denk nicht dran, und reiß dich zusammen!, befahl sie sich selbst. Doch das war gar nicht so einfach. Sie zitterte am ganzen Körper.

Samuel hielt direkt vor dem Eingang des Krankenhauses.

Vic rannte zur Anmeldung. »Gessner. Meine Eltern hatten einen Autounfall, meine kleine Tochter saß auch darin«, krächzte sie heiser.

»Sie sind alle noch in der Notaufnahme, direkt um die Ecke links.«

Vic eilte so schnell es ging dorthin.

Eine Schwester kam aus einem der Untersuchungsräume.

Vic lief panisch auf sie zu. »Mein Name ist Victoria Gessner. Meine Tochter und meine Eltern sind hier. Können Sie mir sagen, wie es Ihnen geht?«

Vic wäre am liebsten vor der Krankenschwester auf die Knie gefallen; sie war wirklich kurz vorm Durchdrehen.

»Der Autounfall?«, fragte die Frau nach.

»Ja.«

»Ihr Vater ist im OP. Ihre Mutter ist nicht so schwer verletzt. Um Ihre Tochter kümmern sich die Kinderärzte. Ich werde gleich mal nachfragen«, lächelte sie Vic zu. »Bitte setzen Sie sich, und warten Sie!«

Vic ging zu den Stühlen, doch sie hielt es nicht lange aus und sprang wieder auf. Dieses Warten war die reinste Folter, die Angst nahm ihr die Luft zum Atmen. Sie musste sich sehr zusammennehmen, um nicht alle Türen aufzureißen und Nelly zu suchen.

»Gibt es Neuigkeiten?« Samuel hatte inzwischen das Auto geparkt. Er war ganz blass und in seinem Gesicht spiegelte sich ehrliche Besorgnis.

»Sie ... Sie sind noch da?«

»Natürlich, ich lasse Sie doch jetzt nicht allein.«

»Nelly wird von den Kinderärzten versorgt, ich weiß nicht, was mit ihr ist.« Vic strich sich eine Haarsträhne aus dem Gesicht. »Meine Mutter ist nicht schwer verletzt, mein Vater ist im OP«, gab sie die Worte der Schwester wieder. »Oh Gott, was ist denn bloß mit Nelly?« Sie schluchzte laut auf, da umfingen sie seine Arme und er drückte sie ganz fest an sich.

Vic vergaß ihre Zurückhaltung ihm gegenüber, sie krallte sich regelrecht an ihm fest, brauchte diesen Halt im Moment so dringend.

»Es wird alles gut«, hörte sie ihn flüstern. »Alles wird gut ...«, wiederholte er immer wieder. Seine Hand streichelte über ihren Rücken, dann über ihren Nacken.

Vic konnte nicht aufhören, zu weinen, doch sie wurde etwas ruhiger. Ihre Atmung normalisierte sich.

Er ließ sie nicht los, hielt sie fest.

Vic war ihm sehr dankbar dafür. Auch sie konnte die Umarmung nicht lösen, das würde im Moment ihre Kraft übersteigen.

Eine Tür öffnete sich.

Vic fiel ein Stein vom Herzen, denn ihre Mutter trat auf Krücken heraus.

»Vicky«, schluchzte sie laut auf.

Samuel löste Vic sanft von sich, legte einen Arm um ihre Schultern und führte sie zu ihrer Mutter.

»Was ist passiert, Mama? Was ist mit Nelly, und was ist mit dir und Papa?«, weinte Vic.

»Es war … es war ein Unfall«, sprach Helene Gessner leise. Man sah ihr an, dass sie noch unter Schock stand.

Samuel wies sie an, sich zu setzen.

»Wir sind über eine Ampelkreuzung gefahren, wir hatten Grün«, stammelte sie. »Plötzlich gab es einen riesigen Knall und einen furchtbaren Aufprall. Das Auto …, es ist auf die Seite gekippt.«

Vic riss entsetzt die Augen auf. »Nelly …«, wisperte sie ängstlich.

»Die kleine Maus war bewusstlos, genauso wie Papa. Ich konnte mich auch zuerst gar nicht befreien, dabei wollte ich doch die Kleine da rausholen, aber ich konnte mich nicht bewegen«, schluchzte Vics Mutter weiter. »Endlich wurde das Auto wieder gedreht. Leute halfen mir hinaus. Deinen Vater und Nelly musste die Feuerwehr befreien …«

»Frau Gessner, Sie brauchen jetzt Ruhe.« Ein Arzt war dazugetreten.

»Das ist meine Tochter«, erklärte sie leise. »Was ist mit Nelly? Und was ist mit meinem Mann?«

»Ich gehe jetzt gleich zu den Kinderärzten. Ihr Mann ist noch im OP. Und Sie bleiben diese Nacht hier zur Beobachtung.«

»Das ist nicht nötig«, schüttelte Helene Gessner den Kopf.

»Oh doch, das ist nötig. Die Schwester kommt gleich und bringt Sie auf Ihr Zimmer.«

Als er fort war, griff Vics Mutter nach ihrer Hand. »Es tut mir so leid, mein Schatz. So unendlich leid.«

»Ihr konntet doch nichts dafür«, sagte Vic kraftlos.

Die Ungewissheit trieb sie langsam, aber sicher in den Wahnsinn. Das alles hörte sich nicht gut an. Ihr wurde übel. Sie hatte das Gefühl, sich übergeben zu müssen, doch um nichts auf der Welt wollte sie jetzt hier weggehen.

Wieder öffnete sich eine Tür. Der Arzt kam zurück, an seiner Seite ein Kollege, der eine Mütze mit Bärchenaufdruck trug.

Vic musste die ganze Zeit darauf starren; im nächsten Moment schüttelte sie über sich selbst den Kopf. Wieso fiel ihr das jetzt überhaupt auf?

»Sie sind die Mutter der kleinen Nelly?« Er lächelte sie freundlich an. War das ein gutes Zeichen? *Wenn Nelly schwer verletzt wäre, würde er doch nicht lächeln, oder?*

»Ja, die bin ich. Bitte sagen Sie mir, was mit meiner Tochter ist«, bettelte sie ihn an.

»Nelly hat eine Fraktur im linken Arm, wahrscheinlich hervorgerufen durch den Aufprall des Autos auf die Seite. Und sie war bewusstlos, das hat uns große Sorgen gemacht, aber die Untersuchungen haben gezeigt, dass sie zwar eine Gehirnerschütterung hat, aber nicht weiter verletzt ist.«

Vic schaute ihn zuerst nur an, langsam sickerten die Informationen zu ihr durch.

Nicht weiter verletzt, nicht weiter verletzt …

Vic atmete auf. »Gott sei Dank!«, flüsterte sie immer wieder.

»Ja, sie hat wirklich Glück gehabt. Das Ärmchen muss auch nicht operiert werden, es wird höchstwahrscheinlich so verheilen. Aber ich möchte sie mindestens eine Nacht hierbehalten, zur Beobachtung.«

»Kann ich … kann ich bei ihr bleiben?«

»Natürlich. Auf der Kinderstation wird man Ihnen ein Bett dazustellen. Sie können jetzt zu ihr.«

Als sie Nelly in dem großen Bett liegen sah, schossen Vic wieder die Tränen in die Augen. Ihre Kleine wirkte so verloren darin.

»Mami«, piepste sie mit dünnem Stimmchen.

»Hallo, mein Schatz.« Vic setzte sich zu ihr aufs Bett und umarmte sie vorsichtig. »Wie geht es dir? Tut dir was weh?«

»Kopf tut weh«, jammerte Nelly kläglich. »Und Arm auch.«

»Wir haben ihr schon etwas gegen die Schmerzen gegeben.« Eine Krankenschwester, die Vic vorher gar nicht wahrgenommen hatte, war mit ans Bett getreten. »Der Saft wird gleich wirken.«

»Können wir nach Hause gehen?«, fragte Nelly mit weinerlicher Stimme.

»Nein, das geht noch nicht. Du musst noch ein bisschen hierbleiben, aber ich werde bei dir bleiben, ich lasse dich nicht alleine«, lächelte Vic und streichelte über ihre Wangen.

»Will aber nicht«, weinte Nelly.

»Schatz, das muss aber sein.«

»Sie weiß nicht, was passiert ist«, raunte die Krankenschwester ihr zu. »Das liegt an der Gehirnerschütterung.«

»Okay«, nickte Vic. »Das ist vielleicht auch besser so.«

»Du kommst jetzt in ein Zimmer, wo auch andere Kinder sind. Und die Mami begleitet dich«, lächelte die Schwester.

»Mami kommt mit?«

»Ja, natürlich, mein Schatz.« Vic hauchte ihr einen Kuss auf die Stirn.

Zusammen mit der Schwester schob sie das Bett nach draußen auf den Flur.

Samuel sprang von den Stühlen auf und schaute Vic besorgt an.

»Sam«, wimmerte Nelly. »Hab Arm bocht.«

Schnell ging er zu dem Bett. »Ich hab' schon gehört, dass dein Arm gebrochen ist, kleine Lady. Aber das ist nicht so schlimm, der schöne rote Verband hier bringt das wieder in Ordnung.«

»Kopf tut weh ...«

»Das wird auch bald besser sein«, tröstete er sie.

»Kommst du mit?«

Sam schaute Vic fragend an, sie nickte ihm zu.

In dem Krankenzimmer lagen noch zwei andere Kinder, die mit ihren Müttern hier untergebracht waren.

»Das ist aber sehr voll hier«, stellte Samuel fest und guckte die Schwester böse an. »Kann ich mal mit Ihnen reden?«

»Natürlich.« Die Krankenschwester wirkte eingeschüchtert.

Vic musste in sich hineingrinsen, denn diese Blicke kannte sie selbst nur zur Genüge.

Nach fünf Minuten kehrte er zurück. Er zwinkerte Nelly zu. Zu Vics Überraschung schob er Nellys Bett wieder hinaus.

»Kann ich doch nach Hause?«, frohlockte Nelly.

»Nein, meine Süße, das nicht. Aber ihr bekommt ein anderes Zimmer.« Er sah Vic so entschlossen an, dass sie wusste, Widerspruch wäre wohl zwecklos.

Nelly wurde in ein hübsches Einzelzimmer geschoben; auch für Vic stand schon ein Bett bereit.

»Das … das ist lieb, aber ich weiß nicht, ob ich mir das leisten kann«, äußerte Vic zögernd.

»Das ist schon okay«, lächelte Sam ihr zu.

»Zählst du mir Schichte«, bat Nelly ihn mit herzerweichendem Blick.

»Natürlich, kleine Lady.« Er setzte sich zu ihr ans Bett und nahm ihre Hand in seine.

Vic musste schlucken, als er zu reden begann.

Erneut fiel ihr auf, wie blass er war; ihn schien das Ganze auch sehr mitgenommen zu haben.

Sie dachte an seine Frau, es war ja auch ein Autounfall gewesen, der sie aus dem Leben gerissen hatte. Kamen die traurigen Erinnerungen bei ihm jetzt alle wieder hoch?

Nelly lauschte ihm ganz entrückt, doch ihre Augen wurden immer kleiner, und bald schon war sie eingeschlafen.

Vic trat zu ihm ans Bett. »Ich würde gerne nach meiner Mutter sehen und hören, was mit meinem Vater ist. Könnten Sie bei Nelly bleiben?«

»Natürlich. Ich kann Ihnen auch etwas von zu Hause holen. Benötigen Sie etwas?« Er stand auf und war jetzt ganz dicht vor ihr.

»Eine Zahnbürste wäre nicht schlecht«, lächelte sie ihn schief an.

»Hole ich nachher.« Er erwiderte ihr Lächeln.

»Danke … danke, dass Sie mitgekommen sind!«, flüsterte Vic heiser.

Wieder konnte sie nicht verhindern, dass ihr Tränen über die Wangen liefen.

»Das war doch selbstverständlich.« Er zog sie in seine Arme, dann nahm er ihr Gesicht zwischen seine Hände. »Nelly hatte so viel Glück, und deiner Mutter geht es auch bald besser.« Seine Stimme klang ebenfalls ganz rau. »Ich drücke die Daumen für deinen Vater.«

Vic nickte nur.

Sam gab ihr einen Kuss auf die Stirn.

»Alles wird gut, Vic«, wiederholte er beschwörend. Sein warmer Atem, der ihre Haut streifte, bescherte ihr eine Gänsehaut.

»Vicky …« Helene Gessner lächelte müde, als Vic ihr Krankenzimmer betrat. »Wie geht es Nelly?«

»Sie schläft.« Vic nahm die Hand ihrer Mutter und setzte sich zu ihr ans Bett. »Hast du was von Papa gehört?«

»Ja, ein Arzt war gerade hier. Er hatte innere Verletzungen, aber sie konnten alles beheben. Er muss die Nacht auf der Intensivstation verbringen, wenn alles so weit gut aussieht, kann er morgen auf ein normales Zimmer verlegt werden.«

Vic schluckte heftig. »Oh Gott!«

»Es ist alles noch mal gut gegangen. Es tut mir so leid, mein Schatz«, weinte ihre Mutter.

»Mama, so ein Unfall kann nun mal passieren.« Vic nahm ihre Mutter in den Arm. »Ihr werdet alle wieder gesund, das ist doch die Hauptsache.«

»Ja«, schluchzte Helene Gessner.

»Hast du Schmerzen?« Victoria musterte sie besorgt.

»Ich habe was dagegen bekommen. Ich habe nur ein paar Prellungen, morgen kann ich das Krankenhaus verlassen«, beruhigte ihre Mutter sie.

»Brauchst du was?«

»Nein, nein. Für die eine Nacht komme ich schon zurecht. Aber jetzt geh zu deiner Kleinen, damit sie nicht alleine ist.«

»Sie ist nicht allein. Samuel ist bei ihr.«

»Samuel? Du nennst deinen Chef beim Vornamen?« Helene Gessner zog die Augenbrauen hoch.

»Ja, wir verstehen uns mittlerweile ganz gut. Und er ist sehr nett zu Nelly.«

»Ich weiß. Nelly redet viel von ihm. Vic, bitte denke dran, dass er dein Chef ist. Wahre die nötige Distanz, du und Nelly seid von ihm abhängig.« Helene sah sie beschwörend an. »Oder ist da etwa schon mehr?«

»Was?« Vic schluckte. Sie musste zugeben, dass sie sich ertappt fühlte, dabei war sie ja nicht verliebt in ihn oder so etwas in der Art.

»Du hast mich schon verstanden«, sagte ihre Mutter müde. »Mach keinen Fehler, Vicky!«

»Mach ich schon nicht. Wir verstehen uns einfach nur gut, mehr ist da nicht«, erklärte sie mit fester Stimme.

»Dann bin ich beruhigt.«

»Ich gehe jetzt zur Intensivstation und dann wieder zu Nelly. Hast du wirklich alles, was du brauchst?«

»Danke, ich komm schon klar, mein Schatz.«

Vic drückte ihre Mutter vorsichtig und verabschiedete sich von ihr.

Zu ihrem Glück fand sie einen Arzt, der ihr Auskunft über ihren Vater geben konnte, ihn besuchen durfte sie leider nicht.

»Ihr Vater hat wirklich Glück gehabt. Das hätte auch übel ausgehen können, ihn hat es am schwersten erwischt.«

Vic kämpfte gegen ihre Tränen an, sie versuchte, sich zu fassen, und eilte zurück auf die Kinderstation.

Samuel stand sofort von Nellys Bett auf, als er Vic bemerkte.

»Was ist los?« Er streichelte ihr scheu eine Träne aus dem Gesicht.

»Nichts, es sieht alles ganz gut aus, aber … also …«

Sam zog sie wortlos in seine Arme.

Kurz schossen Vic die Worte ihrer Mutter warnend durch den Kopf, aber es tat einfach so gut, festgehalten und getröstet zu werden. Sie wollte das jetzt nicht hinterfragen.

»Ich habe doch gesagt, dass alles gut werden wird«, flüsterte er an ihrem Hals. Sein Atem kitzelte sie, da spürte Vic, dass er ihr einen Kuss gab. Sofort bekam sie eine Gänsehaut. »Du musst lernen, mir zu glauben.«

Vic löste sich und blinzelte schnell noch eine Träne weg.

»Danke, Sam. Danke, dass du hier bist«, lächelte sie ihm zu, dann bemerkte sie, dass sie ihn geduzt hatte. »Dass Sie hier sind«, schob sie schnell nach.

»Belassen wir es doch einfach beim Du, okay?« Er erwiderte ihr Lächeln, in Vics Bauch flatterte es wie verrückt.

»Okay.«

»Ich fahre dann mal und hole deine Sachen. Was brauchst du noch?«

»Zahnbürste, Duschgel, eine Creme, das Gleiche für Nelly«, antwortete sie zaghaft. »Soll ich es dir aufschreiben?«

»Das kriege ich schon noch hin«, lachte er leise.

»Ähm, und einen Shorty, also für die Nacht«, stammelte sie und errötete prompt. Dass er ihre Nachtwäsche sah, war ihr zwar nicht recht, aber er hatte sich angeboten, und es war die praktischste Lösung, wenn er fahren würde.

Ihre Freundin Betty hatte keinen Schlüssel, müsste also zuerst ins Krankenhaus kommen und ihn holen, das war zu umständlich, und ihre Eltern fielen ja leider aus.

»Ich werde schon was finden«, zwinkerte er ihr zu.

Das glaube ich sofort, dachte sie peinlich berührt. Denn sie besaß ja nicht ausschließlich brave Nachtwäsche, obwohl sie die etwas gewagteren Stücke noch nie getragen hatte.

Vic setzte sich zu Nelly ans Bett, vorsichtig streichelte sie über ihr Gesicht. Sie schlief tief und fest. Ab und zu kam eine Schwester rein, sah nach ihr und maß ihren Blutdruck, aber selbst davon wurde sie nicht wach.

Nach einer Stunde war Sam wieder da. Er hatte eine kleine Tasche dabei und gab sie Vic. »Was macht die Maus?«, erkundigte er sich direkt.

»Sie schläft.« Vic packte die Tasche aus. Zuerst kamen Nellys Sachen zum Vorschein, dann schluckte sie, als sie ihre Unterwäsche fand.

Man kann nicht sagen, dass er nicht an alles gedacht hätte ...

Sie wusste, dass sie einen knallroten Kopf hatte, versuchte aber, sich nichts anmerken zu lassen.

Du kennst ja auch seine Unterwäsche, dachte sie sich trotzig.

»Danke«, flüsterte sie, als sie alles eingeräumt hatte.

»Gerne geschehen.« Jetzt grinste er sie unverschämt breit an. »Sehr gerne geschehen sogar.«

Vic guckte ihn empört an.

Sam hob die Hand und streichelte über ihre Wange. »Schöne Sachen hast du …«

»Du bist ja Exklusiveres gewohnt«, platzte es aus ihr hinaus. In der nächsten Sekunde biss sie sich sofort auf die Lippe. Sie wollte nicht auf die Wäscheschublade in seinem Gästezimmer anspielen, das war ihr einfach so rausgerutscht.

»Entschuldige, das … das war nicht so gemeint«, sagte sie betroffen.

»Doch, das war so gemeint, Vic.« In seinen Augen blitzte es auf. »Also entschuldige dich nicht.« Vic musterte ihn verschreckt, er wirkte aber nicht sauer oder angefressen. Sie atmete auf.

»Du bist eben eine kleine Kratzbürste.« Damit schien das Thema für ihn vergessen zu sein.

»Wenn du … also wenn du fahren möchtest, dann … also du musst nicht bleiben, ich komme schon klar«, sagte sie nach einer Weile.

Er nickte. »Ich mache mich mal auf den Weg. Bis morgen, Vic.« Er streichelte ihr noch einmal über den Rücken; sie spürte jeden Zentimeter der Berührung genau.

»Bis morgen«, lächelte sie.

18

Vic verbrachte eine unruhige Nacht. Sie fand nicht wirklich in den Schlaf, die Schwestern und Ärzte, die ab und zu nach Nelly sahen, störten sie zu sehr.

Nelly dagegen wurde nicht einmal wach; erst am Morgen öffnete sie ihre Augen wieder.

»Mami?« Ihr ängstliches Stimmchen riss Vic sofort aus ihren Gedanken.

»Ja, Schatz.« Sie stand auf und gab ihr einen Kuss. »Wie fühlst du dich?«

»Wo sind wir?«

»In einem Krankenhaus. Du, Omi und Opi hattet einen Unfall mit dem Auto, aber es ist alles nicht so schlimm«, munterte Vic sie auf.

»Unfall?«

Vic konnte die Ungläubigkeit in Nellys Augen erkennen.

»Ja, Schatz. Und dein Arm ist gebrochen. Der wird aber bald wieder ganz gesund.« Vic streichelte Nellys Gesicht. »Tut dir was weh?«

»Kopf tut weh.«

»Ich hole die Schwester.« Vic betätigte den Rufknopf.

Sofort kam eine Krankenschwester. »Na, du kleiner Spatz«, sagte die Schwester fröhlich. »Wie geht es dir denn?«

»Kopf tut weh«, wiederholte Nelly. Sie musterte die Krankenschwester erst ängstlich, dann legte sie ihre Zweifel aber ab und lächelte die Frau vorsichtig an.

»Schau mal, das hier ist ein Saft, der macht, dass die Schmerzen weggehen.« Sie zeigte Nelly einen kleinen Becher und stützte sie ab.

»Ein Doktor kommt auch gleich«, erklärte die Schwester Vic.

»Danke«.

»Doktor? Warum?« Nelly griff nach Vics Hand.

»Der guckt nur, wie es dir geht, Maus. Du musst keine Angst haben.«

»Hm.« Nelly klang nicht wirklich überzeugt.

Es erschienen zwei Kinderärzte, beide mit lustig bedruckten Ärztekappen auf dem Kopf. Sie untersuchten Nelly vorsichtig. Vics kleine Tochter ließ alles tapfer über sich ergehen.

»Wir würden Nelly gerne noch eine weitere Nacht hierbehalten«, meinte schließlich einer der Ärzte.

»Warum?« Vic war sofort alarmiert.

»Lediglich zur Sicherheit, die Kleine wirkt noch etwas benommen, was aber nicht ungewöhnlich ist. Machen Sie sich bitte keine Sorgen!«

Als sie fort waren, griff Vic nach einem von Nellys Lieblingsbüchern, die Sam gestern ebenfalls mitgebracht hatte.

Doch Nelly schlief schon bald wieder ein, was Vic Sorgen machte. Sie rief sich die Worte des Arztes in Erinnerung und versuchte, Ruhe zu bewahren.

Am späten Vormittag hörte Vic ein leises Klopfen.

»Hallo« grüßte Samuel und lugte vorsichtig ins Zimmer. Er hatte ein Geschenk dabei und lächelte Vic an, als er eintrat.

Sie freute sich darüber, dass er wieder gekommen war.

Sam streichelte über ihre Schulter und schaute auf die schlafende Nelly. »Wie geht es ihr?«

»Der Kopf macht ihr noch Probleme und wir müssen eine weitere Nacht bleiben. Aber ich soll mir keine Sorgen machen«, erklärte Vic traurig.

»Es ist das Beste so«, gab Sam zu bedenken.

»Ich weiß nicht, wie lange es dauern wird, bis Nelly wieder in den Kindergarten gehen kann. Ich werde also eine Zeit lang ausfallen. Nelly wird Betreuung brauchen«, sprach sie zögerlich.

Sam nickte. »Das ist doch klar, darüber habe ich mir auch schon Gedanken gemacht. Nimm dir die Zeit, die Nelly braucht! Und wenn es ihr besser geht, könntest du sie doch ins Gutshaus holen. Sie könnte wieder im Wohnzimmer auf dem Sofa schlafen, so hast du sie im Blick.«

»Das ist eine gute Idee. Und Nelly wird bestimmt schnell langweilig werden, wenn sie nur in ihrem Bettchen bleiben muss.«

»Na ja, die Idee ist nicht ganz uneigennützig. Je weniger ich für mich selbst kochen muss, desto besser«, grinste er. »Und ich will keine Fremden im Haus haben.«

»Zum Essen kannst du ja rüberkommen«, bot sie ihm an. »Ich muss für Nelly und mich ja sowieso kochen.«

»Hört sich gut an, danke, Vic. Ich habe übrigens gerade mit einem Orthopäden gesprochen und ihm von deiner Verletzung erzählt ...«

Vic starrte ihn entsetzt an. »Was? Was hast du?« Sie musste mühsam ihre Empörung unterdrücken. Das ging entschieden zu weit!

»Komm mal wieder runter, Vic«, sagte er streng. »Er meinte, du sollst vorbeikommen, vielleicht kann man ja doch noch etwas machen.«

»Na, danke«, schmollte sie. Letztlich beruhigte sie sich aber schnell wieder. Sam hatte es ja bloß nett gemeint.

»Du könntest jetzt gleich gehen – ich bleibe bei der kleinen Prinzessin hier«, drängte er sie sanft.

»Ich war doch schon bei einem Arzt deswegen«, maulte Vic.

»Ja – bei EINEM. Was spricht dagegen, sich eine andere Meinung anzuhören? Oder bist du feige?« Es blitzte in seinen Augen auf.

»Quatsch!«, zischte Vic ihm zu.

»Na, dann los! Er heißt Professor Beier, 2. Etage – du sollst dich im Schwesternzimmer melden.«

Vic war etwas nervös. Die Aufregung wich aber Verblüffung, als sie feststellen musste, dass sie schon erwartet wurde.

Wie hat Sam das denn angestellt? Promi-Bonus oder was?

Professor Beier erwies sich als extrem freundlich und begleitete sie zu den verschiedenen Untersuchungen. Als sie schließlich eine Stunde später in seinem Büro saß, schüttelte er aber den Kopf.

»Frau Gessner, ich würde Ihnen gerne mitteilen, dass es einen Weg gäbe, etwas gegen Ihre Beeinträchtigung zu machen, aber das kann ich leider nicht. Hätten Sie sich direkt nach dem Unfall mehr geschont und langsam mit Krankengymnastik angefangen, wäre die Hüfte vielleicht wieder ausgeheilt. Jetzt ist der Verschleiß schon viel zu groß. Über kurz oder lang werden Sie sich mit dem Gedanken an ein künstliches Gelenk anfreunden müssen. Es tut mir leid.«

Vic stand auf und reichte ihm die Hand. »Ich habe mir schon so etwas gedacht. Aber danke, dass Sie sich die Zeit genommen haben.«

Vic schaute bei ihrer Mutter vorbei.

Diese saß bereits angezogen auf ihrem Krankenbett.

»Tante Margret holt mich heute Abend ab, ich brauche nicht mehr im Bett zu bleiben«, erklärte sie Vic. »Heute Mittag gehe ich dann zu Karl.«

»Entschuldige, dass ich jetzt erst komme«, sagte Vic zerknirscht. Sie erzählte, wo sie gewesen war.

»Herr Winter scheint sehr besorgt um Nelly und dich zu sein«, bemerkte Helene Gessner.

»Fang nicht schon wieder an, Mama!«, warnte Vic sie.

»Nein, nein, schon gut.«

»Wie geht es Papa?«

»Er wird bald auf die normale Station verlegt. Sobald ich weiß, in welchem Zimmer er liegt, komme ich bei euch vorbei.«

Auf Samuels Gesicht konnte Vic die Anspannung ablesen.

»Und? Was hat Professor Beier gesagt?«

Sie schüttelte den Kopf. »Nichts zu machen …«

»Mist!« Er schaute sie mitleidig an. »Das tut mir leid.«

»Ist okay. Ich habe mich daran gewöhnt«, erklärte sie ihm.

Sam stand auf und streichelte Vic über den Arm. »Tapfere Victoria«, sagte er leise und sah ihr lange in die Augen.

Sam blieb noch eine Weile im Krankenhaus und Vic freute sich über seine Fürsorge Nelly gegenüber.

Die Kleine wurde langsam unruhiger. Plötzlich riss sie erschrocken die Augen auf.

»Mami, hab Pipi macht«, rief sie mit weinerlicher Stimme.

»Ist nicht schlimm, mein Schatz. Du hast eine Windel um«, tröstete Vic sie. »Ich ziehe dir gleich eine Frische an.«

»Aber bauche doch keine Windel!«, protestierte ihre kleine Tochter.

»Ich weiß, das war nur zur Sicherheit, weil du so müde warst.« Vic hauchte ihr einen Kuss auf die Stirn. »Sobald es dir besser geht, kommen die blöden Windeln wieder weg.«

»Ja, is' gut.«

Vic machte sie schnell frisch, während Sam ein wenig mit ihr herumalberte.

Am frühen Nachmittag verabschiedete er sich. »Ruf mich an, dann komme ich euch morgen abholen.«

»Danke, das ist nett.«

»Nichts zu danken.« Er wandte sich an Nelly. »Morgen kommst du nach Hause, kleine Lady.«

Nach Hause – zu Sam. Das hört sich schön an, schoss es Vic durch den Kopf. Ein warmes Gefühl breitete sich in ihr aus.

Ja, das kleine Häuschen war ihr Zuhause – aber nicht nur das. Auch das Gutshaus und sein seltsamer Bewohner gehörten längst mit dazu.

Doch die warnenden Worte ihrer Mutter konnte Vic nicht vergessen. Sie hatte recht, Nelly und sie waren sehr abhängig von Sam. Er war ihr Chef, ihr Vermieter, wenn es mit ihm zu einem Bruch kam, konnte sie mit Nelly schneller auf der Straße sitzen, als ihr lieb war.

Sie musste vorsichtig sein ihm gegenüber, auch wenn im Moment alles harmonisch wirkte.

Fast schon ein bisschen zu harmonisch, warnte eine unsichtbare Stimme sie.

Die Berührungen, die Küsse – so unschuldig und tröstend sie auch waren – verursachten im Nachhinein ein wohliges Kribbeln in Vics Körper.

War sie auf dem Weg, sich in Sam zu verlieben?

Na klar, er war attraktiv, sehr sogar. Und er konnte so unverschämt charmant sein.

Und er ist dein Arbeitgeber und Vermieter.

Vic schob die Gedanken ärgerlich beiseite. Es war schön so, wie es im Moment war. Es gab keinen Grund zur Beunruhigung, sie wusste, was sie tat. Und sie war kein leichtsinniger Teenager mehr, der aus Liebe alle Vorbehalte über Bord warf.

Nein, sie war erwachsen, verantwortungsbewusst und wusste, was sie wollte.

Und die Stimme in ihr bekam gerade einen mittelschweren Lachanfall.

»Omi!« Nelly strahlte, als Vics Mutter am Nachmittag das Krankenzimmer betrat.

»Na, mein kleiner Engel, wie geht es dir denn?« Helene Gessner bewegte sich noch sehr schwerfällig, aber Vic war froh, dass sie wieder auf den Beinen war.

»Nelly hat Arm bocht«, jammerte sie.

»Ich weiß, mein Liebling.« Vics Mutter betrachtete sie schuldbewusst; sie hatte Tränen in den Augen. »Und was macht dein Köpfchen?«

»Tut nicht mehr so weh.«

»Wie geht es Papa?«, fragte Vic direkt. Sie hatte schon ein schlechtes Gewissen, weil sie ihn noch nicht besucht hatte, aber Nelly war die ganze Zeit wach gewesen; sie konnte und wollte sie nicht alleine lassen.

»Ganz gut so weit. Er ist bei Bewusstsein und hat auch wieder Appetit. Willst du zu ihm gehen? Dann bleibe ich bei der Maus.«

»Danke.« Vic gab ihrer Mutter einen Kuss und machte sich auf den Weg zu ihm.

»Mensch, Vic.« Er schaute sie müde an. »Ich kann dir gar nicht sagen, wie leid mir das tut.«

Vic sah Tränen in seinen Augen glitzern. »Papa, du kannst nichts dafür.« Sie setzte sich ans Bett und nahm seine Hand. »So was passiert einfach.«

»Trotzdem mache ich mir Vorwürfe. Hätten wir den Ausflug mit Nelly nicht gemacht, wäre das nicht passiert«, flüsterte er heiser.

»Hör auf damit. Mit dem Ausflug habt ihr Nelly eine große Freude gemacht«, tröstete sie ihn. »So darfst du nicht denken. Aber jetzt sag mir doch, wie es dir geht.«

»Gut. Die Nähte tun weh, aber das ist nicht schlimm. Solange es meinem kleinen Goldstück gut geht, ist alles nur halb so wild.«

Vic war gerührt von seinen Worten; sie wusste ja, wie viel Nelly ihren Eltern bedeutete. Es tat ihr leid, dass er sich Vorwürfe machte, doch sie konnte das auch verstehen. Ihr würde es wahrscheinlich genauso ergehen.

Da hatte Vic eine Idee. Sie verabschiedete sich von ihm und ging auf die Kinderstation. Der Kinderkrankenschwester trug sie ihre Bitte vor; diese hatte zum Glück Verständnis für ihr Anliegen.

Nelly bekam große Augen, als sie sich in den Rollstuhl setzen durfte, genoss die Fahrt darin aber sichtlich. Helene schob ihre Enkelin in das Zimmer ihres Mannes. Als Karl die Kleine sah, liefen sofort Tränen über seine Wange.

Doch schnell setzte die Erleichterung bei ihm ein, als Nelly fröhlich losplapperte.

Vic schlief auch in dieser Nacht sehr schlecht. Obwohl sie hundemüde war, störten sie die Krankenhausgeräusche. Sie beneidete Nelly, die damit überhaupt keine Probleme zu haben schien.

Mara Weinert mit der kleinen Tina und Vics Freundin Betty waren ins Krankenhaus gekommen, um Nelly zu besuchen. Sie hatte sich zwar gefreut, war aber auch ganz schön geschlaucht von dem Besuch. Noch während Betty da war, war sie eingeschlafen.

Am nächsten Vormittag wurde Nelly entlassen.

Vic rief Samuel an und bat ihn, sie abzuholen. Sie verabschiedete sich von ihrem Vater, der jetzt schon ein bisschen besser aussah.

»Ich werde dich nicht besuchen können. Nelly muss noch mindestens eine Woche zu Hause bleiben«, sagte sie bedauernd.

»Das ist nicht schlimm. Mama kommt ja jeden Tag. Kümmere dich um die kleine Maus, das ist jetzt das Wichtigste.«

»Sam!« Nelly strahlte übers ganze Gesicht, als er im Krankenzimmer stand.

»Na, kleine Lady. Hast du deine Tasche gepackt?«

»Hat Mami macht, da.« Sie zeigte mit einem Finger auf die Reisetasche.

»Gut, dann kann es ja losgehen. Soll ich dich tragen?«

»Ja!« Sofort streckte sie ihm ihre Ärmchen entgegen.

Sam hob sie vorsichtig hoch und Nelly schmiegte ihr Köpfchen an seine Schulter.

Vic musste bei dem Anblick schlucken, rasch besann sie sich und nahm die Tasche.

»Also werde ich die wohl nehmen müssen«, lachte sie den beiden zu.

»Tschüss Nelly.« Die Schwestern verabschiedeten die Kleine sehr herzlich. »Und pass schön auf das kranke Ärmchen auf!«

»Mach ich schon. Ist ja Gips dan«, versprach Nelly mit wichtiger Stimme.

»Und noch nicht fernsehen«, ermahnte eine Kinderärztin sie.

Nelly schmollte ein bisschen, sagte aber nichts mehr.

»Natürlich.« Vic bedankte sich bei dem Pflegepersonal. Sie wollte etwas für die Kaffeekasse spenden, doch die Schwestern winkten ab.

»Herr Winter war schon sehr großzügig«, lachten sie.

Vic schaute ihn verwirrt an, dann folgte sie den beiden zum Auto.

Vic wäre fast im Wagen eingeschlafen, das sanfte Schaukeln und die leise Musik ermüdeten sie.

Nelly würde heute bei ihr im Bett schlafen dürfen, das hatte sie ihrer Tochter versprochen, und das war ihr auch lieber so. Aber das würde wieder eine unruhige Nacht bedeuten, denn Nelly drehte sich im Schlaf oft wild herum.

»Kommst du noch mit?«, bat Nelly ihren großen Freund, als sie da waren und er sie aus ihrem Kindersitz hob.

»Ich könnte schnell etwas einkaufen und danach für uns alle kochen«, bot Vic ihm an.

Sam seufzte erleichtert auf. »Kochen klingt gut, eingekauft habe ich schon. Du kannst dich drüben bedienen.«

Vic freute sich, dass er bleiben wollte. Nelly würde das sehr genießen und sie – sie auch, wie sie sich eingestehen musste.

Als sie das Wohnzimmer betraten, stand auf dem Tisch ein kleines Stoffpony mit einer roten Schleife um den Hals.

»Oh, wie schön. Ist das für mich?«, fragte Nelly ihn mit großen Augen.

»Ja, das ist für besonders tapfere kleine Mädchen«, zwinkerte er ihr zu.

»Ja, Nelly tapfer«, nickte sie und strampelte so wild, dass er sie absetzen musste.

»Nelly, leg dich bitte direkt hin«, wies Vic ihre Tochter an.

Nelly nahm das Pferdchen und ließ sich von Vic auf dem Sofa zudecken. Sie drückte das Pony fest an ihr Gesicht.

»Du hast ihr doch schon im Krankenhaus etwas geschenkt«, flüsterte Vic und zog Sam beiseite. »Du verwöhnst sie, das … das ist zwar lieb, aber …«

Er lächelte auf eine entwaffnende Art und legte einen Finger auf Vics Lippen.

Sie kam sich vor wie ein hypnotisiertes Kaninchen. Mit weit aufgerissenen Augen sah sie ihn an.

»Ich weiß, Vic. Es ist doch nur, weil sie krank ist. Bitte …«

Vic schaffte es endlich, den Blickkontakt zu lösen. »Okay …«, murmelte sie.

Sie hoffte, dass man ihr nicht anmerkte, wie aufgewühlt sie war. Sie hatte das Gefühl, immer noch die leichte Berührung an ihren Lippen zu spüren.

Langsam wird's lächerlich!, schimpfte sie mit sich.

Vic war froh, sich mit Kochen ablenken zu können.

Samuel hatte sich zu Nelly gesetzt und erzählte ihr wieder etwas über die kleine Prinzessin Nelly, die mit ihrem Zauberlächeln Wunder vollbringen konnte.

Vic hörte mit einem Ohr zu. Sie bewunderte ihn für seine Kreativität, sie war in so was nicht sehr talentiert.

Vic setzte sich am Abend zu Nelly aufs Sofa, die Kleine wollte noch eine Geschichte vorgelesen haben. Da entdeckte sie Sams Handy auf dem Wohnzimmertisch. Sie nahm sich vor, ihn gleich anzurufen und Bescheid zu geben, doch erst wollte sie noch die Geschichte für Nelly zu Ende lesen.

Nelly fielen langsam die Augen zu und auch Vic konnte ein Gähnen kaum noch zurückhalten. Sie klappte das Buch zu und schloss für einen Moment die Augen.

Vic träumte etwas ganz Eigenartiges. Sie glaubte, zu schweben, wurde dann auf etwas Weiches gebettet. Sie wollte die Augen öffnen, doch es war so angenehm, dass sie wieder in einen tiefen Schlaf fiel.

Als sie erwachte, hörte sie Nellys Geplapper. Vic riss die Augen auf und guckte sich um.

Sie lag in ihrem Bett, noch vollständig bekleidet, die Betthälfte neben ihr war zerwühlt.

Also hatte sie Nelly doch ins Bett gebracht, sie konnte sich gar nicht mehr erinnern. Zögernd stand Vic auf.

Nellys Stimme drang bis zu ihr vor. Mit wem redete sie denn da?

Vic ging ins Wohnzimmer. Staunend blieb sie im Türrahmen stehen.

Nelly lag auf dem Sofa. Sam saß ihr gegenüber auf dem Sessel und hörte ihr lächelnd zu.

Erst jetzt fiel Vic auf, dass es draußen schon hell war. Wie lange hatte sie denn geschlafen? Und wieso hatte sie Sams Klopfen nicht gehört?

Verwirrt guckte sie ihn an.

»Sam, Nelly«, räusperte sie sich.

»Oh, Vic.« Er stand direkt auf. »Haben wir dich geweckt?«

»Ich … ich verstehe nicht …« Sie strich sich eine zottelige Haarsträhne aus dem Gesicht, sie wollte sich gar nicht ausmalen, was für ein Bild sie jetzt gerade bot.

»Ich bin dir wohl eine Erklärung schuldig«, grinste er verlegen. »Ich bin gestern Abend noch mal hergekommen, weil ich mein Handy vermisst hatte. Ich habe ein paar Mal geklopft, aber du hast mich wohl nicht gehört. Da habe ich durchs Wohnzimmerfenster geschaut und euch beide auf dem Sofa schlafen sehen, und deine Position sah nicht gerade bequem aus. Ich hoffe, du bist nicht böse. Ich bin hereingekommen – die Tür war nicht verschlossen.« Jetzt sah er sie vorwurfsvoll an.

»Hab ich wohl vergessen«, gab Vic zu.

» … und ich habe euch beide in dein Bett gebracht und die Tür aufgelassen. Ich bin im Wohnzimmer geblieben.«

»Du … du warst die ganze Nacht hier?« Sie schaute ihn ungläubig an. »Wo hast du denn geschlafen?«

»Auf dem Sofa. Bist du sauer? Ich wollte nicht in deine Privatsphäre eindringen, aber du sahst sehr erschöpft aus.« Die letzten Worte sagte er so sanft, dass Vic dahinschmolz.

»Nein, nein, schon gut. Kann ich kurz ins Bad?«

»Klar.« In seiner Stimme schwang Erleichterung mit.

Vic flüchtete regelrecht in ihr kleines Badezimmer: sie war total im Aufruhr.

Wie lieb er ist!, quietschte alles verzückt in ihr auf.

Er ist dein Chef!, ermahnte sie sich selbst.

19

Als Vic aus dem Bad trat, hockte Sam bei Nelly auf dem Sofa. Die beiden blödelten herum. Nelly kreischte laut auf vor Lachen.

»Soll ich Frühstück machen?«, fragte Vic.

»Das wäre nett.« Sam wirkte auch noch nicht wirklich munter. Er war unrasiert, die dunklen Bartstoppeln warfen Schatten auf seine Wangen. Doch Vic fand ihn so nur noch attraktiver.

Sie drehte sich hastig um und begann mit den Frühstücksvorbereitungen.

»Vic?«

Seine Stimme ließ sie zusammenzucken. Warum musste er sich bloß immer so anschleichen?

»Ja?«

»Wenn ich … wenn ich zu weit gegangen bin, dann möchte ich mich dafür entschuldigen. Ich wollte nicht in eure Privatsphäre eindringen. Ich wollte bloß helfen.«

»Ist schon okay, ich war nur sehr verwirrt, als ich heute Morgen aufgewacht bin. Normalerweise habe ich einen leichten Schlaf, aber in den Nächten im Krankenhaus habe ich kaum ein Auge zugemacht.« Sie räusperte sich.

»Kann ich verstehen.«

Vic bekam sich Gott sei Dank wieder in den Griff; es gelang ihr, sich unbefangen mit ihm zu unterhalten. Dabei malte sie sich in Gedanken aus, wie sie wohl gestern ausgesehen haben könnte, als sie eingeschlafen war, und errötete prompt.

Ist das peinlich, schoss es ihr durch den Kopf. Sie zwang sich, den Gedanken daran zu verdrängen.

Samuel verabschiedete sich nach dem Frühstück.

»Kommst du bald wieder?«, bettelte Nelly ihn an.

»Vielleicht heute Abend.«

»Du kannst gerne mit uns essen. Nicht, dass du da drüben noch verhungerst«, neckte Vic ihn.

»Die Gefahr bestünde tatsächlich, wenn ich mich noch einen weiteren Tag alleine versorgen müsste.« Er machte so ein leidendes Gesicht, dass Vic kichern musste.

Sie kümmerte sich den Tag über intensiv um Nelly. Es tat gut, sich ihr mal ganz exklusiv widmen zu können, auch wenn der Grund dafür nicht so schön war.

Nelly wurde stetig munterer. Vic brauchte nicht viel Fantasie, um sich ausmalen zu können, dass ihrer Tochter das Ruhighalten bald zu langweilig werden würde.

Sam kam pünktlich zum Abendessen.

Vic hatte draußen den Tisch gedeckt, es war hochsommerlich warm; sie liebte es, sooft wie möglich an der frischen Luft zu sein.

Nelly wurde früh müde, das waren aber die einzigen Nachwirkungen ihrer Gehirnerschütterung. Natürlich erzählte ihr Sam wieder von der kleinen Prinzessin Nelly. Mit einem glücklichen Lächeln und dem neuen Stoffpony im Arm schlief sie schließlich ein.

Sam holte eine Flasche Wein aus seinem Rucksack und grinste Vic an. »Lust?«

»Gerne«, freute sie sich.

Wie war das mit der Distanz?, rief sie sich in Erinnerung.

Samuel berichtete von seinem neuen Buch; er war schon weit gekommen und deswegen richtig euphorisch.

Vic hörte ihm interessiert zu. Es ehrte sie, dass er so viel Vertrauen zu ihr hatte und darüber mit ihr redete.

Zwischendurch ging sie immer mal wieder nach Nelly sehen. Sie hatte zudem ein Babyphone aufgestellt, damit sie sie hören konnte, falls etwas sein würde.

Gegen Mitternacht stand Sam auf und lächelte ihr zu. »Es war sehr nett bei dir – wie immer.«

»Ich fand's auch schön.« Vic erhob sich ebenfalls.

»Ich … ich wollte mich noch mal ganz herzlich bei dir bedanken. Wie du dich die letzten Tage um uns, also vor allem um Nelly, meine ich, gekümmert hast, war einfach unwahrscheinlich nett.«

»Das habe ich gerne gemacht. Ich kann mich gut in deine Lage hineinversetzen, als … als das damals mit Silvia passiert ist, ich … ich war auch sehr verzweifelt und ohnmächtig«, flüsterte er heiser.

»Umso mehr rechne ich es dir an, dass du mit ins Krankenhaus gefahren bist. Danke, Samuel.« Vic atmete tief durch. Sie kämpfte mit sich, doch schließlich folgte sie einem Impuls, legte die Arme um seinen Hals und hauchte ihm einen Kuss auf die Wange.

Sie wollte sich lösen, doch in dem Augenblick spürte sie, wie er seine Arme um ihre Taille schlang und sie näher zu sich heranzog.

Vic war überrascht, aber sie genoss diese Umarmung viel zu sehr, um sich zu wehren. Instinktiv schmiegte sie sich an ihn und legte ihren Kopf an seine Schulter.

Sam streichelte über ihren Rücken, seine Finger glitten in ihre Haare, fanden die empfindliche Stelle in ihrem Nacken.

Vic war wie elektrisiert. Wie er das so leicht schaffen konnte, war ihr ein Rätsel, aber sie wollte nicht, dass er aufhörte.

Sie wandte ihr Gesicht zu ihm, wollte ihn anschauen, versuchen, zu ergründen, was er jetzt wohl dachte.

Im Abendlicht schienen seine Augen fast schwarz zu sein. Er sah sie lange Zeit einfach nur an.

Vic wollte sich aus seiner Umarmung lösen, doch er beugte seinen Kopf immer weiter zu ihr hinunter.

Vic hielt den Atem an. Was sollte das hier werden? Sie war verwirrt, aber auch viel zu überrascht, um zu handeln.

Sie wartete gespannt, was jetzt passieren würde. Wollte er sie küssen? Würde sie das überhaupt wollen?

Noch bevor sie sich darauf eine Antwort geben konnte, legte er seine Lippen auf ihre. Es war eine federleichte Berührung, doch sie reichte aus, um Vics Körper in einen Ausnahmezustand zu versetzen.

Es war, als ob sie ein Blitz getroffen hätte, der sie schlagartig in Brand gesetzt hatte. Sie kam ihm entgegen, verstärkte den Druck auf seine Lippen, insgeheim hoffend, er würde dies erwidern.

Es war fast schon wie eine Erlösung, seine Zunge stupste an ihre Lippen.

Vic ging nur allzu bereitwillig darauf ein. Was dann kam, riss sie beinahe von den Beinen. Sie musste sich richtiggehend an ihm festhalten, um den Halt nicht zu verlieren.

Samuel küsste sie immer intensiver und mit so einer Leidenschaft, dass Vic nichts mehr um sich herum wahrnahm.

Ihn zu fühlen, zu riechen, zu schmecken, allein darauf konnte sie sich konzentrieren. Es bescherte ihr ein Hochgefühl nach dem anderen.

Doch plötzlich schob er sie weg, fast schon grob.

Vic riss erstaunt die Augen auf und guckte ihn fassungslos an.

»Verdammt!«, fluchte er laut, drehte sich weg und fuhr sich mit den Fingern durch die Haare.

Vic fror urplötzlich. Was war los, eben war doch alles noch so schön gewesen? So perfekt …

»Was … was ist?«, presste sie mühsam hervor, ihre Arme schlangen sich um ihren Körper, als ob sie sich selbst damit Wärme spenden könnte. Doch die Kälte, die sie spürte, kam ganz eindeutig von innen.

»Was los ist?« Er drehte sich wieder zu ihr um und ging ein paar Schritte auf sie zu. »Vic – dieser Kuss, der hätte niemals passieren dürfen! Das ist los!« Seine Augen funkelten sie wütend an.

Eine kalte Dusche hätte nicht effektiver sein können. Schwebte Vic eben noch in irgendwelchen himmlischen Sphären, so war sie jetzt sehr unsanft wieder auf heimischem Boden gelandet.

Sie atmete tief durch und fasste sich ein Herz. Obwohl sie nicht wusste, ob sie wirklich eine Erklärung haben wollte, fragte sie nach.

»Warum? Was … was ist so schlimm daran, dass wir uns geküsst haben?« Ihre Stimme zitterte, aber immerhin bekam sie diese Worte raus.

»Ach Vic …« Er sah sie jetzt schuldbewusst an, dann drückte er sie sanft auf den Gartenstuhl zurück.

Sam hockte sich vor sie und nahm ihre Hände in seine. »Vic, das ist insofern schlimm, als dass ich deine Freundschaft nicht ausnutzen möchte. Denn mehr wird zwischen uns nicht sein, hörst du? Ich betrachte dich als meine Freundin, als enge Vertraute. Ich mag dich und Nelly wirklich sehr, sehr gerne.« Er lächelte ihr lieb zu, was Vic in diesem Moment unerträglich fand.

Sie entzog ihm ihre Hände und versuchte, ihre Gedanken sortiert zu bekommen.

»Küsst man so seine Freunde?«, stieß sie heftig aus.

»Nein, das tut man nicht. Und deswegen ärgere ich mich auch so. Du bist mir viel zu wichtig, als dass ich mit dir eine Affäre beginnen wollte. Denn mehr wird es niemals werden. Du bist eine schöne Frau, temperamentvoll und sehr stark – und ich bin ein kaputter Typ, Vic. Ich will keine Beziehung mehr in meinem Leben und mir bedeutet die Freundschaft zu dir so unendlich viel. Ich habe nicht viele Leute, von denen ich sagen kann, dass sie meine Freunde sind. Du gehörst ganz eindeutig dazu. Und ich möchte das nicht aufs Spiel setzen.« Sam streichelte ihr sanft über die Wange, doch Vic schob die Hand ärgerlich weg.

»Noch dazu bin ich dein Chef. Stell dir mal vor, wir würden etwas anfangen, was ganz bestimmt nicht gut ausgehen würde – das würde alles unnötig verkomplizieren.«

»So, so«, schnaubte Vic. Sie verschränkte die Arme vor ihrer Brust. Sie fühlte sich gedemütigt und kam sich unglaublich blöde vor. »Nun denn – Freund«, sagte sie mit bissiger Stimme. »Du wolltest eben gehen, lass dich von mir nicht aufhalten!«

Sam stand auf und schaute traurig auf Vic hinab. »Es tut mir leid, bitte glaub mir das!«

»Ja, ja, schon gut.« Vics Stimme brach weg, sie wandte schnell das Gesicht ab, damit er nicht sehen konnte, dass Tränen in ihre Augen aufstiegen. »Schon vergessen«, murmelte sie leise.

Hastig räumte sie die Sachen ins Haus und verschloss die Tür hinter sich.

Vic ließ sich aufs Sofa plumpsen; jetzt brachen die Tränen in wahren Sturzbächen aus ihr heraus.

Freunde – wie ätzend!, tobte es in ihr, doch sie weinte nicht, weil sie gekränkt war, das wurde ihr schlagartig klar. Sie weinte, weil sie verliebt war und es keine Chance zu geben schien.

Wieder einmal …

20

Seine Worte wirbelten in ihrem Kopf herum, sie machten sie wütend und traurig zugleich. Vic hätte am liebsten laut geschrien. Sie spürte den unwiderstehlichen Drang, etwas kaputt zu machen. Doch sie mäßigte sich und griff stattdessen zum Telefonhörer und wählte Bettys Nummer.

»Ja?«, kam es mürrisch durch die Leitung.

»Hallo, Robert« Offenbar hatte sie ihn geweckt. »Hier ist Vic. Ist Betty da?«

»Sie schläft«, knurrte er.

»Es ist wichtig, bitte.«

Er murmelte etwas Unverständliches, dann hörte sie die müde Stimme ihrer Freundin. »Ja?«

»Hi Betty, es tut mir leid, dass ich euch geweckt habe, aber ich brauche jemanden zum Quatschen«, jammerte Vic.

»Okay, alles klar, gib mir nur 'ne Minute, ich suche mal meine Zigaretten«, antwortete Betty zu Vics Erleichterung. »Was ist los, Vic?«

»Ich habe eben mit meinem Chef herumgeknutscht«, gestand sie ihr geradeheraus.

»Was hast du? Wow – ich muss sagen, jetzt bin ich wach«, lachte Betty leise. »Und? War es schön?«

»Ja, das war es. Sehr sogar.« Vic räusperte einen Kloß im Hals weg. »Nur schön geendet hat es nicht.«

»Wieso?«

»Er hat mich von sich gestoßen und was davon gefaselt, dass er unsere Freundschaft nicht ausnutzen wolle. Er wolle sich nicht binden, er wäre ein kaputter Typ, und er wolle keine Affäre mit mir«, flüsterte sie. Schon wieder kullerten ein paar Tränen über ihre Wange.

»Oh je, diese Nummer …!«, stöhnte Betty auf. »Aber wieso behauptet er, er wäre ein kaputter Typ? So wie du ihn mir in letzter Zeit geschildert hast, war er doch immer ganz nett und so lieb zu Nelly.«

»Es geht um seine Frau. Er will so etwas nie wieder erleben, hat Angst, dass er noch mal jemanden verlieren könnte, den er liebt.«

»Was ist denn das für eine Logik? Dann verzichtet er lieber aufs Glücklichsein? Der Kerl macht sich ganz schön was vor!«, schimpfte Betty.

»Das denke ich auch, aber diese Erkenntnis hilft mir gerade nicht weiter …«

»Bist du verknallt in ihn?«

»Ja, ich glaub' schon«, schniefte Vic.

»Was heißt, du glaubst schon?«, hakte Betty streng nach.

»Ja, ich bin verknallt in ihn.«

So, jetzt ist es raus, ganz offiziell!, brodelte es in Vic.

»Das ist echt eine Scheiß-Situation, Vic«, meinte Betty mitfühlend. »Mensch, und der Kerl ist auch noch dein Boss. Was willst du jetzt tun?«

»Was soll ich denn tun? Gar nichts, weitermachen wie vorher auch. Ich bin von ihm abhängig …« Vic fielen die Worte ihrer Mutter ein. Sie hatte das vorhergesehen, wie damals bei Jared auch, musste Vic sich eingestehen.

»Ich hoffe, das gelingt dir.«

»Das hoffe ich auch«, seufzte Vic.

»Ich meine, du siehst ihn ja jeden Tag, vielleicht verliebt er sich ja doch noch richtig in dich. Wie kam es überhaupt zu dem Kuss?«

Vic erzählte ihr von der Situation. Es tat so weh, wenn sie daran zurückdachte.

»Klingt ja nicht gerade so, als hättest du ihn zwingen müssen. Vielleicht ist er ja sogar schon in dich verknallt, vielleicht brauchst du bloß Geduld.«

»Nein, ich glaub' nicht, dass er verliebt in mich ist«, beklagte Vic sich weiter. »Er ist halt auch nur ein Mann, der sich mal kurz nicht im Griff hatte. Der hat doch immer andere Tussis ...«

»Okay, dir bleibt nichts anderes, als abzuwarten. Oder du musst dir einen anderen Job suchen«, stellte Betty sachlich fest.

»Dann müsste ich auch wieder ausziehen, nein, das will ich auf keinen Fall!« Vic schüttelte energisch den Kopf. »Schon alleine wegen Nelly nicht.«

»Ich wünsch dir viel Kraft, Süße.«

»Danke. Danke fürs Zuhören«, erwiderte Vic leise.

»Kein Problem. Ich hab' dich doch auch schon aus dem Bett geklingelt, wenn Robert mal wieder rumgenervt hat.«

»Ich erinnere mich.« Jetzt musste Vic schmunzeln, obwohl ihr nach wie vor die Tränen übers Gesicht liefen.

»Vic?«

»Hm?«

»Versuch, dich zusammenzunehmen! Auch wenn es schwerfällt.«

»Ich versuche es, versprochen.«

Vic war froh, dass sie am nächsten Tag nicht hinübergehen musste, um bei Sam zu arbeiten. Nelly erforderte ihre ganze Aufmerksamkeit.

»Kommt Sam heute?«, fragte ihre kleine Tochter am Mittag.

»Ich weiß nicht, mein Schatz. Er hat bestimmt viel zu tun«, lächelte sie ihr zu.

»Aber Sam muss doch essen. Können wir anrufen?«

»Nein, Nelly. Sam braucht auch mal einen Tag für sich.« Vic schüttelte entschieden den Kopf. Sie war erleichtert über den Aufschub – auch wenn Nelly enttäuscht war, darauf konnte Vic jetzt keine Rücksicht nehmen.

Doch gegen Abend klopfte es an der Tür. Nelly wollte schon vom Sofa aufspringen, um zu öffnen, doch Vic untersagte es ihr.

Sie atmete tief durch, es brauchte nicht viel Fantasie, um zu erahnen, wer da wohl zu Besuch kam.

»Hallo.« Sam räusperte sich, schien sogar verlegen zu sein. In seiner Hand hielt er einen Blumenstrauß. »Lässt du mich rein?«

Sie brauchte einen Moment, um sich zu sammeln; schließlich trat sie zur Seite, um ihn vorbeizulassen.

»Sam!«, rief Nelly aus dem Wohnzimmer. »Bin hier!«
Er guckte sie unsicher an.
Vic deutete auf die Tür. »Nelly hat dich schon vermisst.«
Sam ging voraus.
Nelly strahlte übers ganze Gesicht, als sie ihren Freund entdeckte.

»Hallo, wie geht es dir denn?« Er ging zu der Kleinen und setzte sich aufs Sofa.

»Gut«, nickte sie. »Schöne Bümchen. Sind für mich, ja?«

Sam schaute Vic erschrocken an. »Also … also eigentlich sind die …, also die sind für dich und deine Mama.«

»Schön!« Nelly nahm den Blumenstrauß huldvoll entgegen. »Bauchen Wasser.«

Vic nahm ihr den Strauß ab. »Ich hole eine Vase, dann stelle ich sie hier vor dich auf den Wohnzimmertisch.«

Vic bot ihm etwas zu trinken an. Als sie die Blumen versorgt hatte, ging sie zur Küchenzeile, um das Abendessen vorzubereiten. Sie war dankbar über diese Abwechslung, nichts zog sie in seine Nähe. Sie würde schon früh genug wieder mit ihm reden und so tun müssen, als wäre nichts passiert.

»Vic?«

»Ja?« Sie sah nicht auf, sondern widmete all ihre Konzentration dem Zupfen des Salates.

»Vic, können wir noch mal über gestern Abend reden? Bitte!«

»Es ist doch alles geklärt. Wozu?« Sie versuchte, einen möglichst beiläufigen Tonfall anzuschlagen.

»Es tut mir so leid, was geschehen ist. Ich hätte das niemals zulassen dürfen. Du sollst wissen, dass es nicht an dir liegt. Du bist einfach wunderbar. Ich möchte nur keine Beziehung.«

»Ich weiß, wir sind Freunde.« Sie zuckte mit den Schultern. »Ist doch toll.«

»Ich bin froh, dass du so gut damit umgehst.« Er atmete tief durch, klang ehrlich erleichtert.

Vic hätte am liebsten hysterisch losgekichert. *Gut umgehen* war wirklich etwas ganz anderes.

»Du und Nelly, ihr seid sehr wichtig für mich geworden und ich bin froh, dass es euch gibt. Du bist fast wie eine Schwester für mich.«

»Gut, das reicht jetzt!« Sie wischte sich ihre Hände an einem Tuch trocken, nahm ihren Mut zusammen und blickte ihm fest in die Augen. »Ich habe verstanden, was du sagen willst. Lass es uns jetzt einfach vergessen, ja?« Es tat ihr weh, ihm so lange in die Augen zu schauen. Gestern Abend war ein ganz anderer Ausdruck darin gewesen, der hatte wenig mit verwandtschaftlichen Gefühlen zu tun gehabt. Was würde sie dafür geben, wenn sie ihn noch mal in ihm hervorlocken könnte.

Doch da kamen ihr seine Worte in den Sinn: *Schwester ... gute Freunde.* Das verletzte sie mehr, als sie sich eingestehen wollte.

»Sam? Kommst du?«, rief Nelly ihn.

»Alles klar?«, fragte er Vic noch einmal leise.

»Ja!« Sie sagte es schärfer, als sie beabsichtigt hatte.

Sam ging zu seiner kleinen Freundin.

Seiner anderen Freundin – oder Schwester, ätzte es in Vic.

Es kam, wie es kommen musste. Nelly lud ihn selbstverständlich zum Abendessen ein.

Vic spürte, dass er unsicher war, aber sie zuckte mit den Schultern und nuschelte: »Von mir aus!«

Zum Glück bestritt Nelly das Gespräch fast im Alleingang, sodass Vic gar nichts zu sagen brauchte. Sie bemerkte, dass Sam ab und an zu ihr hinübersah, doch sie ignorierte ihn geflissentlich.

»Was meinst du, wann kannst du wieder drüben sein?«, fragte er Vic zum Abschied.

»Ich würde gerne morgen noch mit Nelly hierbleiben. Danach könnte ich sie mit hinübernehmen.«

»Alles klar.« Er kratzte sich am Kopf und räusperte sich erneut. »Soll ich ..., soll ich morgen nicht mehr herkommen?«

»Warum denn nicht? Nelly wäre enttäuscht. Aber die Entscheidung liegt natürlich bei dir«, entgegnete Vic mit dem gleichgültigsten Tonfall, den sie aufzubieten hatte.

»Also schaue ich morgen Nachmittag mal vorbei, ja?«

»Ja, klar, bis dann«, lächelte Vic ihm zu, dann hielt sie es nicht mehr aus und machte ihm die Tür vor der Nase zu.

Nelly hatte den ganzen Tag lang schon furchtbare Langeweile. Vic wusste langsam nicht mehr, womit sie ihre kleine Tochter noch beschäftigen sollte. Schließlich gab sie nach und machte für eine halbe Stunde den Fernseher an.

Nelly vertrug das zum Glück ganz gut; es stellten sich keine Kopfschmerzen mehr ein.

Die Freude der Kleinen war natürlich riesengroß, als Sam am Nachmittag auftauchte. Vic hatte Nellys Lieblingskuchen gebacken und deckte für ihn und Nelly den Küchentisch.

»Isst du nicht mit uns?« Sam sah sie mit unergründlichem Blick an.

»Nein. Ich wollte etwas im Garten machen«, erklärte sie ihm.

Natürlich war das nicht der wahre Grund, aber wenn sie ihm aus dem Weg gehen konnte, wollte sie diese Chance auch nutzen.

Als sie draußen Unkraut zupfte, hörte sie Nelly und ihn lachen. Vic seufzte. Schon ihrer Tochter zuliebe musste sie es schaffen, mit dieser Situation umzugehen.

Warum musste sie sich ausgerechnet in ihren Chef verknallen?

Aber hatte sie eine Möglichkeit gehabt, es nicht zu tun? So nett und zuvorkommend wie Samuel in der letzten Zeit gewesen war?

Er hatte schon recht, sie waren mittlerweile sehr vertraut miteinander; wahrscheinlich war eine gute Freundschaft viel wichtiger und wertvoller als eine Liebesbeziehung.

Nur das Problem war: Das reichte ihr nicht. Sie wollte ihn ganz für sich, in allen Bereichen. Selbst bei Jared hatte sie nicht solch intensive Gefühle gehabt, wenn er sie geküsst hatte.

Wieder der Falsche! Reiß dich bloß zusammen!

Nelly war sehr gut gelaunt, als sie am nächsten Tag mit Vic hinüber ins Gutshaus gehen durfte. Vic hatte eine Kiste mit Spielsachen für sie dabei, damit sie sich nicht langweilte, während sie nach dem Rechten sah.

»Guten Morgen.« Samuel erwartete sie schon und strahlte sowohl Nelly als auch Vic an.

»Guten Morgen. Ich mache das Frühstück.« Vic eilte direkt in die Küche.

Sie hörte, dass Nelly mit ihm redete, und bekam mit, dass sie ins Wohnzimmer gingen. Als sie den Esszimmertisch deckte, lugte sie kurz durch den Türspalt hinein. Sam saß mit Nelly auf dem Boden; sie spielten zusammen mit den Duplo-Steinen.

»Dein Frühstück ist fertig«, räusperte sich Vic.

»Danke.« Er lächelte ihr zu, doch Vic drehte sich weg und verschwand wieder in der Küche.

Nach dem Frühstück kam er zu ihr. »Es reicht, wenn das Nötigste gemacht wird. Nimm dir Zeit für Nelly!«

»Okay. Danke für dein Verständnis.«

»Das ist doch klar. Wenn du wegen Nelly krankgeschrieben wärst, müsste ich viel länger auf dich verzichten.«

»Ich versuche, alles so weit hier fertigzubekommen«, versprach sie ihm.

Vic kam gut voran. Nelly beschäftigte sich eine Weile alleine, so konnte sie sich in Ruhe um die Wäsche kümmern. Offenbar hatte er in den letzten Tagen keine Damenbesuche gehabt; das Gästeschlafzimmer war unberührt, und sie hatte auch keine gebrauchte Bettwäsche entdeckt.

Vic atmete tief durch. Sie wusste natürlich, dass – wenn es anders gewesen wäre – sie es überhaupt nichts angehen würde, aber der Gedanke an andere Frauen war für sie im Moment unerträglich. Jedoch auch damit musste sie lernen, klarzukommen.

Es läutete an der Haustür. Vic wunderte sich und lief die Treppe hinunter.

Nelly tapste neugierig in die Halle.

Vic wies sie an, sich wieder aufs Sofa im Wohnzimmer zu legen.

Sie erwartete, dass es der Postbote war. Verwundert stellte sie fest, dass Samuels Eltern vor der Tür standen.

»Hallo Victoria. Wir waren gerade in der Nähe. Ist Samuel da?«, fragte seine Mutter freundlich.

»Ja, er ist da. Kommen Sie doch rein, ich sage ihm Bescheid.« Sie trat zur Seite, um die beiden hereinzulassen.

Vic marschierte rasch zum Arbeitszimmer und klopfte an die Tür.

»Ja?«, ertönte es mürrisch.

Vic wusste, dass er es nicht mochte, wenn man ihn störte, aber in diesem Fall war das wohl unumgänglich. »Entschuldige, Sam. Deine Eltern sind hier.«

»Meine Eltern.« Er seufzte leise und klappte ärgerlich den Laptop zu. »Okay, ich komme.«

Vic ging zurück in die Halle.

Walter und Simone Winter waren nicht mehr dort, aus dem Wohnzimmer hörte sie Nellys Stimmchen.

»Bin dei«, verkündete ihre Tochter stolz.

Sie eilte rasch dorthin.

Samuels Eltern saßen Nelly gegenüber, während ihre Tochter, wie eine Königin, die Hof hielt, auf dem großen Sofa unter einer rosafarbenen Decke thronte.

»Hab Arm bocht«, unterhielt sie weiter die Gäste.

»Entschuldigung, ich nehme sie mit in die Küche«, sagte Vic rasch.

»Das ist Ihre Tochter?«, fragte Walter Winter verwundert.

»Ja, sie heißt Nelly«, antwortete Vic.

»Das wissen wir schon«, lachte Sams Mutter. »Sie haben eine sehr aufgeweckte Tochter.«

Vic nickte. »Sie findet schnell Kontakt.«

»Und was ist denn mit deinem Ärmchen passiert?« Walter Winter lächelte Nelly freundlich an.

»Opa hat Unfall macht. Ein Auto ist Opa ins Auto fahrt«, erklärte Nelly ihm wichtig.

»Oh, das hört sich ja böse an.« Sams Vater schüttelte den Kopf. »Und du hast dir das Ärmchen gebrochen.«

»Ja, und Kopf wehgetan.«

»Arme Nelly!«, bedauerte sie Samuels Mutter.

»Möchten Sie einen Kaffee?«, bot Vic den beiden an.

»Gerne.«

Vic nahm Nelly auf den Arm. »Wir gehen mal in die Küche, dann können sich Sam und seine Eltern unterhalten.«

»Sie ist so niedlich«, hörte Vic Simone Walter im Hinausgehen zu Samuel sagen.

Nelly blieb brav in der Küche sitzen.

Vic war hinüber in ihr Haus gegangen und hatte etwas von dem Kuchen geholt, den sie gestern gebacken hatte. Zusammen mit dem Kaffee servierte sie ihn im Wohnzimmer.

»Danke, Vic, das ist sehr lieb von dir«, lächelte Sam ihr zu.

Prompt setzte Vics Herzschlag einen Moment aus. »Ich hoffe, er schmeckt.«

»Ihr duzt euch?« Walter Winter hörte sich verwundert an, als Vic hinausgegangen war. Sie wollte nicht lauschen, aber die Versuchung, Sams Antwort mitzubekommen, war einfach zu groß.

»Ja, Victoria ist eine sehr liebe Freundin von mir geworden. Und mit Nelly ist Leben ins Haus gekommen«, Sams Stimme klang ganz weich und bescherte Vic eine Gänsehaut.

»Nun, das freut mich für dich. Du hast ja lange genug wie ein Einsiedler gelebt«, seufzte seine Mutter.

Vic zwang sich, nicht weiter zuzuhören. Sie spielte eine Weile mit Nelly in der Küche.

Zu Vics Verwunderung kamen Sams Eltern sogar noch einmal in die Küche, um sich zu verabschieden.

»Auf Wiedersehen, Nelly. Hoffentlich geht es deinem Ärmchen bald besser.«

»Ja, kann bald in den Kindergarten«, plapperte Nelly munter drauflos.

Sams Mutter reichte Vic die Hand. »Auf Wiedersehen, Victoria. Man sieht sich ja bestimmt bald mal wieder.«

***

Drei Tage später gab der Kinderarzt grünes Licht. Nelly durfte wieder in den Hort gehen. Vic war darüber sehr erleichtert, denn Nelly und die beiden Häuser zu versorgen, war doch sehr anstrengend gewesen.

Zu ihrem eigenen Seelenfrieden fand sie einen lockeren Umgangston mit Samuel, auch wenn es ihr schwerfiel, ungezwungen mit ihm zu reden.

Doch sie beschränkte sich aufs Nötigste und suchte immer eine Ausrede, um nicht zu viel Zeit mit ihm zu verbringen.

»Hast du heute Abend Lust, ein Glas Rotwein mit mir zu trinken?«, fragte Sam sie, als sie morgens den Frühstückstisch abräumte.

Vic zuckte kurz zusammen. »Ähm, danke für das Angebot, aber ich denke, ich gehe früh schlafen.«

»Schade. Ich vermisse das.« Sein Blick schien sie durchbohren zu wollen.

»Ein anderes Mal vielleicht.« Sie schüttelte den Kopf und machte, dass sie aus dem Esszimmer kam.

***

»Ich wünsche dir, dass du dich gut erholst – und du dich auch, Mama!« Vic drückte ihre Eltern fest an sich.

»Danke, Vicky. Wir melden uns, wenn wir angekommen sind.« Ihr Vater streichelte ihr übers Gesicht. »Pass auf dich und Nelly auf!«

»Papa – es sind bloß vier Wochen«, lachte Vic.

»Ich werde die Kleine und dich vermissen.« Helene Gessner verdrückte sogar ein paar Tränen und presste ihre Enkeltochter fest an sich.

»Und jetzt los, sonst verpasst ihr den Zug!« Vic schob ihre Eltern energisch in das Zugabteil und half ihnen, die Koffer zu verstauen.

»Tschüss Omi, tschüss Opi!«, rief Nelly ihnen fröhlich nach.

Vic wartete mit ihrer Tochter noch, bis sich der Zug in Bewegung gesetzt hatte. Sie hoffte, dass sich ihre Eltern wirklich gut erholen konnten.

Seit dem Unfall waren jetzt vier Wochen vergangen; der Arzt hatte ihrem Vater eine Kur verordnet. Vic hatte ihrer Mutter gut zugeredet und sie überzeugt, ihn zu begleiten. Beide hatten schon lange keinen Urlaub mehr gemacht, jetzt hoffte sie inständig, dass es ihnen guttun würde.

Immer noch kämpften ihre Eltern mit Schuldgefühlen wegen Nelly. Vielleicht würden sie jetzt ein wenig zur Ruhe kommen und diese ablegen können.

***

»Hey Vicky, hast du Lust, am Wochenende mit auf die Piste zu gehen?« Bettys fröhliche Stimme schallte laut durchs Handy.

»Nein, ich kann nicht. Meine Eltern sind doch in den Kururlaub gefahren; ich habe dann am Samstag niemanden für Nelly«, lehnte Vic bedauernd ab.

Dabei hätte sie große Lust dazu gehabt, auszugehen. Die letzten Wochen hatten auch an ihren Nerven gezehrt und der ständige Umgang mit Samuel fiel ihr immer noch schwer.

»Oh, schade. Kann denn keiner einspringen?«

»Nein, Mara kann ich nicht fragen, die hat doch ein Baby bekommen. Ich kann ihr Nelly nicht auch noch zumuten. Wir holen das nach, wenn meine Eltern wieder da sind, okay?«

»Okay. Mach's gut, ich hab' gerade Kundschaft bekommen«, verabschiedete sich Betty.

»Ich hätte Zeit.« Sams Stimme ließ Vic mal wieder zusammenzucken.

Sie drehte sich zu ihm herum. »Bitte?«, fragte sie verblüfft.

»Ich habe gerade dein Telefonat mitbekommen. Ich hab' am Samstagabend nichts vor und könnte auf Nelly aufpassen.«

Vic stutzte. Eigentlich wollte sie sofort ablehnen – aber warum eigentlich? Sie sehnte sich danach, andere Menschen zu sehen, und was war schon dabei?

Sam und Nelly verstanden sich blendend; er kam nach wie vor jeden Tag einmal bei ihnen vorbei, um sie zu besuchen.

»Das würdest du tun?«, hakte sie misstrauisch nach.

»Ja klar. Aber überlege nicht zu lange!«, zwinkerte er ihr zu.

»Okay, danke.« Jetzt huschte ein Strahlen über ihr Gesicht.

»Nichts zu danken. Du tust ja schließlich auch mehr als genug für mich.« Er räusperte sich kurz und verschwand aus der Küche.

Vic stylte sich für diesen Abend sehr aufwendig. Sie musste sich selbst loben, die Investition in das neue Kleid hatte sich gelohnt. Es saß wie angegossen und gab ein sehr schönes Dekolleté preis. Jetzt musste sie nur noch den Abend auf den hohen Schuhen überstehen.

Die Vorfreude war riesengroß, vielleicht bekam sie ja endlich mal den Kopf frei und dachte nicht ständig an Sam.

Es war schwierig, sich zu entlieben, wenn er ständig um einen herum war.

Als sie aus dem Bad ins Wohnzimmer kam, bemerkten Sam und Nelly sie zuerst gar nicht, so vertieft waren sie in ein Puzzle.

Irgendwann schaute Nelly auf und strahlte sie an. »Mami sieht schön aus!«

Sams Blick wanderte an ihr herab.

Vic konnte ihm ansehen, dass ihm gefiel, was er entdeckte, und das war wie Balsam für ihre Seele.

»Robert und Betty holen mich gleich ab.« Sie gab Nelly einen Abschiedskuss.

»Ich wünsche euch einen schönen Abend«, lächelte sie Sam zu.

»Dir auch.« Er schluckte, dann sah er ihr lange in die Augen. »Amüsier dich gut.«

»Oh, das werde ich«, nickte sie fröhlich.

21

»Wow, Mensch, Vicky! Du siehst heiß aus!« Robert pfiff anerkennend durch die Zähne, als er Vic die Autotür aufhielt.

»Hey, jetzt ist aber gut!« Betty knuffte ihren Freund gespielt beleidigt in die Seite. »Aber er hat recht. Dass dein Chef dich in dem Outfit überhaupt weglässt, ist ja ein Wunder.«

Vic zuckte mit den Schultern. »Er hat eben kein Interesse an mir.«

»So richtig kann ich das ja noch nicht glauben, aber nun gut. Versuche den Kopf freizubekommen, und vielleicht lernst du ja jemand Netten kennen«, zwinkerte Betty ihr zu.

»Hm.« Vic war nicht überzeugt davon, dazu schwirrte Sam ihr zu sehr im Kopf herum. Aber wenn es genug Alkohol gäbe, würde sie auf jeden Fall ausreichend Spaß haben. Trotzig verschränkte sie die Arme vor ihrer Brust.

Der Club, den sie besuchten, hatte vor Kurzem neu eröffnet. Die Tanzflächen erstreckten sich auf mehreren Etagen. Es gab auch eine Strandbar im Außenbereich, die Vic sehr gut gefiel.

Robert versorgte sie mit Cocktails. Vic griff beherzt zu.

Es dauerte nicht lange, und ein netter Typ sprach sie an.

Vic wollte zunächst ablehnen, dann entschied sie sich aber doch dazu, mit ihm zu reden.

Er hieß Tom und war ein witziger Gesprächspartner, außerdem sah er ganz schnuckelig aus. Vic fühlte sich langsam immer wohler in seiner Gesellschaft.

Ein paar Mal hatten sie jetzt schon miteinander getanzt. Vic signalisierte, dass sie eine Pause brauchte, also ging sie mit ihm hinaus an die Strandbar.

Auch hier spielte Musik, allerdings viel gemäßigter als im Innenbereich. An der frischen Luft spürte Vic erst recht den Alkohol, die Cocktails begannen ihre Wirkung zu zeigen.

Es wurde ein langsames Lied gespielt. Tom zog sie lächelnd mit auf die Tanzfläche. Vic wollte protestieren, doch er wickelte sie mit seinem Charme ein, und so legte sie die Arme um seinen Hals und ließ sich von der Musik treiben.

Vic schloss die Augen. Sie genoss es, sich an jemandem festhalten zu können, auch wenn sie selbst in diesem Augenblick eigentlich lediglich an Sam dachte.

Tom streichelte zart über ihren Rücken, dann spürte Vic, wie er ihre nackte Schulter küsste.

Stopp das mal lieber, warnte ihre innere Stimme, aber es war einfach ein schönes Gefühl, sich ein paar Zärtlichkeiten zu holen, also ließ Vic ihn gewähren.

Tom legte eine Hand unter ihr Kinn. Er drehte ihr Gesicht vorsichtig zu sich hin.

Sie sah es kommen, er wollte sie küssen. Eigentlich war ihr das nicht so recht, aber ob es dem Alkohol zu verdanken war oder nicht, sie ging auf seine schüchternen Küsse ein.

Tom wurde schnell leidenschaftlicher; sein Mund wanderte ihren Hals hinab, er biss sie sanft in die empfindliche Haut, dann streichelten seine Hände weiter ihren Körper hinab und legten sich auf ihren Po.

Sie spürte, dass ihn das nicht kalt ließ. Jetzt setzte ihr Verstand wieder ein, und entschieden schob sie ihn von sich.

»Tut mir leid, Tom. Aber ich möchte das nicht.«

»Was? Aber warum? Dir hat es doch gefallen.« Er guckte sie enttäuscht an.

»Ja, aber das geht mir jetzt zu weit.« Sie streichelte ihm flüchtig über die Wange.

»Hey, nur eine Nacht, okay?« Er nahm ihre Hand und hauchte einen Kuss darauf.

»Nein.« Sie lachte leise auf. »Du bist ein toller Typ, bestimmt findest du noch eine andere.«

Sie bahnte sich wieder einen Weg ins Innere des Clubs.

Warum hast du ihn abgewiesen? Er war süß, und ein bisschen Sex wäre doch nicht schlecht gewesen.

Vic seufzte und ließ sich noch einen Cocktail geben. Sie hasste es, zugeben zu müssen, dass über allem Sam schwebte.

Frustriert suchte sie ihre Freundin. Sie fand Betty und Robert auf einer der vielen Tanzflächen. »Hey Vicky, da bist du ja«, strahlte Betty sie an. »Wo warst du denn?«

»Ich war draußen mit Tom«, klärte Vic sie auf.

»Und? Der sah nett aus«, hakte ihre Freundin nach.

»Ja, das ist er auch. Aber … aber nichts für mich«, lächelte Vic traurig.

»Oh Mann!« Betty drückte Vic kurz an sich, dann grinste sie breit. »Aber näher gekommen seid ihr euch schon, oder?«

»Ein bisschen geknutscht, nichts weiter«, gab Vic bereitwillig Auskunft. Im nächsten Augenblick stutzte sie. »Wie kommst du darauf?«

»Du hast hier einen Knutschfleck, und hier hat er dich gebissen«, kicherte Betty.

»Na toll!«, meckerte Vic. »Das darf ja wohl nicht wahr sein.«

»Wieso? Ich find's gut«, zwinkerte Betty ihr zu. »Und komm ja nicht auf die Idee, das nachher zu verdecken.«

Gegen drei Uhr hatten Robert und Betty genug und gesellten sich wieder zu Vic. Sie war mittlerweile gut angeheitert und hatte noch mehrere Flirtversuche abwehren müssen. Der Abend hatte Vic gefallen. Es tat ihrem Ego gut, bestätigt zu bekommen, dass sie bei der Männerwelt durchaus Chancen hatte.

Auch Betty war nicht mehr nüchtern. Sie kicherte an einem Stück. Normalerweise würde Robert Vic jetzt leidtun, weil er zwei angetrunkene Frauen nach Hause kutschieren durfte, aber da sie ja selbst angeschickert war, hielt sich ihr Mitleid in Grenzen.

Sie verabschiedete sich lautstark von ihren Freunden und probierte, so leise es ihr möglich war, die Haustür aufzuschließen. Sie hatte schon von draußen gesehen, dass im Wohnzimmer noch Licht brannte. Eigentlich hatte sie erwartet, dass Sam auf dem Sofa schlief.

Vic rammte im Vorbeigehen den Türrahmen, als sie ins Wohnzimmer trat und kicherte albern vor sich hin.

»Hups«, gackerte sie leise. »Hallo.«

»Vic? Hast du dich gut amüsiert?« Er saß auf dem Sofa und sah sie grinsend an.

»Ja, habbich.«

Auf dem Wohnzimmertisch stand eine Flasche Wein, sie fiel Vic direkt ins Auge. »Oh gut, daissnochwas«, nickte sie zufrieden.

Leicht schwankend steuerte sie die Küche an und kehrte mit einem Glas zurück. Großzügig goss sie sich ein. »Ist das wieder das … das teure Gesöff?«, gackerte sie.

»Nicht ganz so teuer, aber es ist ein guter Wein.«

Vic kickte sich die High Heels von den Füßen und ließ sich neben ihn aufs Sofa plumpsen.

Sie nahm das Glas und stieß mit ihm an. »Prost, Sam …, mein Freund«, gluckste sie.

»Auf dich, Victoria!«, sprach er mit sanfter Stimme, die ihr prompt eine Gänsehaut bescherte.

Sie registrierte, dass sein Blick über ihren Körper wanderte und einen Tick länger, als es sittlich war, an ihrem Ausschnitt haften blieb.

Vic blickte verstohlen an sich hinunter. Das Kleid war ein bisschen verrutscht und gab ein Stück mehr von ihrem Busen preis, als ihr das mit nüchternem Kopf lieb gewesen wäre – aber jetzt war ihr das egal. Sollte er doch gucken, er wollte sie doch sowieso nicht.

»Wie … wie war es denn?«, erkundigte er sich.

»Schön«, gurrte Vic. Sie lehnte ihren Kopf ans Sofa an und zog die Beine zu sich heran. »Das war ein toller Club. Viele nette Männer.«

»Ach ja?« Jetzt fixierte er sie mit undefinierbarem Blick.

Vic sah ihm fest in die Augen. Sie konnte nichts darin lesen, aber das war jetzt auch egal. »Jep – viele, gaaaanz viele nette Kerle«, plauderte sie weiter. »Und tolle Weiber, sachichdir … Viele Blondinen, wäre was für dich gewesen.«

Sams Ausdruck war weiterhin unergründlich. Plötzlich blieb sein Blick an ihrem Hals haften. Er streckte eine Hand aus, strich ihr die Haare ein wenig weg und erstarrte in der Bewegung. »Und viele Teenager oder warum hast du da einen Knutschfleck?« Er klang böse – Vic fand das sehr niedlich.

Sie lachte auf. »Ups, ja das … eine Frechheit, oder?«, giggelte sie.

»Wenn du darauf stehst«, presste er rau hinaus.

»Nein, tuichnich.«

Er zog die Augenbrauen hoch. »Ach nein?«

»Nö …« Vic konnte das blöde Kichern einfach nicht abstellen. »Ich steh' auf andere Sachen.«

»Und die wären?«

»Küssen zum Beispiel.«

»So, so«, räusperte er sich.

»Ja, und weissu wahas? Ich hab mal ´ne Telenovela gesehen, da haben sich auch Freunde geküsst.«

»So was guckst du?«

»Klar – du nich'?«

»Nein!«, kam es entschieden.

»Hättest du mal besser machen sollen. Jedenfalls haben die gesagt …« Vic runzelte die Stirn und dachte angestrengt nach. »Ähm, so was wie: ‚Gute Freunde dürfen sich küssen …'«

»Na ja, Telenovelas sollte man nicht zu ernst nehmen.« Sam unterbrach jetzt den Blickkontakt und trank einen Schluck Wein.

»Nein!«, rief Vic plötzlich laut aus, sodass Sam zusammenzuckte.

»Was schreist du denn so?«, fragte er mürrisch.

»Nein – die haben gesagt: ›Gute Freunde dürfen sich auch richtig küssen‹ – jetzt habichswieder!«, triumphierte Vic. »Und dann haben sie es getan …«

»Was getan?«

»Na, geküsst – also richtig geküsst«, prustete Vic los. »Du bis doch sonsso clever … Soll ich dir mal zeigen, wie?«

»Ähm, ich denke, das kann ich mir vorstellen.« Sams Stimme klang jetzt ganz rau, Vic fand das ungeheuer sexy.

Sie nahm noch einen Schluck Wein, dann griff sie nach seinem T-Shirt und zog ihn zu sich.

»So haben die das gemacht«, sie drückte ihm einen Kuss auf die Lippen.

»Vic …«, seufzte Sam, doch er vergrößerte den Abstand zu ihr nicht.

»Und dann so …« Sie wurde mutiger, ließ ihre Zunge an seine Lippen stupsen und bat sehr forsch um Einlass.

Sam zögerte kurz, schließlich erwiderte er den Kuss so stürmisch, dass Vic beinahe schwarz vor Augen wurde. Seine Arme zogen sie an sich heran, sie wusste fast nicht mehr, wo sie war.

Er schmeckte einfach unvergleichlich, noch nie hatte sie das so empfunden wie bei ihm.

Vic schaltete jetzt ihren Verstand ganz aus, sie presste sich an ihn, dann setzte sie sich rittlings auf seinen Schoß.

Nicht einmal unterbrachen sie den Kuss. Vic legte ihre ganze Sehnsucht nach ihm dort hinein und er erwiderte ihn mit genau der gleichen Leidenschaft.

Gierig tauchten sie immer wieder ineinander ein; ihre Zungen spielten ein verlockendes Spiel. Vic bekam eine Gänsehaut nach der anderen.

Sie fuhr mit ihren Fingern zum Saum seines T-Shirts; vorwitzig schlüpften sie darunter und streichelten über seinen festen Bauch.

Sam stöhnte heiser auf, das ermutigte sie nur noch mehr.

Seine Hände wanderten ihren Rücken hinauf, fanden den Reißverschluss ihres Kleides und streiften die Träger über ihre Schultern.

Vic konnte sich nicht erklären, wie er das gemacht hatte, aber ehe sie sich versehen konnte, hatte er ihren BH geöffnet und schmiss ihn neben sich.

Einen Moment lang stockte er.

Vic guckte ihm in die Augen, sie waren ganz dunkel. Sie konnte sein Verlangen darin erkennen, genauso wie er es wohl in ihren Augen sehen musste.

»Du bist unglaublich schön«, murmelte er mit heiserer Stimme, dann küsste er sich ihren Hals hinab bis zu ihren Brüsten.

Vic spürte, dass ihre Brustwarzen ganz hart waren; er umfuhr mit seiner Zunge ihre Vorhöfe und saugte zärtlich an ihnen.

Ihre Finger verkrampften sich in seinen Haaren. Unruhig rutschte sie auf seinem Schoß hin und her.

Sie fühlte einen süßen Schmerz in ihrem Unterleib und spürte deutlich, wie sich immer mehr Nässe zwischen ihren Beinen sammelte.

Vic konnte es kaum noch aushalten. Sie zog ihm das Shirt über den Kopf, tastete nach dem Bund seiner Jeans und öffnete mit zitternden Händen den Knopf. Ihre Hand schob sich hinein, sie spürte seine Härte, rieb ihn sanft.

»Oh Gott!«, stöhnte er und umfasste ihre Taille, stand mit ihr zusammen auf und schob sich die Jeans ein Stück hinunter.

Irgendwie schaffte er es, sich die Hose von den Beinen zu strampeln.

Vic musste kichern, doch als er sie auf den Rücken legte und sie blitzschnell auszog, wurde sie schnell wieder ernst.

Er spreizte ihre Beine und liebkoste zärtlich ihre feuchte Weiblichkeit.

Vic schrie leise auf, glaubte zu verbrennen. Noch nie hatte sie so ein Verlangen nach einem Mann verspürt.

»Bitte, Sam!«, bat sie ihn mit zitternder Stimme.

Er sah zu ihr auf, legte sich auf sie.

Wieder küsste er sie, da spürte sie seine harte Spitze. Langsam drang er in sie ein.

Für einen letzten Moment wurde sie wieder ganz klar.

»Wir … wir brauchen … ein Gummi«, seufzte sie. »Hast du welche?«

Sam starrte sie an. Mit einem Mal wich er vor ihr zurück.

»Oh Scheiße, Vic, was tun wir hier?«, fragte er sie fassungslos. Er sprang vom Sofa auf und streifte sich seine Shorts und seine Jeans über.

Vic schaute ihm entsetzt dabei zu. »Was tust du?« Ihre Stimme klang ganz piepsig.

»Vic – so was darf nicht passieren! Nicht mit dir, du weißt doch, wie ich zu dir stehe, verdammt!« Er klang jetzt richtig verzweifelt.

Sam griff nach ihrem Kleid und bedeckte ihren Körper damit, dann hockte er sich vor sie hin. »Es tut mir leid, meine Süße. Das hätte niemals geschehen dürfen«, sagte er rau.

Dann stand er auf und verließ hastig ihr Haus.

22

Vic war wohl noch nie so schnell nüchtern gewesen wie in diesem Moment.

Sie starrte fassungslos die Tür an, durch die er gerade gegangen war. Im nächsten Moment zitterte sie am ganzen Körper.

Schwerfällig stand sie auf und tapste in ihr Schlafzimmer, mechanisch holte sie ihr Schlafshirt und Wäsche aus dem Schrank, dann stellte sie sich unter die Dusche.

Irgendwann, als das heiße Wasser ihrer Haut einen krebsroten Ton verliehen hatte, empfand sie so etwas wie ein Gefühl.

Tränen schossen in ihre Augen, sie fühlte sich so schlecht wie nie zuvor in ihrem Leben.

Sie hatte sich ihm ja förmlich an den Hals geworfen. *Hättest dir ja gleich ›Fick mich‹ auf die Stirn tätowieren können!*

Okay, sie hatte eine Ausrede: der Alkohol. Darauf konnte sie natürlich alles schieben, im nüchternen Zustand wäre sie sicherlich nicht so weit gegangen.

Im Übrigen hatte sie ihn ja zu nichts genötigt, also zumindest später nicht.

Viel deutlicher hätte Sam ihr jedenfalls nicht zeigen können, was er von ihr hielt.

Vic rutschte an den Badezimmerfliesen hinunter, ein Weinkrampf löste sich urplötzlich; sie konnte nur noch laut schluchzen.

Es tat so weh, hätte er ihr noch das Herz herausgerissen, die Schmerzen hätten wohl kaum schlimmer sein können.

Schon lange war sich Vic nicht mehr so einsam und ungeliebt vorgekommen, wie in diesem Moment.

Sie ging in die Küche und holte sich ein Glas Milch. Aus dem Wohnzimmerfenster konnte sie hinüber zum Gutshaus sehen. Auch dort brannte noch Licht, anscheinend konnte Samuel auch nicht schlafen.

Schmeißt er dich jetzt raus?

Die Frage spukte in ihrem Kopf herum, aber das war noch nicht mal ihre Hauptsorge. Wie sollte sie denn jetzt bloß mit ihm umgehen? Und er mit ihr?

Sollte Vic ihm ihre wahren Gefühle offenbaren? Oder würde sie es damit nur noch schlimmer machen?

Wenn er wüsste, dass sie ihn liebte, würde er sie dann nicht erst recht entlassen wollen oder ihre Nähe meiden?

Vic schluchzte leise auf. Sie musste es auf den Alkohol schieben und es damit entschuldigen.

Blackout wäre doch eine Möglichkeit. *Tu so, als ob du von nichts mehr was weißt ...*

Doch so eine gute Schauspielerin war sie nicht – und so feige auch nicht.

Nein, sie würde mit ihm reden, sich entschuldigen und hoffen, dass es irgendwie weitergehen könnte.

Vic legte sich aufs Sofa und knipste die Lampe aus. Auch von hier aus konnte sie sehen, dass das Gutshaus weiterhin hell erleuchtet war.

Warum kannst du mich denn nicht lieben? Es könnte alles so einfach sein.

»Mami? Warum schläfst du hier?«

Nellys Stimmchen riss Vic aus dem Schlaf. Verstört öffnete sie die Augen, doch sofort setzte die Erinnerung an den gestrigen Abend wieder ein.

»Hallo, Schatz«, lächelte sie Nelly an und zog ihre Kleine zu sich auf den Bauch. »Ich bin einfach eingeschlafen.«

Erst jetzt bemerkte Vic, dass unter ihrem Kopf Sams T-Shirt lag, offenbar hatte sie es in der Nacht als Kissen benutzt.

»Hab' Hunger«, meldete sich Nelly.

Vic drückte sie noch einmal fest an sich. »Ich mache uns mal Frühstück.«

»Sollen wir zu Sam fühstücken gehen?«, schlug Nelly direkt vor.

Vic schluckte. »Vielleicht schläft er noch. Lassen wir ihn lieber in Ruhe.«

»Aber …«

»Nein, Nelly«, sagte Vic entschieden. »Bitte lass es gut sein, ja?«

Nelly war sehr quengelig an diesem Vormittag, zu allem Überfluss regnete es draußen in Strömen. Ständig drängte Nelly sie dazu, hinüber zu Sam zu gehen. Schließlich wurde es Vic zu viel, sie schnappte sich ihre Tochter und fuhr mit ihr zu einem Indoor-Spielplatz.

Und sie hatte Erfolg: Nelly war ganz fasziniert von den vielen Spielgeräten und Hüpfburgen; der Name Sam fiel erst mal nicht mehr.

Sie hatte schnell Kontakt gefunden, auch wenn manche Kinder sie zunächst neugierig anschauten. Ein kleiner Junge kam schüchtern auf sie zu, als sie bei Vic auf dem Schoß saß und etwas trank.

»Warum bist du so braun?«, fragte er sie geradeheraus.

»Mein Papi ist auch baun«, erklärte Nelly ihm selbstbewusst.

Vic küsste ihrer kleinen Tochter auf die dunklen Löckchen und war froh, dass sie diese Auskunft so selbstverständlich erteilte.

Der kleine Junge gab sich damit zufrieden und lief wieder zu einer Hüpfburg.

»Mami?« Nelly schaute Vic auf einmal mit einem ganz komischen Blick an.

»Ja, mein Schatz?«

»Können wir nicht mal zu meinem Papi geh'n?«

Vic streichelte ihr sanft über die Wange. »Du weißt doch, dass dein Papi ganz weit weg wohnt. Da können wir nicht hinfahren.«

»Aber mit dem Flugzeug …«

Vic schluckte heftig. *Nicht das heute auch noch!*

»Nein, Schatzi, auch das geht nicht. Selbst mit dem Flugzeug ist das viel zu weit weg. Und zu teuer, so viel Geld haben wir nicht.«

Sie hasste es, Nelly anzulügen, aber ihr zu sagen, dass ihr Vater nichts von ihr wissen wollte, das brachte sie nun mal nicht übers Herz.

»Schade!«, bedauerte Nelly leise.

»Sollen wir nachher noch zu *McDonald's* fahren?« Sie hoffte, ihre Tochter damit ablenken zu können.

»Ja!« Sofort legte sich wieder ein Strahlen auf Nellys Gesicht.

Noch ließ sie sich schnell ablenken, aber Vic ahnte, dass das nicht ewig so bleiben würde.

Sie kamen am späten Nachmittag zurück, weiterhin regnete es stark. Immerhin passte das Wetter zu Vics Stimmung.

Gegen Abend klopfte es an der Tür.

Nelly rannte sofort los. »Ich mach' schon!«

»Hallo, Sam«, hörte sie die fröhliche Stimme ihrer Tochter.

»Hallo, kleine Lady«, grüßte er freundlich. »Störe ich euch?«

»Nein, spiele mit Mami Lego.«

Vics Pulsschlag beschleunigte sich dramatisch, nervös knetete sie die Hände ineinander, als Sam das Wohnzimmer betrat.

»Hallo.« Seine Stimme klang seltsam rau. Ob er auch so aufgeregt war wie sie?

»Sam. Hi, wie … wie geht's?« Vic probierte ein Lächeln.

»Okay.«

Nelly nahm seine Hand und zog ihn mit in ihr Zimmer.

Vic war dankbar für diesen Aufschub, aber dass er gekommen war, bedeutete wohl, dass er reden wollte. Und es war ja auch nicht so, als ob es nichts zu klären gäbe.

Vic bereitete Abendbrot für Sam und Nelly zu, sie selbst war zu nervös, um einen Bissen hinunterzubekommen. Nelly verlangte nach ihrer Gute-Nacht-Geschichte, also erfand Sam wieder neue Erlebnisse der kleinen Prinzessin Nelly und Vic konnte ihn für seinen Ideenreichtum nur bewundern.

Als er schließlich die Tür vom Kinderzimmer hinter sich zuzog und im Wohnzimmer stand, klopfte Vics Herz so laut, dass er es mit Sicherheit hören konnte.

»Vic …«, begann er leise. »Ich … also, was gestern geschehen ist …, das … das …«

»Es tut mir leid«, unterbrach sie ihn. »Ich … ich hatte zu viel getrunken, es … also …«

»Es hätte nicht geschehen dürfen. Ich hätte es stoppen müssen, es war ein großer Fehler. Ich hoffe, dass du das genauso siehst«, sagte er mit rauer Stimme.

Vic schaute schnell auf den Boden. Ein dicker Kloß setzte sich in ihrem Hals fest, sie beschwor sich eindringlich, jetzt nicht in Tränen auszubrechen.

»Vielleicht. Vielleicht war es das«, presste sie mühsam hervor.

»Ganz bestimmt war es das. Schieben wir es auf den Alkohol?« Er kam einen Schritt auf sie zu. »Vic, du bist mir viel zu wichtig, als dass ich eine flüchtige Affäre mit dir möchte. Das weißt du doch.«

Seine sanfte Stimme machte alles nur noch schlimmer. Vics Blick fiel auf sein T-Shirt, das er gestern nach seinem hastigen Aufbruch hatte liegen lassen. Sie griff danach.

»Ich wasche es dir morgen mit der normalen Wäsche, ja?« Mehr als ein heiseres Flüstern brachte sie nicht mehr zustande.

»Das ist doch jetzt nicht wichtig. Es war nicht richtig, dass ich gestern so schnell verschwunden bin. Aber ich war erschrocken über mich selbst. Ich musste weg aus deiner Nähe.«

»Schon klar.«

»Ich hoffe, ich habe dir nicht wehgetan. Das wollte ich ganz bestimmt nicht.«

Jedes seiner Worte war einfach nur eine ungeheure Qual für Vic. Doch das würde sie ihm nicht sagen können, dann wüsste er sofort, was los war.

»Können wir jetzt bitte nicht mehr drüber sprechen? Ich habe mich absolut peinlich benommen und ich würde das gerne vergessen.« Sie atmete tief durch.

»Du warst nicht peinlich. Du warst sehr süß und unglaublich sexy, Vic.« Er lächelte sie lieb an. »Und du bist eine wunderschöne Frau. Du hast einen Partner verdient, der dich aufrichtig liebt und der dir all das geben kann, was du dir wünschst.«

»Es ist nett, dass du das . Aber bitte … Ich möchte nicht mehr über dieses Thema reden.«

»Einverstanden. Wir vergessen das einfach.« Sam reichte ihr die Hand, sie griff zögernd danach.

Er zog sie in seine Arme und vergrub sein Gesicht an ihrem Hals. »Ich bin echt froh, dass ich dich habe, Vic. Du bist eine ganz tolle Frau.«

Vic schob ihn von sich weg, obwohl ihr das ungemein schwerfiel. »Ich … ich habe etwas Schlaf nachzuholen. Sei mir nicht böse, aber ich würde gerne ins Bett gehen.« Sie lächelte ihm unter größter Kraftanstrengung zu.

»Alles klar. Wir sehen uns morgen.«

»Na klar. Bis morgen«, nickte sie.

Vic hoffte stark, dass er ihr ihre Nervosität nicht anmerken würde, als sie am nächsten Morgen das Gutshaus betrat.

Sie würde sich zwingen müssen, ihre Routine abzurufen. Als Kellnerin hatte sie doch gelernt, auch dann zu lächeln, wenn ihr eigentlich nicht danach zumute war.

Doch sie wusste nur zu gut, dass dies hier eine ganz andere Situation war. Sie war unglücklich verliebt, und sie war gekränkt wegen seiner Zurückweisung.

Es war ja schön, dass er sie so schätzte und nicht für eine Affäre ausnutzen wollte, aber das machte die Sache für sie auch nicht gerade einfacher.

»Guten Morgen, Vic.«

Seine Stimme kam wieder wie aus dem Nichts; vor lauter Schreck ließ sie die Tasse fallen.

»Mist«, fluchte Vic leise und hob die Scherben hastig auf. Unglücklicherweise schnitt sie sich prompt; das Blut tropfte auf die Fliesen in der Küche.

»Oh, warte, ich helfe dir.« Sam war rasch an ihrer Seite und riss ein Papiertuch ab. Geschickt wickelte er es um ihren Finger.

Vic war froh, als er sie wieder losließ. »Das geht schon, danke.«

»Ist alles klar?« Sein Blick schien sie durchbohren zu wollen.

»Natürlich, warum denn auch nicht?«, zischte sie ihm zu.

Ihr taten ihre harten Worte sofort wieder leid, aber sie konnte einfach nicht anders reagieren.

»Hey, beruhige dich, ja?« Auch sein Tonfall wurde schärfer. »Ich wollte bloß höflich sein.«

»Du warst höflich – danke.« Sie nickte ihm knapp zu und griff nach dem Tablett. Vic atmete tief durch.

So kann das nicht weitergehen – reiß dich zusammen!, befahl sie sich.

Als Sam im Esszimmer Platz genommen hatte, ging sie auf wackligen Knien noch mal zu ihm. »Tut mir leid, ich wollte nicht so zickig sein. Ich habe mich einfach über mich selbst geärgert wegen der Tasse.«

»Schon gut, Vic.« Er sah kurz auf. »Bereits vergessen.«

Sie war mehr als froh, dass sie ihn heute gar nicht mehr zu Gesicht bekam. Er hatte sich im Arbeitszimmer verbarrikadiert.

Vic fragte sich, ob er ihr absichtlich aus dem Weg ging. Aber wenn dem so wäre, war das ganz eindeutig besser so.

Selbst als Nelly aus dem Kindergarten wieder da war und nach ihm rief, ließ er sich nicht blicken.

Vic machte sich jetzt doch Gedanken. Das Abendessen für ihn war fertig; sie wusste nicht, ob sie es noch lange warm halten konnte.

Es war zwar feige, aber sie bat Nelly, ihn holen zu gehen.

Vic hörte das Stimmchen ihrer Tochter, dann Sams Lachen. Zusammen kamen sie ins Esszimmer.

»Ich habe wohl die Zeit vergessen, danke, Vic«, lächelte er ihr zu. Sie erwiderte es scheu.

»Wenn nichts mehr anliegt, gehe ich jetzt rüber.«

Sam nickte.

Nelly protestierte zwar wie erwartet, aber Vic war froh, dass sie aus seiner Nähe kam.

Es würde wohl noch einige Tage dauern, bis sie mit ihm wieder halbwegs normal würde umgehen können.

***

Vic hatte irgendwann damit rechnen müssen, das war ihr schon klar. Aber trotzdem traf es sie wie ein Schlag in die Magengrube, als sie an diesem Morgen das Gutshaus betrat und eine helle Frauenstimme aus der oberen Etage hörte.

Es tat so unglaublich weh, dass Vic erst mal nach Atem rang und nur mühsam die Tränen unterdrücken konnte, als sie das Frühstück zubereitete.

Aber vielleicht ist es ja auch gut, dass er jetzt eine Frau bei sich hat, vielleicht kommst du so leichter über ihn hinweg, machte sie sich selbst Mut.

Doch in der nächsten Sekunde warf sie wütend ein Küchenhandtuch weg. *Bullshit!,* schimpfte sie mit sich.

Nein, das war bestimmt nicht der Fall. Es tat einfach ganz fies weh; sie bekam eine wahnsinnige Wut auf ihn.

Sie wollte, dass er ebenfalls so schlimmen Liebeskummer hatte wie sie, dass er genauso unter der Situation leiden würde.

Dass er es ganz offenbar nicht tat, kränkte Vic in ihrem Stolz noch mehr.

Sie fand es unsensibel von ihm, ihr das zuzumuten. Auch wenn er nichts von ihren Gefühlen wusste, so musste es ihm doch klar sein, wie sehr sie das verletzte.

Vielleicht macht er das ja extra, damit du dir keine Chancen ausrechnest. Immerhin hat er eine Woche damit gewartet, spottete es weiter in ihr.

Doch sie konnte es drehen und wenden, wie sie wollte: Sie war gekränkt und unglaublich sauer. Mühsam schaffte sie es, den Frühstückstisch weiter zu decken und nicht alles dem Erdboden gleichzumachen.

»Guten Morgen, Vic.« Ein gut gelaunter Sam begrüßte sie.

»Guten Morgen«, antwortete sie mit fester Stimme. Sie zwang sich, der Blondine ein freundliches Lächeln zu schenken, hatte aber große Zweifel, dass ihr das gelungen war.

Sie stöhnte innerlich auf. Das war doch diese Jasmin Wiesner, die Dame, der der Orangensaft nicht geschmeckt hatte.

»Ich hole die Light-Marmelade.« Vic huschte in die Küche.

»Und ich hätte noch gerne frisch gepressten Orangensaft«, säuselte Jasmin.

»Der ist frisch gepresst – war er beim letzten Mal auch schon«, antwortete Vic ruhig.

»Nicht schon wieder!«, stöhnte Samuel auf.

»Dann machen Sie mir einen Tee, ich kann den Saft nicht trinken.« Blondie schüttelte angewidert den Kopf.

Vic unterdrückte mühsam das ungeheure Verlangen, ihr den Saft irgendwohin zu kippen. Sie beschränkte sich aber darauf, sie angriffslustig anzufunkeln.

»Vic? Hast du nicht gehört?« Sams warme Stimme ließ sie aufschrecken.

Erst jetzt wurde ihr bewusst, dass sie die Blondine wohl die ganze Zeit feindselig angestarrt haben musste. »Doch, hab' ich.« Sie ging rasch aus dem Zimmer.

»Aber heute noch!«, rief Blondie ihr nach.

Sam sagte daraufhin etwas zu ihr, was Vic aber nicht verstehen konnte.

Vic setzte das Wasser auf und schmiss wütend einen Teebeutel in eine Tasse. Während sie darauf wartete, dass das Wasser kochte, fiel ihr Blick auf den großen Salzstreuer. Ja, es war kindisch und total unreif – aber das Verlangen, dies zu tun, war einfach übermächtig.

»Iiiieeeeh Was ist das denn? Wie widerlich!«

Vic kicherte gehässig in sich hinein, als sie Jasmins schrille Stimme hörte.

»Mein Gott, was brüllst du denn so?«, motzte Sam.

»Der Tee! Der Tee ist vergiftet!«, empörte sich Jasmin.

Ein wenig hysterisch, die Gute, murmelte das Teufelchen in Vic zufrieden.

»So einen Blödsinn hab ich ja noch nie gehört«, lachte Sam jetzt los.

»Doch! Deine Haushälterin hat ihn vergiftet! Victoria! Kommen Sie her! Sofort!«

Vic ließ sich Zeit, dann zwang sie sich, ein erschrockenes Gesicht zu machen.

»Was ist denn?«, fragte sie scheinheilig.

»Was haben Sie mit dem Tee gemacht? Der ist vergiftet!«, schrie Jasmin völlig außer sich.

»Vergiftet? Um Gottes willen, das kann doch unmöglich sein!« Vic guckte sie entsetzt an.

»Trinken Sie ihn doch!«

»Ich mag keinen Tee.« Vic setzte einen unschuldigen Blick auf.

»Dann trink du ihn!« Blondie schob Sam die Tasse hin.

Scheiße, fluchte Vic innerlich. So weit hatte sie natürlich nicht gedacht.

»Du machst dich lächerlich, Jasmin«, schnaubte er verächtlich.

»Trink!«, kreischte seine Bettgespielin erneut.

Sam nahm einen Schluck aus der Tasse.

Vic hätte jetzt liebend gerne ein Loch in den Boden gebuddelt, um darin zu verschwinden und nie wieder aufzutauchen.

Sam verzog keine Miene und zuckte mit den Schultern. »Schmeckt ganz normal.«

»Das kann doch nicht dein Ernst sein!«, motzte Jasmin laut los, und da musste Vic ihr insgeheim recht geben.

»Ich kann nichts Ungewöhnliches feststellen.« Sam sah Vic an. Der Blick verhieß allerdings nichts Gutes.

»Bringen Sie mir ein Glas Wasser!«, fauchte Jasmin.

Vic war froh, dass sie das Esszimmer vorerst verlassen konnte.

Nach einer halben Stunde, in der Vic es für ratsamer hielt, sich so wenig wie nötig bei den beiden blicken zu lassen, hörte sie

Samuel zu Jasmin sagen, sie solle sich schon einmal fertig machen, er würde sie gleich zum Bahnhof fahren.

Wenig später erschien er bei Vic in der Küche, die sich gerade sehr intensiv mit dem Polieren der Weingläser beschäftigte.

»Was sollte das, Vic?« Er stellte sich so dicht neben sie, dass sie seinen vertrauten Geruch wahrnehmen konnte.

»Hm? Ich weiß nicht, was …«

»Lass den Blödsinn!« Sam nahm ihr Glas und Poliertuch aus der Hand, danach drehte er ihr Gesicht zu sich.

»Warum hast du Salz in den Tee getan?« Seine Miene verriet ihr, dass sie jetzt besser keine Witzchen mehr machen sollte.

»Es … es war ein Versehen«, stammelte sie.

»Ach Vic, das glaubst du doch wohl selbst nicht.« Sam verdrehte die Augen. »Du willst also allen Ernstes behaupten, du hättest aus Versehen die Salzmühle über die Teetasse gehalten? Mit was hast du denn den Tee verwechselt? Mit einem Schweinebraten?«

»Ist halt passiert, ich kann mir das auch nicht erklären.« Sie wich einen Schritt vor ihm zurück, seine Berührung, sein Duft … – überhaupt seine ganze Präsenz verwirrte sie.

»Okay, ein Versehen …« Er fuhr sich mit den Fingern durch die Haare. »Alles klar.«

Noch einmal blickte er ihr lange in die Augen, anschließend verließ er die Küche.

Vic war den ganzen Tag über angespannt. Sie sah ja ein, dass sie zu weit gegangen war – aber so richtig leid tat ihr das Ganze nicht.

Jasmin war eine furchtbare Zicke, was fand Sam bloß an dieser Art Frau? Warum zog er sie Vic vor?

Nein, Victoria fand keine Erklärung dafür; sie war auch nicht objektiv genug, um das nüchtern zu analysieren.

Es tat einfach sehr, sehr weh.

Nelly gegenüber war Sam in den nächsten Tagen unverändert freundlich. Wenn sie im Haus war, nahm er sich Zeit für sie, manchmal kam er rüber, und sie bekam eine Geschichte von ihm erzählt.

Doch Vic gegenüber ging er sehr auf Distanz. Gut, sie hatte sich das selbst zuzuschreiben, das war ihr klar. Und sie sollte froh darüber sein, das wusste sie.

Aber die Vertrautheit fehlte ihr. Sie redeten bloß noch das Nötigste miteinander, persönliche Gespräche, die sich nicht um Nelly drehten, fanden nicht mehr statt.

Vielleicht würde sie sich so ja leichter entlieben können, aber so richtig glauben konnte sie das selbst nicht.

Immerhin, ein Gutes hatte die Sache: Sam wurde in den nächsten Wochen diskreter. Wenn er Damenbesuch hatte, war dieser schon verschwunden, bevor Vic morgens in das Gutshaus kam. Oder er brachte ihn erst gar nicht mehr heim.

Aber der fremde Geruch an seinen Hemden verriet Vic einiges.

Heute fand sie das erste Mal seit langer Zeit wieder ein Unterwäschestück von einer seiner Freundinnen. Es war ein Strumpfband; sie fragte sich verärgert, wer heutzutage denn noch so was benutzte außer bei der Hochzeit. Wütend stopfte sie es in die Schublade zu den anderen Andenken. Tränen schossen ihr in die Augen, sie überkam eine ungeheure Wut, wenn sie an die Besitzerinnen dieser Dessous dachte. Sie nahm einen Wäschekorb, schmiss alles hinein und stapfte in den Waschkeller.

Sie stellte das Programm auf Kochwäsche, gab noch alles an Bleichmitteln und Ähnlichem hinzu, was ihr in die Hände fiel. Anschließend verpasste sie den kümmerlichen Resten noch einen heißen Ritt im Trockner.

Vic hatte die Folgen ihres Wutausbruchs schon fast wieder vergessen, als Sam sie eine Woche später auf das Strumpfband ansprach.

»Hast du so was in der Art gefunden? Petra hat es wohl hier vergessen.« Er sah ihr nicht in die Augen, offenbar war ihm das Thema auch nicht so ganz geheuer.

»Ähm, nein«, stammelte Vic. Natürlich bereute sie nun ihre Kurzschlusshandlung, aber sie hätte auch nie damit gerechnet, dass er tatsächlich mal danach fragen würde.

»Könntest du bitte nachsehen? Ach nein, ich mache das lieber selbst.« Er schüttelte den Kopf und ging nach oben.

Vic räumte den Tisch ab und versuchte, möglichst nicht daran zu denken, was jetzt wohl kommen würde. Doch es half nichts, sie hörte ihn schon brüllen.

»Victoria! Komm sofort nach oben!«

Ihre Beine waren schwer wie Blei, als sie die Stufen hinaufstieg. Sie überlegte, ob sie einen plötzlichen Schwächeanfall vortäuschen sollte, doch damit würde sie wohl alles noch schlimmer machen.

Als sie das Gästeschlafzimmer betrat, lagen die kümmerlichen Reste der Dessous auf dem Bett verteilt. Es war ein jämmerlicher Haufen in einem einheitlichen schmutzig grauen Farbton.

»Kannst du mir mal sagen, was damit passiert ist?«, fragte er sie mit eisiger Stimme.

»Ich … ich hab' die wohl aus Versehen falsch gewaschen«, flüsterte sie heiser.

»Oh nein, Vic, das nehme ich dir nicht ab. Das mit dem Salz war schon sehr unwahrscheinlich, aber das hier kannst du mir nicht mehr weismachen. Was ist mit dir bloß los?«

»Kannst du dir das denn nicht denken, Sam?« Vic konnte ihn nicht anschauen, sie drehte sich herum und eilte die Treppe hinab.

»Vic! Verdammt noch mal, bleib stehen!«

Sam hatte sie schnell eingeholt und hielt sie jetzt an beiden Armen fest.

»Vic – rede mit mir!«, bat er eindringlich.

Sie senkte den Blick, war nicht imstande, ihm in die Augen zu sehen. Sie suchte nach Erklärungen, die sie ihm präsentieren konnte, doch letztendlich siegte ihr Trotz. Sollte er es doch wissen, mittlerweile war das so was von egal. Ihr Verhältnis war beinahe auf dem Nullpunkt angekommen, wenn Nelly nicht wäre, würden sie ja fast gar nicht mehr miteinander reden.

»Es … es tut mir weh, wenn ich … wenn ich mitbekomme, dass andere Frauen hier sind«, flüsterte sie leise.

Sam ließ sie los und trat einen Schritt von ihr zurück. »Ach Vic …«, sagte er mit heiserer Stimme. »Ich dachte, das hätten wir geklärt.«

»Geklärt schon, aber das ändert nichts daran, dass es so ist.« Sie sah jetzt zu ihm auf und lächelte ihm traurig zu.

»Aber du kennst doch meine Ansichten, was dich angeht.« Er vergrub sein Gesicht hinter seinen Händen. »Ich möchte deine Freundschaft nicht verlieren. Du und Nelly seid so wichtige Menschen für mich. Aber du musst mein Privatleben akzeptieren, ich weiß sonst nicht, wie das hier weiter funktionieren soll … Du bist immer noch meine Angestellte.«

»Ich weiß«, nickte Vic, sie schluckte heftig. Angst kroch wieder in ihr hoch, ihren Job zu verlieren, doch sollte es wirklich auf Dauer so weitergehen?

Sie hatte sich immer weniger im Griff, und es wurde auch nicht besser.

»Ich kann mich nur dafür entschuldigen, es war … Es war eine Kurzschlussreaktion, als ich das Strumpfband gefunden habe. Es war kindisch und dumm, genauso wie die Aktion mit dem Salz. Ich kann dir aber nicht versprechen, dass das nicht mehr passieren wird. Im Moment kenne ich mich selbst nicht mehr. Es ist schwer für mich zu ertragen, wenn du mit anderen Frauen zusammen bist.« Sie sah ihn scheu an. »Tut mir leid, Sam.«

»Wie soll das denn jetzt weitergehen? Wie stellst du dir das vor? Vic, wir sind Freunde, wir sind nicht zusammen. Kannst du das nicht akzeptieren?« Er kam wieder einen Schritt auf sie zu, doch sie wich zurück. Sie könnte es jetzt nicht ertragen, wenn er sie aus Mitleid in den Arm nehmen würde.

Sie atmete tief durch. Endlich kratzte sie ihren letzten Mut zusammen. »Ich … ich liebe dich, Sam. Wie soll ich es da akzeptieren können, wenn ich weiß, dass du mit anderen Frauen zusammen bist? Kannst du mir mal erklären, wie ich das machen soll?« Ihre Stimme brach weg; so sehr sie sich auch bemühte, nicht zu weinen, jetzt liefen die Tränen nur so ihre Wangen hinab.

»Oh nein!«, hörte sie ihn sagen.

Sam setzte sich auf die oberste Stufe der Treppe, den Kopf hatte er gesenkt. »Vic, ich weiß nicht, was ich sagen soll. Wahrscheinlich ist das alles meine Schuld, ich habe dir unnötige Hoffnungen gemacht.«

»Nein.« Vic setzte sich neben ihn, ließ aber einen Sicherheitsabstand. »Es ist nicht deine Schuld. So was passiert einfach; ich habe eben ein riesengroßes Talent dafür, Fehler zu machen und mich in die Falschen zu verlieben.« Sie schaute durch einen Tränenschleier zu ihm hinüber.

»Und jetzt? Du kannst nicht von mir erwarten, dass ich mein Privatleben vor dir verstecke.« In seinen Augen glaubte sie auch so etwas wie Schmerz zu erkennen.

»Nein, das kann ich nicht.«

Vic hob eine Hand und streichelte ihm übers Gesicht. Sie zitterte dabei wie Espenlaub. »Aber ich kann auch unter diesen Umständen nicht weiter hier arbeiten. Ich möchte kündigen, Sam.«

Vic stand auf, ihre Beine waren wie aus Gummi, mit wackligen Knien ging sie die Treppe hinunter.

»Nein!«, rief er entschieden. »Das kannst du nicht machen, Vic!« Seine Stimme klang ganz rau.

Sie drehte sich noch einmal zu ihm herum. »Was bleibt mir denn anderes übrig? Du liebst mich nicht. Ich muss lernen, damit umzugehen. Aber das kann ich nicht, wenn ich ständig in deiner Nähe bin. Es tut einfach zu weh.«

Er schaute sie verzweifelt an. »Ich hab' dich wirklich sehr gern, Vic. Aber du kennst meine Einstellung. Und ich werde nie mehr eine Frau so lieben können wie Silvia. Deshalb wäre es unfair, dir etwas vorzuspielen.«

»Natürlich wirst du keine Frau mehr so lieben. Weil es niemanden gibt, der genauso wie sie ist«, lächelte sie traurig. »Ich bin nicht so schön wie sie und bestimmt auch nicht so klug oder elegant. Ich habe keine so gute Ausbildung wie sie genossen, komme aus anderen Verhältnissen. Ich kann nicht mit ihr konkurrieren, und ich möchte es auch überhaupt nicht. Sie war einzigartig, Sam. Aber ich bin es auf meine Art auch. Du kannst mich nicht so lieben wie Silvia, das geht nicht. Aber ich hatte gehofft, dass du mich so lieben könntest, wie ich bin. Und ich kann mir nicht vorstellen, dass sie dich mehr geliebt hat, als ich es tue.«

Vic schluckte heftig, dann wandte sie sich um und verließ so schnell sie konnte das Gutshaus.

23

In ihrem Haus angekommen, schmiss sie sich aufs Bett und ließ ihren Tränen freien Lauf.

Sie hoffte inständig, er würde ihr nachgehen und gleich an der Tür klopfen. Und natürlich würde er ihr sagen, dass er sie auch lieben könnte.

Er kam nicht. Vic war mittlerweile mit den Nerven am Ende, doch auch ein angenehm taubes Gefühl machte sich in ihr breit. Sie hatte alles ausgesprochen, was ihr auf der Seele gebrannt hatte, und sie hatte Konsequenzen gezogen. Sie fühlte sich etwas befreiter, auch wenn ihre Zukunft – wieder einmal – im Ungewissen lag.

Am Nachmittag machte sie sich auf den Weg, um Nelly abzuholen. Es brach ihr jetzt schon das Herz, wenn sie daran dachte, dass sie mit ihr aus dem kleinen Paradies wieder ausziehen musste. Aber wenn sie einen anderen Job annehmen würde, war es zu umständlich, jeden Tag hier hinauszufahren. Mal ganz abgesehen davon, dass sie unbedingt aus Sams Nähe wegwollte.

Vic fuhr mit Nelly zu ihren Eltern. Sie mussten Bescheid wissen, denn Vic war jetzt dringend auf sie angewiesen.

Ihr Vater öffnete die Tür, die Kur war ihm gut bekommen. Er konnte inzwischen wieder arbeiten gehen.

Nelly begrüßte ihn gewohnt fröhlich, und er umarmte sie fest.

»Hallo, ihr beiden«, lachte er ihnen zu, dann stutzte er und musterte Vics Gesicht.

»Was ist los, Schatz? Du bist so blass«, sagte er erschrocken.

»Ich muss euch etwas erzählen ...«

»Was ist los? Bist du krank? Ist etwas mit Nelly?« Vics Mutter schaute zu ihrer kleinen Enkeltochter, die aber sofort in ihrer Spielecke, die sie bei ihren Großeltern hatte, verschwand.

»Nein, ich ... ich habe gekündigt«, gestand Vic ihnen mit zitternder Stimme.

»Was hast du?« Ihre Mutter sah sie fassungslos an. »Aber warum? Was ist denn bloß passiert?«

»Hattest du Ärger mit deinem Chef?«, hakte ihr Vater nach. Auch er wirkte sehr betroffen.

»So kann man das nicht nennen. Ich ... ich habe mich in ihn verliebt, aber er erwidert meine Gefühle nicht. Deshalb ist es besser, wenn ich die Stelle aufgebe und dort wegziehe.«

Sie atmete tief durch, sah aber nicht hoch und erwartete das große Donnerwetter.

»Vic!« Ihre Mutter stöhnte auf. »Meine Güte, Vic! Wirst du denn nie vernünftig?«

»Was hat das denn mit Vernunft zu tun?«, grummelte ihr Vater.

»Es ist eben so passiert«, sagte Vic mit tonloser Stimme.

»Na, es ist ihr Chef! IHR CHEF! Da gebietet es doch der Anstand, dass man Abstand hält«, schnaubte ihre Mutter. »So eine tolle Stelle und so ein schönes Haus bekommst du nie wieder!«

»Ich weiß«, nickte Vic schuldbewusst.

»Und hast du mal an die kleine Maus gedacht? Sie fühlt sich dort doch so wohl!« Helene Gessner griff nach Vics Händen. »Bitte, Victoria, schlag dir die Flausen aus dem Kopf! Rede mit deinem Chef, bitte ihn, dich wieder einzustellen. Wie stellst du dir denn das alles vor?«

»Ich kann dort nicht mehr arbeiten.« Vic schüttelte den Kopf. »Und glaubst du, es täte mir nicht unglaublich leid für Nelly? Es ist auch nicht so, dass ich es nicht versucht hätte, aber es funktioniert nicht. Ich packe das nicht …«

»Wenn Vic sich dort nur quält, hat das keinen Sinn.« Ihr Vater streichelte über ihr Gesicht. »Wir finden schon eine Lösung, mein Mädchen.«

»Danke.« Sie lächelte ihm müde zu.

»Ich glaub's nicht!« Ihre Mutter erhob sich und setzte Kaffee auf. »Wie soll es jetzt weitergehen?«

»Ich möchte so schnell wie möglich dort weg.« Jetzt liefen wieder Tränen über Vics Wangen. »Ich suche mir am besten ein möbliertes Appartement. Ich habe mir ja ein bisschen Geld zur Seite legen können, damit komme ich über die Runden. Ich werde Josef Weber fragen, ob er wieder eine Stelle für mich hat.«

»Und dir die Knochen weiter kaputt machen. Toller Plan!«, wütete ihre Mutter.

»Was anderes bleibt mir im Moment aber nicht übrig«, meinte Vic traurig.

»Die Wagners sind doch letzte Woche ausgezogen. Soll ich die mal fragen, ob die schon einen Nachmieter haben?«, bot ihr Vater ihr an.

»Das wäre nett.« Vic drückte seine Hand.

»Anstatt deiner Tochter zu einer Wohnung zu verhelfen, solltest du sie lieber von dieser Schnapsidee abbringen«, giftete Helene Gessner ihn an.

»Du verstehst es nicht, oder? Sieh sie dir doch an, das Häufchen Elend! Ich glaube kaum, dass Victoria so handeln würde, wenn es nicht nötig wäre«, äußerte ihr Vater entschlossen.

Er telefonierte eine Weile herum. Leider war die Wohnung schon weg, aber der Vermieter hatte noch eine andere Option für

Vic. Diese Wohnung war allerdings erst in drei Wochen bezugsbereit, aber sie könnte ihre Möbel dort bereits unterstellen.

Vic machte Nägel mit Köpfen: Sie fuhr mit ihrem Vater noch am gleichen Tag dorthin.

Obwohl die Wohnung sehr schön war, schossen Vic bei der Besichtigung die Tränen in die Augen. Es war natürlich kein Vergleich zu ihrem kleinen, heiß geliebten Häuschen. Doch die Miete war erschwinglich; sie unterschrieb sofort an Ort und Stelle den Vertrag.

»Sollen wir noch zu Herrn Weber fahren?«, bot ihr Vater ihr an.

Vic nickte ihm dankbar zu, sie war froh, dass er sie unterstützte.

Ihr alter Chef strahlte übers ganze Gesicht, als er Vic sah. Er begrüßte sie herzlich, doch dann wurde er schnell ernst, als sie ihm ihre Lage schilderte.

»Das tut mir sehr leid, Vic«, sagte er betroffen. »Willst du wirklich hier wieder arbeiten?«

»Ja, das wäre mir eine große Hilfe.«

»Eigentlich habe ich genug Aushilfen. Den Biergarten kann ich auch nur noch bis Oktober auflassen, dann ist die Saison wohl vorbei.« Er seufzte. »Aber du warst immer meine beste Kraft, und mit den beiden Neuen gibt es öfter Ärger; sie haben sowieso nur Zeitverträge. Was soll's? Dich kriegen wir auch noch irgendwie unter«, zwinkerte er ihr zu.

Vic atmete erleichtert auf. Spontan fiel sie ihrem Chef um den Hals. »Danke!«

»Ich hoffe trotzdem, dass ich dich nicht so lange beschäftigen muss. Auf Dauer ist das nichts für dich.«

»Ich werde versuchen, etwas anderes zu finden. Aber erst mal ist mir damit sehr geholfen«, lächelte Vic ihm zu.

Doch so richtig wollte sich die Freude nicht einstellen. Sie hatte noch ein wichtiges Gespräch vor sich und das würde ihr noch einmal alles abverlangen. Und sie konnte nur hoffen, dass es Nelly vielleicht irgendwann mal begreifen würde.

Es war schon recht spät, als Vic mit ihrem Vater wieder zurückkehrte.

Nelly hatte bereits einen Schlafanzug an.

Ihre Mutter hielt es für besser, wenn sie bei ihnen übernachtete.

Vic stimmte zu. Sie jetzt noch nach Hause zu bringen, würde nur bedeuten, dass sie im Auto einschlief und sie die Kleine danach wieder wecken müsste. Und da Nelly auch Sachen bei ihren Großeltern hatte, war dies kein Problem.

Vic setzte sich zu Nelly ans Gästebett, in dem sie immer schlief, wenn sie bei ihren Großeltern war.

Nelly war ganz aufgekratzt, sie liebte es, bei Oma und Opa zu übernachten.

»Nelly, Mami muss dir etwas sagen«, begann Vic vorsichtig. Schon wieder hatte sich ein dicker Kloß in ihrem Hals festgesetzt.

»Was denn?«, gespannt guckte Nelly sie an.

»Wir werden bald in eine andere Wohnung ziehen. Mami hat einen neuen Job hier in der Stadt, deswegen ist es praktischer, wenn wir umziehen«, lächelte sie Nelly zu, dabei war ihr selbst nach heulen zumute.

»Warum denn? Ist doch so schön in dem Haus.« Nelly sah sie verständnislos an. Vic hatte natürlich nichts anderes erwartet.

»Ja, es ist schön dort. Aber ich habe eine neue Arbeitsstelle gefunden, da muss es leider so sein«, schluckte Vic.

»Aber wir können doch da wohnen bleiben.« Nelly schüttelte den Kopf.

»Nein, Schatz, das geht nicht. Das ist auf Dauer viel zu umständlich.«

»Will aber nicht da weg!« Jetzt glitzerten in Nellys Augen die ersten Tränchen.

Vic zog ihre kleine Tochter in ihre Arme.

»Schatz, es geht leider nicht anders. Und wir können ja vielleicht ab und zu mal zu den Ponys fahren«, flüsterte sie mit tränenerstickter Stimme.

»Und zu Sam, wir müssen doch zu Sam!«, piepste Nelly.

»Wir überlegen uns da noch eine Lösung«, wich Vic ihr aus. Sie wollte Nelly in Bezug auf ihren großen Freund keine Versprechungen machen; vielleicht wollte er sie und Nelly ja gar nicht mehr sehen.

»Das ist nicht schön«, schimpfte Nelly trotzig.

»Manchmal muss man auch Dinge machen, die nicht schön sind.« Vic schob Nelly von sich und betrachtete sie ernst. »Wir werden uns schnell an die neue Wohnung gewöhnen.«

»Aber …«

»Nelly, bitte! Es muss sein«, beharrte Vic. »Was hältst du denn davon, wenn du die nächsten Tage bei Oma und Opa schläfst? Das machst du doch so gerne«, versuchte sie, ihre Tochter abzulenken.

Nelly lächelte jetzt wieder ein bisschen.

»Ja«, nickte sie zu Vics Erleichterung. »Aber auch Sam besuchen.«

»Das machen wir«, versprach Vic ihr. Sie konnte jetzt bloß hoffen, dass das auch ohne größere Probleme möglich war.

Vic blieb noch an Nellys Bettchen sitzen, bis sie eingeschlafen war. Die Tränchen waren Gott sei Dank schnell versiegt, aber Vic wusste, dass das Thema noch lange nicht durch war. Jetzt war sie aber erst mal froh, dass die Aussicht, bei Oma und Opa zu bleiben, Nelly vorerst abgelenkt hatte.

Vic ging zurück zu ihren Eltern ins Wohnzimmer.

Die beiden machten besorgte Gesichter.

»Wie hat die kleine Maus es aufgefasst?«, wollte ihre Mutter wissen.

»Sie versteht es natürlich nicht«, antwortete Vic traurig. »Aber im Moment freut sie sich, dass sie bei euch schlafen kann.«

»Es ist auch schlimm für die Kleine. Bitte rede doch noch einmal mit deinem Chef«, bat ihre Mutter sie inständig.

»Helene – lass gut sein!«, fuhr ihr Vater seine Frau barsch an. »Ich glaube nicht, dass Vic sich das hier einfach gemacht hat. Wir können die Möbel am Montag in die neue Wohnung bringen. Ich habe Horst wegen eines Transporters angerufen, ist das in deinem Sinne?«

Vic nickte. Ihr war es recht, dass jetzt alles so schnell gehen würde. Jeder weitere Tag in dem Häuschen würde die Situation verschlimmern.

»Ich fahre nach Hause und packe.« Sie verabschiedete sich von ihren Eltern.

Sie musste sich sehr aufs Autofahren konzentrieren. Jetzt, wo sie alleine im Auto saß, brach alles wieder aus ihr heraus; die Tränen verschleierten ihre Sicht.

Es war schon dunkel, als sie an dem kleinen Häuschen ankam. Sie sah sehnsüchtig hinüber zum Gutshaus. Drüben brannte Licht.

Vic bekämpfte den Drang, noch einmal zu Samuel zu gehen. Vielleicht hatte er es sich ja noch anders überlegt, aber sie konnte ihn ja schlecht anbetteln, sie zu lieben.

Sie machte in dieser Nacht kein Auge zu. Vor lauter Frust suchte sie schon einmal ein paar Sachen für Nelly zusammen und räumte das Geschirr aus den Schränken.

Als der Morgen anbrach, ging sie hinüber zum Gutshaus. Sie wollte heute noch einmal ein Frühstück für ihn machen; zudem musste er ja auch wissen, dass sie bald schon ausziehen würde.

Nelly würde wohl so lange bei ihren Eltern bleiben, bis die Wohnung bezugsfertig war. Und Vic überlegte, sich ein kleines Pensionszimmer zu nehmen, sie beide konnten nicht bei ihren Eltern unterkommen.

Sie war früher als sonst im Gutshaus, versuchte, leise zu sein, um Sam nicht zu wecken; doch zu ihrer Überraschung war er bereits auf.

Er wirkte übernächtigt, genauso wie sie.

Vic grüßte ihn ernst. »Guten Morgen, Samuel.«

»Vic – schön, dass du da bist! Ich hatte schon die Befürchtung, dass du nicht mehr kommen würdest.«

»Das werde ich auch bald nicht mehr.« Sie knetete nervös ihre Hände. »Ich habe einen Job angenommen und kann nächsten Freitag dort anfangen. Ich hoffe, das ist okay für dich?«

»Nächsten Freitag schon?« Sam riss die Augen auf. »Aber … aber …, ich meine, du kannst nicht so einfach abhauen, Vic. Du hast einen Arbeitsvertrag!«

»Ich weiß, aber ich hatte auch noch keinen Urlaub und … Bitte, Sam, kannst du nicht verstehen, dass es mir schwerfällt, hierzubleiben?«

Sam ließ sich auf einen Küchenstuhl plumpsen. Er vergrub sein Gesicht hinter seinen Händen. »Ja, das kann ich verstehen«, sagte er schließlich leise. »Vic, wenn du willst, kannst du direkt gehen. Ich will dich nicht hierher zwingen, wenn du es nicht möchtest.«

Vic atmete auf. »Danke.«

»Wie geht es jetzt für dich weiter? Hast du schon Pläne?«

»Ich kann meinen alten Job wiederbekommen. Und ich habe eine Wohnung gefunden«, erklärte sie ihm. Sie vermied jeglichen Augenkontakt, um nicht wieder schwach zu werden.

»Dein alter Job? Aber was ist mit deiner Hüfte?« Er schien ehrlich besorgt.

»Ich hoffe, ich finde bald etwas anderes.«

»Und du und Nelly könnt doch hier wohnen bleiben.« Er wirkte völlig fassungslos.

»Das ist zu umständlich. Ich brauche eine Dreiviertelstunde bis zu dem Lokal, und wenn ich noch im Kinderhort vorbeifahren muss, dann noch länger. Die Fahrtkosten sind zu hoch, das würde sich nicht rechnen.«

»Aber …« Er fuhr sich mit den Händen nervös durch die Haare. »Dann sehe ich euch gar nicht mehr.«

»Vielleicht könnte Nelly dich besuchen kommen? Ab und zu?« Vic spürte erst jetzt, dass ihr Tränen über die Wangen liefen. »Sie würde sich darüber sehr freuen.«

»Und du? Was ist mit dir?« Sam blickte sie direkt an.

Vic konnte nicht mehr antworten, sie nickte nur noch.

Er lachte bitter. »Ich wollte nie, dass es so weit kommt. Ich hab's wohl vermasselt. Vic, du kannst gehen. Ich komme schon alleine klar.« Er verließ die Küche.

Vic war wie gelähmt, sie wollte ihm nachrennen, etwas sagen – aber sie blieb einfach an Ort und Stelle stehen. Und weinte.

Nach einiger Zeit, sie konnte nicht sagen, wie lange es dauerte, fasste sie sich wieder. Sie zog die Schlüssel, bis auf den vom Verwalterhäuschen, von ihrem Bund und legte sie auf den Küchentisch, dann holte sie sich Umzugskartons aus dem Keller, die sie noch hier gelagert hatte, und ging hinüber.

»Ich glaub das alles nicht!« Betty war fassungslos. »Dem Typ ist echt nicht zu helfen.«

»Er liebt mich nicht.« Vic zuckte mit den Schultern und rührte nachdenklich in ihrem Tee.

»Ich glaube eher, er will dich nicht lieben«, murrte ihre Freundin. »Ich meine, er hat dich doch geküsst, ich glaube nicht, dass das bloß so eine Knutscherei war.«

»Er hat noch viel mehr als das getan«, beichtete Vic ihr.

»Was?« Betty sah verblüfft auf. »Was denn noch?«

240

»Ich … also, mir war es so peinlich …«, stammelte Vic, dann erzählte sie stockend von dem Abend, als sie im Club gewesen waren.

Bettys Augen weiteten sich immer mehr. »Und schuld war natürlich nur der Alkohol? Lächerlich!« Sie schüttelte den Kopf. »Er wird schon sehen, was er verliert.«

»Er wird darüber hinwegkommen«, schluchzte Vic leise.

Betty zog sie in ihre Arme. »Du kriegst aber auch jedes Mal die Idioten ab, was? Hör zu, Süße: Du kannst bei Robert und mir wohnen, bis du in deine neue Wohnung einziehen kannst, okay?«

»Danke.«

***

Vic ging noch ein letztes Mal durch das Haus, das für ein paar Monate Nellys und ihr Zuhause gewesen war.

Alle Möbel waren verstaut, alles eingepackt, was Vic gehörte. Ihr Vater und sein Freund würden die Sachen jetzt in die neue Wohnung bringen. Mit Nelly wollte sie ein anderes Mal wieder herkommen, den Auszug sollte sie nicht mitbekommen. Sie hatte ihr aber versprochen, zu den Ponys zu fahren, sobald es nicht mehr regnen würde.

Vic brachte die letzten Sachen zu ihrem Auto. »Das war's dann wohl«, flüsterte sie. Sie betrachtete den Garten, den sie mit so viel Herzblut angelegt hatte. Ihr Blick fiel auf den kleinen Oleander-Strauch, den Sam ihr zum Einzug geschenkt hatte. Sie hatte leider keinen Balkon, also musste sie ihn hier zurücklassen. Gewaltsam riss sie sich von dem Anblick los und marschierte mit schnellen Schritten zu ihrem Auto.

Sie stoppte am Gutshaus. Sam musste ja noch die Schlüssel zurückhaben. Zu ihrer Überraschung wartete er bereits vor der Haustür auf sie.

Mit zitternden Knien stieg Vic aus.

»Fertig?«, fragte er sie mit rauer Stimme. Er sah nicht gut aus, doch wirklich viel Mitgefühl konnte Vic nicht für ihn aufbringen. Ihr ging es dafür selbst zu schlecht.

Sie reichte ihm die Schlüssel. »Ja.«

»Kommst du mit Nelly bald her?«

»Sobald es nicht mehr regnet.« Sie brachte ihre letzte Kraft auf und lächelte ihm zu. »Danke, Sam. Für alles. Es … es war eine schöne Zeit.«

»Ja«, nickte er.

»Mach's gut!« Sie drehte sich rasch weg, damit er sie nicht schon wieder weinen sah, und ging zum Auto.

Sie wollte gerade die Zündung betätigen, da wurde die Fahrertür aufgerissen.

»Bleib, Vic …!« In seinem Blick lag pure Verzweiflung.

»Warum?«, fragte sie ihn voller Hoffnung.

»Vic – du und Nelly, ich habe euch so viel zu verdanken. Ihr habt mir geholfen, mich wieder im Leben zurechtzufinden. Ich fühle mich wieder als Mensch, als richtiger Mensch. Ich brauche euch.« Sam hockte sich hin, nahm Vics Hand vom Lenkrad und streichelte sanft darüber. »Ihr habt mich ins Leben zurückgeschubst, ihr seid die wichtigsten Menschen überhaupt für mich. Geh nicht!«

»Aber du redest nur von dir. Kannst du dir denn nicht vorstellen, wie es mir geht? Ich würde mir immer Hoffnungen machen, und jedes Mal, wenn du von einer anderen Frau kommst, stirbt ein kleines Stück in mir, Sam.« Vics Kopf dröhnte. Sie schaute ihn erwartungsvoll an, doch der erlösende Satz kam nicht.

»Es tut mit leid, dass ich dir nicht das geben kann, was du dir wünschst, Vic.« Er küsste sanft ihre Fingerspitzen.

»Es ist nicht deine Schuld. Man kann sich nicht zwingen, jemanden zu lieben. Mach's gut, Sam!« Vic entzog ihm ihre Hand.

Sam stand auf und gab die Autotür damit frei. »Ich kann dich nur bitten, hier zu bleiben.« Jetzt glitzerte es auch in seinen Augen.

»Ich kann das nicht.« Vic schüttelte den Kopf. Sie hatte endlich die Kraft, die Zündung zu betätigen.

Wie sie den Weg fand, wusste sie nicht, es verschwamm alles vor ihren Augen. Sie schaltete das Autoradio ein, ausgerechnet jetzt lief »Stay« von Hurts.

Wie passend!, dachte Vic bitter.

> *We say goodbye in the pouring rain*
> *And I break down as you walk away.*

24

Vic war fast schon erleichtert, dass sie in den nächsten Tagen so viel zu tun hatte, dass sie kaum dazu kam, über das Geschehene nachzudenken. Zumindest tagsüber nicht.

Sie konnte schon früher bei Josef Weber anfangen, weil eine Kellnerin erkrankt war. Das war Vic sehr recht. Nach der Arbeit fuhr sie mit Nelly zu ihren Eltern und blieb dort, bis die Kleine eingeschlafen war.

Ihre Tochter redete viel über Sam. Man spürte, wie sehr sie ihn vermisste.

Vic brach es beinahe das Herz, sie so zu sehen. Doch da das Wetter immer noch schlecht war, hatte Vic zumindest einen kleinen Aufschub, bis sie mit Nelly zu ihm fahren konnte.

Die neue Wohnung war eine Woche früher bezugsfertig, als der Vermieter es Vic angekündigt hatte. Auch das war eine große Erleichterung für sie. Sie versuchte, Nellys Zimmer so zu gestalten, wie es in dem Verwalterhäuschen ausgesehen hatte, aber Nelly war nicht zufrieden damit.

Dauernd wiederholte sie, dass es bei Sam viel schöner sei.

Vic musste sich zusammenreißen, um nicht die Nerven zu verlieren.

Für das nächste Wochenende wurde schönes Wetter angekündigt, eigentlich ein Grund zur Freude, nachdem es fast pausenlos geregnet hatte. Doch Vic wusste, dass sie jetzt ihr Versprechen einlösen und mit Nelly Sam besuchen musste.

Ihre Gefühle fuhren Achterbahn, als sie auf den Weg zum Gutshaus einbogen. Sie hatte Sam natürlich vorher eine SMS geschrieben und ihn gefragt, ob er zu Hause sei.

Ich freue mich auf euch, hatte er sogleich geantwortet.

Nelly zappelte aufgeregt auf ihrem Sitz herum, sie konnte es kaum noch erwarten, Sam wiederzusehen.

Vic hatte ein schlechtes Gewissen, weil Nelly ihn so lange nicht besucht hatte, aber in den letzten zwei Wochen hatte sie viel gearbeitet und war sooft wie möglich in der Wohnung gewesen, um dort rasch weiterzukommen.

Sam öffnete direkt die Tür, als Vic den Wagen abgestellt hatte. Er schien hinter einem Fenster gelauert zu haben.

»Sam! Sam! Sam!« Nelly flitzte auf ihn zu. Sie hatte wieder Blümchen für ihn gepflückt. Vic hatte unterwegs extra deswegen anhalten müssen.

Er strahlte übers ganze Gesicht und fing Nelly in seinen Armen auf. »Nelly, schön, dich zu sehen!« Er nahm sie hoch und drückte sie fest an sich.

Nelly schlang sofort ihre Ärmchen um seinen Hals.

Und Vic – Vic hatte sofort wieder Tränen in den Augen.

»Was hast du mir wieder für tolle Blumen mitgebracht«, lächelte er Nelly an und bewunderte eingehend den kleinen Strauß.

Danach wandte er sich an Vic. »Hallo.« Seine Stimme war ganz leise. »Ich freue mich, dich zu sehen.«

»Hallo, Samuel.« Sie ging zögernd ein paar Schritte auf ihn zu. »Ich freue mich auch.«

Sam überbrückte die restliche Distanz und zog sie fest in seine Arme.

Vic war viel zu perplex, um irgendwie zu reagieren.

»Ich habe euch so vermisst«, flüsterte er an ihrem Hals, doch das war zu viel für Vic. Sie löste sich von ihm und bekämpfte das Gefühlschaos in ihrem Körper.

»Wir dich auch«, murmelte sie.

»Können wir zu den Ponys gehen?« Nelly zupfte aufgeregt an Sams Ärmel.

»Na klar. Ich habe auch extra Möhren gekauft.« Er streichelte Nelly über die Haare. »Aber möchtet ihr nicht zuerst etwas essen? Ich hab' Kuchen da.«

»Oh ja!«, nickte Nelly begeistert.

»Okay.« Vic wusste zwar ganz genau, dass sie keinen Bissen hinunterbekommen würde, aber sie durfte Nelly nicht den Spaß verderben.

Sam hatte den Tisch in der Küche gedeckt.

Vic fiel auf, dass alles penibel sauber war. »Hast du eine neue Haushaltshilfe?«, erkundigte sie sich.

»Ja. Die Frau von Paul, eine nette ältere Dame«, erklärte er ihr.

»Gut …, das ist gut.«

»Nein, ist es nicht.« Er schaute ihr lange in die Augen. »Kein Vergleich zu der Fee, die hier vorher tätig war.«

Vic wich seinem Blick aus.» Du … du wirst dich schon an sie gewöhnen.«

Warum sagt er bloß so was?, dachte sie traurig.

Das Gespräch bestritt Nelly eigentlich allein, aber Vic war sehr froh darüber.

Nach dem Kuchenessen gingen sie durch den Garten auf die Weiden zu. Mit jedem Schritt, den Vic näher auf das kleine Haus zusteuerte, wurden ihre Beine schwerer.

Der Garten war immer noch gut in Schuss, aber die blauen Fensterläden waren geschlossen.

»Paul kümmert sich um deinen Garten«, erklärte Sam ihr, offenbar hatte er ihre Gedanken erraten.

»Hast du …, hast du schon Nachmieter?«

»Nein. Ich weiß auch nicht, ob ich welche haben möchte. Vielleicht …« Er sah sie voller Hoffnung an.

»Mach es mir doch nicht noch schwerer!«, bat Vic ihn und blinzelte hastig die Tränen weg.

Nelly rannte auf das Häuschen zu und rüttelte an der Tür. »Ist zu«, sagte sie traurig. »Das neue Zimmer ist nicht schön«, erzählte sie Sam.

Danke, Nelly! Vic biss sich auf die Unterlippe, um nicht laut aufzuschluchzen.

»Bald gefällt es dir genauso gut wie das hier.« Sam hob Nelly wieder auf die Arme und trug sie Richtung Weide.

»Aber ich kann da keine Ponys sehen.« Nelly zog eine Schnute. »Das sind nur ganz viele hohe Häuser.«

Vic versuchte, sich nicht anmerken zu lassen, wie sehr sie die Worte ihrer Tochter trafen. Sie wusste ja, dass nichts an das Häuschen herankommen würde, aber sie tat doch alles, um es ihr dort so schön wie möglich zu machen.

»Na ja, es ist halt nur eine Wohnung«, erläuterte Vic leise.

»Ich bin sicher, du wirst es dort ganz gemütlich haben«, zwinkerte Sam Nelly aufmunternd zu.

Gott sei Dank erreichten sie jetzt die Weide.

Nelly war abgelenkt und lief zu ihren heiß geliebten Ponys.

»Du hinkst wieder etwas«, stellte Samuel trocken fest, als Vic die Zäune erreicht hatte. »Die Stelle ist nichts für dich.«

»Ich weiß, ich schaue ständig in die Zeitungen. Ich hab' mich auch schon beworben, aber für eine ungelernte Kraft ist es schwierig, etwas zu bekommen. Noch dazu, wenn man alleinerziehend ist.«

»Verstehe.« Sam nickte. »Vic, du kannst jederzeit zurückkommen.«

»Samuel, bitte …« Sie schaute auf den Boden. »Es hat sich an meinen Gefühlen nichts geändert.«

»Tut mir leid, ich bin unsensibel. Ich will dir nur helfen«, murmelte er zerknirscht.

»Ich weiß das auch sehr zu schätzen. Aber ich komme schon klar, es ist ja früher auch irgendwie gegangen.«

»Es soll nicht nur *irgendwie* gehen. Ich will, dass es euch gut geht«, beharrte er.

»Das tut es. Es ist bloß die Umstellung.«

Nelly durfte noch eine Runde auf Elfie drehen; später lud Sam sie alle zum Abendessen ein. Er hatte sogar Spielsachen für Nelly besorgt, damit ihr nicht langweilig wurde. Vic war sehr gerührt, dass er daran gedacht hatte.

Als sie am Abend aufbrachen, kullerten bei Nelly Tränchen. »Will aber bei Sam bleiben«, trotzte sie und klammerte sich an ihm fest.

»Nelly, bitte. Du musst morgen in den Kindergarten«, versuchte Vic, sie zu überzeugen.

»Will aber nicht!« Jetzt fing Nelly richtig an zu weinen.

Vic musste sich sehr bemühen, um nicht die Fassung zu verlieren.

»Hier ist viel schöner.«

»Hey, kleine Lady, jetzt sei mal lieb und hör darauf, was die Mama sagt! Ihr könnt mich bald wieder besuchen kommen.« Sam hob sie hoch auf seinen Arm und sah sie streng an. »Und pass gut auf die Mama auf, hörst du?«

Nelly war mächtig beeindruckt, sie nickte ehrfürchtig. »Ja, mach ich«, versprach sie ihm.

»Bitte kommt bald wieder«, bat Sam Vic, als sie Nelly im Auto angeschnallt hatte.

»Ist gut. Vielleicht nächsten Sonntag, da habe ich frei«, überlegte sie.

»Versprich es!« Er grinste sie frech an.

»Okay.« Vic musste jetzt auch lachen.

Sam streichelte über ihre Wange, eine Geste, die ihr sofort
eine Gänsehaut bescherte. »Ich muss jetzt los, Sam.«

***

Schon lange hatte Vic nicht mehr so eine Woche wie diese hinter
sich. Der Job war anstrengender, als sie ihn in Erinnerung gehabt
hatte. Prompt meldete sich ihre Hüfte jetzt in regelmäßigen
Abständen.

Nach Feierabend hatte sie noch die restlichen Arbeiten in
der Wohnung verrichtet. Endlich war es halbwegs gemütlich,
auch wenn Nelly das nicht so sah und immer wieder beteuerte,
im kleinen Haus sei alles viel schöner gewesen.

Vic sehnte den Sonntag herbei, der Tag, an dem sie frei hatte,
denn sie brauchte dringend eine Ruhepause. Die Schmerzen
waren mittlerweile wieder richtig stark. Sie wusste, dass sie Sam
und Nelly versprochen hatte, dass sie zum Gutshaus rausfuhren,
aber das würde wohl nur mit Tabletten gehen.

Vic schlug am Sonntagmorgen die Zeitung auf. Es war ein Bericht
vom Kulturfest der Stadt darin. Auf einem der Bilder entdeckte
sie Sam, in seiner Begleitung war eine schöne Frau, natürlich
eine Blondine, wie Vic bitter feststellen musste.

Die Zeitung spekulierte darüber, ob das seine neue Lebens-
gefährtin sein würde. Sam hüllte sich aber der Presse gegenüber
in Schweigen.

Vic versuchte, das so nüchtern wie möglich zu sehen, aber es
gelang ihr einfach nicht. Sie verlor völlig die Fassung und bekam

einen Weinkrampf. Ihr Nervenkostüm war zu angespannt, als dass sie sich schnell wieder fangen könnte.

Nelly kam zu ihr gerannt, ängstlich schaute sie Vic an. »Was ist, Mami?«

»Mami hat bloß eine traurige Geschichte gelesen«, beruhigte sie Nelly.

Sie zwang sich, sich Nelly zuliebe zusammenzureißen, dann griff sie zum Telefon und wählte die Nummer ihrer Eltern.

»Papa, ich bin's. Kannst du mir einen Gefallen tun und Nelly heute zu Samuel Winter bringen?«, bat sie ihn. »Und sie eventuell wieder abholen?«

»Natürlich, mein Schatz. Was ist denn los?«, fragte er sie besorgt.

»Meine Hüfte macht ein bisschen Probleme«, gestand sie ihm.

»Leg dich hin, und steh den ganzen Tag nicht wieder auf!«, befahl er ihr mit strenger Stimme.

»Danke«, seufzte sie erleichtert.

Sie packte für Nelly alles zusammen, was sie für den Tag brauchte. Ihr Vater kam pünktlich, um die Kleine abzuholen. »Soll ich Herrn Winter etwas ausrichten?«, fragte Karl Gessner Vic mürrisch.

»Nein, bitte. Alles okay. Bitte sag nichts, okay?«

»Ich würde dem Herrn so gerne mal ein paar Takte erzählen«, knurrte er weiter.

»Papa, lass gut sein! Ich bin froh, dass er immer noch so lieb zu Nelly ist und sie ihn besuchen darf. Bitte …«, bat Vic ihn eindringlich.

Als Nelly fort war, nahm Vic eine Tablette und legte sich ins Bett. Sie brauchte dringend Ruhe, das signalisierte ihr Körper nur allzu deutlich.

Gegen Abend, zur verabredeten Zeit, klingelte es an der Tür. Schwerfällig erhob sich Vic und öffnete.

»Hallo, Vic«, lächelte Sam ihr zu. »Ich hoffe, es ist okay, dass ich die kleine Lady nach Hause bringe?«

»Natürlich …« Sie schaute ihn überrascht an, dann ließ sie die beiden rein. »Darf ich dir etwas anbieten?«

»Ein Wasser wäre toll.«

Vic humpelte Richtung Küche. Sie war gerade zwei Meter weit gekommen, da wurde sie schon hochgehoben.

»Hey!«, rief sie perplex aus, als sie sich auf Sams Armen wiederfand. Er setzte sie behutsam auf dem Sofa ab.

»Nelly kann mir zeigen, wo alles ist. Du ruhst dich aus!« Mürrisch sah er sie an.

Es war ihr peinlich, dass er sie getragen hatte. Und ihr Körper hatte darauf wieder einmal sehr eindeutig reagiert.

»Vic, du gefällst mir gar nicht. Ich kenne dich zu gut, ich seh dir an, dass du Schmerzen hast. Und du bist blass; abgenommen hast du auch. Was ist los?«, fragte er sie mit sanfter Stimme.

Vic schluckte. Er hatte ja in allen Punkten recht, aber was sollte sie ihm denn antworten? Dass sie sich oft in den Schlaf weinte, weil sie ihn vermisste?

Dass sie ihre Entscheidung sooft infrage stellte und sich dafür selbst hasste, dass sie ihrer Tochter die schöne Umgebung und ihren Vaterersatz genommen hatte?

Das ging nicht, das brauchte er wirklich nicht zu wissen.

»Es … im Moment habe ich einfach ein wenig Stress, nichts weiter«, schwindelte sie.

»Okay.« Samuel sah sie ernst an.

Vic merkte, dass er ihr nicht glaubte.

»Essen wir mal zusammen?«, fragte er sie.

Vic nickte. »Klar, ich koche schnell was.« Mühsam drückte sie sich aus dem Sofa hoch, doch Sam umfasste sie an den Hüften und zog sie wieder zurück.

»Entschuldige, ich habe mich blöd ausgedrückt«, meinte er schuldbewusst. »Ich meinte, ob du mal mit mir essen gehen würdest? In ein Restaurant – abends …«

Ein Date? Meint er ein Date?, sofort schoss dieser Gedanke durch Vics Kopf.

»Ähm, also … mit Nelly meinst du?«, vergewisserte sie sich.

»Nein, nicht mit Nelly. Wir beide alleine.«

Vic versuchte, die aufsteigende Freude im Keim zu ersticken; trotzdem gelang es ihr nicht so ganz. »Gerne.« Für einen kurzen Moment huschte ein Strahlen über Vics Gesicht.

»Okay, dann sag mir, wann du Zeit hast – ich habe die ganze nächste Woche abends keine Termine.«

»Ich muss jemanden für Nelly haben«, erklärte sie ihm. Und sie wollte ganz bestimmt nicht ihre Eltern fragen, auf die Vorhaltungen und klugen Ratschläge ihrer Mutter konnte sie gerne verzichten.

»Wie gesagt – ich habe Zeit. Ich … ich freue mich.« Er streichelte ihr sanft über die Wange.

Vic stürzte schon wieder in ein Gefühlschaos.

Nelly kam dazu, und Vic war über die Unterbrechung erleichtert. Sie zeigte Sam, wo er in der Wohnung was finden konnte.

In Vic rotierte alles. War es klug, die Einladung anzunehmen?

Aber sie hatte solche Sehnsucht nach ihm, und einmal mit ihm alleine zu sein, das war einfach zu verlockend. Sie wollte sich nicht ausmalen, dass es wirklich ein richtiges Date war. Vielleicht machte er sich bloß Sorgen um sie, er betrachtete sie ja als Freundin oder eine Art Schwester.

Vielleicht wollte er sie auch nur wieder überreden, zurückzukommen. Mal von den paar Aussetzern abgesehen, die sie gehabt hatte, hatte sie ja gut für ihn gearbeitet.

Vic seufzte. Wahrscheinlich würde es ihr nach dem Essen noch schlechter gehen, aber darauf verzichten konnte sie einfach nicht.

»Sollen wir eine Pizza bestellen?« Sam kam mit Getränken zurück ins Wohnzimmer.

»Ich … ich hab' keinen Hunger. Aber wenn ihr wollt, könnt ihr das gerne tun. Hier ist auch eine Pizzeria direkt um die Ecke.«

»Du isst auch was, Vic – keine Widerrede!«, kommandierte er.

»Ich hole Pogamm!« Nelly flitzte los..

»Pogamm?«, staunte Sam.

»Ja, das Programm, wo drinsteht, welche Pizzas es so gibt«, kicherte Vic.

»Ah, okay.« Sam schlug sich mit der Hand gegen die Stirn und lachte los.

Er befahl ihr, nicht vom Sofa aufzustehen, und so musste Vic ihre Pizza dort essen. Sam bediente sie nach Strich und Faden. Es war ihr fast unangenehm, aber auch nur fast, denn so umsorgt zu werden, tat verdammt gut.

Als er sich verabschiedete, war Vic richtig enttäuscht. Sie hatten noch eine Weile, nachdem Nelly eingeschlafen war, zusammen gesessen und geredet. Es war ganz zwanglos. Vic konnte sich in seiner Gegenwart sogar etwas entspannen.

»Na klar passe ich auf Nelly auf«, Betty jubilierte lautstark durchs Telefon, als Vic sie am nächsten Tag anrief und um diesen Gefallen bat.

Nach wie vor war Vic sich nicht sicher, ob dies die richtige Entscheidung war. Ihr Kopf sagte ihr, dass sie verrückt sei, jetzt wieder mehr Nähe zu ihm zuzulassen, wo sie doch gerade die nötige Distanz zu ihm hatte.

Aber ihr Bauch – und vor allem ihr Herz – drängten darauf, mit ihm essen zu gehen. Und dagegen kam Vic einfach nicht an.

»Und wer ist der Glückliche?«, bohrte Betty weiter.

»Das willst du nicht wissen«, seufzte Vic auf.

»Sag nicht, dein Ex-Chef! Der sexy Schriftsteller!«, rief Betty verblüfft.

»Genau der«, gestand Vic ihr.

»Oh … und … und wie kommt das jetzt?«

Vic erzählte ihr vom gestrigen Abend und wartete gespannt, was ihre Freundin wohl dazu sagen würde.

»Er hat lange gebraucht.«

»Wie meinst du das?«

»Er will dich zurück – und ich meine nicht als Arbeitskraft. Er ist verschossen in dich und Nelly, da kann mir keiner was anderes erzählen.«

»Ich glaube das nicht. Warum kann er das dann nicht sagen? Er kennt doch meine Gefühle für ihn«, zweifelte Vic.

»Warte doch einfach mal ab, was passiert! Vielleicht musstest du erst weggehen, damit er merkt, was er an dir hat.«

»Ich kann das nicht glauben«, wiederholte Vic ihre Worte. Dabei würde sie genau das so gerne tun …

»Du siehst wunderschön aus, Süße.« Betty reckte den Daumen nach oben, als Vic an besagtem Abend aus dem Schlafzimmer kam.

Sie hatte sich wirklich ins Zeug gelegt, und mit der Hilfe ihrer Freundin fand sie sich ganz ansehnlich.

»Wenn er jetzt nicht anbeißt, ist ihm nicht zu helfen«, stellte Betty fest.

»Betty, ich glaube nicht, dass …«

»Lass es auf dich zukommen!«, zwinkerte Betty ihr zu. »Im Übrigen: Ich muss morgen gegen neun Uhr im Salon sein. Bis dahin hast du Ausgang.«

»Ich werde bestimmt nicht die ganze Nacht wegbleiben«, protestierte Vic.

»Wir werden sehen«, lachte ihre Freundin ihr zu.

Sam tauchte auf die Minute pünktlich auf. Er und Vic hatten verabredet, dass er unten auf sie wartete, damit Nelly ihn nicht noch in Beschlag nahm. Sie musste auch nicht mitbekommen, dass sie ein Date mit ihm hatte, dann würde sie nur schmollen, weil sie nicht mitdurfte.

Vics Herz schlug ihr bis zum Hals, als sie mit dem Aufzug nach unten fuhr.

Sam wartete vor dem großen Häuserblock. Er strahlte, als er sie sah. »Du siehst schön aus!«

»Danke. Ich … ich freu mich über deine Einladung.« Sie klang ebenso kratzig wie er.

Sam hielt ihr die Autotür auf.

Vic versuchte, sich ihre Nervosität nicht anmerken zu lassen.

Er fuhr mit ihr zu einem Restaurant an einem See. Es war schon dunkel, aber ein Teil des Gartens war mit Fackeln beleuchtet; es wirkte sehr romantisch. Er hatte eine Tasche mitgenommen. Vic fragte sich, was da wohl drin war.

»Schön, dass wir mal wieder miteinander reden können, ich habe das vermisst«, lächelte Sam ihr zu.

»Ja, ich auch«, gestand sie ihm.

Er räusperte sich, hastig nahm er Vics Hand. »Ich würde gerne etwas mit dir besprechen …«

Aha, jetzt kommt's!, dachte sie. »Was denn?«, fragte sie mit zitternder Stimme nach.

»Du musst mir aber deine ehrliche Meinung dazu sagen, ja? Das ist mir sehr wichtig.« Sam fuhr sich mit den Fingern durch die Haare, er wirkte ebenso angespannt wie sie.

»Okay«, nickte sie ihm zu.

Er griff in seine Tasche und holte ein Buch heraus. Etwas verwirrt musterte Vic das Cover. Es schien ein Kinderbuch zu sein, erst jetzt fiel ihr der Titel auf.

Nellys Lächeln.

Es war die Zeichnung einer kleinen Prinzessin dort abgebildet, im Hintergrund stand ein schönes Märchenschloss.

Sie las den Namen des Autors – Manuel Sommer.

»Manuel Sommer?« Vic riss die Augen auf. »Das ist nicht besonders originell, oder?«

»Nein.« Er schüttelte den Kopf und gluckste leise. »Aber mir geht es um was anderes. Bist du damit einverstanden, dass ich das Buch veröffentliche? Es ist der Name deiner Tochter, und die Geschichten waren ursprünglich nur für Nelly gedacht.«

»Es ist doch schon gedruckt«, zuckte Vic die Achseln.

»Nein, lediglich dieses Exemplar ist fertig. Als Muster, ich habe mit dem Verlag geredet, es wird erst in Druck gehen, wenn ich dein Einverständnis habe.«

Vic schluckte heftig. War das der Grund für seine Einladung? Sie versuchte, nicht allzu enttäuscht auszusehen, schalt sich aber sofort für ihre Emotionen.

Was hast du denn erwartet?, schimpfte sie mit sich.

»Bitte lies die Widmung!«, bat Sam sie, er wirkte immer noch sehr angespannt.

> *Es gibt Zauberwesen, es gibt sie wirklich.*
> *Ich weiß das, denn ich bin gleich zweien von ihnen begegnet.*
> *Sie treten in dein Leben und verändern es auf ihre ganz eigene sanfte Weise, oft nur mit einem Lächeln …*
> *Für Nelly und Vic.*

Vic spürte einen dicken Kloß in ihrem Hals. »Das … das ist …, also … das ist eine tolle Widmung«, flüsterte sie.

Sam griff nach ihrer Hand und streichelte zärtlich darüber. »Es ist die Wahrheit. Du und Nelly, ihr seid für mich solche Zauberwesen.« Er war jetzt richtig verlegen.

Vic guckte ihn hoffnungsvoll an, versuchte, zu ergründen, was er für sie fühlte, ob da vielleicht doch mehr war.

»Dann … dann ist es also okay, wenn das Buch in Druck geht? Ich möchte, dass der Erlös dir und Nelly zugutekommt, ich will davon keinen Cent haben.«

»Wie bitte?« Vic schaute ihn überrascht an. »Das kann ich nicht annehmen. Es sind deine Ideen, wir haben damit nichts zu tun.«

»Doch, ihr habt sehr viel damit zu tun. Ohne dich und Nelly gäbe es dieses Buch nicht, Vic. Ich wäre doch niemals auf die Idee gekommen, ein Kinderbuch zu schreiben.«

»Aber … aber das … also …« Sie schüttelte den Kopf.

»Vic – wenn du nichts davon haben willst, nimm es doch für Nelly! Spare es für sie, für später. Vielleicht will sie studieren oder ins Ausland. Sie wird bestimmt Verwendung dafür haben.« Er lächelte sie auf umwerfende Weise an.

»Das … das ist sehr großzügig von dir. Ich … ich werde es für Nelly anlegen.«

Sam strahlte sie an. »Ich hoffe, dass es ein Erfolg wird.«

»Mit Sicherheit. Nelly mag deine Geschichten, warum sollten andere Kinder sie nicht auch lieben.« Sie entzog ihm ihre Hand, zu viel von seiner Nähe war nicht gut, es verwirrte sie nur zusätzlich.

Das Essen wurde serviert. Sam redete mit ihr über Gott und die Welt.

Vic versuchte, auf seinen Plauderton einzugehen, doch das war sehr schwierig.

Ihre Hoffnungen bezüglich des Abends waren andere gewesen. Sie wollte nicht undankbar sein, denn Sams Geschenk an Nelly war einfach großartig, aber trotzdem blieb ein stechender Schmerz in ihrem Herzen zurück.

»Möchtest du noch einen Nachtisch?«

»Nein, ich glaube ... ich glaube, ich sollte jetzt gehen.« Vic versuchte, nicht allzu traurig zu klingen.

»Was? Aber warum denn, Vic?« Er griff wieder nach ihrer Hand. »Ist irgendetwas? Habe ich dich gekränkt?«

»Nein, ich muss morgen arbeiten und dann fit sein.«

»Vic, darüber wollte ich auch noch einmal mit dir reden; ich werde sooft damit anfangen, bis du es dir endlich wieder anders überlegt hast: Komm zurück zu mir! Bitte! Du gehst doch kaputt bei diesem Job, denk mal an deine Hüfte. Und Nelly hat sich so wohl gefühlt und du ... doch auch, oder?« Er schaute ihr lange in die Augen, dann führte er ihre Hand zu seinem Mund.

Sie räusperte sich. »Du weißt, warum ich gegangen bin.«

»Ja.« Sam ließ sie nicht aus den Augen, er schmiegte sein Gesicht in ihre Handfläche und küsste sie ganz zart.

Vic fühlte sich wie elektrisiert. »Insofern kennst du doch die Antwort, oder?«

Sie fühlte, wie Tränen in ihren Augen aufstiegen.

»Vic, ich brauche dich.« Er klang ernst.

»Warum?«, hakte sie nach. »Für den Haushalt hast du jemanden und für ... für alles andere doch auch.« Jetzt kullerten die ersten Tränen über ihre Wange.

Sie riss sich von ihm los und stand vom Tisch auf. »Danke für die Einladung und für das großzügige Geschenk an Nelly.«

Sam erhob sich ebenfalls. Sie konnte die Enttäuschung in seinem Gesicht ablesen, aber es überstieg einfach ihre Kräfte, auf seine Gefühle Rücksicht zu nehmen.

»Nimm das Buch mit, es ist für Nelly«, bat er sie.

»Danke«, presste sie heraus und lief zum Ausgang.

Vic atmete tief die frische Luft ein. Sie hielt nach einem Taxi Ausschau. Doch noch bevor sie eines entdecken konnte, war Sam neben ihr.

»Ich fahre dich natürlich«, erklärte er atemlos.

Die Rückfahrt verlief schweigsam. Vic versuchte zwar, auf seine Bemühungen, ein Gespräch aufzubauen, einzugehen, doch es gelang ihr nicht.

Sie war sauer auf sich selbst, weil sie mit falschen Hoffnungen zu der Verabredung gegangen war. Sam und sie würden nie mehr als Freunde sein. Das musste sie endlich verstehen, sonst hatte es keinen Sinn, ihn noch weiter zu treffen.

Er hielt ihr die Autotür auf, als sie ihren Wohnblock erreichten.

»Es war ein netter Abend, danke, Sam.«

»Warte …!« Er kam ihr ganz nahe. »Ich hab' zu danken.« Sein Atem streifte ihre Haut.

Vic hielt die Luft an, als sich der Abstand zwischen ihren Mündern verringerte. Sie spürte seine Lippen auf ihren.

In Vic brach erneut das Gefühlschaos aus: Sie ging zunächst auf den Kuss ein, dann siegte aber ihr Verstand, und sie löste sich von ihm. »Bitte spiel nicht mit mir, Sam!«, sagte sie leise zu ihm. »Du fühlst doch nicht das Gleiche wie ich, oder?«

Er schüttelte den Kopf und guckte sie bedauernd an.

»Vergiss nicht, dass ich immer für dich da sein werde!«, raunte er ihr zu.

Sie schaute ihn traurig an und ging auf die Tür ihres Wohnblocks zu.

25

Vic hatte sie bereits mehrmals gesehen. Die Kerle fielen auch einfach ins Auge, und sie wirkten bedrohlich – sehr bedrohlich.

Sie lungerten dauernd zwischen den Häuserblocks auf den Spielplätzen herum, doch keiner der Anwohner traute sich, etwas dagegen zu sagen.

Kinder sah man jedenfalls nicht auf den Spielgeräten, wenn diese Typen da waren, schon gar keine ausländischen Kinder.

Vic versuchte immer so schnell wie möglich an ihnen vorbeizukommen, erst recht, wenn sie Nelly dabeihatte.

Und sie ärgerte sich, dass sie sie nicht bemerkt hatte, als sie die Wohnung besichtigt hatte. In dem Fall wäre sie mit Sicherheit nicht in diese Gegend gezogen.

Ein paar Mal hatten sie ihr jetzt schon etwas nachgerufen.

Vic hoffte, dass Nelly die Schimpfworte nicht mitbekommen hatte.

Aber zum Glück bezog Nelly es anscheinend nicht auf sich oder Vic, wenn sie das Gegröle hörte. Doch sie schien zu spüren, dass von den Männern eine Bedrohung ausging, denn sie beschleunigte ihre Schrittchen automatisch, wenn sie sie bemerkte.

Die anderen Nachbarn sahen es ähnlich wie Vic. Mit einer jungen Türkin, die ebenfalls eine kleine Tochter hatte, hatte sie sich schon über die jungen Männer ausgetauscht. Auch diese hatte ein mulmiges Gefühl, wenn die Kerle draußen herumlungerten.

Mittlerweile schaute sich Vic jeden Morgen ängstlich draußen um, wenn sie den Weg zu ihrem Auto einschlug, doch vormittags waren die Männer nie da. Entweder hatten sie eine Arbeitsstelle oder schliefen lange, mutmaßte Vic.

Sie brachte ihre Kleine zum Kinderhort; anschließend fuhr sie ins Restaurant. Josef Weber hatte sie gebeten, heute länger zu arbeiten. Er erwartete eine Gesellschaft, die am frühen Nachmittag ins Lokal kommen würde.

Vic machte sich auf einen anstrengenden Tag gefasst, doch sie freute sich auch für ihren Chef, denn so eine Hochzeitsgesellschaft brachte ihm viel Geld ein. Das ganze Lokal war für diesen Freitag exklusiv gebucht.

Vic und ihre Kolleginnen mussten viel laufen, um die Gäste schnell und zuverlässig bedienen zu können. Bereits am späten Nachmittag machte sich Vics Hüfte bemerkbar. Seit sie wieder für Josef Weber arbeitete, waren die Schmerzen präsenter geworden. Eine Tatsache, die sie zwar erwartet hatte, die aber erneut zu Streit mit ihren Eltern und auch mit Sam führte, wenn er Nelly an den Wochenenden traf.

Betty spottete schon, dass Vic und Sam sich wie ein geschiedenes Ehepaar verhielten, weil Nelly ihn mittlerweile regelmäßig besuchte. Doch Vic gönnte ihrer Tochter die Zeit mit ihm. Er konnte ihr halt wesentlich mehr bieten als sie selbst; das wollte sie Nelly nicht auch noch nehmen.

Mittlerweile hatte Vic schon vierzig Bewerbungen verschickt, doch – wenn überhaupt eine Antwort kam – nur Absagen erhalten. Sie versuchte, sich nicht entmutigen zu lassen, was aber nicht so einfach war.

Gegen 21 Uhr konnte sie endlich Feierabend machen. Vic quälte sich mühsam ins Auto, sie wollte bloß noch nach Hause, ein Bad und eine Tablette nehmen und sich hinlegen.

Sie rief bei ihren Eltern an und erkundigte sich nach Nelly, die heute bei ihnen schlafen durfte, damit Vic länger arbeiten konnte, danach startete Vic den Wagen und fuhr los.

Als sie ausstieg, entdeckte sie sie schon von Weitem.
Die haben mir gerade noch gefehlt!
Sie versuchte, möglichst unauffällig an ihnen vorbeizukommen, doch trotz der Dunkelheit war sie schon entdeckt worden.

»Na, wer kommt denn da? Das kleine Negerflittchen«, grölte es ihr entgegen.

Vic guckte stur an ihnen vorbei und fixierte ihre Haustür, die noch Lichtjahre entfernt zu sein schien.

»Wo ist denn dein kleiner Bastard?«

Jetzt packte sie einer der Typen am Arm.

Wütend riss sich Vic los. »Finger weg!«, fauchte sie.

»Oh – lässt dich wohl nur von Niggern anpacken, was? Stehst wohl auf lange Schwänze«, lachte es ihr derbe entgegen.

Vic ignorierte die Bemerkung und ging weiter.

Doch der Nächste versperrte ihr schon den Weg. »Du solltest dich schämen, dich mit Niggern abzugeben«, spie er ihr entgegen.

»Ich hab' eben Geschmack«, presste Vic leise hervor.

»Was hast du gesagt?« Die Augen ihres Gegenübers verengten sich zu Schlitzen; er trat einen Schritt auf sie zu.

Vic wich zurück, da spürte sie einen anderen Körper an ihrem Rücken.

»Lass mich vorbei!«, krächzte sie, aber es klang nach einem ängstlichen Piepsen, wie sie sich selbst eingestehen musste.

»Ich glaube, es wird Zeit, dass man dir mal zeigt, wie man sich als anständige deutsche Frau benimmt«, grinste er sie an.

»LASST MICH IN RUHE!«, schrie Vic los. Sie hoffte, dass jetzt andere Menschen auf sie aufmerksam werden würden, aber um diese Uhrzeit und bei dem nasskalten Novemberwetter waren die Chancen wohl eher gering, dass sich noch weitere Personen draußen aufhielten.

Und wer legte sich schon gerne mit einer Horde Rechtsradikaler an?

Vic verspürte einen heftigen Schlag im Gesicht, den hatte sie nicht kommen sehen. Ihr Kopf wurde regelrecht zur Seite geschleudert. Im nächsten Moment wurde sie gepackt und ihre Arme auf dem Rücken zusammengehalten.

»Halt lieber die Klappe, sonst sorgen wir dafür, dass du nie mehr etwas sagen kannst«, zischte der Kerl ihr zu.

»HILFE!«, schrie Vic panisch los.

Zwei weitere Schläge trafen ihr Gesicht, da hörte sie plötzlich Hundegebell, und ihre Angreifer waren für einen Moment abgelenkt.

Vic nutzte die Chance und versuchte, so schnell wie möglich wegzurennen, doch mit ihrer schmerzenden Hüfte war das so gut wie unmöglich. Nach ein paar Schritten hatten die Kerle sie schon eingeholt.

Vic bekam einen Stoß und fiel auf den Boden, als Nächstes spürte sie, wie sie mit schweren Stiefeln getreten wurde.

»Ich habe die Polizei angerufen!«, hörte sie auf einmal eine männliche Stimme rufen. »Lassen Sie die Frau in Ruhe!«

Daraufhin ließen die Kerle von ihr ab.

Vic rappelte sich so schnell es ging hoch und schlug den Weg zu ihrem Auto ein.

Mit zitternden Händen schloss sie es auf. Als sie endlich drin saß, verriegelte sie alle Türen und startete den Wagen.

Die Reifen quietschten, als Vic losfuhr, sie wollte einfach nur noch weg. Dabei sollte sie sich eigentlich bei dem Mann bedanken, der dazwischengerufen hatte, doch sie hatte nicht die Kraft, noch einmal umzukehren.

Vic fuhr planlos los, ohne Ziel. Gleichzeitig überlegte sie fieberhaft, ob sie zurückkehren sollte, aber die Angst wieder auf die Männer zu treffen, war einfach zu groß.

Zu ihren Eltern wollte sie nicht, die würden zu sehr geschockt sein. Betty dagegen war mit Robert heute Abend ins Kino gegangen.

Sie schlug den Weg zum Gutshaus ein. Wenn Sam nicht da war, würde sie einfach vor ihrem alten Häuschen stehen bleiben und zur Not im Auto übernachten.

Unentwegt kamen Vic die Bilder der Fratzen von eben in den Sinn. Sie wollte sich gar nicht ausmalen, was passiert wäre, wenn sie Nelly dabeigehabt hätte.

Hätten sie die Kleine auch angegriffen? Hätten sie so etwas wirklich tun können?

Wer wusste schon, zu was Menschen in ihrer Verblendung in der Lage waren?

Es war Glück im Unglück, dass nur Vic etwas abbekommen hatte.

Sie atmete auf, im Gutshaus brannte Licht. Sam schien da zu sein, nun konnte sie nur noch hoffen, dass er allein war.

Vic quälte sich aus dem Auto heraus. Erst jetzt spürte sie die Schmerzen in ihrem Körper, während der Autofahrt hatte sie gar nichts bemerkt.

Mit zitternden Händen läutete sie an der Haustür, sie hörte Schritte und atmete erleichtert auf.

»Vic!«

Samuels entsetztes Gesicht ließ sie eine Ahnung bekommen, wie sie aussah.

»Um Gottes willen, Vic – was ist denn passiert?« Er nahm sie in den Arm und führte sie in die Halle. »Wo ist Nelly? Ist sie bei dir?«

»Nein, sie ist bei meinen Eltern, weil ich länger arbeiten musste«, krächzte sie heiser.

»Was ist geschehen? Bist du überfallen worden?« Er schluckte hart und schaute sie besorgt an.

»Ja, vor dem Wohnblock. Es waren …, also da waren Rechtsradikale … Ich hab' sie schon öfter gesehen, aber heute … Sie haben mich beschimpft und angegriffen«, stotterte sie. Sie formulierte es ganz mechanisch, als würde sie gar nicht von sich selbst reden.

»Was?« Sam war völlig fassungslos. »Hat man die Schweine gekriegt? Warst du bei der Polizei?«

»Nein, ich wollte einfach bloß weg.« Vic schüttelte den Kopf. »Jemand hat dazwischengerufen und etwas von Polizei geschrien, da haben sie mich in Ruhe gelassen.«

»Du musst zur Polizei – aber erst zu einem Arzt!« Sam holte sich seine Jacke, doch sie hielt ihn davon ab, sie anzuziehen.

»Sam, kann ich die Nacht im Haus drüben schlafen?«, bat sie ihn.

»Nein, das kannst du nicht.« Er schüttelte den Kopf. »Du bleibst natürlich hier – drüben ist zudem kein Bett, erinnere dich.«

»Das ist doch egal, ich brauche nur eine Decke«, antwortete Vic müde.

»Vic, Süße, jetzt hör mir mal zu …« Er nahm sie vorsichtig in die Arme. »Wir fahren zur Polizei und du zeigst die Kerle an. Später wirst du bei mir bleiben, verstehst du mich?«

»Ich will keine Anzeige machen, das bringt doch sowieso nichts«, murmelte sie kraftlos.

»Das werden wir ja sehen!«, sagte Sam entschieden.

Vic war viel zu müde, um sich irgendwie zu wehren. Sie ließ es zu, dass er sie in sein Auto verfrachtete, sogar das Anschnallen übernahm er. Dann gab er ihr ein Coolpack, das sie gegen ihre schmerzende Wange drücken konnte.

Vic spürte mittlerweile jeden Knochen und ihr Gesicht brannte wie verrückt. Sam fuhr mit ihr zu der Polizeidienststelle, die am nächsten zu ihrem Wohnblock lag. Die Beamten wussten schon von dem Vorfall, offenbar hatte der Passant sie tatsächlich verständigt.

Vic wurde fotografiert. Sie machte eine Aussage. Sie wurde gefragt, ob sie die Männer wiedererkennen würde, was sie mit einem traurigen Lächeln bejahte.

»Es gibt außer Ihnen allerdings keine Zeugen. Der Mann, der uns verständigt hat, hat seine Identität nicht preisgegeben und sich nicht mehr gemeldet«, erklärte der Beamte ihr. »Anhand Ihrer Beschreibung werden wir uns natürlich noch einmal dort umsehen.«

Vic nickte nur, sie wusste nicht, ob das alles so gut war, und bekam Angst vor der Rache der Männer.

»Ich möchte nicht, dass sie meiner kleinen Tochter etwas antun«, sagte sie mit weinerlicher Stimme.

»Trotzdem dürfen Sie sie nicht davonkommen lassen.« Der Beamte blickte sie eindringlich an. »Wenn wir sie haben, würden wir Sie bitten, noch einmal herzukommen.«

Vic nickte erneut, ob sie dazu aber wirklich die Kraft haben würde, das wusste sie nicht.

»Kann ich gehen?«, bat sie die Beamten.

»Natürlich. Ruhen Sie sich aus!«

»Du ... du kannst mich auch nach Hause bringen, ich hab' mich wieder beruhigt«, sagte Vic leise, als sie in Sams Auto saßen.

»Ganz bestimmt werde ich das nicht tun. Du kommst mit zu mir; ich will darüber auch nicht diskutieren«, widersprach er mit grimmiger Miene.

Vic gab es auf, sie war nicht in der Stimmung, um zu streiten. Sie versuchte krampfhaft, nicht in Tränen auszubrechen.

»Was kann ich dir Gutes tun? Möchtest du etwas essen?«, fragte Sam sie mit sanfter Stimme, als sie bei ihm zu Hause waren.

»Ich hab' keinen Hunger.« Vic schüttelte den Kopf. »Ich möchte nur meine Tabletten nehmen und vielleicht … Ein Bad wäre gut.«

»In Ordnung.« Sam legte einen Arm um ihre Schultern und führte sie die Treppe hinauf.

Er ließ Wasser in seinen Luxuswhirlpool.

Vic beobachtete ihn kraftlos.

Immerhin – du wolltest doch immer schon mal in seinen Whirl-pool, säuselte es in ihr. *War der Überfall doch zu etwas gut …*

Vic schüttelte über sich selbst den Kopf. Irgendwann sprach Sam sie an, und sie zuckte erschrocken zusammen.

»Du kannst jetzt hinein. Ich bleibe in der Nähe, ruf mich, wenn etwas sein sollte.« Sam nahm sie in die Arme. »Es tut mir so leid, was dir passiert ist. Ich habe so eine Scheißwut auf die Kerle.«

»Nichts Schlimmes passiert.« Vic versuchte ein Lächeln.

Als Sam das Bad verlassen hatte, zog sich Vic schwerfällig aus. Im Spiegel betrachtete sie ihr Gesicht, die Schwellung würde wohl enorm werden.

Stöhnend ließ sie sich ins Wasser gleiten. Sie seufzte, als ihre Muskeln sich langsam entspannten.

Nach einiger Zeit klopfte Sam an die Tür und steckte den Kopf durch den Spalt.

»Alles okay bei dir?«

»Ja«, murmelte Vic schläfrig, immer wieder fielen ihr die Augen zu.

Sam betrat das Badezimmer; sie registrierte aus den Augenwinkeln, dass er sich auf den Rand des Whirlpools setzte und ihr über den Kopf streichelte.

»Vic, geh schlafen! Komm, ich helfe dir.«

Sie brummte unwillig etwas, doch schließlich ließ sie sich aus dem Wasser helfen. Dass sie jetzt nackt vor ihm stand, war ihr zwar bewusst, aber in diesem Moment war das zweitrangig. Sie war einfach nur unglaublich müde.

Sam hüllte sie in einen flauschigen Bademantel, danach hob er sie einfach auf seine Arme und trug sie hinaus.

»Ich kann laufen«, protestierte Vic, doch es war einfach ein schönes Gefühl, sich tragen zu lassen. Selbst zu gehen, wäre jetzt viel zu anstrengend.

Er legte sie in sein Bett; sofort fiel sie in einen leichten Schlaf.

Sobald sie die Augen geschlossen hatte, sah sie die Gesichter der Männer vor sich. Sie schrie leise auf und saß senkrecht im Bett.

»Hey, hey, hey. Alles ist gut, Vic.«

Von irgendwoher hörte sie Sams Stimme, dann wurde ein schwaches Licht angemacht.

Jetzt erkannte sie ihn, er saß in einem Sessel in einer Ecke des Raumes.

Schnell kam er zu ihr und setzte sich auf die Bettkante. »Du hast geträumt, alles ist gut, Süße.« Zärtlich streichelte er ihr durch die Haare.

»Kannst du … kannst du bei mir bleiben … also, ich meine, mich festhalten?«, wisperte sie.

»Natürlich.« Sam krabbelte über sie hinweg und legte sich neben sie ins Bett.

Vic schmiegte sich dicht an ihn, es war so schön, in seinen Armen zu liegen, sein vertrauter Geruch beruhigte sie ein bisschen.

»Komm unter die Decke, bitte!«, murmelte Vic.

Sam zögerte kurz.

Sie wollte schon entgegnen, dass er das nicht tun müsse, es war ihr plötzlich furchtbar peinlich, nicht, dass er jetzt dachte, sie wolle …

Er zog seine Jeans aus und legte sich mit T-Shirt und Shorts bekleidet neben sie.

»Geht's wieder?«, fragte er sie besorgt.

»Ja«, nickte Vic.

Doch das entsprach nicht der Wahrheit. Sie war auf einmal hellwach, mit einem Mal wurde ihr klar, dass sie unter dem Bademantel nichts trug, und das versetzte sie in helle Aufregung.

Aber ihn zu bitten, doch wieder Abstand zu halten, wäre ja totaler Blödsinn, nachdem sie ihn doch gerade um das Gegenteil gebeten hatte.

Vic lag ganz ruhig da; sie konnte seinen Herzschlag hören, der ebenfalls etwas schneller ging. »Danke, Sam.«

»Nichts zu danken, Süße. Ich bin froh, dass du halbwegs heil aus der Sache herausgekommen bist.« Seine Hand streichelte über ihren Rücken.

Vic bekam eine wohlige Gänsehaut, von den Schmerzen in ihrem Körper spürte sie nichts mehr.

Sie seufzte, drängte sich enger an ihn heran, ihr Gesicht schmiegte sie an seinen Hals, eher unbewusst hauchte sie einen Kuss darauf.

Ihre Hand streichelte seinen Rücken hinab. Rasch schlüpften ihre Finger unter sein T-Shirt. Seine Haut war im Gegensatz zu ihrer wunderbar warm.

Sam zuckte kurz zusammen, ließ sie aber gewähren.

Vic rückte ein kleines Stück von ihm ab, gerade so viel, dass sie mit ihren Fingern über seinen Bauch fahren konnte.

»Du bist so schön warm«, seufzte sie wohlig auf.

»Und du hast eiskalte Hände.« Er lachte jetzt leise, aber auch er streichelte sie zärtlich weiter. »Bist du überall so kalt?«

Vic nickte.

»Wärme dich an mir!« Seine Stimme klang auf einmal verzerrt.

»Sicher?«, fragte sie noch einmal nach.

»Nein, aber mach ruhig!«, raunte er ihr zu.

Vic wusste nicht, ob sie es wirklich wagen sollte, aber sie beschloss, zu schauen, wie weit sie gehen durfte. Mit mehr Mut, als sie wohl je in ihrem Leben besessen hatte, löste sie den Gürtel des Bademantels und schlüpfte mit einem Arm hinaus.

Als Nächstes schob sie sein T-Shirt nach oben und schmiegte sich mit nacktem Oberkörper an seine Brust.

»Oh Vic!«, stöhnte er leise auf. Für einen Moment rührte er sich nicht; schließlich drehte er sie mit einer sanften Bewegung auf den Rücken und küsste sie erst zaghaft, dann immer leidenschaftlicher.

Vic war vollkommen aufgewühlt. Wollte sie dies hier wirklich? Aber ihr Körper gab ihr eine ganz eindeutige Antwort.

Sie zerrte ungeduldig an seinem Shirt, mit einem Ruck zog er es sich über den Kopf, sofort trafen sich ihre Münder wieder zu einem gierigen Kuss.

Er schaffte es völlig mühelos, Vic bis in die Haarspitzen zu erregen.

Sie stöhnte auf vor Lust, als er sich ihren Körper hinabküsste. Er war jetzt nicht mehr zärtlich, sondern sehr fordernd. Mit seinem Knie drückte er ihre Beine auseinander. Vic ließ es bereitwillig geschehen.

Angst kroch in ihr hoch, dass er sie wieder von sich stoßen würde, aber sie spürte überdeutlich, wie sehr ihn das hier ebenfalls anmachte. Schnell schob sie seine Shorts ein Stück hinunter, umfasste seine harte Männlichkeit und rieb sich auffordernd an ihm.

»Vic, willst du das wirklich?«, fragte er sie atemlos; seine dunklen Augen glühten förmlich vor Verlangen.

»Ja, bitte!«, keuchte sie.

Er streifte sich schnell seine Shorts ab, griff an ihr vorbei und öffnete eine Schublade. Vic half ihm mit zitternden Händen, das Kondom überzustreifen, da war er auch schon über ihr.

Ganz langsam glitt er in sie, dehnte sie vorsichtig auf.

Vic sog scharf die Luft ein, es war so unvergleichlich, ihn in sich zu spüren.

»Ich will dich!«, raunte er ihr zu.

Erneut küsste er sie.

In diesem Moment verabschiedete sich Vics klares Denken.

Sie spürte nur noch ihn, seine Stöße trieben sie stetig ihrem Höhepunkt entgegen.

Sie registrierte, dass sie sich an ihn klammerte, ihn mit ihren Beinen umfing.

Noch einmal glitt er tiefer in sie.

Vic schrie auf, kurz wurde ihr schwarz vor Augen, dann zog sich ihr Unterleib immer wieder in süßen Schmerzen zusammen.

»Vic …« Sam stieß noch einmal kräftig in sie. Jetzt schrie auch er und verharrte einen Augenblick regungslos in ihr.

Sie rührten sich eine ganze Weile nicht, als ob jeder Angst davor hatte, den Augenblick zu zerstören.

Furcht krabbelte in Vic hinauf. Furcht davor, dass er jetzt wieder alles bereuen würde.

»Ich verlasse dich mal«, lächelte er ihr zu und zog sich langsam aus ihr zurück.

Er drückte sie wieder an sich heran, sagte kein Wort, sondern vergrub sein Gesicht an ihrem Hals.

»Du weißt, wie ich über uns denke …«, begann er mit rauer Stimme.

Vic legte schnell einen Finger auf seinen Mund. »Ich weiß doch, dass du mich nicht liebst«, lächelte sie ihm traurig zu.

»Ich wünschte, ich könnte es«, seufzte er. »Ich wünschte, ich könnte es dir sagen, aber ich brächte es nicht übers Herz, dich zu belügen.« Er küsste sie sanft auf die Stirn.

»Ich wusste, auf was ich mich einlasse«, schluckte Vic.

Ihre Befürchtungen hatten sich also bewahrheitet, er bereute es. Was, um alles in der Welt, musste sie denn tun, damit er sie lieben konnte?

»Aber ich habe deine Situation gerade ausgenutzt, das war sehr rücksichtslos von mir.« Seine Stimme war kratzig, aber noch immer hielt er sie fest in seinen Armen.

»Nein, hör auf! Du hast es nicht ausgenutzt, es … es war so schön, ich möchte das jetzt nicht schlechtmachen.« Vics Kehle schnürte sich zu. »Bitte tu das nicht, Sam. Lass mir doch die schöne Erinnerung!«

»Vic!« Er schrie fast verzweifelt ihren Namen. »Oh Vic, ich hasse mich dafür, dir wehzutun. Im Gegenteil, ich möchte dich glücklich sehen. Dich und Nelly. Ich würde alles dafür tun, dass ihr es gut habt! Vic, bitte hör mir zu, es klingt vielleicht total verrückt, aber das ist unsere ganze Situation doch sowieso schon. Was hältst du davon, wenn du hierbleibst? Also nicht in dem Verwalterhaus, sondern hier – bei mir im Gutshaus. Ich möchte dich und Nelly um mich haben. Ich vermisse euch an jedem Tag, den ich euch nicht sehen kann. Und auch wenn es vielleicht keine leidenschaftliche, tiefe Liebe ist, die uns verbindet, so ist da sicher mehr von meiner Seite aus, als das vom Gefühl her in vielen anderen Beziehungen der Fall ist. Ich gebe euch Sicherheit und ein sorgenfreies Leben. Ich gebe euch alles, was ich habe, … aber bitte komm mit Nelly zurück.«

Er schaute sie aus seinen faszinierenden dunklen Augen bittend an.

Vic schwirrte jetzt wirklich der Kopf.

»Aber warum willst du mich hier haben? Ich meine, ich … also … Was ist mit deinen Freundinnen? Die werden nicht erpicht darauf sein, dass ich hier herumschwirre.« Sie runzelte die Stirn, das war jetzt alles ein bisschen zu viel für sie.

»Glaubst du wirklich, dass ich dir das zumuten würde? So kaputt bin ich dann doch nicht. Vic, diese Frauen bedeuten mir nichts, absolut nichts. Sie … sie waren ein Zeitvertreib, und das wissen die betreffenden Damen auch. Das kann man nicht damit vergleichen, was ich für dich empfinde.« Er lächelte sie jetzt mit so einer Wärme an, dass es Vic den Atem verschlug.

»Aber … aber ich kann so viel Nähe zu dir nur schlecht ertragen … und … und …« Vic suchte nach den passenden Worten, sie fuhr mit einem Finger über seine Brust. »… und ich finde den Gedanken daran, dass du mit anderen Frauen schläfst, einfach grausam.«

»Heirate mich!«

Vic saß mit einem Mal senkrecht im Bett. »Was … was hast du gesagt?«, krächzte sie.

»Wenn du damit leben kannst, dass es nur eine Frau in meinem Leben gab, die ich wirklich aus tiefstem Herzen geliebt habe und die ich immer lieben werde … Wenn du das ertragen kannst, dann heirate mich, Vic! Ich werde dir treu sein, ich werde für dich und Nelly sorgen. Darauf gebe ich dir mein Wort. Auch wenn du die drei Worte nie von mir hören wirst, ich empfinde eine tiefe Zuneigung für dich. Heirate mich! Ich verspreche dir, ein guter Partner zu sein.«

Vic schaute ihn fassungslos an. »Bist du irre?«

»Ich habe dir schon einmal erzählt, dass ich ein kaputter Typ bin.« Er zuckte mit den Schultern. »Aber bei dir fühle ich mich einfach gut. So gut, wie schon lange nicht mehr seit Silvias Tod.«

»Aber ich kann nicht mit einem Schatten leben …« Vic schüttelte den Kopf. »Ich will einen Mann, der allein mir gehört.«

»Bis zu einem gewissen Punkt gehöre ich dir.«

»GANZ mir gehört«, betonte Vic eindringlich.

»Das kann ich dir nicht versprechen. Ich liebe nun mal meine Frau.«

»Sie ist tot, Sam. Silvia ist tot – aber du lebst, und du verdienst es, dich noch einmal zu verlieben!«

»Das kann ich nicht«, wehrte er bestimmt ab. »Und das will ich nicht!«

»Aber verstehst du denn nicht: Wenn Nelly oder mir etwas passieren würde, würdest du doch auch leiden. Du bist schon gebunden – genauso wie an Silvia. Deine Blockade sitzt hier …« Sie tippte ihn auf seine Stirn. »… und nicht hier.« Vic streichelte über seine Brust, in der Höhe seines Herzens. »Du hast dich schon längst wieder verliebt, vielleicht nicht in mich, aber in Nelly ganz bestimmt. Du sprichst es nur nicht aus.«

Er schüttelte den Kopf. »Das mit Silvia war anders, Vic. Das ging viel tiefer rein, das kann man nicht mit den freundschaftlichen Gefühlen für dich vergleichen.«

Vic schluckte heftig. »Du hebst deine Frau auf einen Sockel; du stilisierst sie zu einem Ideal hoch, an dem sich keine messen kann. Bist du sicher, dass Silvia das so gewollt hätte? Sie war auch bloß ein Mensch, sie war bestimmt nicht perfekt. Glaubst du nicht, dass du in deiner Erinnerung viel mehr aus ihr machst, als sie war?«

»Nein. Sie war perfekt«, beharrte er.

»Angenommen, ich nehme deinen Antrag an, wie soll unser Eheleben aussehen? Schläfst du dann aus Pflichterfüllung mit mir? Und was war das eben? Nur Lust? Ganz sicher war das nicht freundschaftlich.«

»Du bist sexy und wunderschön, Vic. Und ich begehre dich schon sehr lange, aber mit Sex kann man auch vieles zerstören.«

Vic ließ sich zurück in die Kissen fallen. Dieser Kerl war einfach so verbohrt, sie wusste nicht mehr, wie sie dagegen ankommen sollte.

Sie drehte den Kopf in seine Richtung und streckte sich ein wenig auf dem Bett aus. Sein Blick glitt über ihren Körper, blieb an ihren Brüsten und zwischen ihren Beinen kurz haften.

Er wollte sie also heiraten, sie jeden Tag um sich haben, er vermisste sie und Nelly, wenn sie nicht da waren – und er begehrte Vic.

Das hörte sich ja eigentlich gar nicht schlecht an, aber reichte ihr das?

Davon abgesehen: Durfte sie diese Entscheidung nur von sich abhängig machen? Sie hatte eine kleine Tochter, und die wäre überglücklich, wenn sie ihren Sam immer um sich hätte – dann wäre er ja schließlich ihr Vater. Nelly hätte einen Papa, der sie liebte und den sie abgöttisch liebte.

Und vielleicht würde er diese drei Worte doch noch zu ihr sagen – aus tiefstem Herzen ...

Vic schmiegte sich dicht an ihn.

Sam atmete erleichtert auf. »Du musst es nicht heute entscheiden, Vic.«

»Das kann ich auch nicht«, murmelte sie. Schlagartig setzte die Müdigkeit wieder ein. Der Tag hatte es in sich gehabt.

Seine Hände streichelten sie sanft in den Schlaf.

26

Vic zuckte im Schlaf ein paar Mal zusammen, ohne wirklich wach zu werden. Erst als ein Sonnenstrahl sie im Gesicht kitzelte, schlug sie die Augen auf.

Verwirrt guckte sie sich um: Das Zimmer kannte sie gar nicht; zuerst erschrak sie, letztlich sickerten aber so nach und nach Erinnerungsfetzen in ihr Gedächtnis.

War das tatsächlich alles gestern passiert?

Die Hochzeitsgesellschaft im Lokal?

Der Überfall der Mistkerle?

Hatte sie wirklich mit Sam geschlafen und hatte er ihr einen Heiratsantrag gemacht?

Vic reckte sich. Sie bereute es sofort. Ihr ganzer Körper schien überall aus Schmerzen zu bestehen, zumindest der Teil mit dem Überfall stimmte also schon mal.

Und dies hier war ganz eindeutig Sams Schlafzimmer – und sie lag nackt in seinem Bett. Das ließ zumindest den Schluss zu, dass sie mit ihm geschlafen hatte.

Doch, es stimmte, alles stimmte!

Vic betastete ihr Gesicht, um festzustellen, dass auch das nach wie vor wehtat. Sie wollte sich gar nicht ausmalen, wie sie wohl aussehen würde.

»Hey, du bist ja wach.« Sam stand im Türrahmen, er war schon angezogen und lächelte sie an. »Wie fühlst du dich?«

»Als hätte mich ein Panzer überrollt«, gestand sie ihm ehrlich.

»So siehst du auch aus.« Er setzte sich aufs Bett und reichte ihr eine Tasse Kaffee.

»Wirklich?« Verschreckt starrte sie ihn an.

»Du bekommst ein ganz schönes Veilchen, und an deinen Rippen zeichnet sich auch ein blauer Fleck ab.« Sam streichelte ihr zärtlich übers Gesicht, diese kleine Geste reichte schon aus, um ihr eine Gänsehaut zu bescheren.

»Wie spät ist es? Ich muss Nelly abholen.«

Sam reichte ihr ein Telefon. »Vielleicht wäre es besser, wenn Nelly noch bei deinen Eltern bleiben könnte. Du siehst sehr lädiert aus, und wir müssen noch mal zur Polizei. Übrigens habe ich deinem Arbeitgeber schon Bescheid gegeben.«

»Danke. Polizei? Warum denn?« Die Angst vor Rache kroch in Vic hoch.

»Sie haben vier Verdächtige, aber du müsstest sie identifizieren. Und es wäre gut, wenn du ein Attest über deine Verletzungen ausstellen lassen würdest, aber ich wollte mit dir heute sowieso zu einem Arzt.«

Sie guckte ihn ängstlich an. »Identifizieren?«

»Vic, das muss sein. Diese Typen dürfen nicht davonkommen! Sie haben eine Frau zusammengeschlagen, und wer weiß, was sie noch getan hätten, wenn der Mann nichts dazwischengerufen hätte.« Sam nahm sie fest in den Arm, er hauchte ihr kleine Küsse auf die nackte Schulter. »Du bist bei mir; ich werde dafür sorgen, dass dir nichts mehr passiert, Süße.«

»Sam … das … das, was du gestern gesagt hast … Ich weiß nicht, wie ich darüber denken soll«, gestand sie ihm. Vorsichtig schob sie ihn von sich und sah ihm in die Augen.

»Das verstehe ich. Ich möchte auch noch keine Antwort. Du sollst aber wissen, dass ich mich sehr glücklich schätzen würde, wenn du mein Angebot und meinen Antrag annimmst. Das war mein Ernst, aber ich habe dich wohl damit überrumpelt. Nimm dir Zeit! Jetzt ist erst mal wichtig, dass du wieder gesund wirst. Und dass die Kerle bestraft werden.«

Er schaute ihr lange in die Augen, der Ausdruck darin war so voller Wärme, dass Vic fast nicht glauben konnte, dass er nicht das Gleiche für sie empfand, wie sie für ihn.

Aber vielleicht wollte sie das auch unbedingt annehmen?

»Kann ich ... kann ich duschen?« Sie musste sich jetzt unbedingt ablenken und zumindest versuchen, einen klaren Kopf zu bekommen. Wenn ihr das überhaupt jemals gelingen sollte in seiner Gegenwart.

»Natürlich.« Sam legte einen Arm um ihre Schulter und half ihr dabei, aufzustehen. Vic war gerührt über seine Fürsorge; ihr tat wirklich alles weh.

»Ich denke, laufen kann ich schon alleine«, lächelte sie ihm schüchtern zu. Plötzlich folgte sie einem Impuls und küsste ihn auf den Mund.

Für einen Moment lang verharrte sie so, dann begann Sam, sie intensiver zu küssen.

Vic schlang vorsichtig die Arme um seinen Hals; er zog sie an sich.

Es war verrückt, eigentlich tat ihr alles weh, aber trotzdem blieb seine Wirkung auf sie nicht aus. Doch bevor sie wieder ganz die Kontrolle über ihren Körper verlieren konnte, löste sie sich von ihm.

»Guten Morgen, Sam«, lächelte sie an seinem Mund.

»Daran könnte ich mich gewöhnen«, raunte er ihr zu.

»Ich mich auch.«

Vic erschrak, als sie sich im Spiegel betrachtete. Eine Gesichtshälfte verfärbte sich großflächig blau; an ihren Rippen sah es ähnlich aus. So konnte sie unmöglich Nelly gegenübertreten. Sam hatte recht. Außerdem hatte sie keine Kleidung hier, sie musste erst nach Hause und sich umziehen.

Vic war nicht davon überzeugt, dass es richtig war, die Polizei ermitteln zu lassen, aber andererseits durften die Kerle damit nicht durchkommen. Vielleicht würden sie sich ja bald schon an anderen Menschen vergreifen? Sie atmete tief durch, das warme Wasser half ihr, sich etwas zu beruhigen.

Vic schlüpfte in ihre Sachen und trat wieder hinaus. Sie hörte, dass Sam in der Küche werkelte, und ging schwerfällig die Treppen hinunter.

»Hast du deine Eltern angerufen?« Er bereitete gerade Rühreier zu und schien sich darauf sehr konzentrieren zu müssen.

Vic grinste ein wenig in sich hinein. Sam und die Hausarbeit standen in der Tat auf Kriegsfuß miteinander.

»Ach nein.« Sie schüttelte den Kopf und griff nach dem Telefon.

Nelly war dran und freute sich, sie zu hören. Sie plapperte an einem Stück.

Vic hörte lächelnd zu, danach bat sie aber, dass sie das Telefon an ihren Opa weitergab.

»Hallo Vic. Möchtest du Nelly holen?«, fragte er sie fröhlich.

»Papa, es ist etwas passiert; ich wäre dankbar, wenn sie noch bei euch bleiben könnte …«

Sie erzählte ihm stockend, was gestern Abend geschehen war. Als sie den Überfall jetzt noch mal schilderte, kam sofort alles wieder hoch. Sie bebte innerlich.

Ihr Vater hörte sich alles sprachlos an. »Und wo bist du jetzt? Immer noch bei Samuel Winter?«

»Ja. Er fährt mit mir gleich zur Polizei und zu einem Arzt«, erklärte sie ihm.

»Soll ich dich begleiten?«, bot ihr Vater sich sofort an.

»Danke, das ist nett. Aber es wäre einfach nur schön, wenn ihr euch um Nelly kümmern könntet. So könnte ich mich noch ein bisschen von allem erholen.«

»Kein Problem, Vic, das weißt du doch. Aber bitte informiere uns, wenn du bei der Polizei und beim Arzt warst, ja?«

»Natürlich«, versprach sie ihm.

Es wurde für Vic schwerer als erwartet, die Personen zu identifizieren. Doch bei Dreien war sie sich ganz sicher, die Gesichter würde sie ihr Leben lang nicht mehr vergessen, auch wenn es gestern Abend schon dunkel gewesen war und nur die Straßenbeleuchtung Licht gespendet hatte.

»Gut, wir werden ein Ermittlungsverfahren einleiten«, nickte der Beamte ihr zu. »Wir suchen auch noch weiterhin nach dem Zeugen, der uns angerufen hat. Und es müssen weitere Personen den Überfall beobachtet haben. In diesen großen Wohnblocks gibt es doch immer jemanden, der gerade mal aus dem Fenster schaut oder auf dem Balkon eine Zigarette raucht. Wir werden morgen einen Bericht in die Zeitung setzen lassen und bitten, dass sich mögliche Zeugen melden.«

»Ist das wirklich nötig?« Vic war es unangenehm, dass so ein Aufheben darum gemacht wurde.

»Wir wollen, dass die Täter bestraft werden. Und das dürfte doch auch in Ihrem Sinne sein, oder?«

»Ja«, stimmte Vic ihm zu.

Sam fuhr mit ihr in ein Krankenhaus, in der ihre Verletzungen protokolliert wurden. Danach bat sie ihn, sie in ihre Wohnung zu bringen, damit sie sich ein paar frische Sachen holen konnte.

Als sie den gleichen Weg wie gestern einschlug, wurde ihr mulmig. Ängstlich sah sie sich um. Die Männer waren wieder auf freiem Fuß, und wer wusste schon, ob sie nicht bereits auf sie warteten?

Vic war erleichtert, als sie ihre Sachen gepackt und mit Sam auf dem Weg zum Gutshaus war.

»Möchtest du dich etwas hinlegen?«, wollte er wissen, als sie das Haus betraten.

»Das wäre schön.« Sie war ein wenig befangen, es war nach wie vor merkwürdig, jetzt hier zu sein – und vor allem, wie sich alles entwickelt hatte.

»Dann mal los!« Sam grinste sie an und hob sie wieder hoch auf seine Arme.

»Lass mich runter!«, kicherte Vic, doch er dachte gar nicht daran, sondern stieg mit ihr die Stufen zu seinem Schlafzimmer hoch.

Sanft legte er sie auf dem Bett ab.

Vics Blick fiel zu dem Foto auf der Kommode. Erst jetzt realisierte sie, dass nur noch eines dort stand, das Silvia alleine zeigte.

»Warum hast du die anderen Bilder weggenommen?« Sie wartete gespannt auf seine Antwort.

»Ich habe dich gestern gebeten, mich zu heiraten und mit mir hier zu leben. Da halte ich es für unpassend, noch Hochzeits- oder andere Fotos von Silvia und mir hier stehen zu haben. Wenn du möchtest, räume ich es auch noch weg.« Er deutete auf das Foto im silbernen Rahmen.

»Nein, lass es stehen!« Vic schüttelte den Kopf. »Sie ... sie ist doch sowieso immer da«, fügte sie traurig an.

»So ist das mit Menschen, die man sehr geliebt hat.« Sam wurde schlagartig ernst. »Ich werde sie nie vergessen können.«

»So habe ich das auch nicht gemeint.« Vic drehte sich schwerfällig auf die Seite, selbst diese Bewegung verursachte ihr Schmerzen. »Natürlich sollst du sie nicht vergessen. Ich meinte das eher in anderer Hinsicht, und das weißt du auch.«

Zu ihrer Verwunderung legte sich Sam neben sie ins Bett. Sie sahen sich direkt in die Augen.

»Ich weiß, dass ich dich damit kränke, Vic. Und das tut mir unendlich leid. Ich könnte verstehen, wenn du meinen Antrag nicht annehmen würdest, aber ich wünsche es mir wirklich sehr.«

Er streckte die Hand nach ihr aus und spielte mit einer Strähne ihres Haares. »Und mehr, als dir zu versprechen, dass ich dir und Nelly ein sorgenfreies Leben bieten werde, kann ich leider nicht.«

»Erzähl mir von Silvia!«

Sam stutzte kurz, dann lächelte er wehmütig. »Wir haben uns in einem Café kennengelernt. Sie war damals noch Studentin. Ich hatte ebenfalls ein Studium begonnen, aber meine Leidenschaft galt der Schriftstellerei. Ich habe es eher halbherzig angefangen, um meine Eltern zu beruhigen. Ich war sofort in sie verliebt, als ich sie das erste Mal gesehen habe. Sie war wunderschön und hatte eine Ausstrahlung, die einem den Atem raubte. Ich habe sie angesprochen und sie zu mir an den Tisch eingeladen. Zu meinem Glück hat sie direkt zugestimmt. Ein halbes Jahr später waren wir schon verheiratet. Ich war der glücklichste Mensch auf der Welt.«

Vic hörte ihm gespannt zu. »Also war es Liebe auf den ersten Blick?«

»Ja, das war es«, nickte er. »Es hat mich einfach umgehauen.«

Vic streichelte zärtlich über sein Gesicht und wartete, ob er weiterreden würde.

»Sie schloss ihr Studium als eine der Besten ab und fand auch sofort einen Job. Sie wollte noch ein paar Jahre arbeiten, danach planten wir, eine Familie zu gründen. Es ist anders gekommen …«

»Was ist genau an dem Tag geschehen?«, fragte Vic vorsichtig nach.

»Sie war auf dem Weg von einem Geschäftstermin nach Hause. Es ist auf der Autobahn passiert, jemand ist rausgezogen und hat sie abgedrängt. Silvia hatte keine Chance, darauf zu reagieren. Sie war auf der Stelle tot, so hat man es mir später mitgeteilt. Wenigstens hat sie nicht lange leiden müssen.« Seine Stimme klang immer rauer.

»Es tut mir so leid.« Vic schluckte heftig, man sah die Trauer in seinen Augen nur allzu deutlich.

»Ich habe lange Zeit einfach nicht gewusst, wie ich weiterleben sollte. Ich habe auch keinen Grund darin gesehen. All meine Wünsche und Hoffnungen sind mit ihr gestorben. Ich war nur noch genervt von anderen Menschen, hab' mich total zurückgezogen. Bis zu jenem Tag, an dem eine freche Kellnerin mich das erste Mal bedient hat.« Er lächelte Vic liebevoll an.

»Du warst ein Kotzbrocken«, stellte sie sachlich fest.

»Ich weiß. Und ich war es gerne; es ersparte mir viele hohle Floskeln. Den Rest kennst du ja.« Sam beugte sich zu ihr hinüber und küsste sie ganz zärtlich.

»Aber … aber … wie willst du es ertragen, mit mir verheiratet zu sein, wenn du mich nicht liebst?«, fragte Vic ihn mit wundem Herzen. »Wie soll ich von dir verlangen können, es mit mir auszuhalten? Ich weiß nicht, ob ich das kann, Sam. Ich hätte ständig das Gefühl, dir ein Klotz am Bein zu sein und dich daran zu hindern, jemanden kennenzulernen, den du wirklich lieben kannst.« Sie konnte es nicht verhindern, erneut füllten sich ihre Augen mit Tränen.

»Vic, ich verstehe deine Bedenken.« Sam zog sie vorsichtig in seine Arme, beruhigend streichelte er ihr über den Rücken. »Aber du bist mir so wichtig geworden – und Nelly natürlich auch –, dass ich ohne euch nicht mehr sein mag. Es ist für mich kein Opfer, mit dir zusammen zu sein. Ich genieße jeden Augenblick davon. Und ich versichere dir, sollte es aus irgendeinem Grund doch schiefgehen, werdet du und Nelly abgesichert sein. Wir könnten einen Ehevertrag aufsetzen, der das von vorneherein regelt.«

»Ich will keinen Vertrag!« Vic wischte sich die Tränen aus dem Gesicht. »Sag mir nur eines noch: Was hast du dabei empfunden, mit mir zu schlafen? War es, um mir einen Gefallen zu tun?« Jetzt schluchzte Vic doch wieder auf. »Wird es immer nur aus diesem Grund passieren, weil es dazugehört? Oder ist es für dich auch schön gewesen?«

»Vic …« Sam streichelte ihr zärtlich übers Gesicht. »Es war sehr schön, mit dir zu schlafen. Ich habe es dir schon einmal gesagt, du bist sehr sexy, und ich bin auch nur ein Mann. Keine Sorge, es ist bestimmt keine Pflichterfüllung, dies zu tun.« Zur Bekräftigung seiner Worte bekam sie einen langen Kuss.

»Im Übrigen kann es ja auch sein, dass du jemanden kennenlernst und die Ehe beenden möchtest.«

»Nein, das wird nicht passieren!« Vic schüttelte energisch den Kopf.

Er zog fragend die Augenbrauen hoch. »Kannst du das so sicher sagen?«

»Ja, kann ich. Es wird nie jemanden geben, den ich so lieben werde.«

Sam sah sie traurig an. »Siehst du, genauso geht es mir mit Silvia.«

Vic döste irgendwann ein, aber richtig in den Schlaf fand sie nicht. Wie auch?

Die Ereignisse des gestrigen Tages ließen sie nicht los; in ihrem Kopf schwirrte alles wild umher.

Aber ein Gutes hatte das Gefühlschaos, in dem sie sich befand: An den Überfall dachte sie kaum mehr. Viel mehr zermarterte sie sich den Kopf darüber, ob sie Sams Angebot annehmen sollte.

Konnte sie mit diesem Arrangement leben? Und war er sich der Konsequenzen bewusst?

Würde er ihr wirklich treu sein?

Vic seufzte. Sie musste mit jemandem darüber reden und eine neutrale Meinung einholen. Sonst würde sie wohl noch in einem Jahr hier liegen und grübeln.

»Vic?«

Sams Stimme riss sie aus ihren Grübeleien, sofort schlug sie die Augen auf.

»Du hast ja gar nicht geschlafen«, sagte er lächelnd zu ihr.

»Nein, mir geht zu viel im Kopf herum«, gestand sie ihm.

»Das verstehe ich. Ich habe etwas zu essen kommen lassen. Hast du Hunger?« Er zog sie sanft an den Händen hoch und nahm sie in den Arm.

Vic legte ihren Kopf an seine Schulter. »Ich hab' nicht wirklich Appetit, aber ich stehe auf.«

Zu ihrer eigenen Überraschung schaffte sie es doch, mehr zu essen, als sie erwartet hatte.

Doch da das Thema „Heirat" sie nicht losließ, sprach sie es noch einmal an.

»Hast du es dir wirklich gut überlegt? Also das mit der Hochzeit?«, hakte sie zögernd nach.

»Ja, Vic, das habe ich. Es ist ja nicht so, dass ich nicht schon länger über dich und Nelly nachdenke. Ich betrachte euch als meine Familie; ich möchte euch in meiner Nähe haben.«

»Jeder wird sofort sehen, dass Nelly nicht deine Tochter ist«, wandte sie ein.

»Viele Paare adoptieren ein Kind aus dem Ausland. Das ist doch nichts Außergewöhnliches mehr. Im Übrigen, wo wir schon mal dabei sind: Ich würde Nelly auch adoptieren, wenn es dir recht ist.« Sam nahm ihre Hand. »Ich würde es richtig finden, wenn sie ganz offiziell meine Tochter wäre.«

Vic sah ihn erstaunt an. »Nun … also …, ich weiß nicht, ich glaube, da muss auch der Vater des Kindes zustimmen«, antwortete sie verwirrt.

»Und meinst du, er würde Schwierigkeiten machen?«

»Jared?« Vic lachte bitter auf. »Er hat Nelly ja noch nie persönlich gesehen. Und auf die Mails, in denen ich ihm Fotos von

Nelly geschickt habe, hat er nie geantwortet. Ich kann mir nicht vorstellen, dass er etwas dagegen haben könnte.«

»Und du? Was ist mit dir?«

»Ich glaube, ich könnte mir für Nelly keinen besseren Vater vorstellen.« Sie spürte schon wieder, wie sich ein Kloß in ihrem Hals festsetzte.

»Ich freue mich, dass du das sagst.« Ein Strahlen huschte über Sams Gesicht, dann schüttelte er jedoch den Kopf. »Aber das soll jetzt deine Entscheidung nicht beeinflussen.«

»Wie kannst du so sicher sein, dass es das Richtige ist, mich zu heiraten?«

»Ich weiß es einfach, Vic. Seit ich dich kenne, ist alles viel leichter geworden, bunter, lauter, fröhlicher. Ich mag deine Art, nicht vor meinen Launen zu kuschen – ich mag sogar deine Launen, selbst wenn du Salz in den Tee kippst.« Er lächelte ihr so liebevoll zu, dass Vics Herz einen gewaltigen Sprung machte. »Noch mehr?«

»Das … das reicht erst mal.«

»Aber auch wenn du dich gegen mich entscheidest, versprich mir eines, Vic: Ziehe da mit Nelly weg, das ist keine Wohngegend für euch. Und suche dir eine Stelle, die für deine Gesundheit besser geeignet ist.«

»Das ist nicht so einfach.« Vic zuckte mit den Schultern. »Die Leute reißen sich nicht gerade um eine alleinerziehende Mutter ohne Berufsausbildung.«

»Also musst du mich einfach heiraten, Vic. Was anderes bleibt dir wohl nicht übrig«, grinste er jetzt frech.

Vic musste lachen, und er fiel mit ein. Es tat gut, mal wieder mit ihm so ausgelassen zu sein.

Vic schlief mit ihm im Schlafzimmer, aber sie kuschelte sich lediglich dicht an ihn und ignorierte seine zaghaften Annäherungsversuche. Ihr Körper tat einfach noch zu weh. Wie sie gestern mit ihm hatte schlafen können, war ihr jetzt im Nachhinein ein Rätsel. *Muss wohl am Adrenalin gelegen haben …*

Geweckt wurden sie frühmorgens von Vics Handy. Zu ihrer Verwunderung sah sie, dass Betty sie anrief.

»Ja?«, antwortete Vic verschlafen. Sie warf einen Blick hinüber zu Sam, der sich tiefer unter die Bettdecke verkroch.

So schnell es ging, huschte Vic mit dem Handy aus dem Zimmer, um ihn nicht zu stören.

»Vic – großer Gott! Du lebst«, schrie Betty ins Telefon.

»Ja, natürlich lebe ich.« Vic verstand die Welt nicht mehr.

»Die Zeitungen sind voll von einem Bericht, da steht, dass es einen rechtsradikalen Angriff auf eine junge Frau gegeben hätte, in der Wohnsiedlung am Ebersberg. Und dass diese Frau ein farbiges Kind hätte …«, plapperte Betty aufgeregt drauflos. »Man sucht jetzt Zeugen für den Überfall.«

»Das war ich, Betty. Ich war die Frau.« Vic versuchte, so sanft wie möglich mit ihr zu reden, doch ihre Freundin schrie schon laut auf.

»WAS? Oh mein Gott! Und warum rufst du uns nicht an? Und was ist mit Nelly?«

»Betty, ich … also ich bin nach dem Überfall so fertig gewesen und dann zu Sam gefahren, weil du und Robert im Kino gewesen seid. Und da bin ich auch jetzt noch, Nelly ist bei meinen Eltern«, erklärte sie ihr ruhig. »Sie war gar nicht dabei.«

»Ach du Scheiße, Vic! Waren das echt Neonazis?« Ihre Freundin weinte am Telefon, Vic tat es leid, dass Betty sich so sorgte.

»Ja, sie sahen so aus. Sie hatten mich und Nelly auch schon angepöbelt, aber dass sie so weit gehen würden, hätte ich nie gedacht.«

»Oh Süße, das ist so furchtbar«, stammelte Betty. Sie redete kurz mit Robert und erklärte ihm, was geschehen war.

»Willst du zu uns kommen?«

»Nein, ich bleibe erst mal bei Sam.«

»Sicher?«

»Ganz sicher. Ich fühle mich wohl hier, und er hat mir angeboten, hierzubleiben«, fuhr Vic vorsichtig fort. Sie wusste nicht, ob sie Betty mit der ganzen Wahrheit jetzt nicht überfordern würde, aber andererseits war sie genau die Person, mit der Vic darüber am besten reden konnte.

»Hä? Wie? Was? Was heißt hierbleiben?« Der Tonfall ihrer Freundin wechselte von panisch zu neugierig.

»Nelly und ich sollen bei ihm einziehen. So richtig, mit allem Drum und Dran, Hochzeit und so …« Vic hielt gespannt den Atem an.

Es folgte eine längere Pause, und sie wollte gerade nachfragen, ob Betty noch dran sei, da meldete sich diese wieder. »Hochzeit? Hast du gerade Hochzeit gesagt? Er will dich heiraten?« Betty klang fassungslos, was Vic gut nachvollziehen konnte.

»Wer will Vic heiraten? Einer der Skins?«, hörte man Robert aus dem Hintergrund fragen.

Vic kicherte los, auch Betty lachte laut auf. »Quatsch, du Blödie! Samuel will Vic heiraten«, verkündete sie ihrem Freund aufgeregt. »Ich hab' es dir doch immer schon gesagt, dass er verknallt in dich ist!«, triumphierte Betty.

»Nein, ist er nicht.« Jetzt wurde Vic wieder ernst. »Er liebt mich nicht, das betont er immer wieder. Also jedenfalls nicht so sehr wie seine verstorbene Frau. Aber er mag mich und Nelly halt gerne. Er hat uns sehr vermisst. Ich glaube, er sehnt sich nach einer Familie …«

»Ich kapiere gerade gar nichts …«

»Verständlich. Er bietet mir ein sorgenfreies Leben an, auch wenn es schiefgehen sollte, würde ich mein Auskommen haben. Und Nelly würde er sogar adoptieren.«

»Geht es ihm um Nelly oder um dich?«, knurrte Betty.

»Ich weiß nicht, vielleicht geht es um so etwas wie Geborgenheit …«

»Und? Was machst du?«

»Wenn ich das mal wüsste. Du weißt, was ich für ihn empfinde. Ich liebe ihn einfach. Und für Nelly wäre er der perfekte Vater.«

»… und du hättest ausgesorgt. Aber kannst du mit einem Mann leben, der dich nicht liebt? Oder sagen wir so: Der GLAUBT, dich nicht zu lieben. Denn er tut es, da bin ich mir nach wie vor sicher.«

»Ich würde den Mann heiraten, den ich liebe. Ich hätte ein besseres Leben und Nelly auch. Es gibt Schlimmeres …«

»Aber ob das echt gut geht? Hm …« Betty wirkte sehr skeptisch.

»Ich habe keine Ahnung. Aber es ist eine sehr reizvolle Perspektive für mich«, gab Vic zu bedenken.

»Du könntest daran kaputtgehen.«

»Er hat gesagt, er würde alles tun, damit Nelly und ich uns wohlfühlen. Und ich glaube ihm das sogar.«

»Aber was ist mit Sex? Nur mal so als Beispiel«, warf Betty bissig ein.

»Klappt«, antwortete Vic und musste grinsen.

»W…was? Du hast mit ihm geschlafen?«

»Ja, sonst könnte ich das wohl nicht beurteilen.«

»Er schläft mit dir, er bittet dich, ihn zu heiraten, er bietet euch ein sorgenfreies Leben und will deine Tochter adoptieren, und er behauptet allen Ernstes, dass er dich nicht liebt?«, gluckste Betty.

»Ja.«

»Ich hab so was Bekloppptes noch nie gehört – aber irgendwie passt dieses Chaos zu dir«, kicherte ihre Freundin.

27

Sie redeten noch eine ganze Weile über das Für und Wider von Sams Angebot. Das Gespräch wurde auch wieder ernster. Sie kaute mit Betty alle Optionen durch, die diese Ehe haben könnte.

»Ich habe Angst, dass du dabei vor die Hunde gehst«, resümierte Betty zum Schluss. »Ich weiß, es klingt vielleicht unlogisch, aber ich bin gegen diese Hochzeit, solange er nicht offen sagt, dass er dich liebt.«

»Danke, dass du so ehrlich bist!« Vic nagte an ihrer Unterlippe. Sie teilte die Befürchtungen ihrer Freundin, weil sie selbst sich immer noch nicht vorstellen konnte, wie das wirklich gehen sollte, ein Eheleben mit Sam.

Robert mischte sich ein paar Mal aus dem Hintergrund ein, so lange, bis Betty den Lautsprecher anstellte.

Im Gegensatz zu seiner Freundin war er für eine Ehe.

»Männer nehmen die Bedeutung des Wortes ›Liebe‹ nicht so genau«, war sein Kommentar. Dieser Satz brachte ihm allerdings eine heftige Zwischendiskussion mit Betty ein.

Robert sah ganz klar die finanziellen Vorteile dieser Ehe als entscheidenden Grund für Vic, Sam zu heiraten.

Vic seufzte. Jetzt war sie genauso schlau wie vorher.

»Aber du musst das sowieso für dich allein entscheiden«, tröstete Betty sie.

Vic versprach, sich zu melden, sobald es Neuigkeiten gab. Sie legte auf und krabbelte zurück zu Sam ins Bett.

Er schlief immer noch tief und fest. Vic schmiegte sich behutsam an ihn heran.

»Was ist los?«, grummelte Sam.

Vic schaute ihn überrascht an. »Du bist wach?«

»Du denkst so laut nach, dass man nicht mehr schlafen kann.« Er schlug die Augen auf und betrachtete sie nachdenklich.

Vic kicherte leise. »Entschuldigung.«

»Wie geht es dir?«

»Die Rippen machen noch ein bisschen Probleme, aber es geht so langsam wieder besser. Ich würde gleich gerne zu meinen Eltern fahren und nach Nelly sehen.«

»Hast du ein gutes Make-up dabei?« Sam streichelte vorsichtig über ihr verletztes Gesicht.

»Ganz abdecken kann ich es nicht. Ich werde ihr sagen, ich sei gefallen.«

»Und dann? Was wirst du tun? Doch nicht zurück in deine Wohnung gehen, oder?« Sam guckte ihr lange in die Augen. »Das … das kannst du nicht tun, Vic. Ich würde vor Angst um euch durchdrehen.«

Vic lächelte ihm zu, es tat ihr gut, dass er sich so um Nelly und sie sorgte.

»Ich werde meine Eltern bitten, dass Nelly ein paar Tage länger bei ihnen bleiben kann. Ich brauche ein bisschen Zeit, um mir alles zu überlegen.« Sie strich ihm zärtlich durch die Haare. »Wenn ich jetzt mit ihr hier in das Haus käme, würde sie sich wieder Hoffnungen machen.«

»Klar, das verstehe ich.« Sam beugte sich über sie und drückte sie sanft auf den Rücken. »Darf ich dich küssen?«

»Sehr gerne.«

Es war wie ein Rausch, in den sie sich zu gerne fallen ließ, als sie seine Lippen auf ihren spürte. Er war so zärtlich, so sanft.

Vic schloss die Augen und gab sich seinen Liebkosungen nur allzu bereitwillig hin.

Sie spürte, wie Sams Hände auf Wanderschaft über ihren Körper gingen. Er schob behutsam ihr Shirt nach oben; seine Finger glitten hauchzart über ihre Haut. Vic hatte Angst, dass ihr Körper schmerzen würde, doch Sam ging so sanft vor, dass sich ihre Lust ganz stetig steigerte.

Irgendwann, sie konnte sich gar nicht genau daran erinnern, lag sie nackt vor ihm. Sie blickte ihm in die Augen, entdeckte sein Verlangen darin.

Vic drückte jetzt ihn auf den Rücken, ließ ihm die gleiche zärtliche Folter zuteilwerden. Sie kümmerte sich ausgiebig um seine samtweiche Männlichkeit, die sich ihr steil aufgerichtet präsentierte.

»Bitte lass mich dich nehmen!«, stöhnte Sam auf. Er deutete auf eine Schublade.

Vic verstand den Hinweis und holte ein Kondom heraus. Behutsam streifte sie es ihm über. Sie beugte sich über ihn und küsste ihn fordernd.

»Vic«, seufzte er heiser.

Sie lächelte in den Kuss hinein und nahm ihn langsam in sich auf.

Sie zog ihn zu sich; er umschlang sie mit seinen Armen, überließ sich aber ganz ihrem Rhythmus. Vic schloss die Augen, spürte seine Küsse auf ihrem Körper, wie er ganz sachte ihre Brustwarzen liebkoste und zärtlich hineinbiss.

Als sie es nicht mehr aushielt, krallte sie sich an ihm fest, und ihr Höhepunkt raubte ihr den Atem.

Da presste Sam sie mit einem heftigen Ruck noch einmal an sich, sein Körper erzitterte förmlich, als er sich in ihr ergoss.

Beide rangen nach Luft.

Irgendwann drehte Sam sich mit ihr um und drückte sie zurück in die Kissen.

»Das war Wahnsinn!«, keuchte er und schenkte ihr ein umwerfendes Lächeln.

»Ich liebe dich.« Vic fuhr mit ihrem Finger die Konturen seines Mundes nach. Statt einer Antwort, die Vic auch nicht wirklich erwartete, küsste er sie zärtlich.

»Vic, mein Gott, wie siehst du aus!« Ihre Mutter schlug entsetzt die Hände vors Gesicht, als ihre Tochter vor ihnen stand.

Dabei hatte sie sich so sorgfältig geschminkt, aber die Schwellung war natürlich nach wie vor sichtbar.

»Was ist das?« Nelly schaute ängstlich auf Vics Gesicht.

»Ich bin gefallen, es ist nicht schlimm, Schatz.« Vic drückte Nelly an sich und hob sie hoch auf ihre Arme. »Wie geht es dir, mein kleiner Engel?«

»Gut.«

»Die Zeitungen sind voll davon.« Ihr Vater sah Vic ernst an. »Sie suchen nach Zeugen. Glaubt man dir etwa nicht?«

»Ich habe schon den Eindruck, dass die Polizei mir glaubt. Aber es ist immer besser, wenn es noch jemand bestätigen kann«, erklärte Vic ihm.

Sie bat Nelly, wieder in ihre Spielecke zu gehen. »Ich muss mit euch reden.«

Vic wusste gar nicht, wie sie anfangen sollte; schließlich entschied sie sich dafür, chronologisch vorzugehen. Sie erzählte von dem Freitag im Lokal, wie ihre Hüfte nach dem Job geschmerzt hatte und wie der Überfall vonstattengegangen war.

Ihre Eltern hörten ihr mit kreideweißen Gesichtern zu. Sie verstanden, dass Vic nicht nach dem Überfall zu ihnen gekommen war.

»Nelly darf nichts davon erfahren«, bat Vic ihre Eltern inständig.

»Natürlich, das ist doch klar. Wie soll man auch einem kleinen Kind verständlich machen, dass die Mutter wegen seiner Hautfarbe verprügelt worden ist?«, sagte ihr Vater bitter. »Dass so was heutzutage noch passieren kann!«

»Da ist noch etwas«, fuhr Vic zögernd fort, sie atmete tief durch. »Es betrifft Samuel. Er … er hat darum gebeten, dass Nelly und ich zu ihm ziehen. Und er hat mir einen Heiratsantrag gemacht.«

Die Köpfe ihrer Eltern ruckten hoch. Sie sahen Vic mit weit aufgerissenen Augen an. Erst sagte niemand ein Wort.

Endlich strahlte ihre Mutter sie an. »Aber … aber das ist doch wundervoll. Du liebst ihn doch auch und … und … Vic, das ist wunderschön.«

Vic nickte und überlegte kurz, ob sie wirklich mit der ganzen Wahrheit rausrücken sollte. Sie könnte das kleine Detail, dass Sam sie nicht liebte, auch gut verschweigen.

Doch da schalt Vic sich selbst. Sie wollte ehrlich zu ihnen sein; sie hatte sie schon oft genug angeflunkert.

»Es ist so, Sam hat mir erklärt, dass er mich nicht liebt. Jedenfalls nicht so wie seine verstorbene Frau. Aber Nelly und ich bedeuten ihm sehr viel, er sieht uns als seine Familie an. Er wäre auch bereit, Nelly zu adoptieren, und er verspricht uns ein sorgenfreies Leben. Selbst im Falle einer Trennung wäre für Nelly und mich gesorgt.« Vic atmete tief durch, jetzt war es raus.

»Aber … aber er muss doch sehr viel für dich empfinden. Eine Heirat …, das … das ist so ein wichtiger Schritt!« Ihre Mutter hatte als Erste ihre Sprache wiedergefunden. »Das sagt man doch nicht einfach so …«

»Er sorgt sich um Nelly und mich. Und er hat uns vermisst, als wir nicht mehr da waren.«

»Hast du dich schon entschieden?«, fragte Karl Gessner sie. An seinem Gesicht konnte Vic nichts ablesen.

»Nein. Obwohl ich die Vorteile klar sehe. Aber … aber es ist ein komisches Gefühl zu wissen, dass man den anderen mehr liebt und dies nicht erwidert wird.«

»Du musst auf dein Herz hören, Vic. Mehr kann ich dir nicht raten.« Ihr Vater stand auf und nahm sie in den Arm.

»Ich sehe das anders …« Helene schüttelte den Kopf. »Vic muss das nüchtern überlegen. Eine Ehe bietet ihr viele Vorteile. Sie hätte keine finanziellen Sorgen mehr, Nelly hätte einen Vater, der sich kümmert. Und um es mal klar auszudrücken: Welche Chancen hätte Vic denn bei Männern mit einem farbigen Kind? Es ist für Frauen mit hellhäutigen Kindern schon schwierig, einen Ersatzpapa zu finden. Mit einem farbigen Kind tun sich mit Sicherheit doch noch mehr Männer schwer. Man sieht ja sofort, dass das Kind nicht von dem Mann abstammen kann.« Vics Mutter griff nach ihrer Hand. »Ich würde dir so gerne raten, dass du allein das tun sollst, was für dich das Beste ist. Aber diese Entscheidung betrifft auch Nelly und ihre Zukunft. Samuel hat bewiesen, wie sehr er an euch hängt. Ich nehme ihm das ab; er wirkt auf mich zu ernsthaft, als dass er mit euch spielen würde. Er bietet dir ein gesichertes Leben, und das ist für meine kleine Chaoten-Vicky schon jede Menge. Wenn es dir nicht komplett gegen den Strich geht – dann heirate ihn!«

Vic liefen die ersten Tränen über ihre Wange.

»Ich liebe dich, mein Schatz. Ich wünsche dir und deinem kleinen Engel nur das Beste. Und Sams Vorschlag hört sich sehr gut an.« Auch ihre Mutter schluchzte jetzt.

»Also wärt ihr nicht dagegen und könntet meinen Schritt verstehen, wenn ich mich dazu entschließen würde?«, bohrte Vic noch einmal nach.

Sie sah ihren Vater gespannt an.

»Ich weiß nicht, ob ich es verstehen könnte, ich bin da hin- und hergerissen. Du bist zwar eine starke junge Frau, das Vorhaben birgt jedoch auch die Gefahr, dass du sehr unglücklich werden kannst. Aber ich kann es akzeptieren, wenn du dich für ihn entscheiden solltest. Es gibt ja auch die Möglichkeit – und die ist vielleicht gar nicht so gering –, dass ihr eine glückliche Ehe führt. Und Liebe kann auch wachsen.« Ihr Vater streichelte über ihr Haar. »Du bist ein großes Mädchen. Und selbst wenn du noch einen Fehler machen solltest – wir werden dich stets auffangen.«

Vic schluchzte laut auf. »Danke, Papa.«

Vic blieb zum Essen bei ihren Eltern. Sie bat darum, dass Nelly bei ihnen bleiben dürfe. Einen Tag lang wollte Vic sich noch Zeit geben, um sich zu entscheiden.

»Sam hat mich gebeten, nicht mehr in die Wohnung zurückzukehren. Wegen … wegen der Typen«, erklärte sie ihren Eltern.

»Eine gute Idee«, stimmte ihr Vater zu.

»Und solange ich noch keine Entscheidung wegen Sam getroffen habe, kann ich Nelly noch nicht mitnehmen. Ich will sie später nicht enttäuschen müssen.«

»Auch das hört sich gut an«, grinste Karl. »Du wirst nicht mehr alleine zu deiner Wohnung fahren, am besten wird es sein, wenn deine Mutter und ich uns um alles kümmern. Wer weiß, wozu die Typen noch in der Lage sind, wenn sie es schon fertiggebracht haben, eine junge Frau zusammenzuschlagen.«

»Wenn ich Begleitung dabeihabe, werden sie mir schon nichts tun«, beruhigte Vic ihn.

Sie verabschiedete sich liebevoll von Nelly, die sehr erfreut darüber war, noch bei Oma und Opa bleiben zu dürfen.

Sam erwartete sie schon. Er sah sehr angespannt aus.

Vic umarmte ihn zur Begrüßung und küsste ihn zärtlich. »Alles klar?«

»Das muss ich dich fragen«, knurrte er. »Was sagen deine Eltern?«

»Sie waren sehr geschockt wegen des Überfalls.«

»Das ist verständlich …, aber … aber habt ihr noch … Also habt ihr noch über andere Dinge geredet?« Er fuhr sich mit der Hand nervös durch die Haare.

»Ja, haben wir.« Vic löste sich jetzt und sah ihn ernst an. »Ich glaube, ich habe mich entschieden.«

»O… okay«, stammelte Sam, er wirkte unsicher.

Vic tat es sofort wieder leid, dass sie ihn so ernst angeschaut hatte.

Er nahm ihre Hand und führte sie ins Wohnzimmer.

»Lass mal hören! Daumen hoch oder Daumen runter?«

»Es … es ist mir nicht leicht gefallen. Du kennst meine Gefühle für dich, und ich weiß nicht, ob ich das Richtige tue. Es ist hart damit zurechtzukommen, dass die Liebe, die man jemandem entgegenbringt, nicht erwidert wird. Oder zumindest nicht in dem gleichen Maße.« Vic atmete tief durch.

»Ich verstehe dich sehr gut.« Er klang enttäuscht.

Vic beschloss, ihn zu erlösen. »Aber trotzdem möchte ich dich heiraten. Denn ich liebe dich so sehr, vielleicht reicht diese Liebe ja für uns beide.« Vics Augen füllten sich mit Tränen. Sie konnte ihn nur noch verschwommen erkennen.

»Ist … ist das wahr?« Ein Strahlen legte sich über sein Gesicht. »Du nimmst meinen Antrag an?«

»Ja«, schluchzte Vic.

»Oh Vic!« Sam riss sie förmlich in seine Arme. »Du ahnst gar nicht, wie viel mir das bedeutet. Ich weiß, dass ich dir viel zuge- mutet habe, aber ich verspreche dir, ich werde mein Möglichstes dafür tun, um dich und die kleine Maus glücklich zu machen«, flüsterte er an ihrem Hals.

Vic konnte nicht darauf antworten. Sie war zu berührt von der Situation.

Sam löste sich sanft von ihr, dann stand er auf.

Verwundert schaute sie ihm nach, als er plötzlich schnell die Treppen hinauflief.

Atemlos kehrte er mit einem kleinen Päckchen in seiner Hand zurück. »Ich … ich hab' natürlich auch was für dich«, lächelte er verlegen. Er kam zu Vic und hockte sich vor sie.

Vic nahm staunend das Geschenk entgegen. Mit zitternden Händen öffnete sie das Papier und keuchte, als sie den Aufdruck eines bekannten Juweliers erkannte.

»Sam!«

»Bitte öffne es«, drängte er sie.

Zum Vorschein kam ein zierlicher Ring mit einem glitzernden Stein in der Mitte. Vic hatte noch nie einen Diamantring gesehen, außer in einer Schaufensterauslage, aber er funkelte so verschwenderisch, dass sie sich ziemlich sicher war, dass der Stein echt war.

»Gefällt er dir?«, fragte Sam aufgeregt.

»Er ist traumhaft schön«, flüsterte Vic.

Sam nahm den Ring aus der Schachtel und griff nach Vics Hand. Vorsichtig schob er ihn über ihren Finger. Er lachte triumphierend auf: »Er passt – ich hab' mich nicht vermessen!«

Vic schaute ihn verblüfft an. »Vermessen?«

»Als du geschlafen hast, hab ich deinen Fingerumfang gemessen«, grinste er.

Vic konnte nichts mehr sagen, sie fiel ihm weinend um den Hals.

Sam erhob sich, setzte sich neben sie aufs Sofa und zog sie auf seinen Schoß. Schweigend hielten sie sich eine Zeit lang in den Armen.

»Geht es wieder?«

»Ja, tut … tut mir leid wegen des Gefühlsausbruchs«, lächelte sie zerknirscht.

»Alles wird gut werden, Vic. Wir werden das prima hinbekommen.« Er küsste ihr vorsichtig die Tränen weg.

»Ja«, nickte sie heftig. »Ganz bestimmt.«

Sam redete den restlichen Tag von nichts anderem mehr. Er wirkte ungewohnt aufgedreht; so langsam begann es Vic auch Spaß zu machen, die Hochzeit zu planen.

Sie überlegten sich, im Frühjahr zu heiraten. Bis dahin war noch genug Zeit für die Vorbereitungen. Sam machte Vic die irrsten Vorschläge. Letztlich einigten sie sich aber doch darauf, ganz normal in einer kleinen Kirche zu heiraten.

»Nelly wird sicherlich das süßeste Blumenmädchen der Welt werden«, frohlockte er beim Abendessen.

»Mit Sicherheit.«

»Apropos Nelly …«, begann er vorsichtig. »Hast du dir das mit der Adoption überlegt?«

»Ich hätte nichts dagegen. Und ich denke, dass ich für Nelly sprechen kann. Sie wäre mit dieser Lösung auch sehr zufrieden.«

Sam strahlte Vic an. »Wir könnten schon alles in die Wege leiten …«

»Ich werde mich erkundigen«, versprach Vic ihm und griff nach seiner Hand. »Für mich ist das alles noch ein bisschen irreal.«

»Das verstehe ich. Aber ich kann dich beruhigen, mir geht's genauso. Ich hätte nicht gedacht, dass ich noch einmal heiraten würde. Auch wenn die Umstände vielleicht anders sind, als bei der Hochzeit mit Silvia, so ist das schon ein komisches Gefühl. Aber ich bin sehr froh damit.«

»Was ist mit deinen Eltern? Wie werden sie das alles auffassen?« Vic wurde nervös bei dem Gedanken an ihre zukünftigen Schwiegereltern. Sie fand die beiden sympathisch, aber es war ja etwas anderes, ihnen als Angestellte oder zukünftige Schwiegertochter gegenüberzustehen.

»Das lässt sich leicht herausfinden.« Sam griff zum Telefon. »Soll ich sie direkt anrufen?«

Vic erblasste. »Ich … ich weiß nicht.«

»Hey, ich kann dich beruhigen. Sie werden sich freuen. Sie haben mir sowieso schon ständig in den Ohren gelegen, dass ich mich wieder neu binden soll. Und selbst Silvias Eltern erwähnen das ab und zu.«

»Du hast noch nie von ihnen erzählt.« Vic guckte ihn unsicher an. Sie hatte bisher nichts davon mitbekommen, dass er Kontakt zu den Eltern seiner verstorbenen Frau hielt.

»Sie wohnen in der Schweiz. Wir mailen uns ab und zu. Sie kommen einmal im Jahr zum Todestag von Silvia hierher. Sie sind sehr nett und haben mich schon öfter ermutigt, wieder zu heiraten.«

»Okay. Aber ich habe ein Kind von einem anderen Mann – meinst du, deine Eltern werden das akzeptieren?«

Sam lachte auf. »Du hast doch selbst gesehen, wie schnell Nelly die beiden um den Finger gewickelt hatte. Glaub' mir endlich, meine Süße: Das ist schon alles in Ordnung so.«

Er machte seine Ankündigung wahr und wählte die Nummer seiner Eltern.

Vics Herz klopfte vor Aufregung heftig gegen ihre Brust, denn so langsam begriff sie, dass das hier alles Wirklichkeit werden würde.

Sie würde Sam heiraten.

Wahnsinn!, schoss es ihr durch den Kopf.

Freude flackerte in ihr auf, aber ständig war da auch diese kleine, warnende Stimme, diese Ehe hatte einen Beigeschmack, der bitter war. Doch den galt es zu verdrängen.

Die Worte ihres Vaters kamen Vic wieder in den Sinn.

Liebe kann wachsen …

Daran würde sie sich klammern und die Hoffnung nicht aufgeben.

Sam wechselte zunächst ein paar Höflichkeitsfloskeln. Später zwinkerte er Vic zu und nahm ihre Hand.

»Ich habe Neuigkeiten. Ich werde heiraten«, sagte er knapp.

Vic traute sich gar nicht mehr, zu atmen.

Ein breites Grinsen machte sich auf seinem Gesicht breit; er hielt den Hörer kurz weg. »Sie freuen sich ...«

Ob sie sich immer noch freuen, wenn sie hören, wer die Braut ist?, fragte sich Vic.

»Ja, ihr kennt sie. Es ist Victoria, meine gute Fee. Und ihre kleine Tochter Nelly möchte ich gerne adoptieren«, erklärte er ihnen weiter.

Vic musste sich zwingen, nicht vor lauter Aufregung ohnmächtig zu werden.

»Ja, ich freue mich auch«, lachte Sam.

»Sie wollen übermorgen Abend vorbeikommen. Ist das okay für dich?«, erkundigte sich Sam, als er das Gespräch beendet hatte.

Vic nickte. »Soll ... soll Nelly dabei sein?«

»Das wäre schön. Meine Mutter ist nämlich völlig aus dem Häuschen, dass sie eine Schwiegertochter und eine Enkelin in einem Abwasch bekommt.«

»Ich bin sehr erleichtert«, gestand Vic ihm.

»Ich hatte wegen meinen Eltern keinerlei Befürchtungen.« Sam küsste sie auf die Nasenspitze. »Aber wir müssen es noch einer ganz wichtigen Person sagen. Und das möglichst schnell, sonst wird Nelly von meinen Eltern überrumpelt.«

»Wir könnten morgen Abend zu meinen Eltern fahren und es ihnen mitteilen«, schlug Vic vor.

»Muss ich Bedenken haben?«

»Nein. Meine Eltern mögen dich, aber sie wissen auch ... um die besonderen Voraussetzungen für diese Ehe«, klärte sie ihn auf.

»Oh ...« Sam wirkte zerknirscht. »Und es ist okay für sie?«

»Ja, ist es. Keine Angst.« Vic beugte sich zu ihm hinüber und gab ihm einen zärtlichen Kuss. »Sie sind Schlimmeres von mir gewöhnt.«

Vic fragte sich, ob es so gut gewesen war, Sam davon zu erzählen, dass ihre Eltern über ihr Verhältnis aufgeklärt waren, denn als sie am nächsten Tag zu ihnen fuhren, war er doch mächtig aufgeregt.

Am Vormittag hatten sie bereits Nellys Sachen aus der Wohnung geholt. Vic bekam immer noch ein beklemmendes Gefühl in ihrer Brust, wenn sie das Wohnhaus betrat. Aber von ihren Angreifern war Gott sei Dank nichts zu sehen.

»Sei nicht so nervös!«, versuchte Vic, Sam zum ungefähr hundertsten Mal zu beruhigen.

»Das sagst du so!«

»Vic, Herr Winter.« Helene Gessner öffnete strahlend die Tür. Vic hatte ihre Mutter bereits vorgewarnt, dass sie heute kommen würden, um Nelly abzuholen. Den genauen Grund des Besuchs hatte sie aber verschwiegen.

Vics Mutter schaute auf den Blumenstrauß in Sams Hand und das Päckchen, das in Kindergeschenkpapier verpackt war. Vic ahnte, dass Helene spätestens jetzt Bescheid wusste.

»Kommt doch rein!«

»Mami! Sam!«, freudestrahlend rannte Nelly auf die beiden zu.

Vic hob sie auf ihre Arme und drückte sie an sich.

»Hab' bei Omi und Opi schlaft«, erklärte sie Sam wichtig.

»Das hab' ich schon gehört, kleine Lady.«

»Bümchen? Für mich? Und das Schenk auch?«, fragte sie direkt.

»Nein, die Blumen sind für deine Oma. Aber das Geschenk ist für dich«, grinste Sam.

Sie setzten sich ins Wohnzimmer.

Vics Vater blinzelte ihr unmerklich zu, es war nicht schwierig zu erraten, dass er sich denken konnte, warum Vic und Sam hier waren.

»Wir ... wir wollten nicht nur Nelly abholen, sondern euch auch etwas sagen«, begann Vic schließlich, damit Sam es hinter sich hatte.

»Oh? Was denn?« Man konnte Helene Gessner ansehen, dass sie sich das Strahlen kaum verkneifen konnte.

»Ich ... ich habe Vic gefragt, ob sie mich heiratet ..., das ... das wissen Sie ja bereits. Und ... also, zu meinem Glück hat sie Ja gesagt.« Sam atmete tief durch und sah ihre Eltern gespannt an, als er die Worte rausgepresst hatte.

»So? Hat sie das?« Karl schaute Sam ernst in die Augen. »Ich freue mich für euch beide und wünsche euch eine wunderbare Ehe.«

»Danke.« Sam nickte erleichtert. »Ihre Tochter und Ihre Enkelin bedeuten mir wirklich sehr viel, ich mag sie sehr gerne.«

»Das geht uns genauso, also machen Sie was draus!«, zwinkerte Karl ihm zu, dann wandte er sich an Vic.

»Du siehst glücklich aus – insofern sind wir es auch.« Er stand auf und nahm sie in den Arm; anschließend schüttelte er Sam die Hand.

Ihre Mutter tat es genauso.

Vic verdrückte ein paar Tränen, wandte sich aber Nelly zu, die das Ganze mit großen Augen verfolgt hatte.

Sam hockte sich vor sie und nahm ihre Händchen in seine. »Ich habe deine Mami gefragt, ob sie mich heiratet, dann wären wir eine Familie. Und deine Mami hat Ja dazu gesagt. Wie findest du das?«

Nelly starrte ihn mit offenem Mündchen an. »Eine Familie? Bist du dann mein neuer Papi?«

»Wenn du das möchtest, wäre ich das gerne«, lächelte Sam ihr zu. Vic konnte hören, dass er mit den Tränen kämpfte.

»Das ist schön«, strahlte Nelly ihn an und legte die Ärmchen um seinen Hals.

28

Nelly verbrachte den Rest der Zeit auf Sams Schoß.

Vic registrierte, dass ihre kleine Tochter Sam immer wieder ehrfürchtig ansah, und konnte sich deswegen nur schwer die Tränen verkneifen.

Vics Eltern nahmen Sam herzlich auf, wofür sie den beiden ungemein dankbar war. Doch Vic ahnte, dass gerade ihr Vater an den Umständen der Hochzeit zu knabbern hatte. Jetzt tat es ihr fast schon leid, dass sie die beiden über Samuels Gefühle für sie aufgeklärt hatte.

Als Nelly sich immer öfter über die Augen rieb, drängte Vic zum Aufbruch.

»Wir müssen doch noch aussuchen, welches Zimmer du in Sams Haus beziehen wirst«, erklärte sie Nelly lächelnd.

»Ja«, nickte Nelly eifrig und holte schnell ihre Jacke. Dass sie jetzt bei ihm im Gutshaus wohnen würden, hatte ihrer kleinen Tochter sehr imponiert.

»Soll ich dich aufs Amt begleiten?«, bot ihre Mutter Vic an.

»Nein, das mache ich schon alleine, danke.« Sie hauchte Helene einen Kuss auf die Wange.

Der Termin lag Vic im Magen, nicht wegen Sam, sie fand die Idee, dass er Nelly adoptieren wollte, toll. Doch sie würde den Kontakt zu Jared suchen müssen, das bedrückte Vic.

Was würde passieren, wenn er der Adoption nicht zustimmen würde?

Nelly brauchte nicht lange für ihre Wahl. Sie entschied sich für das Zimmer, in dem Samuel bisher seine Damenbesuche empfangen hatte.

Vic musste sich ein gehässiges Grinsen doch sehr verkneifen.

»Okay, wir werden im Laufe der Woche deine Möbel hierherholen«, schlug Sam Nelly vor.

»Ja, das machen wir!« Sie drückte ihn noch einmal fest an sich und gab ihm zaghaft einen Kuss auf die Stirn.

»Und jetzt schläfst du aber, kleine Lady!«, ermahnte er sie

»Und wo schläft Mami?«

»Äh, Mami schläft bei mir im Bett«, antwortete er.

Vic konnte die Verlegenheit in seiner Stimme deutlich heraushören.

Gespannt wartete sie den weiteren Verlauf des Gesprächs ab.

Nelly runzelte die Stirn, man konnte förmlich sehen, wie es in dem kleinen Köpfchen arbeitete. »Aber hier sind doch genug Zimmer. Mami kann doch ein eigenes Zimmer haben«, schlug sie Sam dann vor.

»Ja, das stimmt. Aber … aber es ist ja so, dass Erwachsene … also, … wenn … wenn sich Mamis und Papis sehr gerne mögen, wollen sie in einem Bett schlafen«, räusperte sich Samuel. Er schickte Vic einen hilfesuchenden Blick, doch sie lächelte ihm nur zuckersüß zu.

»Warum?«, hakte Nelly gnadenlos nach.

Sam guckte Vic jetzt immer verzweifelter an. »Vic …«

Sie zuckte mit den Schultern. »Na … also …, wenn sich zwei Menschen sehr gerne mögen, wollen sie halt auch zusammen kuscheln und sich küssen und so was. Und das geht am besten, wenn man gemeinsam in einem Bett schläft«, stammelte Sam.

»Ja?« Nelly riss ungläubig die Augen auf.

»Ja!«

»Kann ich nicht auch mit im Bett schlafen? Möchte auch kuscheln.« Sie machte ein Schmollmündchen.

»Nelly, Kinder brauchen aber mehr Schlaf als Eltern, das weißt du doch. Und damit wir dich nicht stören, hast du ein eigenes Zimmer. Und wir können ja auch so kuscheln.« Vic beschloss, Sam zu erlösen, und drückte Nelly fest an sich. »Wir schlafen ja nebenan, wenn etwas ist, kannst du uns rufen, okay?«

»Ja.« Nelly gab sich mit der Auskunft zufrieden.

Vic sah hinüber zu Samuel, der sie böse anschaute.

»Nacht, Sam.« Nelly streckte die Ärmchen wieder nach ihm aus, und er ließ sich ablenken.

»Nacht, meine kleine süße Lady. Schlaf gut.« Noch einmal gab er Nelly ein Küsschen, dann folgte er Vic nach draußen.

Vic wollte zurück ins Wohnzimmer gehen, doch Samuel hielt sie an der Hand zurück und zog sie ins Schlafzimmer.

»So nicht, du Biest!«, knurrte er sie an. Er schubste sie aufs Bett, seine Augen funkelten Vic gefährlich an.

»Was ist denn?«, fragte sie ihn mit dem unschuldigsten Blick, den sie zu bieten hatte.

Sam setzte sich auf ihren Bauch und Vic stöhnte laut auf. »Du bist schwer«, japste sie unter ihm.

»Du hast mich hängen lassen«, murrte er. Seine Finger krabbelten an Vics Taille entlang, sodass sie aufquietschte.

»Nicht kitzeln«, bat sie ihn verzweifelt.

»Keine Gnade. Von mir hast du keine Gnade zu erwarten!« Er schob ihr Shirt hoch und strich über ihre nackte Haut.

»SAM, BITTE!«, kicherte Vic.

»Bist du wohl still!« Sam änderte seine Taktik und küsste sie leidenschaftlich. »Sonst steht gleich Nelly hier im Zimmer«, raunte er an ihren Lippen.

»Sie weiß ja jetzt, dass Mamis und Papis gerne kuscheln …«

»Aber sie weiß nicht alles …« Seine Augen wurden noch einen Tick dunkler; schlagartig änderte sich auch Vics Stimmung.

»Nein?«, fragte sie ihn bebender Stimme.

»Nein.« Sam schob ihr Shirt über ihre Brüste und zog ihren BH aufreizend langsam zur Seite.

Sanft pustete er eine Brustwarze an, die sich sofort verhärtete.

Ein Schauer überzog Vics Körper. »Was … was weiß sie denn noch nicht?«

Sam grinste lediglich und widmete sich hingebungsvoll ihrer Brust.

***

Vic kontrollierte immer wieder den Esszimmertisch; anschließend lief sie nervös zurück in die Küche, um nach dem Essen zu sehen.

Sams Eltern würden gleich hier sein und sie war supernervös. Sie wollte unbedingt einen guten Eindruck machen – auch wenn sie wusste, dass sie sich über die Neuigkeit, dass Sam heiraten wollte, freuten, beruhigte sie das in keiner Weise.

»Vic …«, lachte er und zog sie an sich. »Entspann dich doch bitte mal!«

»Das kann ich nicht!« Sie schüttelte heftig den Kopf.

»Was ist, wenn sie mich nicht mögen? Ich meine, eine Schwiegertochter zu bekommen, ist etwas anderes, als nett zu einer Angestellten zu sein.«

»Da musst du dir keine Sorgen machen.«

»Das sagst du!« Vic pikste mit ihrem Zeigefinger an seine Brust. »Denk mal dran, wie aufgeregt du bei meinen Eltern warst.«

»Schon gut. Vielleicht hast du recht, vielleicht mögen sie dich wirklich nicht«, fügte er an. »Ich meine, du bist eine ganz schöne Zicke, das habe ich ihnen natürlich nicht verschwiegen.«

»Was hast du ihnen gesagt?« Vic riss die Augen auf; sie war kurz davor, zu kollabieren.

»Das war nicht ernst gemeint«, zwinkerte er ihr zu.

»Du bist ein Scheusal, ich sollte mir wirklich überlegen, ob ich so einen Mistkerl …«

Die Türklingel unterbrach Vics Schimpftirade.

Nelly kam aus ihrem Zimmer. »Hallo«, empfing sie Sams Eltern.

Walter und Simone Winter hatten einen Blumenstrauß und einen kleinen Plüschhund in der Hand.

»Hallo Nelly, du siehst aber hübsch aus«, lächelte Sams Mutter ihr zu.

»Ja, Mami hat neu kauft«, nickte Nelly mit einem stolzen Blick auf ihr gelbes Kleidchen.

»Todschick bist du, kleine Nelly«, grinste Walter Winter sie an.

»Hallo, schön, dass ihr da seid.« Samuel bat seine Eltern herein.

»Na, denkst du, wir lassen uns das bei diesem Anlass entgehen?«, blinzelte seine Mutter ihm zu, dann wandte sie sich an Vic, die sich zwingen musste, nicht zu hyperventilieren.

»Guten Abend. Ich … ich freue mich auch, Sie zu sehen.«

»Danke für die Einladung. Sam berichtete uns schon, dass Sie eine gute Köchin sind.«

»Oh, na ja, … es geht«. *Oh Gott, und wenn es jetzt nicht schmeckt?* Sie wurde immer panischer. Sam griff nach ihrer Hand und streichelte sanft darüber. Sie beruhigte sich etwas und lächelte ihn scheu an.

Ihre Befürchtungen bewahrheiteten sich nicht. Das Essen schmeckte allen, jedenfalls bestätigten seine Eltern ihr das und boten ihr auch schließlich das Du an.

»Wir sind sehr froh, dass Sam wieder heiraten möchte. Und dass er direkt eine kleine Familie mit hinzubekommt, ist natürlich das Sahnehäubchen obendrauf.« Simone Winter schaute verzückt zu Nelly hinüber, die sehr konzentriert ihr Eis aß.

Vic atmete auf, das lief hier doch alles ganz gut. Sie sah zu Sam und fragte sich, ob er seinen Eltern von den wahren Gefühlen ihr gegenüber erzählt hatte.

»Nach Silvias Tod hat Sam sich komplett von der Außenwelt zurückgezogen. Wir haben uns große Sorgen gemacht, dass er aus diesem Loch nicht alleine hinausfindet. Es hat ja auch lange genug gedauert«, fügte sein Vater an.

»Ich habe Silvia eben sehr geliebt – und liebe sie immer noch«, antwortete Sam ernst.

Würde er jetzt die Wahrheit sagen? Vic wüsste nicht, wie sie dann reagieren sollte.

»Wir haben Silvia auch sehr geliebt. Jeder, der sie kannte, hat dies getan. Aber es ist Zeit, mit der Trauer abzuschließen; offenbar hast du das ja jetzt auch geschafft«, ermunterte seine Mutter ihn.

»Silvia wird stets ein großer Bestandteil meines Lebens sein. Und Vic weiß das auch.« Sam guckte seiner Mutter fest in die Augen. »So eine Liebe findet man nur einmal im Leben.«

»Sam …« Simone blickte ihn verstört an. »Das … das ist nicht gerade sehr taktvoll Victoria gegenüber gewesen.«

»Vic weiß das«, wiederholte er. »Ich mag Vic und Nelly sehr gerne. Ich kann mir mein Leben ohne die beiden nicht mehr vorstellen. Aber es ist eine ganz andere Situation, das kann man nicht mit der Liebe zu Silvia vergleichen.«

»Natürlich kann man das nicht.« Seine Mutter griff nach seiner Hand. »Vic ist ein ganz anderer Mensch. Sie kann und soll Silvia nicht ersetzen. Aber sie macht dich glücklich, das sehen wir dir doch an.«

»Ja, das tut sie. Bis zu einem gewissen Punkt jedenfalls. Und es reicht aus, um mit ihr mein weiteres Leben verbringen zu können.« Samuel warf Vic einen scheuen Blick zu.

Vics Hals schnürte sich schmerzhaft zu. Obwohl sie das alles wusste, tat es doch weh, ihn so darüber reden zu hören.

Vic würde diese Tatsache gerne verdrängen; das erste Mal überhaupt bekam sie eine Wut auf Silvia. Wieso musste ihr Schatten über all dem hängen?

»Du redest wie ein Geschäftsmann«, rügte sein Vater ihn.

Vic entschuldigte sich und zwang sich zu einem Lächeln. Sie räumte die Dessertteller ab und bat Nelly, den Gästen „Gute Nacht" zu sagen.

Nelly schmollte etwas, aber Vic sah sie so streng an, dass sie es auch brav tat.

Sam zog sie kurz zu sich auf den Schoß und holte sich noch ein paar Schokoladeneis-Küsse ab, danach folgte sie Vic mit . nach oben.

Sie ließ sich viel Zeit damit, Nelly ins Bett zu bringen. Sie musste ihre Gefühle sortieren und probieren, ihre Enttäuschung zu überspielen.

Bist du sicher, dass du das wirklich schaffst?

Vic ging wieder zurück zu den anderen. Sie räumte das Geschirr vom Esszimmer in die Küche; zu ihrer Verblüffung folgte ihr Sams Mutter.

»Bitte, das mache ich allein, du musst mir doch nicht helfen«, lächelte sie Simone an.

»Es ist doch selbstverständlich, dass nicht alles an dir hängen bleibt. Du bist nicht mehr die Hausangestellte.«

»Aber ihr seid unsere Gäste.«

»Victoria, ich würde dir gerne etwas sagen.« Simone wirkte sehr ernst.

Vic wurde mulmig zumute. *Was kommt denn jetzt?*, dachte sie ängstlich.

»Wir, ich denke, ich kann auch für meinen Mann sprechen, waren geschockt über Sams Aussagen von eben …«

»Ich weiß um seine Gefühle für mich. Sie sind nun mal nicht so stark.« Vic spürte wieder diesen Kloß im Hals, dabei war dies ein denkbar ungünstiger Zeitpunkt, um in Tränen auszubrechen.

»Täusch dich mal nicht!«, lächelte Simone Winter ihr zu. »Ich glaube, mein Sohn macht sich da ganz schön was vor. Wir haben ihn besucht, in der Zeit als du und Nelly ausgezogen wart. Er war total durch den Wind; er hat schlecht ausgesehen, so kannten wir ihn eigentlich nur von der Zeit nach Silvias Tod. Ich denke, dass Samuel dich sehr wohl liebt – sonst hätte er dir niemals einen Heiratsantrag gemacht. Ich vermute allerdings, dass er es als Betrug an Silvia ansehen könnte, sich neu verliebt zu haben.«

Vic schaute sie erstaunt an, dann schüttelte sie den Kopf. »Er hat mir mal gesagt, dass er Angst habe, wieder so einen Verlust zu erleiden. Und dass er sich deshalb nicht fest binden wolle.«

»So einen Blödsinn gibt er von sich? Erstaunlich …!«, grinste Simone Winter sie an. »Nach Silvias Tod war er am Boden zerstört, wir haben ihn nicht wiedererkannt. Silvia war eine hinreißende Person. Wir haben sie alle geliebt, aber Samuels Trauer ging schon über das Maß des Normalen hinaus. Wir haben ihm oft vorgeschlagen, sich Hilfe zu holen, aber das hat er abgelehnt. Wenn Silvia das mitbekommen hätte, wie sehr er sich hat gehen lassen – sie wäre entsetzt gewesen. Das hätte sie niemals gewollt.« Sams Mutter lächelte traurig. »Sie hat ihn sehr geliebt und mit Sicherheit nur das Beste für ihn gewollt.«

»Es ist schwierig, gegen ihren Schatten anzukommen«, gestand Vic.

»Das musst du nicht; du sollst nicht mit ihr konkurrieren. Das geht nicht, man kann gegen eine Tote niemals gewinnen.

Schon gar nicht, wenn sie auf so einem Sockel steht wie Silvia.«
Simone legte eine Hand auf Vics Arm. »Du hast Sam auf deine
Weise für dich eingenommen – und auf Nelly trifft das genauso
zu. Samuel wollte immer Kinder haben, er ist verrückt nach
ihnen. Silvia wollte aber zuerst Karriere machen, nun ja, sie war
auch noch jung. Und jetzt bekommt er eine entzückende Frau
und eine kleine Tochter. Und er ist glücklich, auch wenn er
manchmal Blödsinn redet.«

»Manchmal … manchmal denke ich, es geht ihm mehr um
Nelly als um mich. Und um die Vorstellung, eine Familie zu
haben.«

»So darfst du nicht denken, Victoria. Ich sehe doch, wie Sam
dich anschaut, da kann er sagen, was er will. Aber er hat sich in
der letzten Zeit, seit er dich und Nelly kennt, so verändert. Für
diesen letzten entscheidenden Schritt, sich einzugestehen und es
zuzulassen, dass er sich wieder verliebt hat, braucht er wohl noch
etwas. Gib ihm die Zeit – ich wünsche dir die Kraft und Geduld,
ihn solange mit seinen komischen Anwandlungen zu ertragen.«

Über Vics Gesicht huschte ein Strahlen; sie schöpfte Hoffnung aus den Worten von Sams Mutter. »Danke. Ich hoffe, dass
du recht behältst.«

»Hey, wo warst du denn so lange?« Sam zog Vic auf seinen Schoß.
»Ich hab' dich schon vermisst.«

»Dabei habe ich mir solche Mühe gegeben, ihn zu bespaßen«,
seufzte sein Vater.

Vic kicherte und war froh, dass die Stimmung wieder etwas
gelöster war.

Tatsächlich blieben seine Eltern bis weit nach Mitternacht
und schmiedeten zusammen mit ihnen Hochzeitspläne.

»Mein Gott, ich dachte, sie gehen überhaupt nicht mehr!«,
stöhnte Samuel, als Vic zu ihm ins Bett krabbelte.

»Deine Eltern sind super.« Sie schmiegte sich an ihn und legte eine Hand auf seinen Bauch.

»Ja, meistens zumindest. Aber ich möchte nicht mehr über sie reden«, murrte er.

»Nein?«

»Ich möchte einen Vorschuss auf die Hochzeitsnacht«, murmelte er und küsste sie sanft.

29

»Soll ich wirklich mit?« Vic konnte ihre Zweifel nicht verhehlen.

»Ja – es sei denn, du kannst dein Temperament nicht in den Griff bekommen«, lachte er.

»Wieso?« Vic verstand überhaupt nichts mehr.

»Auf diesem Empfang werden wohl auch ein paar, äh, also es werden wohl auch Frauen da sein, die du kennen könntest.« Samuel kratzte sich verlegen am Hinterkopf.

»Verstehe …« Vics Laune sank schlagartig in den Keller.

Sie wusste sowieso nicht, ob sie wirklich mitgehen sollte. Es ging um die Buchvorstellung von Sams Kinderbuch »Nellys Lächeln«.

»Wenn ich sichergehen kann, dass du ihnen nichts tust, wäre ich sehr dafür, dass du mitkommst. Immerhin sind wir verlobt; so langsam wird es Zeit, dass es alle wissen. Je eher wir das hinter uns bringen, umso besser.«

»Glaubst du, ich kann mich nicht benehmen?«, fauchte Vic ihn empört an.

»Ich weiß nicht – sag du es mir!«, frotzelte er.

»Als ob ich schon jemals …« Vic stoppte mitten in ihrem Protest ab. Ihr fiel die Sache mit dem Tee und den Dessous wieder ein. Gut, sie musste zugeben, das waren keine Meisterleistungen von ihr gewesen.

»Es ist nicht fair, dass du darauf anspielst!«

»Ich mag ja dein Temperament.« Er zog sie in seine Arme. »Und es tut mir aufrichtig leid, dass ich mich damals so dämlich benommen habe. Ich hab' gemerkt, dass es dir schwergefallen ist, mit mir umzugehen, nachdem wir fast miteinander geschlafen hätten. Irgendwie habe ich gedacht, es fiele dir vielleicht leichter, Abstand zu halten, wenn ich dich mit meinem Verhalten etwas schocke.« Sam legte seine Stirn an ihre. »Verzeihst du mir?«

»Du weißt ganz genau, dass ich das schon längst getan habe.« Vic biss in seine Unterlippe und gab ihm einen zärtlichen Kuss.

»Sollen wir Nelly auch mitnehmen? Immerhin ist es ihr Buch, und wenn sie dabei ist, haben wir einen Grund, früh genug wieder abzuhauen.«

»Ich weiß nicht, das ist noch nichts für sie. Die vielen Menschen und die Presse – das würde sie nur verwirren. Sie ist noch ein bisschen sehr klein«, gab Vic zu bedenken.

»Du hast ja recht«, stimmte er zu. »Ich mag solche Termine eigentlich gar nicht, aber Werbung ist wichtig. Außerdem möchte ich, dass sich das Buch gut verkauft, schließlich bekommt Nelly den Gewinn.«

Vic schlang die Arme um seinen Hals. »Das ist wirklich lieb von dir.«

»Was tut man nicht alles für sein Töchterchen. Apropos: Was ist mit Jared?«

Vic stöhnte. »Ich habe ihn weder per Mail noch telefonisch erreichen können. Und natürlich steht er in keinem Telefonbuch, ich weiß ja noch nicht einmal, ob er überhaupt noch in New Orleans wohnt.«

Sams Miene wurde finster. »Und jetzt?«

»Ich werde seine Eltern anrufen müssen.«

Vic staunte, als sie den großen Festsaal des Hotels betraten, in dem der Empfang für die Buchvorstellung stattfinden sollte.

Es waren jede Menge Leute und viel Presse anwesend. Zunächst gab es ein wahres Blitzlichtgewitter, sodass Vic glaubte, fast erblinden zu müssen.

Die Neugier der Reporter war geweckt worden; sie fragten Sam, wer die Frau an seiner Seite sei.

»Das ist meine Verlobte Victoria Gessner«, klärte er die Meute lächelnd auf.

»Die Frau, für die die Widmung in dem Buch ist?«, hakte direkt einer nach.

»Ja. Und bevor Sie fragen, wer Nelly ist: Sie ist Victorias Tochter«, erteilte Sam freundlich Auskunft.

Vic hörte ein Raunen, offenbar war man erstaunt darüber, dass Samuel Winter eine Frau mit Kind heiraten wollte.

Was die wohl erst sagen werden, wenn sie Nelly sehen?, dachte Vic besorgt.

Sam gab geduldig Interviews; allerdings wiegelte er weitere Fragen über Vic und sein Privatleben ab.

Vic war froh darüber, sie wollte nicht zu sehr in den Mittelpunkt rücken. Schließlich erklärte Sam, wie das Buch zustande gekommen war.

Die Wärme, mit der er über Nelly sprach, rührte sie zutiefst. Man konnte deutlich spüren, wie viel sie ihm bedeutete.

Tatsächlich kannte Vic zwei der anwesenden Frauen besser, als ihr lieb war. Zum Glück war Jasmin Wiesner nicht anwesend, was sie erleichtert zur Kenntnis nahm.

»Sam, Victoria ist doch deine Hausangestellte, oder?«, säuselte eine der Frauen, als sie sich zu Vics Leidwesen zu ihnen gesellte.

»Ja, ganz richtig. Bemerkenswert, wie gut dein Gedächtnis ist!«, lobte er sie sarkastisch.

Vic musste sich ein fieses Kichern verkneifen.

»Das haben Sie ja geschickt eingefädelt«, zischte das blonde Gift ihr bissig zu.

»Wie meinen Sie das?« Vic reckte ihr Näschen nach oben, provozieren lassen brauchte sie sich ja wohl nicht!

»Na, als Haushälterin sind Sie ja ständig um ihn herum gewesen«, zickte Blondie weiter. »Und so kann man sich natürlich leichter jemanden angeln.«

»Habe ich Sie jetzt auf eine Idee gebracht?«, strahlte Vic sie an.

Sam griff nach ihrer Hand und streichelte darüber. Sie ahnte schon, dass er sie beruhigen wollte, aber noch benahm sie sich ja.

»Natürlich nicht!«, zischte die Blondine zurück. Sie wandte sich an Sam: »Und du spielst jetzt auch noch Ersatzpapa?«

»Ja, und das mit dem allergrößten Vergnügen«, erklärte er ihr liebenswürdig.

»Ich wusste ja gar nicht, dass du so kinderlieb bist«, ätzte sie weiter.

»Du weißt so vieles nicht!«

»Aber dass du einer Mami mit Kindchen in die Falle gehst – das hätte ich dir nicht zugetraut.«

»Um mal eines klarzustellen«, mischte Vic sich mit zuckersüßer Stimme wieder ein. »Ich habe es nicht nötig, Fallen aufzustellen, um einen Mann zu bekommen. Bei mir klappt das auch so.«

»Ich wünsche dir noch einen schönen Abend, Sabine.« Sam lächelte seiner Bekanntschaft noch einmal zu und zog Vic von ihr weg.

»Warum gehen wir? Es war doch gerade so schön«, kicherte Victoria.

»Das war mir sicherer …« Sam verdrehte die Augen.

Immerhin, diese Sabine blieb jetzt auf Abstand zu Sam, was Vic zufrieden registrierte. Und auch die andere Blondine hielt sich zurück. Einmal, als Vic von der Toilette zurückkam, unterhielt sich Samuel mit ihr, aber als er Vic entdeckte, kümmerte er sich sofort wieder um sie.

Nach drei Stunden verabschiedeten sie sich von dem Verleger und fuhren nach Hause.

»Du hast dich gut geschlagen.« Sam griff nach ihrer Hand.

»Gut, dass du das nicht wörtlich meinst!«, alberte Vic.

»Würdest du das tun? Dich für mich schlagen?«

»Nein, natürlich nicht. So wichtig bist du für mich dann doch nicht«, witzelte sie mit hochmütiger Miene.

Vic atmete tief durch; sie würde sich so gerne vor diesem Gespräch drücken, aber es war einfach wichtig, dass sie Jareds Adresse herausbekam.

Mit Jareds Eltern, Alyssa und Joshua King, hatte Vic nicht viel Kontakt gehabt. Jared hatte viele Konflikte mit ihnen ausgetragen, was vor allem seinen Lebenswandel anging. Im Nachhinein konnte Vic das verstehen, aber damals hielt sie selbstverständlich zu Jared.

Sie rechnete nicht damit, dass sie allzu freundlich auf sie reagieren würden, aber da musste sie wohl durch.

Jareds Vater, Joshua King, meldete sich mürrisch.

Vics Herz klopfte ihr bis zum Hals.

»Hallo Joshua, ich bin's, Victoria. Jareds Exfreundin«, meldete sie sich nervös.

»Victoria? Das ist ja eine Überraschung!« Er klang verblüfft.

Vic musste sich anstrengen, um sich wieder in den starken Südstaaten-Akzent einzuhören.

»Ja, das glaube ich.«

»Warum rufst du an?«

»Es geht um Nelly. Ich müsste mit Jared etwas Wichtiges besprechen, was die Kleine angeht, aber ich habe weder die aktuelle Telefonnummer noch eine Mail-Adresse oder sonst etwas.

Oder Jared ignoriert meine Anrufe, das kann ja auch gut sein«, schob Vic hastig hinterher.

»Moment, Moment – ich verstehe gar nichts. Wer ist Nelly?«

Vic stutzte für einen Moment. Hatte er wirklich seine Enkelin vergessen? Oder hatte Jared ihn darüber gar nicht informiert? Zuzutrauen wäre es ihm.

»Nelly ist die Tochter von Jared und mir«, erklärte Vic ihm.

Für einen Augenblick war es ganz still in der Leitung.

»Joshua?«

»Ich ... also ... Victoria, ich bin fassungslos. Du und Jared – ihr habt ein Kind? Aber wie kann das sein? Ich meine, wieso wissen wir davon nichts? Sie kann doch nur geboren worden sein, als du zurück nach Deutschland gegangen bist, oder?«

Victoria ließ sich auf einen Stuhl plumpsen. Er wusste tatsächlich nichts von Nellys Existenz!

Das konnte gar nicht sein: Jared hatte ihr doch erzählt, wie seine Eltern auf ihre Schwangerschaft reagiert hätten.

Vic versuchte, sich zu sammeln. Sie räusperte sie sich. »Joshua, ich weiß jetzt gar nicht, was ich sagen soll. Ich bin fest davon ausgegangen, dass Jared mit euch über meine Schwangerschaft gesprochen hat. Jedenfalls hat er das behauptet.«

»Was? Was hat er behauptet?«, hakte Jareds Vater misstrauisch nach.

»Als ... als ich schwanger geworden bin, war Jared total entsetzt. Er hat mir sofort klargemacht, dass er keine Kinder möchte, und wollte mich dazu bringen, das Kind abtreiben zu lassen. Ich bin darauf nicht eingegangen; das wäre für mich nie infrage gekommen. Ich war enttäuscht und wütend über seine Reaktion und bin in ein Hotel gezogen. Ein paar Tage später kam er noch einmal zu mir, hat mir meine Sachen gebracht und mir erzählt, dass du und Alyssa ebenfalls nicht erfreut darüber wärt, dass ich schwanger sei ...« Vic war fassungslos. Sollte Jared das alles erfunden haben?

Warum hast du das nie hinterfragt?

Aber um seine Aussagen bezweifeln zu können, kannte sie seine Eltern nicht gut genug; sie hatte ihm das einfach geglaubt. Sie war damals auch zu verzweifelt gewesen, um sich damit nüchtern auseinanderzusetzen.

»Victoria, ich schwöre bei allem, was mir heilig ist: Wir wussten nichts davon, dass du ein Kind von Jared hast. Du weißt, was für ein leichtlebiger Mensch er ist. Das hat sich leider bis heute nicht verändert.« Joshua wirkte ehrlich betroffen.

»War das der Grund, warum du zurück nach Deutschland gegangen bist?«

»Ja. Ich war völlig fertig mit den Nerven. Was sollte ich noch bei ihm?« Vic war entsetzt, erst jetzt sickerte zu ihr durch, was ihr lieber Ex da angerichtet hatte.

Er hatte nicht nur sie verletzt und zurückgestoßen; er hatte seinen Eltern auch eine Enkelin vorenthalten. Das musste ein großer Schock für Joshua sein.

»Es … es tut mir leid, dass ihr so von Nellys Existenz erfahrt.«

»Victoria, ich kann dir versichern, dass wir nie so reagiert hätten, wie Jared es dir gegenüber behauptet hat. Wir sind gegen Abtreibung, aus tiefstem Herzen. Und … mein Gott, wir haben eine Enkelin, ich kann das noch gar nicht glauben. Alyssa wird aus allen Wolken fallen, wenn sie davon erfährt!«

»Das glaube ich«, sagte Vic leise.

Irgendwie hatte das jetzt alles eine Wendung genommen, mit der sie nie gerechnet hätte. Endlich besann sie sich aber auf ihr eigentliches Anliegen.

»Joshua, weißt du, wo sich Jared aufhält und wie ich ihn erreichen kann?«, bat sie ihn.

»Natürlich weiß ich das. Schickt er dir etwa kein Geld? Geht es darum?«, schnaubte Joshua wütend.

»Nein, er zahlt nicht. Aber darum geht es nicht. Ich … ich bin neu liiert und möchte wieder heiraten. Und mein zukünftiger

Mann würde Nelly gerne adoptieren«, erklärte sie ihm. »Dafür bräuchte ich aber Jareds Einverständnis.«

»Verstehe«, knurrte Joshua. »Nun, Vic, ich versichere dir, dass du Kontakt zu Jared bekommst, darum werde ich mich sofort kümmern.«

»Ich danke dir«, atmete Vic erleichtert auf. »Ich gebe dir meine Telefonnummer und Adresse ...«

»Du kannst uns auch mailen. Patricia hat doch einen Computer.«

»Ah, na klar. Wohnt sie wieder bei euch?«, erkundigte sich Vic.

Sie hatte Patricia, Jareds Schwester, immer sehr gemocht. Damals war diese aber nach New York gegangen.

»Ja, sie hat ihren Job verloren. Was habe ich bloß falsch gemacht, dass meine Kinder ihr Leben nicht in den Griff bekommen?«

»Sie sind alt genug; sie sind selbst verantwortlich. Nicht du oder Alyssa«, versuchte Vic, ihn zu trösten. Dann erkundigte sie sich nach seiner E-Mail-Adresse.

»Victoria?«, fragte er ungewöhnlich schüchtern.

»Ja?«

»Könntest du ..., also ... könntest du nicht ein paar Bilder von Nelly schicken? Ich würde sie gerne einmal sehen, und ich bin sicher, dass es Alyssa genauso geht.«

»Ja, das mache ich«, versprach sie ihm.

Nachdenklich legte Vic den Telefonhörer weg. Sie war sehr aufgewühlt, niemals hätte sie damit gerechnet, dass das Gespräch so einen Verlauf nehmen würde.

Vic klopfte an Sams Arbeitszimmer. Normalerweise störte sie ihn dort nie, aber jetzt brauchte sie ihn.

»Ja?« Er klang unfreundlich, aber Vic kannte das schon, er antwortete jedes Mal so, wenn man ihn aus seiner Konzentration riss.

»Ich habe mit Jareds Eltern gesprochen«, begann sie sofort.

Sams Kopf ruckte hoch; er streckte seine Hand nach ihr aus. Vic ging auf ihn zu und er zog sie auf seinen Schoß. »Hast du sie endlich erreicht?«

»Ja, heute ist Sonntag, da müssen Joshua und Alyssa nicht arbeiten.«

»Wie war das Gespräch? Du wirkst ... verstört«, stellte Samuel fest.

Vic nickte. Stockend berichtete sie, was sie gerade erfahren hatte – und vor allem: was Jareds Eltern erfahren hatten.

»Er hat dich also angelogen.« Samuel lachte bitter auf.

»So sieht es wohl aus. Und seinen Eltern ihr Enkelkind verschwiegen.«

Sam schüttelte den Kopf. »Er ist ein ganz schöner Scheißkerl«, fluchte er leise.

»Ich habe ihm damals geglaubt, aber ich war auch viel zu durcheinander, um mich selbst noch einmal mit seinen Eltern zu unterhalten. Wir hatten auch nicht unbedingt den besten Draht zueinander; ich konnte sie nicht richtig einschätzen. Ich wollte nur noch weg aus den USA.«

»Wärst du denn geblieben, wenn du etwas anderes von Jareds Eltern gehört hättest? Wenn sie dir Hilfe mit Nelly angeboten hätte?«, fragte Sam sanft nach.

»Nein, ich wäre in jedem Fall nach Deutschland zurückgegangen. Ich hätte nicht versucht, mir dort ein Leben aufzubauen.«

»Und jetzt?« Sam wirkte besorgt. »Was ist, wenn sie Nelly sehen wollen? Ich meine, was ist, wenn sie gegen eine Adoption sind?«

»Sie haben das nicht zu entscheiden, sondern Jared. Und so wie er sich in der letzten Zeit verhalten hat, kann ich mir nicht vorstellen, dass er nicht zustimmt. Er müsste doch eher froh sein, wenn er alle Verpflichtungen los ist.«

Victoria hielt ihr Versprechen. Sie schickte Joshua und Alyssa King Fotos von Nelly in verschiedenen Altersstufen.

Sofort kam eine Mail von Patricia zurück, in der sie sich für die Fotos bedankte und sich wortreich für das idiotische Verhalten ihres Bruders entschuldigte.

Ma und Pa sind jetzt gerade bei ihm. Ich denke, er wird sich warm anziehen müssen ..., fügte sie noch hinzu.

Vic atmete tief durch. Sie hatte ein mulmiges Gefühl und so gar keine Vorstellung, wie sich das alles weiterentwickeln würde.

Aber immerhin hatte sie jetzt eine Adresse und eine Telefonnummer von Jared. Vic war gespannt, ob und wann er sich bei ihr melden würde.

Jared ließ sich eine Woche lang Zeit. Vic war schon kurz davor, es wieder selbst zu versuchen, da rief er tatsächlich zurück.

Vic erkannte die Vorwahl der USA, als sie ans Telefon ging. Sie war sehr aufgeregt, als sie den Hörer abnahm.

Es war schon spät in der Nacht, Jared schien den Zeitunterschied nicht bedacht zu haben – oder es war ihm egal, was Vic eher vermutete.

Sam drehte sich grunzend im Bett herum und machte eine kleine Lampe an.

»Hallo, Victoria.«

Sie erkannte seine Stimme sofort; ihr Herz schlug ihr bis zum Hals. »Hi Jared«, räusperte sie sich hastig.

Sam setzte sich kerzengerade auf und schien mit einem Schlag hellwach zu sein.

»Ich nehme an, deine Eltern haben mit dir gesprochen«, begann sie vorsichtig.

»Allerdings haben sie das«, knurrte er. »Wieso hast du sie mit reingezogen?«

»Weil du dich nicht gemeldet hast – auf keine meiner Mails, auf keinen meiner Anrufe!« Sofort kochte Wut in Vic hoch. Was fiel ihm eigentlich ein, ihr jetzt noch Vorwürfe zu machen? »Warum hast du deine Eltern und mich belogen?«

»Vic, ich wollte einfach keine Kinder. Du kanntest doch unsere damalige Situation.« Er klang jetzt freundlicher.

»Das war kein Grund, mich hängen zu lassen. Und mir als Sahnehäubchen obendrauf solche Lügen über deine Eltern zu erzählen. Schämst du dich eigentlich nicht?«, fauchte sie.

»Es … es tut mir leid, es war vielleicht nicht richtig, aber offenbar geht es dir jetzt doch wieder gut. Pa sagte, du willst heiraten.«

»JA! JETZT geht es mir gut, Jared!« Vic konnte sich kaum beruhigen. Sie spürte, dass Sam ihr über den Rücken streichelte, doch das konnte sie nicht besänftigen. Jareds gleichgültige Art regte sie zu sehr auf.

»Er sagte, dein zukünftiger Mann wolle Nelly adoptieren?«, fragte er nach: ihren Ausbruch schien er geflissentlich zu ignorieren.

»Ja, und dafür brauche ich deine Zustimmung. Du hättest dann keinerlei Verpflichtungen mehr – aber das hat dich ja auch so schon nicht interessiert«, sagte sie böse.

»Ich hab' kein Geld, Vic, sorry!«

»Aber du hättest ja Interesse zeigen können! Dich nach Nelly und mir erkundigen können, aber wir waren dir ja offenbar scheißegal!«, tobte sie weiter.

»Und was hätte das gebracht? Über die Entfernung? Ich hab' eh nicht die Kohle gehabt, um sie besuchen zu können!«, rechtfertigte er sich. »Was soll sie mit einem Vater, der nie da ist?«

»Okay …« Vic versuchte, ihre Atemfrequenz wieder zu normalisieren. Es brachte nichts, mit ihm zu streiten. Sie wollte nur seine Unterschrift; später würde sie nie wieder ein Wort mit ihm wechseln. »Insofern hast du ja sicherlich auch nichts dagegen, dass Sam Nelly adoptiert.«

»Das ist okay. Wie läuft das?«, hakte er nach.

»Du bekommst die Unterlagen und musst unterschreiben«, klärte sie ihn auf.

»Alles klar. Meine Adresse hast du?«

»Ja, dank Patricia habe ich sie. Und bitte verliere keine Zeit, ja?«, bat sie ihn.

»Nein, geht schon in Ordnung«, versprach er.

Vic ließ sich erschöpft in die Kissen fallen.

Sam beugte sich über sie und betrachtete sie besorgt. »Kein schönes Gespräch, was?«

»Nein.« Das Telefonat hatte Vic mehr aufgewühlt, als sie zuvor gedacht hatte. Jareds kaltschnäuzige Art entsetzte sie. Wie hatte sie den Kerl jemals lieben können?

Und doch ging ihr das alles sehr nahe. Er war nun mal der Vater von Nelly, deswegen konnte er ihr nicht egal sein.

Nicht mehr lange, sprach sie sich selbst Mut zu. *Er ist nicht mehr lange ihr Vater.*

»Wird er unterschreiben?« Sam schaute sie gespannt an.

»Er hat es zumindest gesagt.« Vic legte die Arme um Sams Hals. »Ich hoffe, man kann sich wenigstens in diesem Punkt auf ihn verlassen.«

»Das hoffe ich auch.« Samuel beugte sich über sie und küsste sie zärtlich. »Es würde mir sehr viel bedeuten, wenn Nelly zu mir gehören würde.«

»Das tut sie auch so«, lächelte Vic ihm zu.

»Wenn wir schon mal beim Thema sind ...« Sams Hand streichelte sich ihren Körper hinab, seine Finger schlüpften unter ihr Shirt. »Soll Nelly eigentlich ein Einzelkind bleiben?«

Vic riss die Augen auf: »Möchtest du denn Nachwuchs?«

Wenn sie ehrlich war, hatte sie darüber auch schon nachgedacht, aber durch die Hochzeitsvorbereitungen, die Sache mit Jared und das Weihnachtsfest, das kurz bevorstand, hatte sie nie den passenden Moment gefunden, um mit ihm darüber zu reden.

»Ich hätte gerne ein Kind mit dir – oder auch gerne zwei oder drei«, lächelte er ihr zu. Seine Finger hatten ihre Brustwarze erreicht; ein Schauer lief durch Vics Körper.

»Hört sich gut an«, schnurrte sie.

30

»Ich dachte, wir waren uns einig, dass Nelly nicht so viel bekommt.« Fassungslos begutachtete Vic den Berg mit Geschenken, die jetzt unter dem Tannenbaum im Wohnzimmer lagen.

Ein paar davon hatte sie mit Sam zusammen für ihre Tochter gekauft – aber wo die ganzen anderen Päckchen herkamen, war ihr ein Rätsel.

»Oh bitte, Vic …« Sam sah sie flehend an. »Lass mich doch. Es ist das erste Weihnachten mit der kleinen Maus.« Er zog sie in seine Arme.

Vic kannte das schon: Er wusste, dass sie weicher werden würde, wenn er den Körperkontakt zu ihr suchte.

»Du schenkst ihr auch zwischendurch immer mal wieder etwas. Samuel – das ist einfach viel zu viel. Sie ist drei Jahre alt!«

»Bitte, Vic. Es bedeutet mir so viel, dass ihr beide hier bei mir seid. Und das wir bald eine Familie sind …, nur dieses Jahr. Nächstes Jahr werde ich mich zurücknehmen – versprochen!« Er sah sie mit so einem treuherzigen Blick an, dass Vic nichts mehr entgegnen konnte.

Sie war ja gerührt wegen seiner Fürsorge, obwohl das hier ganz eindeutig übertrieben war. »Ach Sam!«, seufzte sie, doch dann ließ sie es zu, dass er sie an sich zog. Vic lehnte ihren Kopf an seine Schulter; sie dachte an die vergangenen Weihnachtsfeste zurück, an denen sie stets sparen musste und sich meist nur ein kleines Geschenk für Nelly leisten konnte.

»Ich wollte aber noch etwas mit dir besprechen.« Er grinste sie an und nahm sie an die Hand.

Vic folgte ihm in sein Arbeitszimmer. Dort bat er sie, sich zu setzen.

»Wir haben letztens über Kinder gesprochen ...«

Vic runzelte die Stirn. »Ja, und ich nehme noch die Pille. Ich dachte, wir wollten damit warten, bis wir verheiratet sind.«

»Ja, das stimmt. Aber mir ist noch ein anderer Gedanke gekommen.« Sam reichte ihr einige Unterlagen herüber.

Vic registrierte erstaunt, dass es sich um eine Broschüre über eine Agentur für Auslandsadoptionen handelte. »Was soll das?«, fragte sie ihn verblüfft.

»Wenn wir ein gemeinsames Kind haben würden, hätte das Kind ja unsere Hautfarbe.« Sam wurde ernst. »Ich dachte, vielleicht könnten wir noch ein kleines Mädchen oder einen kleinen Jungen aus Afrika bei uns aufnehmen. Platz haben wir jede Menge; es wäre für Nelly vielleicht schöner, wenn ...«

Weiter kam Sam nicht. Vic hatte sich schon über seinen Schreibtisch gebeugt, ihn am Kragen gepackt und küsste ihn leidenschaftlich.

»Weißt du eigentlich, wie sehr ich dich liebe?«, rief sie atemlos.

»Heißt das, dass du einverstanden wärst?«, lachte er leise.

»Ist das ein Witz? Es wäre sicherlich sehr schön für Nelly!«, strahlte Vic ihn an.

Sam packte sie um die Taille und zog sie zu ihrer Überraschung über den Schreibtisch zu sich hinüber.

Vic quietschte laut auf, wurde aber schnell wieder ernster, als er sie gegen den Tisch drückte. Seine Augen waren ganz dunkel; sie konnte erahnen, nach was ihm jetzt der Sinn stand.

Sams Finger öffneten geschickt die Knöpfe ihrer Bluse, doch Vic protestierte.

»Nelly und meine Eltern werden jeden Moment hier sein. Wir müssen gleich zum Kindergottesdienst«, seufzte sie, als sie seine Lippen spürte, die ihr glühende Küsse auf den Oberkörper hauchten.

»Ich beeile mich«, raunte er ihr zu.

Nelly war erwartungsgemäß ganz begeistert von dem Weihnachtsfest. Nach dem Kindergottesdienst waren sie und Vics und Sams Eltern zum Gutshaus zurückgekehrt. Vic und Sam waren auf direktem Weg gefahren, damit sie schon alles vorbereiten konnten, während Vics Vater mit Nelly noch einen kleinen Umweg machte.

Vic hatte das Essen vorbereitet. Als sie ihre kleine Tochter sah, die mit leuchtenden Augen und offenem Mündchen vor dem Tannenbaum und den Geschenken stand, konnte sie nur mühsam die Tränen zurückhalten.

Es war ein schönes Fest; die beiden Elternpaare verstanden sich auf Anhieb; die kleine Nelly krabbelte von einem Schoß auf den nächsten und genoss es sichtlich, im Mittelpunkt zu stehen.

Nach den Feiertagen gingen Vic und Sam tatsächlich zu der Adoptionsagentur. Sie erkundigten sich, was für Voraussetzungen sie mitbringen müssten. Vic war erschrocken, wie lange so ein Vorgang dauern würde.

Sam und Vic baten um ein kleines Mädchen, ungefähr im gleichen Alter wie Nelly. Man signalisierte ihnen, dass die Chancen nicht schlecht stünden, es würde nur einiges an Geduld erfordern.

Für Silvester hatte Sam ein paar Einladungen bekommen, unter anderem zu einem Ball, bei dem die Prominenz der Stadt anwesend sein würde.

»Es wäre gut, sich dort sehen zu lassen. Außerdem gibt es dort immer ein tolles Feuerwerk«, versuchte er, Vic die Veranstaltung schmackhaft zu machen.

»Ich weiß nicht«, zögerte sie. Sie war einfach nicht für diese großen Anlässe, aber sie wusste auch, dass es dazugehörte, sich mit Sam zu zeigen.

Mit Betty zusammen suchte sie ein passendes Kleid aus; ihre Freundin half ihr auch dabei, sich hübsch zu machen.

Betty war nach wie vor skeptisch wegen der Hochzeit mit Sam, aber wenn dies zum Thema wurde, bat Vic sie stets, über etwas anderes zu reden.

Sie selbst versuchte nämlich auszublenden, dass er sie nicht so liebte, wie sie ihn. Und meist schaffte sie das auch.

Nur auf solchen Events wie diesem Silvesterball wollte dies nicht so leicht gelingen. Vic sah die vielen schönen Frauen; einige von ihnen kannten Samuel oder versuchten, ihn kennenzulernen. Und Sam unterhielt sich mit ihnen auf sehr charmante Weise.

Vic wollte nicht eifersüchtig sein, aber bei jeder Frau, mit der er redete oder mit der er tanzte, schwang ständig die Angst mit, dass sie diejenige sein könnte, an der er doch sein Herz wieder verlieren könnte. Vic versuchte, sich deswegen nicht verrückt zu machen, schließlich wollte Sam sie heiraten, aber das war nicht so einfach.

Vic kam sich wie die zweite Wahl vor; trotz aller Pläne wurde sie dieses Gefühl einfach nicht los.

Als es auf Mitternacht zuging, gesellte sich Sam zu ihr, nachdem er sich vorher intensiv mit anderen Gästen unterhalten hatte.

»Was wünschst du dir fürs neue Jahr?«, raunte er ihr ins Ohr, als sie zusammen darauf warteten, dass es 0 Uhr wurde.

Einen Mann, der mich liebt, lag es Vic spontan auf der Zunge, dann riss sie sich aber zusammen. »Gesundheit für uns alle«, antwortete sie stattdessen.

»Mehr nicht?«

»Dass wir unsere Pläne verwirklichen können, dass alles klappt«, fügte sie noch hinzu. »Und du? Was wünschst du dir?«

»Hm …« Er tat so, als würde er angestrengt nachdenken. »Eigentlich bloß, dass alles so bleibt, wie es jetzt ist. Ich bin wunschlos glücklich.«

***

»Darf ich raus?« Nelly sah Vic mit bettelndem Blick an.

»Es wird gleich dunkel, Schatz«, lächelte Vic ihr zu.

»Nur noch ein bisschen!« Ihre kleine Tochter hüpfte aufgeregt auf und ab. »Bitte, es hat doch geschneit!«

»Ich kann mit ihr gehen«, grinste Sam; er stand lässig an den Türrahmen angelehnt.

Natürlich hatte Vic ihn nicht kommen hören, sie war so beschäftigt damit gewesen, den Auflauf vorzubereiten.

»Okay, aber geht nicht zu weit weg, ja?«, bat sie die beiden. »In einer halben Stunde können wir essen.«

»Danke, Mami!« Nelly strahlte übers ganze Gesichtchen. Eilig nahm sie Sam an die Hand und zog ihn mit sich zur Garderobe.

Lächelnd beobachtete Vic, wie er sie in ihren Winteroverall einpackte und sie mit Mütze, Schal und Handschuhen versorgte.

»Bis gleich«, zwinkerte er Vic zu.

Vic hörte das vergnügte Quietschen ihrer Tochter bis ins Haus hinein.

Sam zog sie auf einem Schlitten hinter sich her, am Verwalterhäuschen ging es einen kleinen Hang hinab, dort ließ sich prima Schlitten fahren – zumindest für Nellys Ansprüche war es ausreichend.

Vic las sich noch einmal den Brief vom Gericht durch; es gab einen Verhandlungstermin für den Überfall. Zu ihrem Glück hatte sich doch noch ein Zeuge bei der Polizei gemeldet. Die Chancen für eine Verurteilung der Männer standen also nicht schlecht. Trotzdem war es Vic mulmig zumute, dass sie gegen sie aussagen musste. Sie hatte Angst vor einer Racheaktion und wünschte sich inständig, die Verhandlung wäre schon vorbei.

Das Telefon riss sie aus den trüben Grübeleien.

Victoria legte den Brief zur Seite und nahm ab.

»Hi, Victoria.«

Vic zuckte erschrocken zusammen.

»Hi, Jared. Wie geht's?« Sie wurde hektisch. Hatte er die Unterlagen bekommen?

»Danke, gut. Ich … ich würde gerne mit dir über die Adoption von Nelly reden. Genauer gesagt würden wir dies gerne tun«, äußerte er zaghaft.

»Wir? Wer ist *Wir*?«, forschte sie überrascht.

Ihr Herz klopfte wie wild. Was hatte das zu bedeuten?

»Ma und Pa. Und Pat«, erläuterte er ernst.

»Per Telefonkonferenz oder wie?«, giftete Vic. »Das geht lediglich uns beide etwas an, Jared.«

»Bitte, Victoria. Wir könnten uns treffen.«

»Ja, klar. Ich komm' mal eben rübergeflogen. Jared, was soll das?« Vic wurde wütend.

»Nein, wir sind hier. In Deutschland. Wir haben ein Hotelzimmer in der Stadt genommen. Meine Eltern – und ich auch – würden Nelly gerne kennenlernen. Ich bin der Vater, du kannst es mir nicht abschlagen«, beharrte er.

»Wie bitte? Auf einmal fällt dir das ein? Dahinter stecken doch deine Eltern, oder? Dir alleine wäre es doch nie eingefallen, Kontakt zu Nelly zu suchen!«, schnaubte Vic.

Sie lief aufgeregt im Haus umher und konnte sich kaum beruhigen.

»Bitte, Victoria. Lass uns reden! Sollen wir gleich vorbeikommen?«

»Nein, auf keinen Fall. Ich möchte nicht, dass Nelly euch sieht. Ich … ich muss sie erst auf ein Treffen vorbereiten.« Vic schluckte heftig. Das war alles ein böser Witz von ihm, oder?

»Okay, wir sind im *Holiday Inn*. Kannst du heute noch kommen? Wir sind nicht lange hier, nur ein paar Tage, mehr können wir uns nicht erlauben. Vic, gib dir einen Ruck, ja?«, bat Jared sie.

»Ich bin gegen 20 Uhr da«, sagte sie mit zitternder Stimme.

Vic rannte wie ein gehetztes Tier im Wohnzimmer auf und ab.

Das durfte doch alles nicht wahr sein – Jared war hier! Er war tatsächlich hier und das auch noch mit seiner Familie!

Sie brauchte nicht viel Fantasie, um zu erahnen, was dies vielleicht bedeuten könnte.

Vics Angst, dass er der Adoption nicht zustimmen könnte, wuchs ins Unermessliche. Wenn Nelly ihm egal wäre, hätte er schon längst unterschrieben und die Unterlagen zurückgeschickt.

Sie hätte am liebsten laut herumgeschrien, aber jetzt musste sie versuchen, einen klaren Kopf zu bewahren, um sich für das Gespräch mit ihm und seinen Eltern zu wappnen.

Vic überlegte, ob sie Sam bitten sollte mitzufahren, aber vielleicht würden das die Kings als Provokation auffassen.

Sie wählte die Nummer ihrer Eltern und versuchte, so ruhig wie möglich ihrem Vater zu schildern, was geschehen war.

Er war genauso fassungslos wie sie. Doch er versprach, mitzukommen, das war eine große Erleichterung für Vic.

»Hallo Mami!« Nellys fröhliches Stimmchen tönte durchs Haus.

Vic lief schnell in die Eingangshalle.

»Bin Schlitten fahrt«, erklärte sie ihr wichtig.

»Das ist schön, Schatz.« Vics Magen zog sich schmerzhaft zusammen.

»Hey, was ist los? Hast du ein Gespenst gesehen?« Sam musterte sie mit besorgtem Blick.

Vic nickte.

Er sah sie amüsiert an. »Ja? Hier im Haus?«

»Sam, er ist hier – mit seinen Eltern.« Sie deutete unmerklich auf Nelly. »Sie wollen über die Papiere reden, die sie bekommen haben …«

Vic schickte ihm einen flehenden Blick.

Sam nickte, er hatte verstanden, seine Miene war unergründlich. »Lauf doch schon mal ins Bad, und wasch dir die Händchen!«, bat Sam Nelly schließlich.

»Ich fahre um 20 Uhr ins *Holiday Inn.* Mein Vater begleitet mich«, sagte Vic stockend.

»Ich kann auch mitkommen.« Sam wirkte beunruhigt, anscheinend hatte er die gleichen Befürchtungen wie Vic.

»Ich denke, es ist besser, wenn mein Vater mitfährt. Nicht, dass sie sich provoziert fühlen. Ich möchte versuchen, das Gespräch so sachlich wie möglich zu führen. Ich weiß nicht, ob das so gut wäre, wenn ich dich direkt als neuen Vater präsentiere. Verstehst du das?«

»Ja, ist klar. Ich bin aber froh, dass du nicht alleine gehst.« Sam fuhr sich mit beiden Händen durch die Haare. »Sie werden nicht zustimmen, oder?«

»Ich weiß es nicht. Aber … aber ich denke, darauf wird es hinauslaufen.« Vic atmete tief durch. »Ich hatte damals überlegt, ob ich bei der Geburtsurkunde *Vater unbekannt* eintragen lasse. Meine Mutter war dagegen, sie meinte, ich dürfe Nelly nicht

ihre Identität nehmen. Warum habe ich bloß auf sie gehört?«
Vic wurde immer verzweifelter.

»Hey, ist doch okay. Niemand konnte ahnen, wie das laufen
würde.« Sam zog sie in seine Arme. »Es ist nun wirklich nicht
deine Schuld.«

»Wie können sie es wagen, hier einfach so aufzutauchen?«,
fluchte Vic wütend.

»Beruhige dich!« Sam drückte ihren Kopf an seine Brust.
»Beruhige dich, Süße, okay?«

Vic fuhr sich mit zitternden Händen durchs Gesicht. »Ja, du
hast ja recht«, flüsterte sie mit kehliger Stimme.

Sie zwang sich, Nelly unbefangen gegenüberzutreten, als sie
ihr das Essen servierte. Sie selbst bekam keinen Bissen hinunter.

Ihr Vater holte sie pünktlich ab; er wirkte sehr aufgebracht. Während der Fahrt zum Hotel redeten sie kaum miteinander; jeder
hing seinen Gedanken nach.

Vic war sich sicher, dass er die gleichen Befürchtungen hegte,
wie sie selbst.

Jared und seine Familie warteten in der Hotelbar.

Vics Knie waren ganz weich. Sie war so ungeheuer aufgewühlt und musste sich regelrecht zwingen, ein freundliches
Lächeln aufzusetzen.

Vic schluckte, als Jared auf sie zukam. Er hatte sich kaum
verändert, sah immer noch so gut aus wie damals, als sie sich
kennengelernt hatten.

Und Nelly war ihm wie aus dem Gesicht geschnitten. Vic
rang nach Luft, als ihr diese Ähnlichkeit mit einem Schlag so
deutlich bewusst wurde.

»Hi Victoria, hi Karl«, begrüßte er sie freundlich. Auch in
seinem Gesicht war die Anspannung deutlich zu erkennen.

»Jared …«, knurrte ihr Vater nur und nickte ihm zu. Er
konnte schlecht verbergen, dass er eine Heidenwut auf ihn hatte.

Jareds Schwester Pat begrüßte Vic freundlicher; sie hatte von dem unrühmlichen Ende der Beziehung nichts mitbekommen.

»Setzen wir uns doch«, bat Joshua King, nachdem die ersten Höflichkeitsfloskeln ausgetauscht worden waren, und deutete einladend auf einen Tisch.

»Vic, du weißt ja, dass wir wegen Nelly hier sind«, eröffnete Jared zögerlich das Gespräch.

»Das hast du ja schon am Telefon gesagt«, sagte Vic mit bebender Stimme. »Darf ich fragen, wieso du jetzt so ein Interesse an Nelly hast? Nachdem es dich die ganzen letzten Jahre nicht interessiert hat, wie es ihr geht? Mal davon abgesehen, dass du dich vor deinen Verpflichtungen gedrückt hast?«

»Ich weiß, ich weiß!« Er hob beschwichtigend die Hände. »Es kommt dir sicher sehr komisch vor, dass wir jetzt alle hier sind ...«

»Komisch? Komisch ist wohl kaum das richtige Wort«, entgegnete Vic erbost. »Ich bin ehrlich gesagt sehr wütend darüber, dass ihr einfach so auftaucht und verkündet, Nelly sehen zu wollen!«

»Victoria, du hast alles Recht der Welt dazu, aufgebracht zu sein. Wir haben uns auch schon sehr ernst mit Jared darüber unterhalten. Ich denke, wir haben ihm klargemacht, dass er sich seiner Verantwortung gegenüber Nelly nicht entziehen kann.« Joshua sprach sanft auf Vic ein.

»Doch – das kann er. Indem er die Adoptionspapiere unterschreibt. Ich habe einen wundervollen Mann kennengelernt, der Nelly abgöttisch liebt und den sie genauso in ihr Herz geschlossen hat. Es geht ihr gut, ihr Leben ist in Ordnung, so wie es jetzt ist. Warum kommt ihr jetzt auf einmal an? Ihr verwirrt sie bloß!« Vic versuchte, ruhig mit Joshua zu reden, doch das fiel ihr sehr schwer.

»Wir haben die Befürchtung, dass es Nelly durcheinanderbringen könnte«, mischte sich Karl Gessner jetzt ein. Sein

336

Englisch war bei Weitem nicht so gut wie das von Vic, aber offenbar konnte er noch folgen.

»Das ist verständlich. Aber verstehen Sie denn nicht, dass wir so gerne unsere kleine Enkeltochter kennenlernen würden?« Alyssa King hatte Tränen in den Augen. »Wir gehören auch zu Nellys Familie. Wir haben nicht gewusst, dass sie existiert, sonst hätten wir uns doch um sie gekümmert. Wir haben nicht viel Geld, das weiß Vic, aber wir hätten versucht, für Jareds Verpflichtungen aufzukommen.«

»Das ist sehr nett, Alyssa. Aber das braucht ihr nicht – es wäre Jareds Aufgabe gewesen«, fauchte Vic in seine Richtung.

»Okay, ich habe einen Fehler gemacht. Aber den kann man doch immer noch korrigieren«, lächelte Jared verlegen. »Nelly ist noch so klein, man kann ihr sicherlich erklären, wieso ich mich so lange nicht gemeldet habe.«

»Ach? Das sagst du? Wo du doch der Kinderexperte schlechthin bist?«, schrie Vic ihn an.

»Vicky, bitte ...« Ihr Vater legte seine Hand auf ihre. »Komm ein bisschen runter!«, raunte er ihr auf Deutsch zu.

Vic atmete tief durch. »Ich könnte zu viel kriegen«, antwortete sie ihm schnell in ihrer Muttersprache.

»Victoria, Nelly ist auch ein Teil von uns. Und vielleicht wird sie irgendwann mal erfahren wollen, wo ihre Wurzeln liegen. Mit einer Adoption würdest du ihr eine andere Identität geben. Und sie ist farbig. Ich denke, für sie wird es noch viel wichtiger sein, zu erfahren, wo ihre Familie herkommt. Sie fällt doch hier viel eher auf, das kannst du nicht leugnen.« Patricia sprach beruhigend auf Vic ein. »Vielleicht möchte sie uns mal besuchen kommen, wenn sie älter ist. Wir können nicht für sie da sein, so wie du es bist oder dein neuer Partner. Aber wir wollen ihr die Möglichkeit offen lassen, selbst zu entscheiden.«

»Das kann sie auch, wenn sie adoptiert ist«, schüttelte Karl Gessner den Kopf. »Samuel und Vicky möchten eine Familie gründen, und es wäre nur logisch, wenn Nelly da mit aufgenommen werden würde. Und zwar als Kind von beiden. Das hat auch rechtliche Gründe, sie hätte auf diese Weise Erbansprüche.«

»Das wissen wir«, antwortete Joshua King. »Dennoch möchte ich dir mitteilen, liebe Victoria, dass wir Jared empfohlen haben, die Adoption abzulehnen.«

»Ach? Habt ihr das?« Vic sprang wütend vom Stuhl auf, dann funkelte sie Jared zornig an. »Du kannst nichts anderes, als mein Leben kaputtzumachen, oder? Verschafft es dir Befriedigung, mich leiden zu sehen?«

»Es geht nicht um dich, sondern um Nelly«, wich Jared ihr aus. »Ich habe ein Recht darauf, meine Tochter zu sehen.«

»Ja, klar. Es geht um Nelly, natürlich«, lachte Vic bitter.

»Vicky, setz dich wieder!«, bat ihr Vater sie.

Vic tat ihm den Gefallen, aber sie wäre am liebsten schreiend durch die Hotelbar gewütet und hätte gerne irgendwas zerschlagen.

»Wir möchten uns im Rahmen unserer Möglichkeiten kümmern«, erklärte Joshua King ihr.

»Und wie soll das gehen? Auf die Entfernung?«, fragte Vic bissig.

»Besuchen können wir sie natürlich nicht so oft. Du weißt, dass wir nicht viel Geld haben. Aber vielleicht kann sie ja mal kommen, wenn sie älter ist. Wenn sie das möchte, das ist natürlich die Voraussetzung. Es wäre schön, wenn du das unterstützen würdest.«

»Ihr verlangt sehr viel von Vic«, knurrte Karl Gessner.

»So ist nun mal die Situation«, meinte Jared mit fester Stimme.

»Bitte, Vic.« Patricia streichelte Vic über die Schulter. »Ich weiß, es ist schwierig, und ich würde genauso heftig reagieren wie du. Aber bitte akzeptiere Jareds Entscheidung. Du kannst froh sein, dass Nelly jetzt mehr Menschen hat, die sich kümmern.

Wir wollen deinem zukünftigen Mann nichts wegnehmen; er ist doch trotzdem immer mit Nelly zusammen. Aber Jared ist Nellys Vater – daran kannst du nichts ändern.«

»Nein, das kann ich nicht«, lachte Vic auf.

»Vicky – sie haben recht.« Ihr Vater sprach sie wieder auf Deutsch an. »Und sie wirken sehr entschlossen. Ich glaube, mit Trotz und Schimpftiraden kommen wir hier nicht weiter.« Er seufzte. »Du solltest ihnen den Kontakt zu Nelly ermöglichen, versuche, es positiv zu sehen.«

»Positiv – ja klar«, maulte Vic.

»Sie gehören nun mal zu Nelly – genauso wie wir. Und sie sind jetzt für ein paar Tage hier.«

»Und wenn sie sich danach nicht mehr melden, was soll ich Nelly dann erklären?«, meckerte sie ihren Vater an.

Karl Gessner nickte. Im nächsten Augenblick wandte er sich an Jared. »Wer garantiert uns, dass du nicht ganz schnell wieder die Lust an Nelly verlierst? Was sollen wir der Kleinen in dem Fall erzählen? Bist du dir darüber bewusst?«

»Natürlich, ja.« Jared wirkte ungewohnt ernst. »Es kann leider keinen regelmäßigen Umgang mit ihr geben, das werden wir ihr klarmachen müssen, und ich hoffe, dass Vic uns dabei hilft. Aber sie soll wissen, dass es mich gibt, wie ich aussehe und dass sie mich später vielleicht besuchen kommen kann.«

»Wir garantieren das auch«, nickte Alyssa King heftig. Sie guckte Vic hoffnungsvoll an. »Bitte, Victoria. Wir würden so gerne unsere Enkeltochter kennenlernen. Kannst du es uns nicht ermöglichen? Wir sind nur vier Tage in der Stadt ...«

Vic focht innere Kämpfe mit sich aus. Sie wollte das alles nicht. Sie hasste Jared dafür, dass er sie in diese Lage brachte.

Was war das Beste für Nelly? Wer konnte ihr das beantworten?

Und würde es Nelly ihr vielleicht einmal übel nehmen, wenn sie den Kontakt zu ihrem Vater boykottierte?

Und wie weit würde Jared gehen, wenn sie Nelly von ihm fernhalten würde?

Nelly wusste, dass er existierte. Vic war klar, dass die Fragen nach ihm in Zukunft mit Sicherheit häufiger kommen würden.

»Okay.« Sie gab sich schließlich einen Ruck. »Ich ... ich werde mit Samuel darüber reden, ob ihr uns morgen besuchen kommen könnt. Ansonsten treffen wir uns hier in der Stadt.« Sie schickte Jared einen eisigen Blick. »Ich rufe dich an.«

Karl und Victoria verabschiedeten sich anschließend von den Kings.

Vics Vater sah Jared feindselig an. »Ich werde dir nie vergessen, was du Vic angetan hast.«

31

Victoria war aufgewühlt, als sie im Wagen saß und mit ihrem Vater zurück zum Gutshaus fuhr.

Wie würde das wohl alles werden? Nie im Leben hätte sie daran gedacht, dass es mal zu so einer Situation kommen würde.

Aber sie musste versuchen, so zu entscheiden, wie es das Beste für Nelly war, und ihre persönlichen Befindlichkeiten zurückstellen. Auch wenn ihr das sehr, sehr schwerfiel.

Ihr Vater begleitete sie mit ins Gutshaus.

Sam schaute die beiden nervös an; seine Anspannung war ihm deutlich ins Gesicht geschrieben. »Und?«, fragte er direkt.

»Sie ... sie lehnen eine Adoption ab. Sie möchten Nelly kennenlernen und ihr es ermöglichen, sie später einmal zu besuchen«, antwortete Vic mit heiserer Stimme.

»Scheiße!«, fluchte Sam laut.

»Samuel – ich weiß, es ist schwer für dich. Aber Vic – und ich teile da ihre Ansicht – ist der Meinung, dass es das Beste für Nelly ist, ihre Wurzeln kennenzulernen. Und glaube mir, Vic hat sich die Entscheidung nicht leicht gemacht«, lächelte Karl Samuel zu, dann wandte er sich an Vic. »Ich bin schon froh, dass du in der Hotelbar nichts kaputt gemacht hast.«

Victoria schnaubte lediglich verächtlich.

Sie saßen noch eine Weile beisammen.

Sam war sehr aufgebracht und goss sich schließlich einen Whiskey ein. Man konnte ihm ansehen, wie es in ihm arbeitete. Allerdings bot er von sich aus an, dass das Treffen mit Nellys Familie hier auf seinem Grund stattfinden konnte.

Vic lächelte ihm dankbar zu, sie wusste, was sie ihm damit zumutete, aber sie hatte selbst keine Ahnung, wie man die Situation sonst besser meistern könnte.

Als Karl Gessner fort war, rief Vic Jared noch einmal an und teilte ihm mit, dass er morgen mit seiner Familie raus zum Gut kommen könnte.

»Ich habe Nelly erzählt, dass du ganz weit weg wohnst und dass es auch mit einem Flugzeug schwierig ist, zu dir zu kommen. Halte dich bitte an diese Version!«, bat sie ihn letztendlich.

»Natürlich.« Er atmete erleichtert auf. »Danke, Vic.«

»Ich tue das ausschließlich für Nelly«, keifte sie und drückte ihn weg.

Sie ging zurück zu Sam ins Wohnzimmer; er wirkte bedrückt.

Vic tat es im Herzen weh, ihn so zu sehen. Sie setzte sich neben ihn und nahm ihn in den Arm. »Egal, was auch passiert: Nelly wird bei uns leben, wir sind eine Familie. Sie liebt dich abgöttisch. Jared wird nicht den gleichen Stellenwert erreichen können, den du bei ihr hast«, tröstete sie ihn.

»Ach, Vic …« Er seufzte, zog sie an sich. »Ich hatte mir das wohl zu einfach vorgestellt …«

»Es ist toll, dass du zugestimmt hast, dass die Kings hierherkommen.« Sie gab ihm einen Kuss auf die Wange.

»Wie fühlst du dich damit? Also ich meine wegen Jared.« Sam sah sie mit nicht zu definierendem Blick an.

»Ich bin sehr wütend und aufgebracht, immer noch. Ich möchte überhaupt keinen Kontakt mehr zu ihm, aber ich muss an Nelly denken. Sie wird wissen wollen, wer ihr leiblicher Vater ist. Es wäre gut, wenn sie davon eine Vorstellung hätte, wie er aussieht und wo er lebt.« Vic zuckte mit den Schultern.

»Okay.« Sam schüttelte den Kopf. »Wir müssen das so akzeptieren, leider.«

Victoria machte in dieser Nacht kein Auge zu. Unentwegt überlegte sie, was sie Nelly wohl sagen sollte.

Auch Sam schlief sehr unruhig. Vic konnte das nur zu gut verstehen.

Am nächsten Morgen entschuldigte Vic Nelly im Kindergarten, und beim Frühstück fasste sie sich ein Herz.

»Schatz, ich muss dir was ganz Wichtiges erzählen …«

»Was denn?« Ihre Tochter schaute sie neugierig an.

»Wir bekommen gleich Besuch. Und zwar …, also dein Papa kommt hierher. Er hat es tatsächlich geschafft, ein Flugzeug zu finden, das so weit fliegen konnte. Und jetzt möchte er dich besuchen.«

Vic kam richtig in Schwitzen. *Gut, dass Nelly noch so klein ist und dir diese Geschichte abkauft,* wetterte es in ihr.

»Ja?« Nellys Augen weiteten sich überrascht. »Aber … aber ich hab' einen neuen Papi.« Sie sah hinüber zu Sam.

»Ja, das stimmt, mein Schatz. Und Jared kann dich auch nicht oft besuchen kommen, weil er so weit weg wohnt. Er hat auch seine Eltern mitgebracht und seine Schwester. Es kommen also gleich dein Papa, dein anderer Opa und die Oma sowie deine Tante«, erklärte sie Nelly.

»Oh …« Nellys Mündchen stand vor lauter Erstaunen offen.

»Sie sind sehr nett und schon ganz aufgeregt, weil sie sich auf dich freuen.« Vic streichelte ihrer kleinen Tochter über die Löckchen.

Nelly nickte bloß.

Vic hoffte, sie jetzt nicht überfordert zu haben. Sie schaute zu Sam, der ebenfalls ein ernstes Gesicht machte. Vic war fest entschlossen, das Treffen zu beenden, wenn sie den Eindruck hatte, dass Nelly sich nicht wohlfühlen würde.

Jared und seine Familie kamen pünktlich an.

Vic hatte schon die ganze Zeit am Fenster gestanden und auf das Taxi gewartet.

Sie sah, dass die Kings staunend an dem prächtigen Gutshaus hochsahen. Vic nahm dies mit Genugtuung zur Kenntnis. Sie sollten ruhig sehen, dass es ihre Enkelin gut hatte.

Victoria öffnete die Tür.

Sam blieb mit Nelly auf dem Arm im Hintergrund. Die Kleine hatte sich richtig an ihm festgekrallt, es war ganz offensichtlich, dass sie die Situation nicht einschätzen konnte.

»Hi, Victoria.« Jared kam als Erster auf sie zu und begrüßte sie freundlich. »Danke, dass wir kommen durften.«

Sie nickte ihm knapp zu und kümmerte sich um die anderen Gäste. Jeder hatte ein kleines Geschenk in den Händen.

Jared spielte nervös mit einem Teddy herum, den er bei sich trug.

Sie kamen in die Halle, wo Sam mit Nelly auf sie wartete.

Jared schaute seine kleine Tochter schüchtern an, dann schenkte er ihr ein strahlendes Lächeln. »Hi, Nelly!«

»Hallo«, kam es leise von ihr.

»Ich … ich bin Jared, dein Papa.« Sein Deutsch war nicht so gut verständlich, aber Vic war erstaunt, dass er überhaupt noch ein paar Brocken behalten hatte. Sie selbst hatte ihm damals immer mal ein paar Wörter beigebracht.

Vielleicht hat er es aufgefrischt, kam es ihr dann in den Sinn.

Nelly strampelte und Sam ließ sie hinunter auf den Boden.

Sie kam zu Vic und griff nach ihrer Hand, danach marschierte sie auf Jared zu.

»Du siehst auch so aus wie ich«, stellte sie sachlich fest.

Vic übersetzte es schnell.

»Ja.« Jared klang jetzt wirklich ergriffen.

Vic beobachtete, dass er mit den Tränen kämpfte. »Ja, wir sehen uns ähnlich.«

»Und wer bist du?« Nelly wandte sich an Patricia, die sich schnell vorstellte.

Alyssa und Joshua King betrachteten die Kleine gerührt; in ihren Augen glitzerte es ebenso verdächtig; sie hielten sich aber im Hintergrund.

Sam bat alle ins Wohnzimmer, auf dem Weg dorthin ließ Nelly Jared nicht aus den Augen. Man konnte sehen, wie sehr er sie faszinierte.

Nelly war – bis auf wenige Ausnahmen – selten farbigen Menschen begegnet, das musste für sie etwas ganz Besonderes sein.

Und vielleicht stimmte das auch mit der Identität, es gab nun mal diesen Unterschied, der war nicht wegzuleugnen.

Sam verhielt sich freundlich, auch wenn er Jared giftige Blicke zuwarf.

Doch dieser bemerkte es nicht oder überspielte es zumindest.

Nelly brauchte nicht lange, um aufzutauen. Wie es ihre Art war, so hatte sie alle schnell um den Finger gewickelt.

Sie freute sich über die Geschenke. Den Teddy, den Jared ihr mitgebracht hatte, legte sie jetzt schon nicht mehr aus der Hand.

Vic hatte etwas zu essen vorbereitet, danach gingen alle hinaus in den Schnee, um sich die Beine zu vertreten.

Sam entschuldigte sich und verzog sich in sein Arbeitszimmer.

Er tat Vic leid, es musste schwierig für ihn sein, Nellys Begeisterung über die neuen Verwandten mit anzusehen. Doch sie hoffte, dass es ihm gelingen würde, sich einfach mit Nelly zu freuen.

Die Kings blieben bis zum späten Nachmittag.

Nelly war richtig aufgekratzt und bettelte sie an, noch zu bleiben.

»Vielleicht … vielleicht können wir Nelly ja noch einmal sehen. Es gibt doch hier einen Zoo, da könnten wir hingehen«, schlug Jared Vic vor.

»Ja.« Sie stimmte zu, diesmal nicht mehr mit so schwerem Herzen. Nelly hatte sich sehr wohlgefühlt; sie wollte einem weiteren Treffen nicht im Wege stehen.

»Das können wir machen. Ruft an, wenn ihr morgen wach seid«, schlug Vic ihnen vor.

Sie hatte ein Taxi für die Kings bestellt; das Fahrgeld gab sie dem Fahrer schon im Voraus.

»Vic?«

Jared sprach sie noch einmal an, als alle anderen schon eingestiegen waren.

»Hm?«

»Können wir mal reden. Also nur wir beide? Ich möchte mich bei dir entschuldigen und mich bedanken. Darf ich dich heute zum Essen einladen?«

»Es ist okay, Jared. Lass es gut sein!«, wiegelte sie ab.

»Bitte, Vic. Um der alten Zeiten willen, es wäre mir wirklich ein Bedürfnis.« Er sah sie treuherzig an.

Vic wankte immer mehr.

Vielleicht war es gut, alles zu klären, und sie könnte ihm endlich mal an den Kopf werfen, was ihr auf der Seele brannte.

»Dein Partner braucht keine Sorge zu haben, ich bin in einer Beziehung«, fügte er verschmitzt hinzu.

Vic musste jetzt doch lachen. »Okay. Ich komme um 20 Uhr ins Hotel.«

»Hast du was dagegen, wenn ich mich heute Abend mit Jared treffe?«, fragte Vic Sam.

Sein Kopf ruckte hoch, er funkelte sie wütend an. »Ach? Wie kommt's?«

»Er möchte sich entschuldigen; ich hätte ihm auch noch ein paar Dinge zu sagen. Er hat mich mit seinem Verhalten sehr verletzt und es wäre mir ein Bedürfnis, ihm das noch mal klarzumachen.«

»Tu dir keinen Zwang an!«, ätzte Sam.

»Sam, er hat ...«

»Nein, lass nur! Ihr habt euch ja so lange nicht gesehen, da hat man sich viel zu erzählen!« Er stand auf und stapfte zornig an ihr vorbei.

»Sam, was soll das denn? Jared hat ...«

»Ist mir egal!«, schrie er zurück und verschwand türenknallend in seinem Arbeitszimmer.

»Was hat Sam?«, erkundigte sich Nelly besorgt.

»Nichts, nur schlechte Laune.« Sie nahm ihre Tochter auf den Arm und machte sie bettfertig.

Vic rang mit sich, ob sie wirklich zu dem Treffen fahren sollte; sie hatte keine Lust, Sam zu verärgern. Das alles war nicht leicht für ihn, vielleicht sollte sie Rücksicht nehmen.

Allerdings siegte doch ihr Trotz. Die Gelegenheit war da, Jared mal alles ins Gesicht zu schleudern, und die wollte sie sich nicht entgegen lassen. Und sie tat ja nichts Verbotenes. Sam sollte sich mal nicht so anstellen.

Vic brachte ihm das Babyphone ins Arbeitszimmer.

Sam sah nicht einmal auf, als sie eintrat und es ihm auf den Schreibtisch legte.

»Viel Spaß!«, zischte er ihr zu.

»Sam, bitte. Es ist die Gelegenheit ...«

»Ja, ja. Hau schon ab!«

Vic drehte sich wütend auf dem Absatz um und schloss sehr geräuschvoll die Tür hinter sich.

Auf der Fahrt in die Stadt brodelte es mächtig in ihr. Aber sie sah nicht ein, sich ein schlechtes Gewissen machen zu lassen.

Jared wartete in der Hotellobby auf Vic; er empfing sie mit einem strahlenden Lächeln. »Ich wollte es dir schon längst gesagt haben, du siehst echt klasse aus.« Er gab ihr einen Kuss auf die Wange.

Vic versteifte sich sofort. »Wenn du nicht willst, dass ich direkt wieder gehe, dann lass das!«, giftete sie ihn an.

»Okay, okay.« Er hob abwehrend die Hände. »War nicht böse gemeint.«

Sie gingen in ein benachbartes Restaurant. Jared gab sich große Mühe, höflich und zuvorkommend zu sein.

»Danke, dass du gekommen bist, Victoria! Und auch vielen Dank, dass du das Treffen mit Nelly möglich gemacht hast. Das bedeutet mir viel und meinen Eltern und meiner Schwester natürlich auch«, lächelte er ihr zu.

»Nelly hat es gut verkraftet; sie mag euch. Ansonsten hätte ich es abgebrochen«, erklärte Vic ihm knapp.

»Sie ist so hübsch.« Jareds Augen begannen zu leuchten. »Und sie hat ein bezauberndes Wesen. Du hast das sehr gut hinbekommen mit ihr, Vic.«

»Danke.« Vic wurde etwas versöhnlicher. »Nelly ist mein Ein und Alles. Ich tue alles dafür, dass es ihr gut geht.«

»Ich habe zehntausend Dollar, die möchte ich dir gerne für Nelly geben«, fuhr er fort.

Sie sah ihn überrascht an. »So viel Geld?«

»Wir haben es zusammengekratzt. Ich möchte, dass du es nimmst, Vic.« Jared sah sie ernst an. »Ich weiß, ich habe dich sehr schlecht behandelt und mich vor meiner Verantwortung gedrückt. Das möchte ich jetzt ändern. Ich habe zwar keinen gut bezahlten Job, aber ich werde versuchen, dir regelmäßig Geld zu überweisen.«

»Ich habe keine finanziellen Sorgen mehr; es wäre früher viel notwendiger gewesen. Wenn ich meine Eltern nicht gehabt hätte, hätte ich manchmal nicht gewusst, wie ich über die Runden kommen sollte. Es war sehr hart, Jared.«

»Ich weiß, ich habe mich wie ein Idiot benommen. Aber du weißt auch, wie ich damals drauf war: Ich wäre kein guter Vater geworden.«

»Und jetzt? Wie bist du jetzt drauf? Ich habe versucht, dich zu erreichen, bevor ich mich an deine Eltern gewandt habe. Du hast nicht reagiert«, warf sie ihm vor.

»Ich weiß, es tut mir leid. Aber ich habe keinen Sinn darin gesehen, den Kontakt wieder zuzulassen.« Er wirkte zerknirscht. »Meine Eltern haben mir ganz schön den Kopf gewaschen; ich habe eingesehen, dass sie recht haben.«

»Du hättest da selbst drauf kommen können!«

»Ich kann nur immer wieder betonen, dass mir alles sehr, sehr leid tut. Vor allem, dich damals zu einer Abtreibung überreden zu wollen, war mies«, gestand er ihr ein. »Und dich dann alleine zu lassen!«

»Ich war verzweifelt, Jared. Es ging mir wirklich schlecht. Ich habe mich selten so alleine und verstoßen gefühlt. Du hast mich sehr verletzt.«

»Wenn ich es wiedergutmachen könnte, ich würde es sofort tun.«

Nach und nach fasste Vic wieder mehr Vertrauen zu ihm. Sie berichtete von der Schwangerschaft, der Geburt und ihrem jetzigen Leben. Vic redete sich einiges von der Seele.

Jared war ein aufmerksamer Zuhörer. Sie merkte, wie eine Last von ihr abfiel und es ihr guttat, mit ihm darüber sprechen zu können.

Jetzt konnte sie mit Jared und ihrer Beziehung abschließen. Mit ihm als Nellys Vater würde sie wohl weiterhin leben müssen.

»Okay.« Vic atmete tief durch. »Nelly zuliebe sollten wir versuchen, einen verantwortungsvollen Umgang zu finden«, entschied sie schließlich.

»Ja, das wäre auch in meinem Sinne. Auch wenn ich nicht wirklich für sie da sein kann. Meinst du …, meinst du, du kannst mal mit ihr kommen? Du hast doch New Orleans immer sehr gemocht; als Urlaubsziel ist es sicher auch nicht der schlechteste Ort.« Er lächelte sie entwaffnend an.

»Ich werde dir keine Versprechungen machen, Jared. Grundsätzlich bin ich dem aber nicht abgeneigt.«

»Dein zukünftiger Mann ist ganz schön eifersüchtig, was?«

Vic runzelte die Stirn. »Findest du?« *Was Nelly betrifft vielleicht*, dachte sie traurig.

»Allerdings. Er hat mich mit Blicken ja fast getötet«, lachte Jared.

»Es ist keine leichte Situation für ihn. Er war fest entschlossen, Nelly zu adoptieren. Er liebt sie sehr«, erklärte Vic ihm.

»Ja, das verstehe ich. Es ist bestimmt nicht einfach, aber er kann doch immer noch eigene Kinder mit dir haben.«

»Wir werden mal sehen.« Vic schaute auf ihre Uhr und stellte überrascht fest, dass es fast Mitternacht war.

Sie hatte die Zeit völlig vergessen; eigentlich hatte sie nur zwei Stunden bleiben wollen.

»Ich muss los. Wir sehen uns morgen vor dem Zoo.«

»Danke nochmals, Vic. Für alles.« Er streckte ihr die Hand hin, doch diesmal war es Vic, die ihm einen Kuss auf die Wange gab.

Das Gutshaus lag dunkel vor ihr, offenbar war Sam schon im Bett.

Vielleicht ist das ganz gut so, morgen hat er sich bestimmt wieder beruhigt, dachte sie zufrieden.

Vic betrat die Eingangshalle. Sie ging in die Küche. Sie hatte sich gerade ein Glas Mineralwasser eingeschenkt, als sie einen Schatten wahrnahm. Erschrocken drehte sie sich herum. »Sam!«, stieß sie atemlos hervor. »Du bist ja doch noch wach!«

»Ja, bin ich!« Seine Augen funkelten sie böse an. »Auch schon da?«

»Siehst du doch, oder?«, zischte sie zurück.

»Und? War es schön mit deinem Ex?« Seine Stimme klang beißend.

»Wir haben uns ausgesprochen. Von daher war es gut, dass wir uns getroffen haben«, erklärte sie ihm so ruhig wie möglich. Aber in Wahrheit brodelte es in Vic. Sie fand sein Verhalten total überzogen; eigentlich hatte sie überhaupt keine Lust auf Streit. Nicht nach so einem anstrengenden Tag wie heute.

Aber wenn er es darauf anlegte, konnte er ihn haben!

»Ausgesprochen? Hört sich ja rührend an ...« Sam lachte bitter auf.

Vic konnte eine leichte Alkoholfahne riechen. Offenbar hatte er sich den Abend mit Whiskey vertrieben.

»Gehst du jetzt direkt wieder mit nach New Orleans?«, stänkerte er weiter.

»Wenn du hier so weitermachst, überlege ich es mir vielleicht sogar«, fauchte Vic zurück.

»Na klasse! Erst verliere ich Nelly – und dann dich! Ganz klasse, da kommt so ein ... ein dahergelaufener ...«

»Pass auf, was du jetzt sagst«, warnte Vic ihn.

»Ist doch wahr! Ich kann dir alles bieten, alles Vic! Und kaum taucht er auf, fällst du auch schon wieder auf ihn rein! Bist du wirklich so naiv? Stehst du auf so einen schmierigen Charme? Ich hätte nie gedacht, dass du so blöd ...«

Eine schallende Ohrfeige stoppte Sams Redefluss.

»Hör mir jetzt gut zu, Sam, denn ich sage dies nur einmal: Es war gut, dass ich mit Jared gesprochen habe. Ich konnte mir alles von der Seele reden, was mich die letzten Jahre beschäftigt hat! Ich konnte mit ihm abschließen, und wir werden zukünftig nur wegen Nelly Kontakt halten. Ganz davon abgesehen lebt Jared in einer sehr glücklichen Beziehung, und ich – mein lieber Schatz – liebe dich! Und wenn du das nicht kapierst, kann ich dir auch nicht helfen!«

Vor lauter Wut griff Vic nach ihrem Glas und zerschmetterte es auf dem Boden.

Anschließend lief sie so schnell sie konnte nach oben.

Vic stapfte wütend unter die Dusche, es beruhigte sie immer, wenn sie unter dem warmen Wasserstrahl stehen konnte. Doch dieses Mal brauchte sie lange, um wieder runterzukommen.

Sams Vorwürfe ärgerten sie; sie waren unberechtigt, Vic hatte sich nichts vorzuwerfen. Jared und sie waren nun mal ein Elternpaar, und auch wenn alles noch ganz vage war, sie hatte den Eindruck, dass er es ernst meinte.

Sie würde Jared lange nicht mehr wiedersehen, wenn er in ein paar Tagen abgereist war. Es war richtig gewesen, die Chance, sich auszusprechen, genutzt zu haben.

Als Vics Puls sich halbwegs wieder beruhigt hatte, drehte sie das Wasser ab und schlüpfte in ihr Schlafshirt.

Sie ging hinaus auf den Flur und sah nach Nelly, die tief und fest schlief. In ihrem Bett drapiert war neben dem Stoffpferdchen, das Sam ihr einmal geschenkt hatte, jetzt auch der Teddy von Jared zu finden.

Vic stiegen die Tränen in die Augen. Offenbar gab es wohl doch eine ganz besondere Bindung zwischen Eltern und ihren Kindern.

Sie hoffte für Nelly, dass sich der Kontakt zu den Kings wirklich aufrechterhalten ließ, auch wenn er lediglich über Mail oder Telefon laufen würde.

Vic hörte, dass im anderen Badezimmer auch das Wasser rauschte; anscheinend war Sam auf die gleiche Idee wie sie gekommen. Jetzt musste Vic doch grinsen.

Sie schlüpfte unter die Bettdecke, da hörte sie, wie er leise das Zimmer betrat.

Vic tat so, als würde sie schon schlafen.

Er legte sich lautlos neben sie. Irgendwann rutschte er näher zu ihr hinüber, und sie spürte, wie er zarte Küsse auf ihren Nacken hauchte.

»Vic? Schläfst du schon?«

Vic drehte sich zu ihm herum. »Nein, natürlich nicht!«

Sam tastete nach dem Lichtschalter der Nachttischlampe. »Ich habe mich eben total idiotisch benommen. Es tut mir so leid.«

»Es war unfair, was du mir an den Kopf geschmissen hast.« Vic sah ihm lange in die Augen. »Ich … ich bin vielleicht naiv, vielleicht muss ich das auch sein, weil ich immer noch hoffe, dass ich mal dein Herz erobern kann. Aber ich bin nicht dumm, Sam. Ich liebe dich ganz einfach nur. Und nur dich.« Eine Träne löste sich und rollte über ihre Wange.

»Oh Vic, ich habe dich gar nicht verdient.« Sam guckte sie betroffen an, dann küsste er zärtlich ihre Tränen weg. »Bitte verzeih mir, bitte!«, murmelte er. »Ich hatte Angst, dass ich dich verliere, das hat mich durchdrehen lassen.«

»Du verlierst mich nicht.« Sie lächelte ihm zu. »Niemals.«

»Versprich es, Vic!«, bat er ernst.

»Versprochen.« Sie zog ihn sanft zu sich hinunter und küsste ihn.

Doch ihre Küsse blieben nicht lange unschuldig, es erregte sie, seinen Körper durch das dünne Stück Stoff zu spüren.

Seine Hand glitt langsam an ihrer Seite hinab, schob sich unter ihr Shirt. »Du machst mich total verrückt, Vic.«

Sie seufzte auf und genoss seine Zärtlichkeiten.

32

»Puh, das war ja eine schwere Geburt!« Betty lachte Vic fröhlich an, als sie sich auf die Stühle des Cafés fallen ließen.

»Aber es hat sich doch gelohnt, oder?« Vic deutete auf die Tüten.

»Das kann man wohl sagen. Du wirst eine wunderschöne Braut sein.«

»Das Kleid ist der pure Wahnsinn. Ich hätte niemals geglaubt, dass ich mal so etwas tragen werde«, schwärmte Vic. Vor ihrem inneren Auge sah sie sich noch einmal in dem Brautkleid. Es musste noch etwas kürzer gemacht werden, dann konnte sie es abholen.

»Vor allem ist der Preis der pure Wahnsinn«, kicherte Betty. »Aber dein sexy Schriftsteller hat es ja.«

»Er hat gesagt, es sei egal, was es koste.« Vic biss sich auf die Unterlippe. Ein bisschen Skrupel hatte sie ja doch, das Kleid war nicht gerade günstig gewesen, aber sie hatte es einfach haben müssen. Doch Vic war sich auch sicher, dass Sam nicht böse deswegen sein würde. Er war sehr großzügig, was Nelly und sie anging.

»Du hast es gut, Robert ist ein Geizhals«, schimpfte Betty. »Ach, bevor ich es vergesse: Kann Sam ihm wieder ein Buch signieren?«

»Natürlich, das ist kein Problem. Ich fahre gleich mit zu dir, da kann ich es mitnehmen.

»Ich weiß nicht, was er an den Büchern findet.« Betty rümpfte die Nase. »Ich habe mal eines angefangen, aber meins ist das nicht.«

Vic nickte. »Ja, das kann ich verstehen. Mir gefallen Krimis auch nicht so gut, ist einfach nicht mein Fall. Dabei finde ich seinen Schreibstil toll.«

Vic hatte in den vergangenen Wochen drei Bücher von Sam durchgelesen. Aber so richtig anfreunden konnte sie sich damit nicht. Obwohl sie spannend und voller überraschender Wendungen waren, las sie – wenn überhaupt – lieber Liebesgeschichten.

»Wie läuft das eigentlich mit Jared? Meldet er sich noch? Ist ja immerhin schon etwas her, seit er hier war.«

»Ja, er meldet sich regelmäßig. Gestern hat sich Nelly mit ihm via Skype unterhalten. Es war ganz witzig. Er bringt ihr ständig mehr englische Wörter bei. Ich rede jetzt auch mehr Englisch mit ihr; sie möchte das sogar.«

»Und? Willst du ihn mit ihr besuchen?«, hakte Betty nach.

»Irgendwann bestimmt. Aber ich habe noch keine konkreten Pläne.« Vic zuckte mit den Schultern. »Die Auslandsadoption läuft ja auch, da müssen wir abwarten, wie es vorwärtsgeht. Deswegen möchte ich nichts Langfristiges planen.«

»Und erst mal sollst du ja auch heiraten.«

»Erst mal kommt die Gerichtsverhandlung«, flüsterte Vic. Der Termin nächste Woche lag ihr ganz schön im Magen. Sie hatte richtiggehend Angst, den Männern zu begegnen, doch sie wusste, dass es das Richtige war, gegen sie auszusagen.

»Ich drücke dir ganz fest die Daumen. Ich komme auf jeden Fall zur Verhandlung.« Betty streichelte über Vics Hand.

»Ja, danke, das ist lieb. Es ist gut zu wissen, dass Freunde und Familie da sind.« Vic lächelte sie schief an. »Ich bin froh, dass die Verhandlung vor der Hochzeit ist. So kann ich mich wenigstens richtig darauf freuen.«

»Tust du das wirklich? Dich darauf freuen?« Betty sah sie zweifelnd an.

»Ich heirate den Mann, den ich liebe.« Vic wusste, auf was ihre Freundin anspielte.

»Der aber dich nicht liebt.«

»Das … das kommt noch. Vielleicht tut er es ja doch schon, er hat es nur noch nicht gesagt.« Vic senkte den Blick.

»Man sollte annehmen, dass er es tut. Aber so ganz schlau werde ich aus ihm nach wie vor nicht.«

»Als ich mit Jared ausgegangen bin, hat er sehr eifersüchtig reagiert.«

»Das kann auch gewesen sein, weil du doch so eine gute Freundin bist. Und vielleicht auch, weil er sowieso angefressen war, weil es mit Nellys Adoption nicht geklappt hat. Das muss nichts heißen«, wandte Betty ein. »Aber ich kann dich verstehen, es sieht ja wirklich so aus, als würde er total verknallt sein. Trotzdem finde ich das alles merkwürdig.«

Vic lächelte Betty zu. »Was ist bei mir denn schon normal?«

»Da hast du auch wieder recht«, lachte ihre Freundin.

»Und? Wie war's?«

Sam kam direkt aus seinem Arbeitszimmer, als Vic zur Haustür hereinkam.

»Gut, sehr gut. Ich habe deine Kreditkarte zum Glühen gebracht – genauso, wie du es wolltest«, entgegnete sie mit einem frechen Grinsen.

»Mami hat mir auch was kauft!« Nelly zeigte stolz auf zwei große Einkaufstüten. »Schau!«

Bevor Vic reagieren konnte, hatte Nelly sich eine davon geschnappt und den Inhalt auf den Boden der Eingangshalle gekippt. »Schön, oder?«

Sie hielt Sam ein gelbes Sommerkleidchen unter die Nase.

»Wunderschön!«, lachte Sam.

»Nelly, was soll das?«, schimpfte Vic und sammelte die Sachen wieder ein.

»Wie war es bei Oma und Opa?« Sam hob die Kleine auf seine Arme.

»Toll! Waren im Tierpark«, nickte Nelly eifrig. »Hab' Ziegen füttert.«

»Wow, da hattest du ja einen tollen Tag!«, freute sich Sam.

»Und was hast du macht?« Sie schlang die Ärmchen um seinen Hals und drückte sich an ihn.

»Gearbeitet«, stöhnte Sam.

»Warst du wenigstens auf der Terrasse bei dem schönen Wetter?«, erkundigte sich Vic.

»Ich befinde mich gerade im finsteren Mittelalter und dort in einem Folterkeller. Da passen keine zwitschernden Vögel und Frühlingssonne.«

Vic rümpfte die Nase. »Ich will gar nicht wissen, welche arme Seele du dort wieder gemeuchelt hast«, raunte sie ihm zu, damit Nelly es nicht hören konnte.

Sam zog sie in seine Arme. »Erzähl mir doch lieber mal, wie dein Brautkleid aussieht!« Er tupfte kleine Küsse auf ihren Hals.

»Nichts zu machen, das weißt du doch. Aber Betty gefällt es.«

»Na toll!«, prustete er. »Das ist ja sehr hilfreich.«

»Mehr wirst du nicht erfahren.« Vic vertiefte den Kuss.

Sam ging sofort darauf ein.

Es war verrückt. Wie er das anstellte, konnte Vic sich nicht erklären, aber er schaffte es im Handumdrehen, sie allein durch seine Küsse dahin zu bringen, dass sie sich fast willenlos fühlte.

»Schade, dass wir nicht raufgehen können!«, flüsterte er bedauernd. »Aber ich weiß nicht, was Nelly dazu sagen würde, wenn wir mal kurz verschwinden würden.«

Vic kicherte leise. »Ich würde auch nicht riskieren, dass sie anfängt, uns zu suchen.«

***

Vic hatte die ganze Nacht nicht geschlafen. Der Prozesstermin lag ihr wie ein Stein im Magen.

Sam schlief ebenfalls unruhig. Ein paar Mal versuchte er, sie zu beruhigen, doch das war zwecklos.

Letztendlich war Vic sogar froh, als sie endlich auf dem Weg ins Gericht waren.

Vor dem Gerichtsgebäude wimmelte es nur so von Reportern.

Vic stöhnte, als sie bemerkte, wie viele es waren.

Natürlich hatte es sich schnell herumgesprochen, wessen Freundin es gewesen war, die von den Rechtsradikalen angegriffen worden war. Das war ein gefundenes Fressen für die Presse. Sam war bereits mehrfach um eine Stellungnahme gebeten worden, die er aber stets abgelehnt hatte.

Auch einige Politiker hatten sich zu Wort gemeldet und ihr Entsetzen über den Vorfall zum Ausdruck gebracht.

Vic hoffte jetzt inständig, dass das Interesse der Öffentlichkeit auch zu etwas gut war und man mehr über Fremdenfeindlichkeit in der Gesellschaft nachdenken würde.

Wenigstens Nelly hatten sie aus dem Trubel heraushalten können. Fotos von ihr waren nicht in der Presse aufgetaucht.

»Du schaffst das«, raunte Samuel ihr zu, als sie das Gebäude betraten.

Vic drückte noch einmal seine Hand, dann verabschiedeten sie sich.

Als sie aufgerufen wurde, schlug ihr Herz bis zum Hals. Auf wackligen Knien betrat sie den Gerichtssaal. Sie entdeckte Sam zum Glück direkt, ihr Vater saß neben ihm, genauso wie Betty und Robert. Sams Eltern waren ebenso anwesend, alle lächelten ihr aufmunternd zu.

Die Angeklagten hatten allesamt schicke Anzüge an; einer davon musterte Vic feindselig.

Sie guckte nicht mehr zu ihnen hin und versuchte, sich auf die Worte des Richters zu konzentrieren. Es gelang ihr wider Erwarten, ruhig und detailliert den Angriff zu beschreiben:, auch die Zwischenrufe eines der Angeklagten brachten sie nicht aus dem Konzept. Schließlich wurde dieser des Saales verwiesen, was Vic aufatmen ließ.

Sie blieb nach ihrer Aussage im Saal; es wurden noch andere Bewohner des Häuserblocks befragt. Sie alle berichteten von der Bedrohung durch die Angeklagten.

Schließlich kam der Zeuge zu Wort, der den Überfall beobachtet hatte.

Vic war erleichtert, dass er ihre Worte bestätigte.

Als Vic mit Sam zusammen wieder im Auto saß, liefen Tränen der Erleichterung über ihre Wangen.

»Gott sei Dank, es ist vorbei!«, seufzte sie erleichtert auf.

»Und alle sind bestraft worden«, lächelte Sam ihr zu. »Aber jetzt lass uns ausschließlich über angenehme Dinge reden! Du wolltest mir noch erzählen, wie dein Brautkleid aussieht ...«

***

Schon Tage vor dem Hochzeitstermin verfolgte Vic angespannt den Wetterbericht. Im April konnte ja so ziemlich alles möglich sein. Aber der Wettergott meinte es gut mit ihnen, es war Sonnenschein angekündigt und angenehme zwanzig Grad.

Vic jubilierte, als diese Prognose sich immer mehr verfestigte.

Sie hatten geplant, alles an einem Tag hinter sich zu bringen: Nach dem Standesamt am Vormittag gab es eine kleine Pause, in der sie sich umziehen wollten, danach würde es zur Kirche gehen.

Je näher der Termin rückte, desto aufgeregter wurde Vic. Sie wusste nicht, wie oft sie schon hinterfragt hatte, ob das wirklich alles richtig war. Aber die letzten Monate mit Sam waren schön gewesen, und Nelly fühlte sich in der Umgebung pudelwohl.

Samuel gab sich wirklich Mühe; selbst wenn manchmal die Fetzen zwischen ihnen flogen, konnte Vic spüren, dass er sie sehr gerne hatte.

Trotzdem schwang immer noch ein bisschen Wehmut mit.

An ihrem Hochzeitstag klappte alles perfekt. Das Wetter spielte wie angekündigt mit. Nelly sah in ihrem Kleidchen bezaubernd aus.

Samuels Ausdruck, als er Vic in ihrem Brautkleid sah, würde sie wohl nie im Leben vergessen können. Er hatte Tränen in den Augen, als er ihre Hand nahm und ihr das Eheversprechen gab.

Vic fragte sich, ob er dabei an seine verstorbene Frau dachte oder ob es wirklich vor Rührung war.

Sie flüsterte leise ein *Ich liebe dich* und schaute ihn bittend an. Selbst mit einer Lüge wäre sie an diesem Tag zufrieden, aber die Worte kamen nicht über seine Lippen.

Die Traurigkeit wich schnell, als Vic mit ihm aus der Kirche trat und Nelly dabei eifrig Blütenblätter streute.

Ihre Freunde und Familie warteten draußen, um sie zu beglückwünschen.

Aber so sehr sich Vic auch bemühte, richtige Freude wollte sich nicht einstellen. Es sollte der schönste Tag in ihrem Leben sein, doch sie verspürte immer noch einen Hauch Wehmut. Ihr großer Tag hatte einen bitteren Beigeschmack.

Wenn er selbst heute nicht sagen kann, dass er mich liebt, wann soll er es denn dann tun?, fragte sie sich insgeheim dauernd.

Vielleicht sollte sie sich damit abfinden, dass er es wohl nie aussprechen würde. Ihr Leben mit ihm würde auch so schön werden.

Aber wie konnte sie es schaffen, dass ihr Herz das genauso sah?

Für die Hochzeitsnacht hatte Sam sie mit einer Suite in einem Luxushotel überrascht; am nächsten Tag sollte es in die Flitterwochen gehen.

Nelly war zwar etwas betrübt, dass sie nicht mitdurfte. Zwei Wochen bei Oma und Opa bedeuteten jedoch auch, dass sie grenzenlos verwöhnt werden würde, und die Gessners hatten ebenfalls einen kurzen Urlaub mit ihrer Enkelin geplant.

»Du bist wunderschön …!« Sam guckte ihr lange in die Augen und öffnete eine Flasche Champagner. »Wie hat dir der Tag gefallen?«

»Es war perfekt, alles hat gut geklappt.« Sie wich seinem Blick aus.

Sam legte eine Hand unter ihr Kinn und hob ihren Kopf an. »Was ist los, Vic?«, fragte er sie leise. »Du hast doch was …«

»Nein, alles okay«, schüttelte sie den Kopf.

»Raus mit der Sprache!«

Vic ahnte, dass er wohl nicht locker lassen würde.

»Warum …, warum hast du heute nicht mal lügen können, Sam? Ich hätte es dir nicht übel genommen«, flüsterte sie.

»Wie bitte?« Er schien verdutzt.

»Du weißt doch genau, was ich meine.« Sie sah ihn traurig an und verschwand ins Bad; er sollte ihre Tränen nicht sehen. Nicht heute.

Vic setzte sich auf den Rand des Whirlpools. Sie atmete tief durch und versuchte, alles zu verdrängen, doch das war heute gar nicht so einfach.

Dieser Tag hatte einfach eine ganz besondere Bedeutung für sie. Freude darüber, seine Frau geworden zu sein, konnte sie nicht empfinden.

Im Gegenteil, sie kam sich fast schäbig vor, ihren Freunden und Verwandten diese Farce vorgespielt zu haben.

Du hast doch nicht gelogen. Du liebst ihn doch, versuchte sie, sich selbst zu beruhigen; doch das gelang ihr nur mäßig.

Vic überlegte, ob sie sich das Brautkleid nicht selbst ausziehen sollte. Das wäre allerdings wohl einfach kindisch – mal davon abgesehen, dass sie an die kleinen Häkchen auf dem Rücken gar nicht rankommen würde.

Reiß dich zusammen!

Sam stand am Fenster. Er blickte hinaus auf die Lichter der Stadt und wirkte ebenso nachdenklich wie sie. Als er sie hörte, drehte er sich zu ihr herum.

»Vic …« Seine Stimme klang ganz rau. »Ist … ist alles wieder okay?«

»Ja, natürlich. Ich … heute ist eben ein sehr emotionaler Tag für mich.« Sie zwang sich zu einem Lächeln, da fiel ihr Blick auf die Tickets für die Reise in die Flitterwochen. »Sam, sollen wir denn überhaupt fahren?«

Er schaute sie geschockt an. »Warum denn nicht?«

»Das heute …, das war doch mehr eine Farce als alles andere«, erwiderte sie niedergeschlagen. »Und wir sind jetzt verheiratet, du hast dein Versprechen eingelöst. Wieso sollten wir noch verreisen?«

»Hast du denn keine Lust darauf? Ich meine …, also … wir können auch woanders hinfahren.« Er streifte mit seinen Händen durch seine Haare.

Vic hatte ihn selten so geschockt gesehen.

»Ehrlich? Nein, ich habe keine Lust darauf. Lass uns einfach wieder zum Alltag übergehen und so weitermachen wie vorher.

Ich ... ich würde diese Hochzeit gerne hinter mir lassen.« Ihre Stimme wurde immer leiser.

Sam setzte sich aufs Bett; er verbarg sein Gesicht hinter seinen Händen. »Warum hast du mich dann überhaupt geheiratet? Wenn es für dich so unerträglich war.«

»Ich ... ich habe nicht erwartet, dass es mich so treffen würde«, gestand Vic ihm ehrlich. »Ich dachte, dass es mir leichter fallen würde. Es ist auch okay für mich, wenn du allein fährst.«

»In die Flitterwochen?« Sam lachte bitter auf. »Soll das ein Witz sein? Sollen wir die Ehe wieder annullieren lassen?«

»Nein, meinetwegen nicht. Sam, es geht mir allein um diesen Tag. Ich habe mich so lächerlich gefühlt, kannst du das nicht verstehen?« Vic hockte sich vor ihn hin und nahm seine Hände in ihre. »Jetzt ist es wieder okay. Lass uns einfach nicht mehr drüber reden; ich möchte den Hochzeitstag so schnell wie möglich vergessen. Bitte ...« Sie schaute ihn eindringlich an.

»Okay«, nickte er ihr zu und streichelte ihr übers Gesicht. »Meine schöne Vic. Es tut mir so leid ...«

»Das muss es nicht.« Sie setzte sich neben ihn und lehnte ihren Kopf an seine Schulter an. »Du kannst nichts dafür, dass du mich nicht lieben kannst.«

»Ich habe dir gesagt, dass wir es hinbekommen werden, und das meine ich immer noch so, Vic. In den letzten Monaten hat es doch auch ganz wunderbar funktioniert.«

»Ja, das hat es.« Vic sah auf und lächelte ihn an. »Und ja, wir bekommen das hin. Könntest du mir nur jetzt aus diesem Kleid hinaushelfen?«

»Nichts lieber als das.« Er erwiderte ihr Lächeln, doch es erreichte nicht seine Augen.

»Hast du heute oft an Silvia denken müssen?«, fragte Vic ihn, als er das Brautkleid ganz behutsam öffnete.

»Ein paar Mal schon«, gestand er ehrlich.

Vic nickte und dachte daran zurück, dass er vor dem Altar Tränen in den Augen gehabt hatte – wohl auch wegen seiner verstorbenen Frau.

»Das muss …, das war bestimmt schwierig für dich. Also mit mir vor dem Altar zu stehen«, flüsterte sie.

»Es war erstaunlich leicht, dir das Eheversprechen zu geben.« Er schob ihr Kleid langsam an ihrem Körper hinunter, danach half er ihr, daraus auszusteigen. »Du bist eine tolle Frau.«

Vic stellte sich auf die Zehenspitzen und gab ihm einen zärtlichen Kuss. »Ich bin froh, dass du das sagst.«

»Du siehst wahnsinnig sexy aus.« Er zog sie an sich und vertiefte den Kuss noch einmal.

»Ich bin müde.« Vic löste sich aus seiner Umarmung, zog sich bis auf den Slip aus und legte sich ins Bett.

Sie sah die Enttäuschung in seinen Augen, aber sie hatte einfach keine Lust auf eine Hochzeitsnacht.

Schlafen und vergessen, sie hoffte, dass das klappen würde.

Das Nächste, was sie bewusst wahrnahm, war Sams Stimme. Sie registrierte, dass er telefonierte. Sie öffnete die Augen, anscheinend war sie tatsächlich eingeschlafen.

Er stornierte die Flüge und rief beim Hotel an. Als er aufgelegt hatte, lächelte er sie scheu an.

»Guten Morgen. Hast du …, also konntest du gut schlafen?«

»Ja, danke. Und danke, dass du dich gekümmert hast.« Sie deutete auf das Flugticket in seiner Hand.

Er nickte, wirkte sehr müde und war blass.

»Was ist mit dir? Hast du nicht gut geschlafen?«, erkundigte sie sich besorgt.

Sam schüttelte den Kopf, er machte einen traurigen Eindruck. »Was ist denn los?«, fragte sie ihn erschrocken.

Sam kam zu ihr und setzte sich aufs Bett. »Ich habe Angst, dass ich dir zu viel zugemutet habe. Und das könnte ich mir nie verzeihen.«

Vic lächelte ihm zu und schlang die Arme um seinen Hals. »Es ist schon gut, Sam. Ich würde gerne nach Hause.«

Er küsste sie sanft auf die Stirn. »Okay.«

Als sich Vic geduscht und angezogen hatte, fiel ihr Blick auf ihr Brautkleid, das Sam in der Nacht wohl noch auf einen Bügel gehängt hatte.

»Wir können gehen«, nickte Vic ihm zu, das Kleid ließ sie zurück.

33

»Ich möchte nicht darüber reden, bitte, Mama«, bat Vic ihre Mutter eindringlich. Natürlich waren ihre Eltern überrascht darüber, dass sie die Hochzeitsreise nicht angetreten hatten, und Helene Gessner hatte sie sofort zur Seite gezogen.

»Stimmt etwas nicht?«

»Ich habe doch gesagt, ich möchte nicht darüber sprechen. Es gibt aber nichts, worüber ihr euch Sorgen machen müsstet. Ihr könnt also ganz beruhigt mit Nelly morgen wegfahren«, versuchte Vic, die Sorge ihrer Mutter zu entkräften.

»Vielleicht hat Papa doch recht gehabt.« Helene Gessner schüttelte den Kopf. »Vielleicht war es keine gute Idee.«

»Doch, das war es. Mama, bitte.« Vic guckte sie flehend an.

Ihre Mutter gab ihr einen Kuss »Ich höre schon auf, du bist ein großes Mädchen.«

Als Vic zurück im Gutshaus war, ging sie zur Tagesordnung über. Sie wusch Wäsche, fuhr einkaufen. Da ja nicht geplant war, dass sie hierblieben, fehlten einige Lebensmittel. Sie ignorierte geflissentlich die Zeitungsartikel, in denen sogar Hochzeitsfotos von Sam und ihr abgebildet waren.

Da das Wetter immer noch schön war, ging sie hinaus in den Garten und betätigte sich dort. Die Arbeit tat ihr gut. Sie lenkte sie etwas vom Grübeln ab.

Sam hatte sich zurückgezogen.

Vic konnte nur mutmaßen, dass er in seinem Arbeitszimmer war. Sie war dankbar dafür, dass er sie in Ruhe ließ.

Als sie das Abendessen fertig hatte, klopfte sie leise an die Tür. Er lächelte, als sie eintrat. »Magst du was essen?«

»Ich komme.«

Vic bemerkte, dass er sie unentwegt verstohlen musterte; sie wollte aber nicht mehr über die Hochzeit reden, sondern betrieb ein bisschen Smalltalk.

Er ging darauf ein, was sie erleichtert registrierte.

Sam ließ sie auch in den nächsten Tagen weitestgehend in Ruhe. Sie tauschten zwar kleinere Zärtlichkeiten aus, und ihr Umgangston war freundlich, aber sonst gingen sie sich aus dem Weg.

Vic war ihm dankbar dafür, denn es gelang ihr wieder, sich zu fangen und gelöster mit ihm umzugehen.

Sam flirtete jetzt sogar recht offensiv mit ihr.

Es gefiel ihr, dass er sie umwarb. Sie genoss es, dass er sie oft berührte und ihr immer wieder kleine Küsse gab.

»Gehst du heute mit mir aus, Frau Gessner-Winter?«, wollte er eines Morgens wissen.

»Wo möchtest du denn hin?«

»Ich möchte dich ausführen.« Er beugte sich über sie und küsste sie.

»Okay.« Vic freute sich über seinen Vorschlag. Sie grübelte jetzt schon darüber nach, wo sie wohl hingehen würden.

Er führte sie ins Theater. Vic war sprachlos, sie war noch nie dort gewesen, bisher hatte sie das Geld lieber für andere Dinge ausgegeben. Anschließend besuchten sie noch eine nette Bar.

Vic genoss Sams Aufmerksamkeiten in vollen Zügen. Sie liebte es, wie er sie umgarnte, und das tat er nicht zu knapp.

Als sie wieder zu Hause waren, gingen sie ins Wohnzimmer.

Sam goss ihr ein Glas Rotwein ein und zog sie zu sich auf seinen Schoß.

»Das war ein schöner Abend, Vic.« Er schaute ihr lange in die Augen.

»Fand ich auch. Danke.« Sie legte ihre Arme um seinen Hals und küsste ihn scheu.

Sam erwiderte ihre Küsse weniger schüchtern, und da sich in den letzten Tagen auch in ihr viel aufgestaut hatte, war sie nur zu gerne bereit, auf seine Zärtlichkeiten einzugehen.

Sams Hand wanderte unter den Rock ihres Kleides.

Vic seufzte auf, als sie spürte, wie er über ihren Oberschenkel streichelte.

»Bitte stopp mich, Vic! Sonst falle ich über dich her«, stöhnte Sam in ihren Mund.

»Dann tu es doch!«, lächelte sie in seinen Kuss hinein.

Sam schenkte ihr ein umwerfendes Lächeln. »Bist du sicher?«

»Ganz sicher«, nickte sie ihm zu.

Sie schafften es nicht mehr ins Schlafzimmer, sondern liebten sich noch auf dem Sofa.

Irgendwann, bevor sie drohten, dort einzuschlafen, nahm Sam sie auf seine Arme und trug sie hinauf.

Zufrieden schmiegte sich Vic an ihn.

»Freust du dich, wenn Nelly morgen wieder da ist?«, fragte er sie. Seine Finger glitten dabei über ihren nackten Oberkörper und bescherten Vic erneut eine Gänsehaut.

»Ja, klar. Ich vermisse sie«, nickte Vic.

»Ich auch.« Sam beugte sich über sie.

Vic grinste in sich hinein, offenbar hatte er auch noch nicht genug.

»Vic?«

»Hm?«

»Wir ... wir hatten mal über eigene Kinder gesprochen. Wie siehst du das jetzt?« Sam pustete sanft ihre Brustwarze an.

Vic hatte mächtig Probleme, sich zu konzentrieren. »Ich fände das sehr schön«, schnurrte sie.

»Meinst du ... meinst du, wir könnten dann mal in die Vorbereitungen dazu einsteigen?« Jetzt grinste er sie verschmitzt an.

»Soll ich die Pille weglassen?«

»Auf jeden Fall«, murmelte er und widmete sich wieder ihrem Körper.

***

Sprachlos starrte Vic ständig auf das kleine Bild in ihrer Hand.

Schwanger – Donnerwetter, schwirrte ihr durch den Kopf. *Da hat Sam nicht viel Zeit verloren!*

Sie konnte es immer noch nicht so recht glauben. Sie hatte erst vor Kurzem die Pille abgesetzt, und es hatte auf Anhieb geklappt.

Geübt haben wir ja genug.

Sie lächelte in sich hinein. Die letzte Zeit war wirklich sehr leidenschaftlich gewesen. Vic war sich sicher, dass Sam vor Freude außer sich sein würde.

Allerdings gab es einen Wermutstropfen bei dem Ganzen: Vics Hüfte.

Der Arzt hatte ihr dringend empfohlen, unbedingt auf ihr Gewicht zu achten; trotzdem könnte es passieren, dass sie die restlichen Schwangerschaftswochen wohl nur noch wenig laufen durfte.

Bei Nelly war das schon problematisch gewesen, und der Zustand ihrer Hüfte hatte sich weiter verschlechtert.

Aber daran wollte Vic jetzt erst mal nicht denken. Sie fuhr an einem Babygeschäft vorbei, kaufte eine süße Spieluhr und machte sich auf den Weg ins Gutshaus.

Sie hatte Sam nichts von dem Arztbesuch erzählt und ihm ihren Verdacht verschwiegen. Dabei war sie sich eigentlich schon vor dem Termin bei ihrem Gynäkologen sicher gewesen, dass es geklappt hatte. Das Ziehen in ihren Brüsten und in ihrem Unterleib hatte sie damals bei Nelly schon verspürt; nur damals hatte sie es zunächst nicht richtig gedeutet.

Samuel war in seinem Arbeitszimmer, nichts anderes hatte Vic erwartet.

Sie nahm die kleine Tüte, in der die Spieluhr war, und klopfte leise an.

»Ja?«

»Hallo Sam. Störe ich?«

»Ich komme hier sowieso nicht weiter«, seufzte er und klappte seinen Laptop zu, dann streckte er die Hand nach ihr aus.

Vic ging zu ihm, er zog sie direkt auf seinen Schoß.

»Und, Frau Gessner-Winter … Hast du etwas Besonderes auf dem Herzen oder kommst du nur so vorbei, um mich zu küssen?«

»Beides.« Vic gab ihm einen zärtlichen Kuss.

»Schon mal sehr gut. Und was hast du da dabei?« Er lugte in die Tüte.

»Schau mal – ist die nicht schön?« Vic holte die Spieluhr heraus und hielt sie ihm vor die Nase.

Sams Augen verengten sich. »Ist Nelly nicht schon ein bisschen zu alt dafür?«, fragte er vorsichtig.

»Ja, ist sie. Sie ist ja auch nicht für sie«, lachte Vic.

Über Samuels Gesicht legte sich ein glückliches Strahlen. »Hat es … hat es etwa schon geklappt?« Seine Stimme wurde ganz kratzig.

»Ja – ich komme gerade vom Arzt. Herzlichen Glückwunsch, du wirst Papa.« Sie schlang die Arme um seinen Hals und schmiegte sich glücklich an ihn.

Sam presste sie fest an sich. »Oh Vic, Vic …, du ahnst gar nicht, wie ich mich freue«, flüsterte er heiser. »Wahnsinn …!«

Behutsam schob er sie von sich. »Wie geht es dir? Was hat der Arzt gesagt?« Er nahm ihr Gesicht zwischen seine Hände und küsste sie kurz auf die Nasenspitze.

»Na ja, ich bin natürlich noch ganz am Anfang, sechste Woche. Viel kann man nicht erkennen …« Vic fischte in der Tüte nach dem Ultraschallbild. »Der Punkt da«, erklärte sie ihm.

Sam schaute sich fasziniert das Bild an; er konnte seinen Blick gar nicht davon lösen. »Vic …, ich … ich …«, stammelte er. »Ich danke dir, du machst mich unfassbar glücklich.«

»Du warst nicht unbeteiligt daran«, lächelte sie an seinen Lippen.

»Ist denn …, ist denn alles in Ordnung? Und was ist mit deiner Hüfte?«, fragte er atemlos weiter.

Vics Miene verfinsterte sich. »Na ja, das ist das einzige Problem …«, begann sie zögernd.

»Was heißt Problem?« Sam war sofort alarmiert. »Ist es gefährlich für dich?«

»Nein, das wohl nicht. Aber ich darf nicht zu viel zunehmen; es kann sein, dass ich später viel liegen muss.«

»Oh, das heißt also, ich muss nicht nachts rausfahren, um an der Tankstelle Süßigkeiten zu besorgen? Hab’ ich ein Glück«, grinste Sam frech.

Vic kniff ihn in die Nase. »So sieht es wohl aus. Und Glück hast du sowieso, dass du mich hast«, sagte sie hochmütig.

»Das stimmt. Und ich bin sehr froh, dass du es mit mir aushältst.«

Sie beschlossen, Nelly erst etwas von dem neuen Familienzuwachs zu erzählen, wenn man bei Vic einen Bauch sehen konnte. Ansonsten würde die Wartezeit auf das Baby zu lange für die Kleine werden.

Doch alle Freunde und Verwandten waren völlig aus dem Häuschen und freuten sich für sie. Auch Silvias Eltern, die Vic kennengelernt hatte, als sie an dem Todestag ihrer Tochter kurz im Gutshaus vorbeischauten, schienen sich ehrlich mit Sam und Vic zu freuen.

Vic war sehr nervös vor dieser Begegnung gewesen. Sie hatte überhaupt nicht einschätzen können, wie sie auf sie als Frau an Sams Seite reagieren würden.

Doch die beiden hatten Vics Ängste rasch zerstreut. Sie begrüßten sie sehr herzlich und schienen richtig erleichtert darüber zu sein, dass Sam wieder geheiratet hatte.

»Samuel hat sehr um unsere Tochter getrauert«, hatte Silvias Mutter Vic in einer ruhigen Minute anvertraut. »Das war auch nur natürlich, weil die beiden sich abgöttisch geliebt haben. Aber man muss auch eine Sache abschließen können. Und ich bin froh, dass er das jetzt geschafft hat.«

Vic hatte auf der Zunge gelegen, dass dies nicht so war, doch sie wollte sein Geheimnis nicht preisgeben.

»Wir wünschen euch und eurer kleinen Familie viel Glück«, hatten Silvias Eltern sich verabschiedet. Vic war nach diesem Besuch ein großer Stein vom Herzen gefallen.

***

Im Laufe des Jahres tat sich noch etwas in Sachen Familienzuwachs. Die Auslandsadoption nahm allmählich Tempo auf, und mit viel Glück würde im nächsten Jahr nicht nur ein Baby, sondern auch ein fünfjähriges Mädchen aus Äthiopien bei ihnen wohnen.

Vic und Sam waren außer sich vor Freude gewesen, als sie die Nachricht bekamen. Sie besorgten sich sofort Unterlagen, um die fremde Sprache schon mal ein bisschen zu erlernen.

Vic konnte es manchmal kaum fassen, wie sehr sich alles verändert hatte. Und sie konnte auch von sich sagen, dass sie mit Sam glücklich war.

An das *Ich liebe dich* aus seinem Munde glaubte sie zwar nicht mehr, aber er bewies ihr seine Zuneigung jeden Tag aufs Neue.

Er verwöhnte sie, wo er nur konnte, war aufmerksam und hielt tapfer Vics Launen aus, die in der Schwangerschaft noch unberechenbarer waren.

Nein, sie konnte sich nicht beschweren, ihr Leben hätte viel schlimmer aussehen können.

Auf einer Buchmesse, zu der sie Sam auf seinen ausdrücklichen Wunsch hin begleitete, stolperte sie über ein älteres Buch von einem österreichischen Schriftsteller aus den sechziger Jahren. *Liebe ist nur ein Wort*, hieß das Werk. Vic empfand diese Worte als tröstend.

Leider bewahrheitete sich die Befürchtung von Vics Ärzten; gegen Ende der Schwangerschaft verstärkten sich ihre Hüftprobleme. Zur Sicherheit empfohlen die Ärzte Vic einen Kaiserschnitt. Sie fand dies zwar übertrieben, Nelly hatte sie auch so zur Welt gebracht. Doch Sam gab keine Ruhe, bis sie sich schließlich überreden ließ.

Die Weihnachtsvorbereitungen überließ Vic schweren Herzens ihrer und Sams Mutter, sie durfte lediglich auf dem Sofa liegen und den beiden Anweisungen geben.

Nelly wurde immer aufgeregter, denn die Aussicht auf Weihnachten und die Tatsache, dass es danach nicht mehr lange dauern würde, bis ihr Geschwisterchen auf die Welt kam, versetzte sie in große Vorfreude.

Von der Auslandsadoption erzählten Sam und Vic ihr erst einmal nichts; zu viel konnte noch schiefgehen. Sie wollten nicht riskieren, dass Nelly enttäuscht werden würde.

Nach den Weihnachtsfeiertagen kamen Jared und seine Familie für drei Tage zu Besuch. Eigentlich hatte Vic vorgehabt, mit Nelly nach New Orleans zu reisen, doch ihr Gesundheitszustand und ihr übervorsichtiger Ehemann ließen es nicht zu.

Sam riss sich diesmal sehr zusammen, er gestattete es sogar, dass die Kings im kleinen Verwalterhaus wohnten.

Doch sein strahlendes Gesicht, als sie wieder nach Haus flogen, sprach Bände.

»Endlich hab ich euch wieder für mich alleine!«

Vics aufkeimenden Protest erstickte er mit einem langen Kuss.

***

Vic starrte sehnsüchtig durchs Fenster nach draußen. Dicke Schneeflocken tanzten vor der Scheibe; sie hörte, wie Nelly vergnügt quietschte, als Sam sie in die dicken Wintersachen einpackte.

»Wir gehen!«, rief er ihr fröhlich zu.

Nelly verabschiedete sich mit einem heftigen Knuddler.

»Viel Spaß!« Vic winkte ihnen nach und kuschelte sich wieder tiefer unter die Decke.

Sie würde ein Stoßgebet zum Himmel schicken, wenn das Baby endlich auf der Welt sein würde und sie wieder herumlaufen durfte.

Ständig auf dem Sofa herumzuliegen, war ganz eindeutig nichts für sie, auch wenn sie liebevoll umsorgt wurde.

Sie überlegte, ob sie in den Whirlpool steigen sollte, dort konnte sie immer herrlich entspannen und bis zum Bad durfte sie ja laufen.

Schwerfällig stand Vic vom Sofa auf; noch eine Woche musste sie sich gedulden, dann würde das Baby per Kaiserschnitt entbunden werden. Sam und Vic waren beide ganz neugierig, was es werden würde. Es hatte sein kleines Geheimnis gut für sich bewahren können.

Auf der Treppe lag eine Mütze von Nelly. Vic bückte sich, um sie aufzuheben, plötzlich wurde ihr schwindelig.

Vic tastete panisch nach dem Treppengeländer, doch sie fand keinen Halt, ihr wurde schwarz vor Augen. Alles, was sie dann noch registrierte, waren ein dumpfer Schlag und ihre Hände, die sich reflexartig auf ihren Bauch legten.

34

Die Dunkelheit wurde von kurzen hellen Blitzen unterbrochen. Manchmal nahm sie ein zuckendes Licht wahr, manchmal allein merkwürdig fremde Töne.

Einmal meinte sie, ein Kind weinen zu hören. Vic versuchte die Augen aufzureißen, doch da wurde es auch schon wieder dunkel.

Das nächste Gefühl, das Vic klar wahrnahm, war Angst.

Sie hörte etwas, ein Piepsen, aber sie schaffte es nicht, die Augen zu öffnen. Wieso ging das nicht?

Irgendetwas stimmte hier ganz und gar nicht. Vic kam sich vor, als ob sie gefangen wäre. Aber sie wusste nicht, wo und wie, geschweige denn, wie sie hier herauskommen sollte.

»Schatz, bitte wach auf ...!«

»Liebling, hörst du mich. Du musst aufwachen ...«

»Tu mir das nicht an, Vic, bitte nicht ...! Ich liebe dich doch ...«

Vic versuchte es erneut. Sie kannte die Stimme, sie war ihr vertraut. Noch wusste sie nicht, wo sie sie einordnen konnte, aber sie wollte unbedingt wissen, was hier vor sich ging.

»Victoria, hören Sie mich? Dann drücken Sie meine Hand!«

Jemand berührte sie, umschloss ihre Finger mit seinen.

Vic versuchte die Bitte zu erfüllen, doch sie hatte überhaupt keine Kraft dazu.

»Tut mir leid, wir müssen einfach Geduld haben und abwarten. Sie ist noch zu geschwächt.«

Vic wurde immer verzweifelter. Warum konnte sie denn die Augen nicht öffnen?

»Vic, mein Engel, bitte wach auf, hörst du? Wir brauchen dich, ich brauche dich. Bitte Vic …« Sie hörte die sanfte Stimme wieder. Sie gehörte zu einem Mann, und es kam ihr so vor, als ob er weinte.

Sie versuchte es erneut, immer wieder. Schließlich nahm sie wahr, dass ihre Augenlider flackerten, es wurde heller.

Noch war alles verschwommen. Sie erkannte überhaupt nichts, aber sie durfte jetzt nicht aufgeben.

Wieder probierte sie es, die plötzliche Helligkeit brannte in ihren Augen und ließen sie tränen, kurz schloss sie sie wieder, nur, um es darauf noch einmal zu probieren.

»Vic! Schatz!«

Eine Hand streichelte durch ihr Gesicht. Sie war ganz warm, ihr hingegen war furchtbar kalt.

Ihr Kopf wurde sanft zur Seite gedreht, und sie konnte den Umriss eines Mannes erkennen. Wieder blinzelte sie, sie versuchte angestrengt, ihn schärfer zu sehen.

»Vic, ich bin es«, sagte der Mann mit rauer Stimme. »Erkennst du mich?«

Vic wollte etwas erwidern, aber ihr Hals war ganz trocken. Sie räusperte sich, es tat weh.

Immer noch sah sie ihn an. Ganz allmählich, als zöge ihr jemand im Zeitlupentempo einen Schleier von den Augen, wurde ihr klar, wer da mit ihr sprach.

Sam. Sam ist hier, schoss es ihr durch den Kopf.

Aber was um alles in der Welt stimmt denn nicht?, dachte sie verzweifelt.

Sie versuchte, nachzudenken, sich zu erinnern, aber da war nichts mehr.

Doch – halt, stopp!, befahl ihr ihre innere Stimme. *Schnee, es hat geschneit, ganz viel geschneit. Nelly hat sich darüber gefreut!* Nelly!

Vic suchte mit ihren Augen das Zimmer ab, doch neben Sam entdeckte sie jetzt nur einen Mann in einem grünen Kittel.

»Victoria. Hören Sie mich? Dann blinzeln Sie bitte mal!«, bat dieser sie.

Victoria erfüllte ihm diesen Wunsch.

»Hey, das klappt ja hervorragend«, lächelte der Mann sie an.

Wer ist das bloß? Vic dachte wieder angestrengt nach – ohne Erfolg.

Sie musste jetzt wissen, was los war. Hilflos sah sie zu Sam hinüber. Noch einmal unternahm sie den Versuch zu sprechen. »Was …«, krächzte sie schließlich, ihre Stimme kam ihr ganz fremd vor. »Was … ist …«

»Vic, hör mir zu!« Sam nahm ihre Hand und streichelte sanft darüber. »Du hattest einen Unfall, du bist die Treppe im Haus hinabgestürzt.«

Treppe? Die große Treppe in der Halle?

Vic zuckte heftig zusammen, panisch tastete sie nach ihrem Bauch; er war viel flacher. Das war nicht gut, das war gar nicht gut!

Tränen schossen ihr in die Augen.

»Baby …«, flüsterte sie mit dieser seltsam fremden Stimme.

»Dem Baby geht es gut, mein Schatz. Es ist ein kleiner Junge.«

Sie sah, dass Sam lächelte. Sie schluckte hektisch. »Junge …«, wiederholte sie ungläubig.

»Victoria, bitte regen Sie sich nicht auf! Es ist alles in Ordnung mit Ihrem Baby. Er ist gesund und munter. Haben Sie Schmerzen?«

Vic versuchte, alles Gesagte sortiert zu bekommen, doch das war gar nicht so einfach.

Sie war die Treppe hinabgestürzt, und das Baby war auf der Welt, ein kleiner Junge.

Doch Vic konnte sich nicht freuen: Sie war gestürzt, sie hatte das Baby in Gefahr gebracht.

Statt zu antworten, weinte sie.

»Vic, es ist gut, alles ist gut, hörst du?« Sam streichelte sie zärtlich.

»Wie … wie konnte … das passieren?«, presste sie mühsam heraus.

»Ich kann es dir nicht sagen, Nelly und ich waren draußen im Schnee. Wir haben dich am Fuße der Treppe gefunden. Das Baby musste geholt werden.«

»Oh Gott!«, stammelte sie nur. »Ich habe …, ich habe das Baby … Was hab' ich nur getan?«

»Schatz, mach dir keine Gedanken, hörst du? Der Kleine ist ein hübscher Kerl und hat alles gut überstanden. Jetzt ist es wichtig, dass du gesund wirst.« Sam nahm ihre Hand in seine. »Versprich mir das, ja?«

»Nelly?«, fragte sie ängstlich.

»Nelly ist zu Hause, deine und meine Eltern sind bei ihr. Sie war …«

Der Mann in dem grünen Kittel, Vic verstand erst jetzt, dass es wohl ein Arzt war, räusperte sich. »Das reicht erst einmal. Victoria, Sie sollten sich ausruhen und schlafen.«

»Will nicht schlafen«, protestierte Vic kraftlos. Sie wollte zuerst alles wissen. Sie MUSSTE zuerst alles wissen.

»Kann ich … Nelly sehen? Und das Baby?«, bat sie Sam.

»Erst einmal sollten Sie sich ausruhen. Und wenn es Ihnen besser geht, kommen Sie auf eine normale Station, dann sehen Sie auch Ihr Baby«, mischte sich der Arzt wieder ein.

»Ich möchte … ich möchte aber mein Baby sehen … und meine … Tochter«, beharrte Vic.

Das alles war so kräfteraubend. Sie spürte, wie ihre Augenlider immer schwerer wurden, doch sie wollte nicht einschlafen. Sie wollte zu ihren Kindern.

»Morgen«, versprach der Arzt erneut.

In der nächsten Sekunde fielen Vic die Augen zu.

Als sie das nächste Mal erwachte, entdeckte sie sofort wieder Sam, der an ihrem Bett saß. Sie wollte ihn ansprechen, doch stattdessen betrachtete sie ihn eine Weile.

Er sah schlecht aus, hatte dunkle Schatten unter den Augen und einen Dreitagebart.

Er schien völlig in Gedanken zu sein. Vic bemerkte, dass er ihre Hand hielt und mit ihren Fingern spielte.

»Sam«, wisperte sie.

Sofort ruckte sein Kopf herum; ein Lächeln legte sich auf sein Gesicht.

»Hey, Schatz.« Er beugte sich über sie und gab ihr einen Kuss auf die Stirn. »Wie fühlst du dich?«

»Ich … ich möchte die Kinder sehen …, bitte!«, bettelte sie ihn an.

»Du bist noch auf der Intensivstation, das geht leider nicht.« Er streichelte ihr übers Gesicht.

»Aber warum denn Intensivstation?«, krächzte Vic.

Das Reden fiel ihr so ungeheuer schwer; ihr Hals brannte und tat weh; ihr ganzer Körper fühlte sich an, als würden schwere Lasten auf ihm liegen und sie hinunterdrücken.

Sam sah sich suchend um, eine Schwester kam herein und sprach Vic freundlich an.

»Frau Gessner-Winter – schön, dass Sie wach sind!«, sagte sie fröhlich. »Haben Sie Schmerzen?«

»Nein.« Vic schüttelte leicht den Kopf. »Warum bin ich denn hier?«

Wieder wandte sie sich an Sam. Er sah unsicher zur Schwester hinüber, diese nickte nur.

»Sag es endlich!« Vic versuchte, energischer zu werden, doch das gelang ihr zu ihrem Ärgernis nicht.

»Okay, aber bitte, Liebling, denk immer daran: Es ist alles gut ausgegangen«, begann Sam zögernd.

Vic schluckte. Angst kroch in ihr hoch. Was machten die hier denn alle so ein Theater wegen der Antwort? Irgendwie hörte sich das nicht besonders gut an.

»Als ich mit Nelly ins Haus kam und dich dort liegen gesehen habe, habe ich natürlich direkt einen Krankenwagen gerufen. Du hast … also …, du hast geblutet.«

Vic sah ihn mit weit aufgerissenen Augen an. »Hat Nelly alles gesehen?«, fragte sie mit piepsender Stimme.

Sam schüttelte den Kopf. »Ich habe schnell genug reagieren können, sie ins Wohnzimmer gebracht und sie angewiesen, dort zu warten. Der Notarzt kam mit dem Rettungshubschrauber, wegen des Schnees und des weiten Weges zum Krankenhaus. Sie haben dich hergebracht; es musste sofort ein Kaiserschnitt gemacht werden. Vic, du hast sehr viel Blut verloren und … also …« Sams Stimme brach weg, er verbarg sein Gesicht hinter seinen Händen.

»Es war sehr, sehr ernst«, ergänzte die Schwester. Sie nahm Vics andere Hand. »Wir haben uns alle große Sorgen um Sie gemacht. Sie haben eine schwere Gehirnerschütterung, außerdem waren Sie zwei Tage lang ohne Bewusstsein. Aber alles ist gut ausgegangen, und Sie können auch noch Kinder bekommen.«

Vic schaute sie ungläubig an; in dem Moment sickerte auch bei ihr so langsam durch, dass es wohl richtig knapp gewesen war.

Sam hatte sich wieder gefangen.

Vic sah, dass er Tränen in den Augen hatte.

»Mach das bloß nie wieder, Vic!«, bat er sie mit brüchiger Stimme.

Vic hob die Hand und streichelte durch sein Gesicht. »Ich weiß nicht, wie das geschehen konnte.« Auch sie hatte jetzt Tränen in den Augen.

»Schatz, wir hätten dich beinahe verloren. Ich … ich … Vic, ich liebe dich so sehr, ich halte so was nicht noch mal aus«, weinte er.

Vic erschrak, so hatte sie ihn noch nie gesehen. Doch da wurde ihr bewusst, was er da gerade gesagt hatte.

Die Schwester lächelte Vic noch einmal zu und zog sich zurück.

»Ich liebe dich auch, Sam.«

Sam küsste sie vorsichtig auf den Mund. »Nicht so sehr, wie ich dich«, murmelte er.

»Sag das nicht, wenn du es nicht ernst meinst. Bitte, Sam …«

»Das ist mein Ernst, Vic. Ich bin so blind gewesen und hab' es nicht gesehen. Oder wollte es nicht wahrhaben, weil ich in meinem kranken Kopf gedacht habe, ich würde mein Wort gegenüber Silvia brechen. Bitte glaube mir, Vic: Ich liebe dich. Ich würde es dir gerne tausendmal hintereinander sagen, bis du es mir glaubst. Und die Gewissheit, dass du diese Worte beinahe nie aus meinem Mund gehört hättest, lässt mich fast durchdrehen. Mein Gott, Vic, was habe ich dir bloß zugemutet!«

Sam sah sie verzweifelt an.

»Hör zu …« Vic griff nach seinen Händen. »Ich bin glücklich mit dir, auch ohne Liebesbekenntnisse.« Sie konnte es irgendwie nicht glauben; eine Stimme giftete in ihr, dass er es nur sagte, weil sie hier im Krankenhaus lag.

»Vic?«

»Hm?«

»Ich liebe dich aber wirklich.« Jetzt huschte ein Lächeln über sein Gesicht.

Vic wusste nicht so recht, wie sie das einordnen sollte; es fehlte ihr auch die Kraft, das jetzt zu analysieren. Zudem lagen ihr noch andere Dinge auf der Seele.

»Wie geht es Nelly?«, fragte sie Sam ängstlich.

Sie spürte, dass sie wieder müde wurde, und ärgerte sich selbst darüber. Sie wollte doch so viel wissen und auch unbedingt ihr Baby sehen.

»Es geht ihr gut, Schatz. Deine und meine Mutter betreuen sie bei uns zu Hause. Sie war …, sie war sehr verstört nach deinem Unfall und hat viel geweint. Aber sie hat sich wieder beruhigt, und sie kann sich gar nicht sattsehen an ihrem kleinen Brüderchen«, lächelte Sam ihr zu.

Vic schossen erneut die Tränen in die Augen. »Oh Gott, die arme Maus!«, schluchzte sie verzweifelt.

»Alles ist wieder gut. Sobald sie dich von der Intensivstation verlegen, kommt sie dich besuchen.« Sam streichelte sanft durch Vics Gesicht.

»Wann kann ich denn das Baby sehen? Hast du ihm schon einen Namen gegeben?«, erkundigte Vic sich.

»Ohne dich? Glaubst du wirklich, das würde ich wagen?«

»Das will ich dir auch nicht geraten haben.« Vic gelang ein schwaches Lächeln.

»Victoria, schön, dass Sie wach sind!« Ein Arzt trat zu ihr ans Bett.

Sie erkannte, dass es der gleiche war, den sie bei ihrem ersten Aufwachen gesehen hatte.

»Mein Name ist Dr. Klein, ich glaube, ich habe mich noch gar nicht vorgestellt.« Er reichte Vic die Hand.

Es kostete sie eine Mordsanstrengung, sie zu ergreifen und zu drücken.

»Gut, das geht schon einmal«, nickte er ihr zu.

Er leuchtete ihr in die Augen. Vic verspürte einen starken Kopfschmerz und stöhnte auf.

»Die Kopfschmerzen sind ganz normal. Und dass Sie so schlapp sind, liegt an dem immens hohen Blutverlust. Sie haben uns einige Konserven gekostet«, erklärte er ernst. »Aber Sie scheinen einen Schutzengel gehabt zu haben, das hätte auch alles ganz anders für Sie und Ihr Baby ausgehen können.«

Vic schluckte heftig.

»Ich möchte zu meinem Baby.« Sie bekam lediglich ein Flüstern zustande.

»Das ist verständlich. Und ich denke, der Kleine hat auch schon Sehnsucht nach seiner Mama. Sie kommen heute noch auf die Wöchnerinnen-Station.«

»Danke.« Ein Strahlen huschte über Vics Gesicht.

Sie würde ihr Baby sehen – endlich!

Der Arzt hielt Wort, zwei Stunden später wurde sie tatsächlich verlegt.

Sam wich die ganze Zeit nicht von ihrer Seite.

Sie wurde in ein mit hellen Farben gestaltetes Einzelzimmer gebracht. Vic war klar, dass Sam das alles veranlasst hatte.

Zu ihrer Freude wartete bereits eine Schwester auf sie – mit einem kleinen Wägelchen an ihrer Seite.

Vic bat Sam, das Bett hochzustellen, ihr wurde etwas schwindelig, was sie beängstigte.

»Ihr Mann kann Ihnen helfen, den Kleinen festzuhalten«, lächelte die Schwester ihr zu.

Sam hob das Baby vorsichtig aus dem Bettchen heraus.

Vic schaute ihm gespannt dabei zu. Er setzte sich zu Vic aufs Bett, behutsam legte er den Kleinen in Vics Arme und stützte sie dabei.

Vic schaute ihren Sohn verzückt an, dann kamen ihr wieder die Tränen. »Es … es tut mir so leid«, flüsterte sie heiser. »Was habe ich dir bloß angetan?«, weinte sie leise.

»Hey Vic, du hast ihm nichts angetan. Es geht ihm gut«, versuchte Sam, sie zu beruhigen.

»Ich kann Ihrem Mann nur recht geben. Der Kleine hat alles gut überstanden, um Sie haben wir uns viel mehr Sorgen gemacht.« Die Schwester trat neben Sam. »Und in vier Tagen wäre er doch sowieso auf die Welt geholt worden.«

Vic schluckte heftig. Seit drei Tagen war ihr kleiner Sohn schon auf der Welt, und erst jetzt hatten sie das erste Mal Kontakt.

»Wenn Sie stillen möchten, versuchen wir, den Milchfluss in Gang zu bringen. Aber haben Sie Geduld, Ihr Sohn wird sich umgewöhnen müssen.«

»Ich möchte es probieren«, nickte Vic. Sie konnte den Blick nicht von dem Baby abwenden.

Er wurde jetzt wach und öffnete die Augen.

»Er hat ganz dunkle Augen«, stellte sie fest und lächelte Sam an. »Wie du.«

»Ich finde ja sowieso, dass er das gute Aussehen von mir geerbt hat«, tönte er überheblich.

»Gut, dass du nicht eingebildet bist!«

Doch sie musste ihrem Mann recht geben, der Kleine war ihm wie aus dem Gesicht geschnitten. Auch die pechschwarzen Haare hatte er von ihm geerbt.

»Wie soll er denn heißen? Ihr Mann hat es mir noch nicht verraten.«

»Gabriel«, nickte Vic ihr zu, dann sah sie zu Sam. »Oder?«

»Ich habe nichts dagegen.« Er beugte sich zu Vic und gab ihr einen zärtlichen Kuss. »Danke für dieses unglaubliche Geschenk.«

»Nichts zu danken. Du warst nicht unbeteiligt.«

Gabriel wurde unruhiger.

Vic streichelte durch sein Gesichtchen, sofort suchte sein Mund ihren Finger, und er nuckelte daran.

»Er hat Hunger«, lächelte sie.

»Wir versuchen mal, ihn anzulegen. Bitte holen Sie aber eine Flasche«, bat die Schwester Sam.

Natürlich klappte es noch nicht mit dem Stillen, das hatte Vic schon angenommen. Aber sie wollte sich nicht entmutigen lassen. Als Gabriel eingeschlafen war, setzte auch bei Vic wieder die Erschöpfung ein.

»Heute Abend kommen Nelly und unsere Eltern kurz vorbei.« Sam nahm Vic sanft in die Arme. »Schlaf ein bisschen, meine Schöne.«

»Ich bin schon wieder so müde«, sagte sie zerknirscht.

»Das ist normal, aber du kommst schon wieder auf die Beine.« Er nahm ihre Hand und küsste sie sanft.

»Du siehst auch müde aus«, stellte Vic fest.

»Ich habe die letzten Tage kein Auge zumachen können«, gestand er ihr. »Und bin bei dir geblieben, obwohl ich das eigentlich gar nicht gedurft hätte auf der Intensivstation.«

»Und? Wie hast du das geschafft?«

»Ich habe alle mit meinen Büchern bestochen und lange Widmungen geschrieben.«

»Geh nach Hause und schlaf auch ein bisschen! Bis heute Abend ist doch noch Zeit.« Vic streichelte über seine Finger.

Sam schüttelte den Kopf. »Nein, ich lass dich nicht aus den Augen, das kannst du vergessen.«

»Sam – es geht mir doch gut«, versuchte Vic, ihn umzustimmen.

»Ich kann aber nicht vergessen, wie schlecht es um dich gestanden hat. Ich kann jetzt nicht einfach zur Tagesordnung übergehen.« Sams Stimme wurde immer zittriger. »Vic, wenn du das nicht überlebt hättest …«

Er sprach nicht weiter, verbarg sein Gesicht hinter seiner Hand.

»Sam – ich habe es aber überlebt, okay?« Vic wurde energischer. »Ich lebe, und es geht mir gut. Und wir haben einen süßen kleinen Sohn, nur das zählt, hörst du?«

Sie beugte sich zu ihm hinüber und ignorierte den leichten Schwindel, der sie sofort wieder befiel. »Sam, sieh mich an!«, bat sie ihn.

Seine Augen glitzerten verräterisch, als er ihr diesen Wunsch erfüllte. »Alles ist okay«, flüsterte sie.

Sam zog sie heftig in seine Arme, sein Gesicht verbarg er an ihrem Hals. »Ich liebe dich, Schatz«, sagte er immer wieder.

Vic schloss die Augen und genoss seine Umarmung. Sie zwang sich aber, seinen Worten nicht zu viel Bedeutung zuzumessen, auch wenn sie sie unglaublich glücklich machten.

Im Moment war alles sehr emotional, sobald wieder Ruhe einkehren würde, konnte sich seine Ansicht wieder ändern. Sie beschwor sich, nicht allzu viel darauf zu geben.

»Fahr nach Hause, und schlafe ein paar Stunden, versprich mir das, ja?«

»Okay«, nickte er schließlich.

Er brachte Gabriel zurück ins Säuglingszimmer.

Vic schloss ebenfalls noch einmal die Augen.

Als sie nach einer Stunde wieder erwachte, bat sie eine Schwester, ihr dabei zu helfen, sich zu waschen und anzuziehen. Wenn Nelly kam, wollte sie so normal wie möglich aussehen.

Vic erschrak über ihre Blässe, als sie sich im Spiegel betrachtete. Selbst sich die Haare zu kämmen, war eine große Kraftanstrengung.

»Wann kann ich denn aufstehen?«, fragte sie die Schwester.

»Wir probieren es morgen. Essen Sie gleich mal was und versuchen Sie, zu Kräften zu kommen.«

Wie versprochen, flog am frühen Abend die Tür auf, und ein kleiner Wirbelwind mit abstehenden Zöpfen stürmte ins Zimmer.

»Mami!« Nelly rannte so schnell sie konnte zu Vic und krabbelte auf ihr Bett.

»Bist du wieder sund?«, fragte sie Vic hastig.

»Ja, mein Schatz, es geht mir wieder gut. Ich muss nur noch ein bisschen im Krankenhaus bleiben, aber es ist alles okay.«

»Mami hat auch Kopf wehgetan, wie ich«, nickte ihre Tochter ihr zu.

»Ja, genau. Aber wir beide haben doch harte Köpfe.« Sie drückte Nelly fest an sich und bekämpfte den Drang, wieder in Tränen auszubrechen.

»Ich habe dich schon vermisst, mein Schatz«, sagte sie leise.

»Ich dich auch.« Nellys Stimme klang ganz piepsig. »Mami ist die Treppe runterfallt.«

»Ja, ich hab wohl nicht richtig aufgepasst.«

»Nelly beschäftigt das alles sehr.« Helene Gessner trat zu Vic ans Bett. »Hallo, mein Schatz.«

»Hallo Mama.« Vic lächelte ihr und ihrem anderen Besuch entschuldigend zu. »Entschuldigt, ich habe euch noch gar nicht begrüßt.«

»Das ist wirklich nicht so wichtig, die Kleine geht vor«, lachte Walter Winter.

Nelly redete an einem Stück auf Vic ein. Dauernd erzählte sie davon, wie Sam und sie Vic gefunden hatten.

Vic war sehr betroffen darüber, man merkte ihrer kleinen Tochter an, dass sie das noch nicht verarbeitet hatte.

Nelly blieb die ganze Zeit bei Vic auf dem Schoß und hielt ihre Hand fest. Nur als Gabriel sich meldete, rückte sie etwas zur Seite und guckte neugierig dabei zu, wie Vic versuchte, ihn zu stillen.

»Gabriel ist auch hell«, bemerkte sie schließlich, es wirkte etwas bedrückt.

Vic sah hinüber zu Sam, der erschrocken aufschaute. Sie blickten sich kurz an, dann nickten sie sich unmerklich zu.

»Sag du es!«, bat Sam sie.

»Mäuschen, wir wollten dir etwas erzählen: Bald wird nicht nur Gabriel bei uns wohnen, sondern auch noch ein kleines Mädchen. Sie wird ebenfalls zu unserer Familie gehören«, gespannt betrachtete Vic Nellys Mienenspiel.

Ungläubig riss diese die Augen auf. »Ja? Aber ... aber wo ist das Mädchen denn?« Nellys Neugier war geweckt.

»Sie wohnt noch in Afrika und hat die gleiche Hautfarbe wie du. Sam und ich werden sie – wenn alles klappt – im Sommer holen und bei uns aufnehmen. Sie hat keine Eltern, und wir dachten, es wäre schön, wenn sie in unsere Familie käme.«

»Sie sieht aus wie ich?« Nellys Augen wurden immer größer.

»Ja, Sam hat zu Hause ein Foto, das kann er dir nachher zeigen.« Sie streichelte Nelly übers Gesicht.

Von da an kannte Nelly bloß noch ein Thema, und das war das fremde kleine Mädchen.

Vic atmete auf, sie war froh, dass ihre kleine Tochter nicht mehr so bedrückt schien.

Die beiden Elternpaare blieben eine Stunde, dann verabschiedeten sie sich.

»Ich werde, solange du im Krankenhaus bist, bei euch wohnen, wenn es dir recht ist«, erklärte ihre Mutter ihr.

»Das ist nett, danke. Sam ist nicht so der geborene Koch«, grinste sie ihn an.

»Da muss ich ihr leider recht geben«, seufzte er theatralisch.

»Komm wieder auf die Beine, Kleines!« Vics Vater umarmte sie lange. »Und jag uns nie wieder so einen Schreck ein!«, fügte er leise hinzu.

Am nächsten Tag machte Vic die ersten unsicheren Schritte. Sie wurde angewiesen, nur in Begleitung der Schwester aufzustehen. Immerhin konnte sie duschen und sich selbst waschen, das war für Vic eine ungeheure Erleichterung.

Doch schon diese kleine Aktion war für sie eine ungeheure Kraftanstrengung. Erschöpft legte sie sich schließlich wieder ins Bett.

Sam kam gegen neun Uhr; er hatte eine Rose in der Hand und ein kleines Buch dabei. Er strahlte Vic an. »Hallo Schatz, du siehst schon etwas besser aus.« Seine Erleichterung war ihm deutlich anzusehen.

»Du auch!«, kicherte Vic.

Er wirkte frisch und ausgeruht und sah so attraktiv aus wie immer.

»Geht es dir gut?«, erkundigte er sich.

»Ja, ich bin aufgestanden. Das geht zwar noch etwas klapprig, aber es funktioniert. Ich hoffe, ich kann Gabriel bald alleine versorgen.«

»Das wird schon.« Sam gab ihr einen langen Kuss. »Ich vermisse dich so sehr«, seufzte er.

»Ich wäre auch gerne zu Hause«, gestand sie ihm leise. »Kommt Nelly heute auch?«

»Machst du Witze?«, gluckste Sam. »Sie wollte eben schon mitfahren, aber deine Mutter wollte ihr neue Winterstiefel kaufen. Sie kommen heute Nachmittag.«

Er reichte ihr die rote Rose.

Vic betrachtete sie gerührt und bat Sam, eine Vase zu holen.

»Willst du hier arbeiten?« Vic deutete auf das Buch, als er wieder ins Zimmer getreten war.

»Nein, ich möchte dir etwas vorlesen, wenn ich darf«, bat Samuel verlegen.

»Ein neues Skript?«

»Nein, etwas anderes.« Er räusperte sich schüchtern. »Ich … ich mache mir manchmal Notizen, wenn mir irgendetwas in den Sinn kommt oder mir jemand begegnet. Und einige Sachen würde ich dir gerne vorlesen …«

»Okay.« Vics Neugier war geweckt.

»Der erste Eintrag, der dich interessieren dürfte, ist vom März vor zwei Jahren«, sagte er mit kratziger Stimme, dann las er vor.

»War heute wieder in meinem Stammlokal frühstücken. Eine andere Kellnerin hat mich bedient, eine kleine Kratzbürste mit einer wahnsinnig großen Klappe. Dunkle Haare, grüne Augen, nicht mein Typ, aber sehr sexy. Sie humpelt. Warum humpelt so eine junge Frau? Ich glaub', ich gehe morgen wieder hin.«

Sam sah sie fragend an. »Soll ich weiterlesen?«

35

Vic schaute ihn verblüfft an. »Ist das ein Tagebuch?«

»Nein, so würde ich es nicht nennen, so strukturiert ist es nicht. Notizen eben. Aber ich werde dir auch nicht alles vorlesen«, grinste er. »Zensur behalte ich mir vor.«

»Okay«, nickte sie, dann deutete sie auf das Buch. »Lies weiter!«

»Dies habe ich einen Tag später geschrieben: *War heute wieder im Café. Die freche Kellnerin hat mich erneut bedient, sie ist schlagfertig, das muss man ihr lassen. Auf Dauer bestimmt ganz schön anstrengend.*«

»Nett!« Vic schnaubte gespielt empört.

»Bis jetzt hatte ich ja wohl recht«, lachte Sam. »Soll ich aufhören?«

»Nee, nee!« Vic schüttelte energisch den Kopf. »Mach mal weiter!«

»*War jetzt ein paar Tage am Stück da; die Kleine ist direkt und hat Humor. Außerdem scheint das keine zu sein, die schnell eingeschnappt ist. Sie hinkt immer noch, scheint wohl eine dauerhafte Beeinträchtigung zu sein.*«

Sam sah auf. »Ich hab' mir wirklich Sorgen gemacht. Du hast ab und zu das Gesicht verzogen.«

»Wie hast du das denn merken können? Du hast doch nur auf deinen Laptop gestarrt.«

»Blödsinn! Ich nehme sehr wohl wahr, was um mich herum geschieht. Es gehört zu meinem Job, genau hinzugucken«, zwinkerte er sie an. »Außerdem kannst du gar nicht wissen, wo ich überall hingeschaut habe, du hattest ja auch andere Gäste.«

»Hm«, brummte Vic nur.

»Wollte eigentlich eine ältere Dame als Haushälterin einstellen. Überlege gerade, ob ich nicht die kleine Kratzbürste fragen soll. Sie ist lebhaft und gradlinig. Vielleicht mache ich das auch …«

»Weiter …« Vic wurde immer gespannter.

»Sie hat mir das Jobangebot um die Ohren gehauen. Victoria heißt sie – die Siegerin. Okay, das war schon irgendwie klar, ich hab' sie ziemlich angegrantelt. Werde mal mit ihrem Chef reden, was der so meint.«

»Ich habe nie verstanden, warum du Josef gefragt hast.«

»Ich bin ein neugieriger Mensch.« Sam zuckte mit den Schultern. »Weiter?«

Vic nickte.

»Sie hat mich einen dämlichen Mistkerl und ein Ekelpaket genannt. Ich muss mir das Essen abends selbst warm machen, und sie hat ein Kind – ich muss total krank im Kopf sein, denn ich hab' sie eingestellt. Wahrscheinlich hatte ich heute meinen sozialen Tag – keine Ahnung. Aber die kleine Kratzbürste ist interessant.«

»Ich erinnere mich: Du hast Nelly als Anhängsel betitelt«, schimpfte Vic. »Sonst wäre ich doch nie so ausfällig geworden.«

Sam lachte. »Natürlich wärst du das nicht.

Kratzbürste und Damenbesuch sind heute etwas aneinandergeraten. Punktsieg für Kratzbürste (was aber auch nicht schwierig war). KB ist echt ein freches Aas, hat mir aufgeschrieben, wie man Wasser kocht.«

»KB? Mistkerl!«

Sam grinste nur. »Für die Sache mit der Kochanweisung hätte ich dich übers Knie legen sollen …«

»Das hättest du dich nie gewagt«, antwortete Vic hochmütig. »Was hast du denn so über deine Damenbekanntschaften geschrieben?«

»Oh nein, das werde ich dir nicht verraten.« Sam schüttelte den Kopf.

»*Mal nach Spinnenphobien googeln. KB hat heute einen hysterischen Anfall bekommen, wegen einer Minispinne im Keller. Vielleicht kann man so eine Phobie ja noch für eine Romanfigur gebrauchen…*«

»Das war kein Minivieh!«, protestierte Vic.

»Pscht, mach den Kleinen nicht wach!«, lachte Sam leise. »Die Notiz geht noch weiter …«

»Dann lies!«

»*… KB könnte gut als Synchronsprecherin für Horrorfilme arbeiten. Schreien kann sie jedenfalls.*«

»Du bist echt ein Mistkerl.« Vic schaute sich um, ob sie etwas zum Schmeißen fand, aber leider war nichts in Griffnähe.

»*Heute hat sie ihre Tochter mitgebracht. Nelly – zuckersüß wie Schokolade und genauso braun. Offenbar steht KB auf Dunkelhäutige. Und sie ist alleinerziehend.*

Alleinerziehend und mit Handicap. Die Dame kann sich durchbeißen.«

»Das klingt ja schon fast nett«, spottete Vic.

»Wieso fast?

Heute hat KB ihre Hüfte überlastet, sie musste sich ausruhen. Sie tut mir leid, aber sie trägt die Sache mit beachtenswerter Haltung. Nelly mag Ponys, und KB wünscht sich einen Garten. Überlege gerade, ob das Verwalterhaus was für die beiden wäre.«

»Ich wollte nie dein Mitleid«, sagte Vic nachdenklich.

»Das glaube ich, meine Schöne. Aber du hast mir imponiert. Du bist eine sehr starke Frau, Vic.« Sam stand kurz auf und gab ihr einen zärtlichen Kuss.

»Bitte lies weiter!«, bat sie ihn.

»Gut.« Sam setzte sich wieder hin und blätterte in seinem Buch.

»KB und Nelly sind eingezogen; das Verwalterhaus ist schön geworden, die Investition hat sich gelohnt. KB hat mir heute Babyfotos von der Kleinen gezeigt. Wie Silvia wohl mit einem Baby ausgesehen hätte?«

Vic schluckte. Sie hatte sich schon gefragt, ob er ihr etwas von seiner Exfrau vorlesen würde, aber sie hatte nicht gewagt, danach zu fragen.

»Ob ich mal ein Kinderbuch schreiben soll? Nelly gefallen die Geschichten, die ich mir ausdenke. Sie ist auch eine süße kleine Muse.

Hab' Victoria heute bei der Gartenarbeit gesehen, das T-Shirt war verrutscht. Gute Proportionen, sexy ist sie definitiv.«

»Steht das wirklich so da?«, forschte Vic skeptisch.

»Ertappt – sagen wir mal: So in der Art.« Sam sah sie zerknirscht an. »Ich werde das nicht wortwörtlich wiedergeben.«

Vic versuchte, ihn böse anzuschauen, aber das gelang ihr nicht. »Männer ...!«

»KB ist sauer auf mich. Sie hat mir bei der Geburtstagsparty geholfen, und ich habe vergessen, ihr Bescheid zu geben, wann sie Feierabend machen kann. Ein Temperament hat sie ja ... Wenn sie überall so abgeht ...«

»SAM!«

»Das steht da nicht«, prustete er laut los. Bevor Vic noch etwas sagen konnte, erstickte er ihren Protest mit einem langen Kuss. »Mach Gabriel nicht wach!«, flüsterte er an ihren Lippen.

»Nelly ist verunglückt, mit ihren Großeltern. Scheiße!«, fuhr er fort.

»Gott sei Dank, es ist noch mal glimpflich abgegangen. Die Kleine ist sehr tapfer.«

»Es war so schlimm.« Vic erinnerte sich mit Schaudern an den Unfall. »Du warst mir eine große Stütze.«

Sam streichelte durch ihr Gesicht. »Das war doch selbstverständlich.« Er nahm wieder das Buch: »*Vic und Nelly sind wieder zu Hause. Victoria ist auf dem Sofa eingeschlafen. Ich habe sie und Nelly ins Bett getragen. Diese Frau ist irre sexy, verdammt!*«

»Wieso verdammt?«

»Warte, bis ich ganz durch bin, okay?«, bat Sam sie.

»Okay.«

»*Ich habe sie geküsst. Das hätte nicht passieren dürfen; ich will keine Beziehung mit ihr. Ich bin ein Idiot. Aber warum muss sie auch so unglaublich attraktiv sein? Ich hätte sie niemals einstellen dürfen. Für mich wird es nie eine andere Frau mehr geben!*

Die letzten Worte habe ich dreimal unterstrichen«, fügte Sam an. »Vielleicht … vielleicht um es mir selbst noch einmal zu verdeutlichen.«

Vic hörte ihm gebannt zu. So langsam begriff sie, warum er ihr das hier vorlas.

»*Scheiße, Scheiße, Scheiße! Es wäre beinahe passiert, ich hätte fast mit Vic geschlafen. Sie war mit Freunden aus und sah so heiß aus. Sie war leicht angetrunken und sehr offensiv. Wie soll das bloß alles weitergehen?*

Dies hier habe ich ein paar Tage später notiert:

Es ist schwierig mit Vic. Ich weiß nicht, wie ich mich verhalten soll, und ihr scheint es genauso zu gehen. Vielleicht sollte ich mich wieder mit alten Bekannten treffen. Es wird ihr wehtun, aber vielleicht kommen wir so aufs normale Level zurück …«

»Den nächsten Teil kannst du gerne überspringen.« Vic biss auf ihrer Unterlippe herum.

»Damit verschone ich dich nicht«, grinste Sam. »Es tut mir leid. Wenn ich das alles noch mal lese, kann ich überhaupt nicht verstehen, dass du mich wirklich geheiratet hast.«

»Ich liebe dich. Ich kann nichts dafür«, lächelte sie ihm zu.

»Heute war Jasmin da. Vic hat ihr Salz in den Tee gekippt. Sie sagt, es sei ein Versehen gewesen. Ich fürchte, dahinter steckt was ganz anderes«.

»Jetzt ist es also raus: Vic hat mir gestanden, dass sie sich in mich verliebt hat, nachdem sie den Dessous meiner Damenbesuche eine Spezialbehandlung verpasst hat. So ein verdammter Mist! Sie hat gekündigt, ich kann sie verstehen.«

Sam atmete tief durch; *»Vic und Nelly sind fort. Ich weiß nicht, wie es weitergehen wird. Sie sagte, sie würde mit Nelly ab und zu herkommen. Ich hoffe, sie macht es wirklich. Ich vermisse sie jetzt schon. Wie konnte ich es nur so weit kommen lassen? Die Farben wechseln von bunt wieder ins Schwarzweiße.«*

Sam flüsterte nur noch.

»Vic und Nelly sind jetzt zwei Tage weg. Ich drehe hier langsam durch.«

»Drei Tage – ich würde sie so gerne anrufen und ihre Stimme hören. Aber wie würde sie reagieren?«

»Schreibblockade, ich kriege nichts mehr auf die Reihe, immerhin ist das Kinderbuch fertig. Verdammte Vic!«

»Ich bin ständig versucht, sie anzurufen, aber wie soll ich meine Sehnsucht nach ihr erklären?«

»Vic und Nelly kommen gleich vorbei … Gott sei Dank!!!«

»Sie sind gerade weggefahren. Vic sah nicht gut aus, und sie hinkt wieder. Das ist alles meine Schuld, sie tut mir leid. Würde sie gerne umarmen und trösten. Und küssen. Ich dreh' echt durch.«

»War heute bei Vic; es geht ihr beschissen. Sie kann kaum noch laufen. So geht das nicht weiter, irgendetwas muss passieren.«

»War mit Vic essen und hab' ihr den Vorabdruck des Kinderbuches gezeigt. Sie ist ziemlich schnell gegangen, leider. Ich habe sie geküsst, das hätte ich besser nicht gemacht, aber es musste einfach sein.«

»Warum hast du mich geküsst?« Vic griff nach seiner Hand.

»Hab' ich doch geschrieben – es musste sein«, zwinkerte er ihr zu. »Bitte warte noch ein bisschen, ja?«

»Okay.«

»Vic ist heute überfallen worden von Neonazis. Sie ist übel zugerichtet worden, sie ist bei mir geblieben. Wir hatten Sex. Es war unglaublich. Sehr tief. Ich habe sie gefragt, ob sie mich heiratet. Ich kann sie nicht mehr zurück in ihr altes Leben lassen. Ich muss sie beschützen und sie um mich haben. Will das nicht hinterfragen!«

»Bin gespannt, ob sie meinen Antrag annimmt. Ich hoffe es so sehr. Silvia würde es verstehen, wenn sie sehen könnte, wie sehr mich Vic verändert hat. Trotzdem werde ich Silvia immer lieben. Aber das mit Vic ist wichtig.«

»Vic hat tatsächlich Ja gesagt. Die Farben werden bunter, der Tag strahlt. Ich bin glücklich, wohl das erste Mal richtig seit ein paar Jahren.«

»Das ist schön«, flüsterte Vic gerührt.

»Nur noch ein bisschen, okay?« Sam strich über ihre Wange.

»War heute mit Vic auf der Präsentation von Nellys Buch. Es gab ein paar Spannungen mit einer Ex. Vic hat eine große Klappe, aber sie hat sich zurückgehalten. Sie ist einmalig.«

»Vics Ex macht mit Nellys Adoption Probleme. Hatte sowieso schon ein schlechtes Gefühl wegen des Kerls.«

»Großartig – ich hatte es befürchtet. Jared (Ex) macht Probleme, er will die Adoptionspapiere nicht unterschreiben. Jetzt ist er sogar mit seinen Eltern hier aufgetaucht. Nelly ist sehr glücklich über die neue Verwandtschaft. Freue mich ehrlich für die Kleine. Aber wie soll das jetzt weitergehen? Vic ist jetzt mit ihm ausgegangen. Sie wollen sich aussprechen. Ich könnte ihm den Hals umdrehen. Wenn er mir Vic wieder wegnimmt, dann gnade ihm Gott!«

»Du warst eifersüchtig – und wie!«, lächelte Vic ihm zu.

»Allerdings. Ich hatte Angst, dich zu verlieren, Vic. Das war ein schreckliches Gefühl.«

»Okay, ich hab überreagiert. Sie hat mir verdienterweise eine geknallt. Aber für den Versöhnungssex hat es sich gelohnt.«

»Hochzeit. Endlich – Vic ist meine Frau. Sie hat wunderschön ausgesehen, wie ein Engel. Ich müsste glücklich sein, aber ich bin es nicht, weil Vic unglücklich ist. Sie will nicht in die Flitterwochen. Sie ist enttäuscht, weil ich ihr nicht sagen kann, dass ich sie liebe. Aber stimmt das überhaupt noch? Gibt es Abstufungen von Liebe?

Habe heute ein paar Mal an Silvia denken müssen, aber es war nicht schlimm. Ich denke, sie hätte sich für mich gefreut. Nein, ich bin mir dessen sogar sehr sicher.

Hätte ich Vic sagen sollen, dass ich sie liebe? Ich weiß es immer noch nicht. Ich weiß nur eines: Ich verdiene sie nicht.«

»Ich bin über den Punkt hinweg. Ich brauche diese Worte nicht mehr.« Vic griff nach seiner Hand.

Sam schüttelte nur den Kopf und legte einen Finger auf ihre Lippen.

»Vic hat ein paar Tage gebraucht, um mit ihrer Enttäuschung umzugehen. Jetzt scheint alles wieder in Ordnung zu sein; sie hat mir verziehen. Sie ist wirklich ein Engel und so viel stärker als ich.«

»Vic ist schwanger! Ich könnte die ganze Welt umarmen. Meine Schöne bekommt ein Kind von mir. Ich werde Vater! Wahnsinn!«

»Die Auslandsadoption schreitet voran. Vic wird mit jedem Tag der Schwangerschaft schöner. Ich könnte sie die ganze Zeit nur anschauen.«

Vic schluckte, sie sah ihn verliebt an.

Sam starrte auf das Buch, schaute nicht auf.

»Hatte ich jemals gedacht, dass mir nichts Schlimmeres mehr passieren könnte, als Silvia zu verlieren? Nun, das Leben findet immer eine Steigerung.

Vic ist die Treppe hinabgestürzt, eine Woche vor dem Entbindungstermin. Nelly und ich haben sie gefunden; ich habe die Kleine sofort ins Wohnzimmer gesetzt und dann einen Notarzt gerufen. Sie ist mit dem Rettungshubschrauber in die Klinik gekommen. Das Baby wurde geholt: Es ist ein kleiner Junge. Um Vic sieht es schlecht aus. Der Blutverlust war sehr groß; sie hat eine Gehirnerschütterung und Prellungen. Sie wacht nicht auf ...«

Sam rannen Tränen übers Gesicht.

Vic sah ihn betroffen an. Sie berührte ihn vorsichtig, doch er reagierte überhaupt nicht auf diese Geste.

»Ich kann nicht mehr. Vics Zustand bessert sich einfach nicht, ich kann nur hoffen, dass sie kämpft, so wie sie es immer getan hat. Um Nelly ein gutes Leben zu bieten, um Geld zu verdienen und um meine Liebe. Wenn sie nicht mehr aufwacht, wird sie niemals erfahren, wie sehr ich sie liebe. Warum wird mir das erst jetzt so sonnenklar? Warum habe ich mich so daran geklammert, dass ich nur Silvia lieben durfte? Ich habe hier in diesem Buch geblättert, beinahe aus jedem Satz, den ich notiert habe, schreit es mir entgegen: Sam liebt Vic – und das schon sehr lange.«

Sam sah auf. »Was ... was kann ich als Nächstes schreiben?«, fragte er sie.

»Das musst du doch wissen.« Vic versuchte erst gar nicht, gegen ihre Tränen anzukämpfen, es war zwecklos.

»Kann ich schreiben, Vic glaubt mir, dass ich sie liebe?« Er sah sie verzweifelt an.

Vic setzte sich im Bett auf und streckte die Arme nach ihm aus. »Komm zu mir!«

Er setzte sich auf die Bettkante.

Vic schmiegte sich dicht an ihn. Statt einer Antwort nickte sie nur.

»Verzeihst du mir, dass ich dich so gequält habe?«, fragte er sie mit rauer Stimme, sein warmer Atem streifte ihre Haut.

»Wie könnte ich dir nicht verzeihen, ich liebe dich doch«, weinte Vic leise.

»Und Sam liebt Vic«, murmelte er.

ENDE

EPILOG

»Ayana – bitte!«, stöhnte Sam auf, aber es war zwecklos – natürlich.

Sie stand zusammen mit Nelly schon bis zur Hüfte im Wasser und planschte vergnügt darin herum.

»Zu Yana gehen!« Gabriel zappelte unruhig auf Vics Arm herum, sie ließ ihn hinunter, hielt ihn aber direkt an der Hand fest.

»Du bleibst bei mir, verstanden?«, wies sie ihren kleinen Sohn an, danach ging sie mit ihm langsam zu den beiden Mädchen.

»Ihr seid jetzt komplett nass«, schimpfte Vic.

»Ist doch nicht schlimm«, kicherte Nelly übermütig. Schon hatte ihre Schwester Ayana den nächsten Schwall Wasser im Gesicht.

»Gegen die beiden haben wir nie eine Chance.« Sam lächelte seinen kleinen Sohn an, der in einer Babytrage vor seinem Bauch hing. »Da kannst du lachen, Schatz«, sagte er zärtlich zu ihm.

»Kommt jetzt raus!«, rief Vic ihren Töchtern zu. Nur widerwillig folgten Ayana und Nelly ihrer Aufforderung. »Wozu habt ihr eure Badesachen angezogen, wenn ihr doch vollständig bekleidet ins Wasser geht?«

»Sorry, Mum, wir ziehen uns direkt wieder um«, grinste Nelly sie spitzbübisch an. Sie wusste genau, dass weder Vic noch Sam ihr lange böse sein konnten.

»Entschuldige.« Auch Ayana machte ein betrübtes Gesicht. Doch genauso wie ihre Adoptivschwester Nelly konnte sie sich darauf verlassen, dass ihre Eltern ihr das nicht lange nachtragen würden.

Es war ja auch nicht so, dass Vic das nicht schon geahnt hätte: Sie hatte Kleidung zum Wechseln eingepackt.

Die Mädchen trockneten sich ab und versprachen hoch und heilig, besser aufzupassen.

Sie nahmen Gabriel an die Hand, der vertrauensselig mit ihnen einen Spielplatz am Strand ansteuerte.

Vic und Sam setzten sich in den Sand und schauten den dreien zu.

»Ich bin so stolz, dass sie das erste Schuljahr so gut gemeistert haben«, sagte Sam.

»Ich auch. Aber sie werden beide ihr Temperament zügeln müssen«, antwortete Vic.

»Tja, das wird schwer«, lachte Sam. »Bei der Mutter.«

Vic knuffte ihn in die Seite, was den kleinen Louis zu einer Lachattacke veranlasste.

Vic und Sam fielen sofort mit in das Gekichere ihres Sohnes ein.

Louis war jetzt sechs Monate alt und damit gerade mal anderthalb Jahre jünger als Gabriel.

Eigentlich hatten Vic und Sam nicht so schnell weiteren Nachwuchs geplant, aber Louis hatte sich irgendwie eingeschummelt.

Vic hatte eine anstrengende Schwangerschaft mit ihm erlebt, nicht wegen etwaiger gesundheitlicher Beschwerden, sondern wegen eines überbesorgten Ehemannes.

Sam war nicht mehr von ihrer Seite gewichen; manchmal hatte Vic sich regelrecht vor ihm zu Betty oder ihren Eltern flüchten müssen, um seiner Fürsorge kurz zu entkommen.

Als Louis per Kaiserschnitt auf die Welt gekommen war, war Vic nicht nur wegen des gesunden Babys erleichtert gewesen.

Gabriel lachte vergnügt auf, er saß auf einer Schaukel und ließ sich von Nelly und Ayana anschubsen.

Ayana war ein wahrer Glücksgriff für ihre Familie gewesen. Das Mädchen aus Äthiopien hatte sofort alle Herzen im Sturm erobert; seit ihrer Ankunft waren sie und Nelly unzertrennlich.

Und dank Nelly lebte sich Ayana schnell bei ihnen ein. Sie lernte rasch Deutsch und hatte überhaupt keine Anpassungsprobleme.

Natürlich fiel die Familie in Deutschland auf, wenn sie durch die Stadt ging. Zwei farbige Mädchen und zwei kleine hellhäutige Jungen gaben schon Anlass zu Spekulationen.

Umso mehr genoss es Vic, dass sie mit ihrer Familie diesen Zufluchtsort hatte – New Orleans.

Mit Jared und seiner Familie hatten sie eine innige Freundschaft aufbauen können, und Nelly liebte ihn und ihre Großeltern sehr.

Man konnte ihr anmerken, dass sie es genoss, hier im Gewimmel von New Orleans eben nicht aufzufallen.

Sam hatte sich ebenfalls sofort in die Stadt am Mississippi verliebt. Besonders das French Quarter hatte es ihm angetan und das kreolisch angehauchte Essen – und natürlich die Musik, die hier überall in der Luft lag.

Auch die Kings hatten Gabriel und Ayana – und jetzt den kleinen Louis – sofort in ihr Herz geschlossen.

Jared war mittlerweile verheiratet und bald Familienvater. Seine Schwester Patricia lebte ebenfalls in einer Beziehung, und zur großen Erleichterung ihrer Eltern führten beide jetzt ein solides Leben.

»Ob Nelly später mal hier leben wird?«, fragte Sam mit belegter Stimme. Er sah Vic nachdenklich an.

»Ich könnte es mir gut vorstellen«, antwortete sie ehrlich.

Sie hatte selbst oft darüber nachgedacht, und sie könnte Nelly verstehen. Sie wusste, dass weder Sam noch sie selbst ihr oder Ayana jemals Steine in den Weg legen würden, wenn sie sich für ein anderes Land entscheiden würden, aber daran durfte sie jetzt noch nicht denken.

Noch waren sie zwei kleine Mädchen, die voller Neugier auf das Leben waren.

Louis wurde unruhiger und zappelte herum; behutsam holte Sam ihn aus der Trage heraus.

»Na, mein Sohn. Hast du Hunger?«, fragte er ihn mit warmer Stimme.

Louis quiekte vergnügt auf.

Vic gab ihm einen Kuss auf die Stirn. »Dann sollst du mal deinen Brei bekommen.«

Sam hielt ihn auf seinen Schoß fest, während Vic ihn fütterte.

Auch ihr jüngster Sohn ähnelte seinem Vater, genauso wie Gabriel.

»Eigentlich könnten wir doch …«

»Nein, Sam. Ich möchte keine weiteren Kinder mehr«, erklärte Vic sofort.

»Woher wusstest du, dass ich das sagen wollte?«, brummte Sam sie an.

»Du hast wieder diesen verträumten Ausdruck in deinen Augen«, kicherte sie.

»Das ist nur, weil ich dich so liebe. Okay, ich gebe mich geschlagen«, seufzte er theatralisch auf. »Hatte ich dir schon erzählt, dass Ayana sich einen Hund wünscht? Dagegen kannst du unmöglich was sagen, bei dem Platz, den wir haben.«

Er sah Vic mit diesem Blick an, bei dem sie noch immer weiche Knie bekam.

»Nein, natürlich nicht«, gab sie sich geschlagen.

Zeitfracht Medien GmbH
Ferdinand-Jühlke-Straße 7
99095 Erfurt, Deutschland
produktsicherheit@kolibri360.de

Druck:
CPI Druckdienstleistungen GmbH
im Auftrag der
Zeitfracht Medien GmbH
Ein Unternehmen der Zeitfracht - Gruppe
Ferdinand-Jühlke-Str. 7
99095 Erfurt